Benoîte et Flora
Groult

Le féminin
pluriel

Denoël

Les bienheureux désirent éternellement ce qu'ils possèdent.

SAINT AUGUSTIN.

Septembre

Décharger son revolver dans une chair détestée, voir le soubresaut grotesque de la mort, anéantir ce qui vous détruit... je comprends maintenant la jouissance du crime passionnel. Mais quelle courte joie, pour des années d'expiation! Et puis supprimer un problème n'est pas le résoudre. Mais le supprimer serait si bon! Rien d'autre ne m'habite depuis que je SAIS, hors l'envie désespérée et idiote d'avoir des détails et le désir de voir mourir Juliette. Et aussi une rage humiliante pour n'avoir pas su prévoir, pour m'être laissé prendre au piège de l'amitié féminine, de la générosité, pour avoir fait taire la saine jalousie et m'être crue au-dessus des risques du métier.

Fallait-il donc ouvrir mon parapluie avant qu'il pleuve? Mais oui! Vivent les mégères qui font le vide autour d'elles et ne laissent pas entrer les louves dans la bergerie quand elles tiennent à leur loup. J'ai surestimé et mon pouvoir et l'amitié de Juliette et l'idéal de Jean : c'est un fiasco sur tous les plans. Jean n'est pas mort, ni infirme; il ne me quitte pas... Non, rien d'extraordinaire : il s'est simplement mis tout nu le long d'une amie à moi et lui a dit : « Je t'aime! » Il n'y a pas là de quoi hurler!

Mais je ne m'entends plus penser. Depuis que je SAIS, ma vie s'est mise à galoper devant moi, je suis distancée, les secondes sont vécues avant que j'y prenne pied, je n'ai plus de contrôle, je cours derrière moi-même. Mais si le cœur a ses déraisons, le corps heureusement a ses habitudes. C'est par habitude que je tiens encore debout, que quelqu'un qui a l'air d'être moi prépare la valise de Jean et parle d'une voix humaine. A l'intérieur, il n'y a plus personne, il n'y a rien qu'un trou qui se creuse de plus en plus comme si une vague n'en finissait pas de refluer. La grande nouvelle n'a pas gagné toutes mes cellules; il y a encore des coins tranquilles. Mes mains tremblent déjà, mais mes jambes tiennent comme au soir d'une déclaration de guerre ceux qui n'ont pas lu le journal vivent encore une nuit sans histoire.

Nous n'avions que quelques minutes à passer ensemble. Pas le temps de demander : « M'aimes-tu? » La réponse n'était plus assez simple. C'est toujours pareil quand on a sa vie à mettre sur la table : le train de huit heures quarante-deux vous attend.

Ou du moins, Jean s'est arrangé pour avoir un train à prendre. Il est franc, c'est dans notre contrat, sans doute parce que c'est dans son caractère; mais pas courageux. Avouer, oui; mais discuter est au-dessus de ses forces, ou plutôt n'est pas de son goût, ce qui pour lui revient au même. Et d'ailleurs discuter quoi? Les faits sont d'une clarté affreuse.

— Dis donc, Jean... tu n'as pas l'impression que Juliette est bizarre ces temps-ci? On dirait qu'elle n'a pas envie de nous voir... Tu sais que j'ai eu toutes les peines du monde à la faire venir à Vertville l'autre dimanche...

— Ah!... tu l'as remarqué? Je comptais t'en donner la raison de toute façon. Je ne voudrais pas que tu l'apprennes par quelqu'un d'autre...

Jean hésite une seconde... son visage se métamorphose, une peau tombe; je vois sa figure d'en dessous, sa deuxième figure, celle qui ne m'est apparue que dans les moments exceptionnels de notre existence. Son regard est à la fois angoissé et provocateur : l'intensité lui a toujours fait mal. J'ai envie de hurler NON, mais il est trop tard déjà, je sais que ma vie va basculer. Tandis qu'il prononce les mots que je refuse de comprendre, un brouillard bienveillant tombe sur moi : on est en train de m'opérer, mais je suis anesthésiée. Par les yeux autant que par les oreilles j'apprends que Juliette est la maîtresse de Jean depuis son retour de vacances, qu'il l'aime, que cela ne change rien entre nous, qu'il l'aime, qu'elle est sa maîtresse, que cela ne change rien... Ce ne peut être qu'un rêve de plus. D'ailleurs, ce poignard qu'on m'enfonce dans la poitrine, je ne le sens pas. Je suis en état de choc, mais je n'ai mal nulle part. Je dis d'une voix nuageuse :

— Tu vois que j'avais raison d'avoir peur, c'est arrivé !

— Mais tu n'as pas besoin d'avoir peur, mon chéri, je t'aime et il faut que tu aies confiance en moi.

Je ne sais pas très bien ce que cela veut dire, mais je sais qu'il ne faut pas que je bouge. Nous n'avons plus que cinq minutes à passer ensemble, il faut que je tienne jusque-là.

— Tes chaussettes... ton rasoir à piles... est-ce que tu auras besoin d'une chemise blanche ?...

Voilà ce qu'il faut dire pour ralentir ce quelque chose qui commence à rouler dans mes veines, dans mes os, dans ma tête et qui va bientôt m'engloutir; quelque chose dont j'ai honte et peur et en même temps d'aussi inévitable que le Niagara quand on est dessous. Jusqu'à plus ample informe, je suis une femme équilibrée qui n'a jamais eu de crise de nerfs; c'est entre autres pour cette solidité que Jean m'apprécie. Ce n'est pas le moment de galvauder mes atouts, je vais en avoir besoin.

Ne rien dire d'essentiel maintenant, tenir encore deux minutes... Je me sens éclater mais au ralenti, fibre à fibre, dans un silence vrombissant comme celui qui précède les ouragans.

Oh! fous le camp, salaud, traître, car quand j'aurai commencé à pleurer, tout sera foutu.

*

Encore trois heures à vivre avant de me lancer dans un océan de révolte, avant de m'abandonner aux amères jouissances de l'espionnage rétrospectif, avant de pouvoir sangloter tranquillement sur moi-même. Il faut d'abord accueillir Delphine et Jean-Marie qui rentrent de classe avec leur droit à l'optimisme, répondre au téléphone que oui, Jean va bien, merci, je lui ferai la commission. C'est une chose que je peux encore faire, les commissions. C'est par ces petits liens miteux que les couples tiennent ensemble quand l'essentiel a disparu.

Qu'ils avaient de la chance, les héros de Racine! Ils ne s'occupaient que de leur drame. Car finalement, on a horreur d'être distrait de son malheur. Manger, recoudre un bouton, faire la soupe, corriger une version latine, autant de supplices qui m'empêchent de proférer en paix mes imprécations. La soupe surtout paraît dérisoire, aux antipodes de la passion. Les chagrins des femmes mariées sentent toujours le poireau.

— Donne-moi-de-l'eau-s'il-te-plaît-maman-la-compo-figure-toi-était-rudement-difficile-et-d'abord-personne-n'a-rien-su-la-maîtresse-est-folle-de-nous-avoir-donné-ça-(Quelle maîtresse? Celle de Jean?) j'ai-rien-compris-à-ma-version-latine-pour-demain-c'est-du-Cicéron-tu-pourras-m'aider? (J'avais mis mon pilote automatique pour faire face à la vie courante, mais Cicéron, c'était trop, j'étais mobilisée ailleurs, impossible de dégarnir mon front principal!) Et-puis-tu-sais-pas-ce-que-j'ai-merais-voir-dimanche-maman-La-Revanche-de-Zorro-tu-m'emmèneras-dis-maman?...

Je ne m'appelle pas maman, je m'appelle Mon Amour et je n'ai envie que d'un seul cinéma, celui que je mets en scène moi-même avec deux acteurs que je connais bien.

*

Enfin la nuit est venue, cette nuit atroce dont j'avais un atroce besoin.

C'est le sentiment de l'irrémédiable qui domine. Je me répète : « Ça y est, c'est arrivé ! » L'adultère est entré chez nous avec ses gros sabots, familier, grossier, obligatoire comme la rougeole. J'espérais en secret y échapper. Je pleure comme un torrent et aucune pensée ne me console. Nous ne sommes plus glorieusement deux à la face des autres. Le fier, le vivace, le fol amour est terminé. Comme un jour l'enfance meurt, la jeunesse de notre amour vient de mourir aussi. Nous allons entrer dans la triste maturité-qui-a-ses-compensations, dans l'ère des compromis et des résignations. Il va falloir en rabattre. Nous serons un couple qui a vécu, qui n'a plus une histoire mais des histoires, qui comprend les choses — que c'est triste de comprendre — et qui reste parce que c'est compliqué de déménager. Nous avons vécu le meilleur de notre vie. Dix ans ! « Dix ans déjà... que l'amour passe vite... » Il reste l'amour conjugal. La chute est brutale.

Je me sens à la fois irrémédiablement vieillie et d'une jeunesse ridicule. Tous les poèmes que je copiais autrefois me remontent aux lèvres. J'ai envie de redevenir une étudiante, de lire Aragon, Michaux, Apollinaire, de pleurer au quartier Latin. Je voudrais n'avoir que moi-même pour gagner ma cause aux yeux de Jean et pas cet appartement-prison, notre fils à nous deux et ma fille qu'il considère comme la sienne, le poids de dix ans d'habitudes tièdes. Je n'ai plus une tête d'amoureuse, mais une gueule d'épouse qui lutte pour son bout de gras. Jean n'est plus une conquête à faire, mais une propriété à défendre; j'ai l'air non de me battre, mais de faire un procès. Je me hais dans ce rôle outragé, vertueux, digne de commisération. Je suis dans mon bon droit, c'est presque un handicap dans un domaine où les droits de l'un sont les entraves de l'autre. Ma légitimité est un argument de mauvais goût.

Je me mets comme eux sur le banc des accusés. J'ai péché par prétention, par aveuglement, par lâcheté aussi. Je n'ai pas eu le courage d'être antipathique et il n'y a pas là de quoi se vanter, contrairement aux apparences. Je n'étais pas plus capable que les autres de jouer avec le feu. Ou l'on s'en fout, ou l'on veille au grain. Je n'ai fait ni l'un ni l'autre. Je me suis trompée et je suis trompée : c'est logique.

Mais il y avait tellement d'autres femmes dans le monde pour satisfaire les désirs d'évasion et les désirs tout court de Jean! Celle-là seulement, je la réservais, j'avais envie qu'elle soit à part, à nous deux, en indivis. Cette amitié en rond, réciproque et respective était rare et précieuse : j'aurais tant voulu qu'elle dure. Mais rien n'est rare et précieux que de coucher avec quelqu'un quand on en a envie. J'aurais dû connaître cette vérité première et que rien ne vous arrête, ni amitié, ni prudence, ni même un autre amour. J'aurais dû savoir aussi que Jean ne résisterait pas à son enfance, à cette enfance que Juliette incarnait et sur laquelle je n'ai jamais pu jeter que de gros yeux d'adulte. Oublie-t-on jamais qui on a aimé à quinze ans? Juliette et moi nous ne connaissions pas le même homme et le mien me semble tout à coup bien rassis comparé au fou triomphant qu'elle devait tant admirer autrefois, sûr de lui, des autres et de l'avenir, pas encore battu par la vie, lui qui prend si mal les coups, tel qu'en lui-même enfin la jeunesse le fixait au temps où il apprenait à embrasser sur la bouche d'une Juliette adolescente à Blancmesnil-sur-Audinet.

Je n'envie pas les autres femmes et leurs étreintes numérotées. Mais Juliette a eu ce qu'on ne donne qu'une fois. Aujourd'hui Jean est enrégimenté, il traîne son boulet comme tout un chacun et par la force des choses, ce boulet a un peu mon visage. Juliette, elle, a pour toujours le visage de sa jeunesse et de sa liberté. Il n'avait en somme qu'un pas à faire, que les bras à ouvrir pour coïncider à nouveau avec son plus bel âge, celui des grandes amours que l'on ne paie pas encore de sa vie.

On guérit une première fois de sa jeunesse sans trop s'en apercevoir; mais quand on rechute, c'est pour de bon. Juliette est plus qu'une maîtresse : c'est une nostalgie comblée.

Le fait que j'estime tant les deux artisans de mon

malheur, considérés séparément, complique ma situation. Je suis déchirée entre le désir de les comprendre et de rechercher avec eux le meilleur modus vivendi et l'envie de me réfugier au chaud parmi les poncifs et les autres femmes trompées.

— C'est bien simple : ce sera elle ou moi!

— Il n'y a qu'une solution dans ces cas-là : lui rendre la pareille!

— Hein, crois-tu? Cette salope qui s'est introduite hypocritement dans mon foyer pour...

Mais, hélas! Juliette n'est pas une salope de métier. Ce ne sera pas elle OU moi, mais elle ET moi, le problème est de savoir dans quelles proportions; et enfin il n'existe pas de bonne solution dans ces cas-là. Il y a ce que je peux faire et ce que je n'ai pas les moyens de faire, c'est tout. Le problème est simple mais il n'y a que les scientifiques pour croire que les problèmes simples sont les plus faciles.

Ah! pouvoir dire à Jean : « Mon petit bonhomme, ça ne se passera pas comme ça! »

Il paraît qu'il y a des femmes qui le disent et que le petit bonhomme file doux. Mais je ne me sens maîtresse ni de Jean ni de la situation. Alors? Alors, encaisser. Faire le sordide inventaire du passé, rechercher en pure perte des indices, retrouver le moment où j'aurais dû sentir que quelque chose de grave se tramait contre moi. Triste travail de fossoyeur qui est la consolation des vaincus.

Jean m'a serrée très fort dans ses bras en partant. Il m'a dit : « Je t'aime », et je sais qu'il ne ment jamais sinon par omission. Mais je me fous qu'il m'aime, ce n'est plus assez. Aimer ne veut rien dire quand on n'est plus d'accord sur la définition. Entre je t'aime et je n'aime que toi, ce soir il y a un gouffre que Jean feint d'ignorer.

Je me suis penchée sur la rampe pour le regarder descendre : l'assassin avait son air de tous les jours, son pas n'avait pas changé, sa nuque faisait l'innocente, c'est le coin le plus doux de sa personne; ses cheveux trop longs décrivaient leur crochet familier derrière ses oreilles de mauvais élève et pourtant je n'étais plus chez moi sur lui. Mon territoire était occupé. Je ne serais plus seule dans ses chemins creux.

J'ai passé la nuit face à face avec cette nouvelle réalité qu'il va falloir assumer : Jean et Juliette s'aiment d'amour, il se le disent et ils se le font.

J'ai découvert à cette occasion que je n'avais fait que pleurer jusqu'ici; sangloter, c'est autre chose. J'ai découvert aussi l'insomnie. La nuit, le chagrin prend des proportions de désespoir. Où que je me tourne, les perspectives m'apparaissent désolantes. Jean me reviendra un jour? Mais dans quel état? Avec une ceinture de flanelle autour du cœur et un regard mouillé sur notre passé, le joli temps où sottement l'on se croyait invulnérable? Quand on a été blessé à la guerre, on ne doit plus jamais être comme avant.

— Tu vois, je suis là! Tout finit par s'arranger, dira Jean.

Tout s'arrange, peut-être, mais c'est surtout parce que tout finit! En attendant, que ferai-je de mon présent? Quelles dispositions a-t-ON prises à ce sujet? Et d'abord que pense Juliette de son péché? Il me vient la crainte soudaine qu'elle me croie fataliste ou résignée. On a tellement envie de croire ce qui vous arrange! Il faut qu'elle connaisse toutes les conséquences de ses actes. Je ne lui ferai grâce ni de ma rage ni de ma rancune. Elle y a droit : c'était mon amie avant de devenir la maîtresse de Jean.

Je lui ai écrit jusqu'à l'aube avec l'impression dérisoire d'agir, de faire appel, de tenter ma dernière chance. Je ne sais pas ce qui pourrait ébranler Jean, mais Juliette peut-être est moins sûre d'elle. Elle, elle a le sens du Bien et du Mal que Jean ignore superbement. Ou du moins elle l'avait. Mais rien de tel que de pécher pour perdre la foi.

*

C'est demain dimanche et j'étais si impatiente que Juliette reçoive ma lettre, espérant je ne sais quel revirement, que j'ai été la déposer chez elle. La concierge m'annonce que Mademoiselle part ce soir à la campagne pour le week-end. Mes jambes ont compris avant moi cette fois : elles se dérobent. Est-ce que je serai toujours la dernière à savoir ? Pauvre gourde, qui n'a pas encore pris des habitudes de méfiance et de soupçon. Il va falloir apprendre cela aussi : « Absence » ne signifiera plus seulement : « Jean n'est pas là », mais « Jean est ailleurs ».

Par instinct de conservation, par optimisme naturel aussi, je parviens quelques secondes à me convaincre que Juliette est chez Roxane tout simplement. Une bouffée bienfaisante m'envahit; tout est comme avant; Juliette est mon amie, elle m'aime trop pour me faire « ça », pour nous mettre tous les trois dans une situation fausse. J'oublie seulement que l'amour n'apparaît jamais comme une situation fausse à ceux qui en ont envie. Regarde donc la vie en face, pauvre trogne ! Jean est actuellement assis près de Juliette dans un petit restaurant qui sent bon, avec des rideaux à carreaux aux fenêtres et de petites lampes rouges sur chaque table qui incitent aux plus tendres aveux entre la poire et le fromage, le Mystère du Chef et le Baiser de l'Amant. Ils ont faim, à tous égards. Ils sont en train de se choisir des plats exquis en se mangeant des yeux pour meubler l'attente, car on n'emmène pas une femme que l'on commence à aimer brouter une choucroute dans une brasserie au néon. Peut-être Juliette a-t-elle sa main, son impeccable main aux griffes framboise, posée sur la veste de Jean... en attendant mieux ? J'avance précautionneusement dans mes évocations : tant qu'il ne s'agit que de veste, je suis en terrain connu. J'ai si souvent vu Juliette mettre sa main sur Jean ou laisser tomber sa tête sur son épaule quand elle riait, comme pour un ersatz de baiser. Je les haïssais déjà ces acomptes qu'elle soutirait d'un amour qu'on ne lui devait pas encore. Un jour ou l'autre, on finit par honorer ce genre de créance. Savait-elle déjà ce qu'elle cherchait ? Moi, je le savais sans oser y croire. Je rêvais depuis des années de Juliette et de Jean : je les surprenais toujours serrés dans les bras l'un de

17

l'autre. Jean riait à ces évocations, un peu flatté par mes guets jaloux, impatienté surtout par ce qu'il considérait comme des obsessions sans fondement.

— A force d'aimer Juliette dans tes rêves, je vais finir par l'aimer dans la vie et ce sera de ta faute! disait Jean.

— Et à force de vivre avec elle, tu ne crois pas que tu prends trop de risques? lui demandais-je avec un détachement qui me coûtait cher à fabriquer.

— Mais je nous en voudrais, à l'un comme à l'autre, de ne plus prendre de risques sous prétexte que nous sommes mariés! Si je suis avec toi, dis-toi que c'est parce que je te choisis, chaque jour, et que ce n'est pas la Morale ou le Devoir qui me retiennent près de toi. Je n'aimerais pas découvrir que notre vie conjugale est bâtie sur ces tristes assises...

Moi non plus! Résultat : je suis malheureuse, mais sur des assises gaies.

— Et d'ailleurs, Juliette est le contraire d'une coquette, concluait-il sur un ton où je croyais percevoir une nuance de regret.

« Ah! bon, me disais-je, c'est moi qui suis une vilaine sale de penser à tout ça! »

Pourtant, dès que je n'étais plus là pour me raisonner, la nuit, mes idées fixes reprenaient le dessus. Mais les idées fixes ce sont des maladies et les rêves, qu'est-ce que ça veut dire? De jour, j'avais confiance. Je reléguais ma jalousie dans les sous-sols.

Une fois, elle ressortit sous forme de jaunisse. J'eus un peu honte. J'en faisais voir de toutes les couleurs à Jean! Mais nous étions d'accord pour mépriser mon personnage nocturne. Je me préférais généreuse, désinvolte, sûre de moi et il m'encourageait à l'être. Cette préférence m'a perdue.

Ce soir, on liquide. Ce soir on sait ce qu'on veut et on veut ce qu'on veut. Ce soir, Juliette peut mettre ses genoux entre les jambes de Jean sous la table, comme font les amants nouveaux, et tout à l'heure, il faut bien y venir, ma pauvre chérie, quand ils auront bu de cet alcool de fruit qui donne bon goût aux lèvres, ils monteront dans une de ces chambres à péché des environs de Paris. J'y suis beaucoup allée avec Jean dans le temps... de mon temps... du temps joli où l'amour se faisait l'après-midi. Moi, je suis de l'après-midi. Et toi, Juliette, au fait? Il y aura une gravure leste au mur, une bergère troussée, une servante basculée sur le lit qu'elle était en train de faire. Juliette fera semblant de ne pas la voir car c'est une délicate. C'est son âme qu'elle va offrir à Jean dans ce lit de rencontre. Et Jean va la prendre avec simplicité, comme il prend toutes choses. Car il a le don d'être successivement tout entier dans ce qu'il fait. Loin de mes yeux, loin de mon cœur. Mais son cœur à lui est toujours sur sa main, prêt à servir, sur canapé ou ailleurs, chaud ou froid à volonté. Il joue à chaque fois Adam et Ève.

Je sais comment il jettera son pantalon sur le dossier d'une chaise, comme si c'était la chose la plus naturelle à faire pour parler commodément à une femme. Il ne laissera pas à Juliette le loisir de s'effaroucher; tout nu, il la convaincrait encore qu'il prend seulement le frais! Et l'honnête personne, sans heurts et sans palabres, sans presque savoir comment c'est arrivé, se trouvera glissée entre un matelas et le mari de son amie Marianne.

Et ensuite?... Et ensuite! Que lui dit Jean? Que lui fait Jean? Est-ce mon Jean encore ou un autre homme que je ne connaîtrai jamais? Comment aime l'homme qu'on aime? Je me heurte là au problème cuisant. C'est la crainte qu'il soit différent qui tient en éveil ma jalousie. Inutile de me chercher un emploi du temps pour la nuit prochaine : je vais vivre leur nuit en creux, leurs gestes possibles, chercher des mots que je n'ai jamais trouvés ou jamais osés. J'ai des idées, j'ai des idées qui me font frissonner. Comment explose un amour endormi depuis dix ans? Tous leurs élans étouffés les emmènent-ils ce soir au bout du monde? Plus loin que je n'ai jamais été? L'amour qu'ils n'ont pas fait à vingt ans s'ajoute-t-il à celui qu'ils font ce soir? Oh! ce n'est pas juste qu'elle commence la partie avec tous ces atouts. Les miens sont éventés; on les connaît trop; je n'ai plus rien d'amusant dans mon jeu, juste de bonnes grosses cartes de ménage.

★

J'ai passé ma nuit à leur faire monter l'escalier, à les faire s'étreindre devant moi. Ils se sont dit tout ce qu'on peut se dire, fait tout ce qu'on peut se faire, à ma connaissance. J'ai versé insatiablement de l'huile sur mon feu intérieur et j'ai émergé au petit matin, moulue par leur nuit d'amour.

Eux, à cette heure, apprennent à prendre ensemble leur petit déjeuner. Ils s'attendrissent sur leur premier réveil d'amants. Le sommeil ensemble donne pignon sur rue à une aventure; ce n'est plus l'amour à la sauvette.

— Mon chéri, n'aie pas peur, lui murmure Jean qui aime la tendresse au réveil, d'où qu'elle vienne, je m'arrangerai pour que nous dormions souvent ensemble.

Et il le croit sincèrement, comme il croit qu'il paiera ses dettes, qu'il écrira demain à sa mère, qu'il réparera la lampe de chevet.

Juliette commence à penser qu'elle vit un grand amour. Elle a l'air répugnant d'une femelle comblée. Moi aussi j'ai l'air répugnant : je m'obstine à réclamer devant un guichet vide un sentiment perdu. Ma pauv' dame, un sentiment ça ne se retrouve jamais. Ça change contre un autre.

Un bain n'a pas lavé mes humeurs. Je fabrique à jet continu de la fureur et du chagrin, et tout dans le paysage bêtement rassurant de ma chambre alimente ma rage. SA ROBE de chambre est là, accrochée sur la mienne; mais Jean, lui, est sur une autre femme, je ne possède que sa dépouille. En ouvrant l'armoire, j'ai vu sa veste de tweed parmi mes robes, vivante encore, les bras un peu repliés. J'ai fait un geste de cinéma : j'ai mis ma tête dedans et je l'ai respirée. Mais elle était creuse comme tous les souvenirs et a refusé de m'envelopper.

Non, je ne veux pas être de celles qui se consolent en brossant des habits vides. Je ne serai pas une femme de ménage à trois.

Mais il faut traverser cette journée aride et pour cela arroser, encourager, ce cher faux espoir qui se faufile entre deux évidences et se nourrit de mensonges. Jean pense à moi; Juliette est chez Roxane. Peut-être ont-ils décidé de ne pas jouer à ça? Peut-être Juliette est-elle dégoûtée de ce gâchis, et bien résolue à se jeter à mes pieds? Mais oui, ma chérie, ma pauvre petite jalouse à moi, mais oui, Marianne de ma jeunesse, peut-être...

*

Reçu au même courrier une lettre de Jean me disant qu'il m'aime et une lettre de Juliette me disant qu'il l'aime. Ce ne sont pas deux idées compatibles quand elles cohabitent dans le même cœur. Le « Je t'aime » de Jean s'écrit : « Qu'est-ce que tu veux de plus? Juliette, c'est mon affaire. » Quant à Juliette, c'est un faire-part de bonheur qu'elle m'adresse. J'espérais qu'elle broderait sa thème « valse mélancolique et langoureux vertige »; mais elle revendique, elle aussi. Elle m'avise qu'elle compte sur un avenir, un certain avenir. A moi de lui faire de la place, elle s'installe. Son sentiment n'est pas un incendie, c'est un poêle à feu continu, le plus dangereux. Un incendie, ça s'éteint; un poêle, on vit avec. Juliette se doit d'aimer longtemps pour n'avoir pas saccagé notre amitié pour rien. Son côté princesse de Clèves me rassurait jadis, mais il n'y a rien de pire qu'une princesse de Clèves qui a fauté. Elle ne démordra jamais de Jean! Oh! je lui casserai les mâchoires. Juliette, je te plumerai.

Pourquoi ne se bat-on plus en duel? Pour la première fois, j'entrevois l'utilité du duel quand une situation est insoluble. Pas pour de stupides questions d'amour-propre, mais pour dépenser le trop-plein d'énergie que donne la colère, pour voir couler le sang de l'ennemi et que le plus acharné gagne. Mais aujourd'hui, on n'aime plus la guerre, on comprend tout et quand on se frappe le cœur, c'est de l'encre qui sort. Je m'admirerais d'aller me poster rue Corneille pour rouer de coups Juliette, pour être amochée éventuellement, pour taper dans ses joues d'ange, pour la faire saigner du nez, pour me faire mal sur elle. Mais c'est un rêve, j'ai plus d'imagination que de courage, et je ne la piquerais qu'à coups de stylo.

J'ai relu sa lettre dix fois comme si j'allais finir par y découvrir une petite raison d'espérer... son écriture même me semblait pleine des caresses de Jean.

« Marianne,

« Tu m'es toujours chère mais moi non plus je n'ai pas envie de te voir et pas envie non plus de te demander pardon. Bien sûr, je me sais coupable *(Ah! Tout de même!)*, mais ne l'es-tu pas, toi aussi? *(Non contente de partager Jean, Juliette veut partager les responsabilités.)* Pourquoi as-tu facilité nos rencontres et accepté si légèrement que je voie Jean, même quand tu n'étais pas là? *(La voilà bien, la preuve que les efforts pour dominer sa jalousie, sa possessivité, sont idiots. Il faut se méfier des femmes.)*

« Je n'ai pas cherché ce qui arrive, je te le jure *(parce que tu ne regardes pas où tu mets les pieds)*, mais en quoi me crois-tu? Je suis en femme. *(Juliette et ses effets de style!)* Jean et moi nous nous étions déjà aimés dans notre adolescence, pourquoi ne nous as-tu pas protégés de nous-mêmes et de notre passé? *(Parce que, pauvre gourde que je suis, je trouvais indigne de vous et de moi de vous espionner et de jouer les propriétaires, d'avance. De plus, Jean m'en aurait voulu.)*

« Je ne suis pas déçue que tu sois jalouse. Cela t'humanise et je te comprends mieux maintenant que je te sais vulnérable. Moi aussi je suis jalouse de toi qui a *(Bien sûr, pas d'S)* le beau rôle *(Voire!)*, de toi qui possède Jean *(je possède surtout une bonne orthographe, moi)*, de toi qui n'a rien pris à personne. Moi aussi j'en veux à la vie de m'offrir trop tard un bonheur que tu ne me reconnais pas le droit d'accepter, mais que je n'ai pas le courage de refuser.

« Pourquoi t'en prendre à moi? *(Mais parce que je ne veux pas m'en prendre à Jean!)* C'est à vous deux de poser le problème et de le résoudre. Moi je ne compte dans votre vie que si Jean accepte que j'y compte; c'est dur aussi, tu sais. *(Eh bien, laisse tomber! je t'en trouverai un plus facile...)* Il n'est pas question que tu me plaignes, mais permets-moi de ne pas te plaindre non plus. Tu es finalement plus forte que moi et je t'envie ton équilibre. *(A ce régime-là, il ne durera pas longtemps, sois tranquille!)*

« Je n'ai pas l'intention de renier mes actes mais, Marianne, crois-moi si tu peux, je t'aime autant qu'avant *(Parbleu, je ne t'ai rien fait, moi!)*, et l'idée que tu es malheureuse me désole. Crois bien que je ne cherche pas à détruire ce qui vous lie, Jean et toi, *(que tu es bonne)*, mais est-il si difficile pour toi d'admettre que Jean puisse m'aimer sans que ses sentiments pour toi puissent être remis en question? *(Oui.)* Je voudrais que tu le comprennes et que tu ne me considères pas comme ton ennemie. *(Comme ma belle-sœur, peut-être?)*

« Et je te demande pardon tout de même pour cet acte irréparable.

« J. »

Habile, cet « irréparable ». C'est dire sans le formuler que la situation est irréversible. Je bouillonne. J'ai envie de lui répondre, d'entreprendre une polémique, comme si l'amour se discutait. Je voudrais lui prouver que je compte aux yeux de Jean, que je pèse plus lourd qu'elle. Mais jamais je n'oserais exiger un geste de Jean à l'instant précis où il me démontre, preuves en main, que je ne lui suffis pas. Je n'ai pas su l'accaparer, tant pis pour moi. Ça se paie, l'incapacité.

Et puis nous n'avons jamais été les apôtres du renoncement et de la rigueur; le moment est venu de vivre selon nos engagements et nos convictions. Pas de chance!

C'est à moi de faire la preuve que je pensais ce que je disais!

Jean rentre à Paris dans deux jours. Il n'a pas dit son dernier mot. J'attends encore je ne sais quoi de son retour. Qu'il n'ait pas envie de me faire souffrir... Folie! On sous-estime si facilement les souffrances qui vous gênent. Qu'il me dise : « Erreur d'aiguillage, on retourne à l'embranchement... tout ça, c'était une mauvaise farce! »

Retourner en arrière, comme au Jeu de l'Oie, quel rêve! Mais on ne joue pas et l'oie, c'est moi. Et l'espoir est une sale bête qui a la vie dure et qu'on n'a jamais fini de tuer.

Et si je me réveillais tout à coup de ce cauchemar, pour entendre la voix de Juliette comme chaque matin au téléphone, amicale, affectueuse et étrangère surtout, si délicieusement étrangère...

★

J'ai passé une de ces nuits qui précèdent les grandes batailles. Pris des somnifères pour la première fois de ma vie. Il faut bien commencer à vieillir, à prendre des médicaments, à être malheureux; tout va ensemble et tout arrive finalement parce qu'on vieillit et l'amour avec soi. Je me suis réveillée un peu floue, moi qui retrouve d'ordinaire ma vie d'un seul coup et j'ai vécu quelques secondes de bienheureuse insouciance. Et puis une présence maléfique a envahi la chambre et mon cœur s'est mis à occuper une place trop grande dans sa cage. Qu'est-ce qu'il y a d'ennuyeux déjà? Delphine et Jean-Marie vont bien... Jean... ah oui! c'est à Jean et à moi qu'il est arrivé quelque chose : nous avons une maîtresse.

Il arrive tout à l'heure. Les enfants ne seront pas là : nous serons tranquilles pour la grande scène. Je suis sûre que lui n'a pas voulu y penser. D'abord, il se sait doué pour l'improvisation; et puis il pense rarement à sa vie, surtout lorsqu'elle se complique. Moi, j'ai répété cent fois ma première phrase. J'en ai essayé cent, cherchant celle qui me permettrait de partir du bon pied, de ne pas éclater en sanglots trop vite.

— Mon chéri, j'ai besoin de savoir jusqu'à quel point tu aimes Juliette?

Grotesque! J'ai l'air de vouloir lui mettre un thermomètre. Et s'il me répond : jusqu'au point de Non-retour?

Ou bien : « Mon chéri, si tu hésites entre elle et moi, fais tes valises tout de suite, je préfère cela. »

Absurde! Il n'hésite pas ou, en tout cas, pas encore et il a horreur de faire des valises. Moitié par passivité, moitié par lâcheté et moitié par fidélité à tout (chez l'être humain, il arrive qu'il y ait trois moitiés dans un entier), Jean est très long à se décider, il ne s'emballe jamais. Mais qu'est-ce que j'en sais, après tout? Je ne connais plus Jean et pour la psychologie et l'intuition je peux aller me rhabiller.

Ou bien : « Jean, puisque tu as eu le courage de tout m'avouer, aie le courage de me dire comment tu envisages l'avenir? »

Voilà ce que je voudrais lui demander parce que cela lui sera particulièrement désagréable de regarder les choses en face. Et l'adultère qu'avec sa paresse d'imagination il voit comme une succession de rendez-vous exquis, c'est aussi une question d'organisation, de lits disponibles, de tricheries; il détestera tirer des plans pour coucher. Il aime l'occasion qui passe, l'amour flou, tacite, qui a le temps. Le malheur pour moi, c'est que Juliette aussi est une raffinée; elle redoute le contact des réalités et haïrait un amant goulu qui la presse dans les coins et froisse son corsage dans les corridors. Je ne la vois pas entrant le mardi et le vendredi au Bijou Hôtel avec le Jean-de-son-cœur, le beau Jean vague et inconstant de sa jeunesse. Je crois que c'est cette horreur de la vulgarité qui l'a préservée des hommes jusqu'ici. Elle s'est seulement laissé effleurer; on n'a pas encore dérangé ses boucles. Un geste cru, un vilain costume, une chambre douteuse ferment cette sensitive qui a les yeux plus grands que le cœur. Hélas! elle ne risque rien avec Jean. C'est un amant qui attend le vent pour hisser la voile et qui ne se fatigue jamais à godiller contre le courant.

J'ai l'impression de vivre ma dernière heure, la dernière heure d'une époque heureuse de ma vie. Dans soixante minutes, sauf miracle, je vais emménager dans la peau d'une femme trompée. Jusqu'ici ce n'était encore qu'un accident. Les phrases que Jean va prononcer vont me cataloguer officiellement; je serai inscrite au Fichier; je ferai partie du troupeau aux yeux rouges. Une autre vie va commencer.

*

Tu as ouvert la porte et tu as crié : « O-Oh » dès l'entrée comme d'habitude. Mais nous ne sommes plus d'habitude, cher d'habitude, et je n'ai pas couru vers toi. Je t'attendais dans la chambre comme un juge avec mon gros dossier, consciente de mon ridicule, mais trop submergée par mes sentiments pour l'éviter. J'avais hâte de te mettre dans ton tort, de te voir dans une situation épineuse, toi qui as le toupet de vivre dans l'aisance. Déjà tu devais marcher au supplice car tu hais les scènes. Tu as dû attendre le dernier moment pour y penser car je suis devenue synonyme d'emmerdements pour toi et les emmerdements ça t'emmerde. Pourtant, il faut que tu saches que tout n'est pas facile.

Tant que tu as été derrière la porte, je tenais mon troupeau d'arguments, serrés et tremblants comme des moutons, derrière une barrière. Je savais par cœur mes six ou sept premières répliques. J'avais des vérités déchirantes à t'assener, tu crierais « touché », j'aurais gagné. Comme à la fin d'un combat loyal, tu ne m'en voudrais pas et tu me dirais bêtement, divinement bêtement : « J'ai été fou; c'est toi seule que j'aime. »

J'ai entendu ton pas dans le salon, et la porte s'ouvrir, « allez roulez »… mais dès que j'ai vu ton visage que j'avais oublié, comme chaque fois que tu me quittes, ta grande silhouette avec ses défauts qui n'ont même pas le pouvoir de me refroidir, tout a fondu : ma dignité, mon espoir, mon visage sous les larmes. Ça y est, je prenais le départ avec ce handicap qui fausse tout. L'homme peut commander à l'univers, mais pas à ses glandes lacrymales; les miennes remplissaient obstinément leur office sans se soucier de l'autorité supérieure. Je devenais poisseuse comme un vieux bonbon à l'heure où il fallait que tu me préfères. Je ne saurai jamais ce que tu m'aurais dit si j'avais eu une longue chevelure blonde et brillante pour m'y cacher, si les larmes, m'avaient embellie, si j'avais eu la grâce. J'ai des choses mais pas ça. J'ai un grand visage qui se voit beaucoup et le chagrin m'allait déjà mal à vingt ans. Je n'osais pas te montrer en face mes yeux bleu-blanc-rouge et j'ai parlé toute la nuit sans te regarder. Tu étais très doux, très lent, comme avec une grande malade, tu articulais bien comme on fait bêtement avec les étrangers. Effectivement, nous ne parlions plus la même langue et tu m'achevais tout doucement avec tes vérités goutte à goutte. Chaque fois que tu prononçais le mot AIMER, j'étouffais un sanglot. Il n'y a rien de plus dur à étouffer.

— Eh bien, oui, j'aime Juliette, je préfère que tu le saches. Mais cela ne change rien entre nous, mon chéri. (Que tu mens sincèrement, mon chéri!)

— Et si ça changeait quelque chose pour moi? (Va-t-il le dire? Va-t-il dire que si vraiment je suis trop malheureuse il renoncera à Juliette? Il prend son temps alors que me rassurer devrait être pour lui la chose la plus urgente du monde. Il cherche son paquet de cigarettes, il allume sa cigarette, il la rate, il prend une autre allumette, je tremble d'espoir et de désespoir. Me fera-t-il ce cadeau? Ne sait-il pas que je suis incapable de l'accepter, mais qu'il faut qu'il me le fasse?)

— Mon chéri — il tire cinq ou six fois sur sa monstrueuse cigarette — tu dois bien comprendre (j'ai passé mon temps à comprendre justement et cela ne m'a pas réussi), tu dois bien comprendre qu'il n'est pas question que je cesse de voir Juliette. J'existe vis-à-vis d'elle aussi, en dehors de tes réactions et ce n'est pas parce que je suis marié à une femme jalouse que je dois renoncer au monde? (Tout faire passer sur le plan général pour désamorcer le particulier, c'est la méthode de Jean.)

— Jean, je t'en prie, restons sur le problème d'aujourd'hui : je ne t'ai jamais demandé de renoncer au monde; mais Juliette, c'est beaucoup moins vague et plus grave. Tu tiens à elle... autant qu'à moi, n'est-ce pas?

— Autant, plus... moins, cela ne veut rien dire dans ce domaine-là.

— Mais si, Jean : AUTANT, cela veut dire que tu ne la sacrifieras pas à moi, ni moi à elle.

— Cela veut surtout dire que le sacrifice n'est pas dans mes cordes.

— Jean, dis-moi une chose, la seule qui soit importante pour moi : Est-ce que tu crois que cette histoire va durer?

— Si c'était une toquade, je ne t'en aurais même pas parlé, mon chéri.

— En somme, vous venez de vous fiancer et tu t'installes dans un autre amour?

Silence. C'est donc cela. Si Jean mourait là, subitement, je serais moins désespérée. Au moins, il ne m'aurait rien fait de mal. Même quand Emmanuel est mort, je n'ai pas connu cette amertume. J'ai l'impression que je ne pourrai jamais m'arrêter de pleurer. Où prend-on toute cette eau?

— Je t'en supplie, Marianne, rappelle-toi ce que nous nous sommes toujours dit : ce qui doit compter ce sont d'abord les sentiments que nous avons l'un pour l'autre, ce sont nos rapports à nous. Le reste ne doit pas gâcher ce qui existe entre nous. J'ai eu une vie avant toi; toi aussi, d'ailleurs; il se peut que j'en aie une en dehors de toi comme il se peut que cela t'arrive à toi; et je t'assure que je réagirais de la même façon. L'important, ce n'est pas que mon histoire dure ou non avec Juliette, mais que NOUS nous continuions à avoir envie de vivre ensemble. Et je t'affirme que rien n'est changé à ce point de vue-là. C'est même drôle comme je m'aperçois que je t'aime à cette occasion.

Là, j'aurais voulu ricaner, mais cela tourne au sanglot; je ramasse pourtant la miette, j'en aurai besoin.

— Tu t'aperçois que tu m'aimes dans la mesure où ce sentiment te gêne pour aimer Juliette. Mettons que tu ne sois pas encore complètement libéré, mais tu fais tout ce qu'il faut pour que ça vienne, sois tranquille!

— Ne dis pas d'idioties, je t'en prie. J'espère que tu le sais — et sans cela ce n'est même pas la peine de discuter — que mon amour pour toi ne me gêne jamais; il ne peut pas me gêner dans la mesure même où il fait partie de moi, pour toujours, je crois. J'aime Juliette, mais elle sait parfaitement que cela ne change rien entre nous et notamment qu'il n'est pas question que je te quitte pour aller vivre avec elle.

— Elle le SAIT ou tu le lui as dit?

Silence d'un siècle. Jean écrase interminablement sa cigarette dans le cendrier. Puis il ouvre la bouche, mais c'est pour tousser. Ne comprend-il pas que je suis sur un gril? Plus la vie est urgente, plus il prend son temps.

— Je (il reprend son paquet et tire une nouvelle cigarette)... je le lui ai dit; mais elle le savait déjà.

— Évidemment! Elle ne va pas te demander aujourd'hui de me quitter! Mais tu peux être sûr qu'elle le souhaite ou qu'elle va le souhaiter très vite.

— Je ne sais pas ce qu'elle souhaitera demain, mais sur ce que je pense, je suis formel. Je t'ai écrit une fois où j'étais en veine de lyrisme, tu te rappelles, que tu m'étais le pain et le vin : j'ai l'impression que ce sera toujours vrai.

— Et Juliette, c'est le dessert?

— Tu parles comme ta mère!

— Mais enfin Jean, ce n'est pas vrai que deux amours peuvent cohabiter sans se nuire... Tu ne le sais peut-être pas encore, mais c'est fatal qu'une de nous deux en sorte diminuée, abîmée. Il va y avoir des soirs où tu auras plus envie de rester avec Juliette, le contraire serait anormal, et tu m'en voudras malgré toi, simplement d'être là, d'être celle chez qui il FAUT rentrer. L'idée que je représenterai cela pour toi me glace.

— Je suis toujours bien quand je suis avec toi, sinon je n'y resterais pas, sois tout à fait tranquille là-dessus. On ne fait pas tout ce qu'on veut au moment où l'on en a envie et ça n'a aucun rapport avec les sentiments qu'on éprouve. En tout cas, quand je serai près de toi, dis-toi que je serai heureux d'y être.

— Et quand tu n'y seras pas, tu seras heureux de ne pas y être. Ça va bien m'aider pour vivre, cette idée-là!

— L'idée que je t'aime ne t'aide pas? Tu ne crois plus que je t'aime?

— Non. En tout cas plus d'une manière qui me rende heureuse.

Jean a l'air malheureux aussi, mais plus encore accablé. Pour lui, les actes ne prouvent rien et on ne doit pas se baser sur eux pour juger les sentiments. Rien ne me donne le droit d'estimer qu'il m'aime moins alors qu'il me précise le contraire. Il faut savoir vivre de vent avec lui.

Il se tait. Dès que nous nous taisons tous les deux, c'est la panique qui s'installe. Tant que nous discutons, quelque chose peut encore changer, Jean peut encore dire : « Si c'est vraiment aussi grave pour toi, je ne reverrai pas Juliette. » Quand nous nous tairons pour de bon, tout sera fini; il ne restera plus qu'à vivre. A trois.

— Ce qui me déroute, Jean, c'est que j'ai l'impression de ne plus te connaître. Je ne croyais pas que tu coucherais avec Juliette parce que c'était mon amie intime, la seule même et que tu détestes les complications et les drames. Fallait-il que tu l'aimes pour nous mettre tous les trois sciemment dans ce pétrin! (Je laisse un blanc, mais il ne répond rien, rien, rien. Oui, fallait-il qu'il l'aime...) Je sais bien que tu as couché avec d'autres filles depuis dix ans; avoue que je n'ai jamais posé de questions indiscrètes ou fait des histoires. Mais cette fois c'est comme si tu faisais l'amour devant moi.

— On ne choisit pas toujours ce qui vous arrive.

— Bien sûr que si. Il y a un moment où l'on peut choisir. Mais toi tu as toujours fait passer tes principes d'abord. Sacrifier ta femme plutôt que ta fameuse « disponibilité ».

— S'il fallait ne plus être disponible, je trouverais que la vie ne vaut pas la peine d'être vécue. Je suis heureux justement parce que j'ai le sentiment de tout préserver.

— C'est comme ça qu'on gâche tout. Tu crois que tes actes sont indépendants les uns des autres, mais tout communique, tu vas t'en apercevoir, les sentiments empiètent les uns sur les autres et se détruisent. Mais tu trouves peut-être que c'est élégant et viril de risquer de perdre ce qu'on aime?

— Je n'ai pas l'impression de te perdre en aimant Juliette.

— Eh bien, tu n'es pas impressionnable.

Il est midi, la chambre est enfermée, je ne vois plus clair ni en moi ni en lui. Est-ce lui qui a raison d'être heureux? Nous en sommes à brasser notre vie passée, nos goûts communs, tout ce qui nous a liés. Mais le passé ne justifie pas le présent à lui seul. Il est trop tôt pour vivre sur son élan : on a toute la vieillesse pour cela. J'ai besoin que Jean continue à me préférer chaque matin. Et avec une marge de sécurité, sinon, j'ai peur. Maintenant, il va falloir se battre chaque jour et avoir des complexes. Si je suis malade, si je suis moche, si je suis de mauvaise humeur, je me dirai : « Pan, trois points de moins! » Et si je n'ai pas ma moyenne à la fin du mois? Jean hausse les épaules. Il ne veut pas admettre que, finalement, les choses se passent ainsi. Elles se passeront ainsi sans lui, tandis qu'il planera sur des zéphyrs, croyant que les amours s'additionnent et qu'il se réalise pleinement, alors qu'on passe son existence à sacrifier quelque chose à autre chose et que tout se soustrait, ne serait-ce que le temps. L'idée de me battre, d'avoir à me coiffer mieux, à être plus gaie, plus spirituelle, plus attachante encore — si c'est possible — de cuisiner des petits plats pour le petit mari qui se débi-i-ne, cela me dégoûte.

— Et en plus j'ai le handicap d'être la vieille! Si tu t'en allais, au moins je pourrais réagir. Mais tu m'aimes!

Et c'est à ce titre que tu vas m'imposer de te partager gentiment!

Jean ne dit rien. Nous sommes dans la mélasse : tu l'aimes, je t'aime, elle t'aime, on s'aime, c'est à vomir. Non, je ne vivrai pas à n'importe quel prix avec Jean sous prétexte qu'on a un beau passé.

— Je vais te dire une chose, reprend Jean, et je te demande de me croire et de t'en souvenir car ce ne sont pas des choses que je suis capable de dire souvent dans une vie : je crois que je n'aurai jamais le désir ni la force de me déraciner de toi, sauf si tu me le demandes, bien sûr. Et que j'aime Juliette ne change rien à cela. Ni tous tes raisonnements. Il y a pire : je ne crois pas que je pourrais être heureux avec elle sans toi. C'est inconcevable pour toi peut-être, mais c'est comme ça. Cela ne te semble pas une preuve suffisante?

— Non, je te demande pardon, je n'y vois qu'un effet de ta nature. Tu as toujours admiré les dilettantes qui s'arrangent pour ne jamais choisir. Tu n'aimes personne assez pour que le reste ne compte pas; c'est tout.

Jean est navré. Mon incompréhension le mine. Je sens que je le décourage et que mon procès va prendre fin.

— Jean, une dernière question : tu croyais sincèrement que j'allais te dire : « Chic, chéri! Quelle généreuse idée de te partager en deux! Les jours pairs pour Juliette et les jours impairs pour moi, cela m'en fera un de plus les années bissextiles et les mois de trente et un jours! »

— Non, je sais que c'est une chose désagréable; mais c'est une chose qui peut arriver et je ne pensais pas que cela te serait insupportable.

Jean met sa main sur la mienne. C'est tout ce qu'il peut faire pour moi apparemment.

— Et si ça me devient insupportable? Qu'est-ce que tu envisages de faire?

— Mais moi je n'ai rien à envisager, répond Jean sincèrement surpris que la question puisse se poser. Pour moi la situation est simple. Je ne veux pas te quitter.

Je comprends qu'elle le soit moins pour toi, mais c'est à toi d'en juger.

A moi de savoir si je m'en irai ou si je supporterai avec le sourire que Jean vienne allonger près de moi un corps marbré par les griffes carminées de Juliette, des reins moulus par ses activités rue Corneille, une tête pleine de rêves étrangers, sans lui faire chaque fois la même scène inutile. Je serai malheureuse ici, mais plus malheureuse encore ailleurs. Alors? Que Juliette meure, ce serait la vraie solution, le seul délice. Mais, hélas! nous n'habitons pas la même ferme et ce n'est pas moi qui fais le bouillon.

Je les voudrais tous à la torture, les coucheurs, les Don Juans, les vicieux, les hommes faciles et les femmes sentimentales qui subliment leurs envies de femelles. Je hais et je jalouse la facilité. L'amour me dégoûte et pas d'amour me dégoûte plus encore.

Combien de journées vais-je vivre semblables à cette horreur?

Å

Jean est rentré courageusement ce soir. Mais il ressemble à ces trous qu'on creuse dans le sable mouillé et dont les bords s'effacent à mesure. Il tend toujours avec une mollesse redoutablement efficace à revenir à l'horizontale et à nier l'agression.

Nous nous sommes couchés tôt, mais profitant d'un silence que j'avais oublié, il s'est glissé sans bruit dans le sommeil avec la légèreté des innocents et des irresponsables. Je reste éveillée à farfouiller parmi les décombres et à les arroser de mes larmes intarissables. Parfois quand je sanglote plus fort, une main secourable se tend et me caresse mais ON reste ostensiblement endormi.

On ne peut imaginer situation plus inextricable qu'un homme et une femme face à face pour la vie. C'est la première situation dramatique du monde et cela reste la situation dramatique numéro un.

*

Je me réveille près de Jean, mais dans un lit « occupé » :
il y a quelqu'un entre nous. Il ouvre un œil comme à
regret : D'où souffle le vent ce matin? Lui aussi voudrait
que cette nuit n'ait été qu'une tempête, une brève
colère. Mais il voit tout de suite la tête que j'ai et modifie
la sienne en conséquence.

Rien de plus idiot que ce petit déjeuner que nous
prenons côte à côte comme deux bestiaux dans leurs
stalles, ridiculement attentifs à nos gestes. La cuillère
tinte d'une manière incongrue, beurrer son pain prend
une importance grotesque.

— Tu ne veux pas de marmelade?

Il sait bien que je n'en prends jamais. On se heurte
du coude, on se dit pardon. Malgré ma volonté i-né-
bran-la-ble, des larmes descendent sur mes tartines.
Je n'ose pas les arrêter en route de peur que Jean ne les
remarque. Elles me chatouillent atrocement jusqu'au
menton où j'en bloque quelques-unes en feignant de
me gratter. Mais celles qui passent sont énormes et
détrempent tout. J'ai toujours pleuré comme un croco-
dile. Et me revoilà dans l'engrenage du chagrin : le nez
plein, les cils collés, le visage luisant comme une cicatrice. Tout cela n'aide pas à supporter l'infortune.
Heureusement, Jean part tôt ce matin. Les bruits d'eau
évitent les éclats de voix. On ne jouera le second acte
que ce soir, le sujet est trop sérieux pour l'aborder en se
lavant les dents.

*

La journée n'a été qu'un long entracte où tout m'a
paru dérisoire et hors du sujet. Gestes machinaux, vides
de sens et attente interminable du soir.

Jean est rentré avec des propositions de paix sur son
visage. Je comprends qu'il n'ait pas envie de recommencer le cirque d'hier et qu'il n'ait rien de neuf à me dire.

Mais on ne pouvait pas parler de la mort de Louis XVI !
Et puis j'avais encore des questions à lui poser. Avant de
retomber dans l'évasif qui est son climat, il fallait que
Jean me dise certaines choses. Jamais je ne saurai
comment Juliette fait l'amour si je n'oblige pas Jean à me
le dire ce soir, pendant qu'il se sent encore un peu coupable, pendant le très court moment où il estimera me
devoir des comptes.

— Tu as vraiment envie de le savoir ? répond Jean qui
gravit son chemin de croix.

— Envie n'est pas le mot... Mais... oui, je voudrais
que tu me répondes.

— Tu sais que Juliette n'a pas eu une vie tellement
heureuse jusqu'ici et...

— Et ça a été une révélation ? Dis-le va...

— Ce n'est pas moi qui tiens à le dire.

— Et bien entendu tu as plus envie de faire l'amour
avec elle qu'avec moi ? Je suppose que c'est normal après
dix ans de mariage ?

Jean a le visage glabre de quelqu'un qu'on oblige à
parler. Il découvre que le mariage est une douloureuse
vivisection, chacun dépeçant l'autre sa vie durant, dans
l'espoir absolument vain de trouver le cœur. Il est assis
au bout du lit, comme un agneau prêt au sacrifice. Il ne
s'est pas mis dedans ; et pourtant, son corps près de moi,
ce serait déjà quelque chose. Mais il ne comprend pas
qu'on puisse avoir envie d'embrasser quelqu'un qu'on
injurie. J'ai besoin désespérément de son amour, mais il
est là, au bout du lit, comme un homme d'affaires péni-
blement surpris. Plein de compassion aussi parce qu'on
ne regarde pas sa femme pleurer pour la première fois
sans compatir. La pauv' bête ! Peut-être aimerait-il que
je lui crie : « Viens, je te déteste mais je t'aime, faisons
l'amour ensemble comme jamais. » Son air m'en empêche.
Que je puisse ne pas l'approuver, estimer qu'il m'a
trahie, est un péché mortel. Et Dieu n'a plus envie des
créatures en état de péché mortel.

— Tous les hommes ont plus envie de faire l'amour
avec une maîtresse qu'avec leur femme, laisse tomber

Jean, mais qu'est-ce que cela prouve sinon le goût de la nouveauté? Cela n'a pas de portée et il n'y a pas de conclusion à en tirer. Tu veux toujours conclure et tu n'admets pas qu'on puisse ne pas sentir comme toi!

— En somme, Jean, cela te déçoit que je sois jalouse?

— Oui, je suis déçu surtout de ne pas m'en être aperçu plus tôt. Et tu sais bien que j'ai toujours considéré la jalousie sentimentale comme un chantage qui ne me touche sur aucun plan. Quand c'est un calcul, c'est odieux et quand c'est un instinct, c'est désolant. Mais cette fois, c'est TOI qui es jalouse et malgré mes opinions, je ne sais pas si je supporterai longtemps de te voir malheureuse.

— Alors quoi? Qu'est-ce qui va arriver? Tu sembles envisager tout sauf de rompre avec Juliette...

— Je ne sais pas ce qui va arriver, mon chéri. Je t'avoue que je suis un peu dépassé par tes réactions...

Surtout ne pas s'engager, ne pas promettre, ne pas se contraindre. Il est résolu à être hésitant. A chaque jour suffit sa peine. Pour moi, c'est complet, merci.

*

Quand Jean me quitte le matin, ça va moins mal. J'ai l'habitude de l'écouter, de tenir compte de ses opinions. Mais à mesure que la journée s'avance, c'est mon opinion à moi qui reprend le dessus petit à petit. A dix heures, je le quitte apaisée. A midi, il me dégoûte et quand il rentre le soir je suis à nouveau désespérée. D'autant plus qu'on se méfie d'une théorie quand elle est trop visiblement avantageuse pour le théoricien!

— Préfères-tu que je m'en aille pendant quelque temps, mon chéri?

Est-ce que je sais ce que je veux? Et puis donner ce bonheur-là à Juliette, NON!

— Je préférerais une seule chose : qu'on n'en soit pas là. A part celle-là, toutes les solutions me paraissent mauvaises. A propos, tu as pensé à demain?

— Quoi, demain?

— Eh bien, nous ne pourrons plus nous rencontrer comme avant, tous les trois. L'idée de voir la gueule d'amour de Juliette me révulse.

— Je suis heureux de ne pas te faire le même effet! dit Jean qui passe avec reconnaissance sur le terrain de la plaisanterie où il se meut tellement plus à l'aise.

— Cela me faciliterait pourtant la vie de ne plus avoir d'attirance pour toi. Mais je suis vraiment du bois dont on fait les femmes : je t'aime plus. C'est vulgaire mais c'est comme ça.

— J'apprécie que tu puisses encore faire des mots...

On se regarde presque avec connivence... Cette histoire, elle arrive à un Monsieur et à une Dame qui ne sont pas Nous... ce n'est pas un climat pour Nous, ce drame! Nous jouons mal! Et si tout cela n'était pas grave après tout? Si on éclatait de rire à en perdre le souffle? A en oublier ce cœur hypertrophié?

Mais le rire passe sans s'arrêter.

— Donc, tu vas être obligé de voir Juliette sans moi maintenant?

— Figure-toi que si cela ne t'était pas désagréable, je préférerais très souvent continuer à la voir avec toi.

— Mohammed, la Légitime et la Favorite! Mais figure-toi que je n'ai aucune envie de surprendre les bribes d'intimité qui vous échapperont malgré vous.

— Tu sais très bien que ce n'est pas mon genre de laisser échapper ces choses-là.

— Peut-être, mais c'est le mien d'y penser. Je sais que je serai obsédée par la crainte que tu aies envie de Juliette à la seconde où je te demanderai si la soupe est bonne. On arrive toujours à contretemps quand on vous aime moins.

— Mais je ne t'aime pas moins, dit Jean. Je sais que si toi tu aimais quelqu'un d'autre, ce serait contre moi; admets que je puisse être différent.

— Ce ne serait pas contre toi, mais à tes dépens. C'est pour cela que je ne le fais pas. Je te trouve trop précieux pour prendre des risques.

— Eh bien, moi, j'en prends parce que je te sens trop solide pour être inquiétée!

— En somme, tu vas réussir à me prouver que c'est toi qui m'aimes vraiment! Si seulement tu pouvais m'en convaincre...

— Oui, si seulement! Parce que je m'aperçois que je ne supporte pas d'être en contradiction avec moi-même, mais que je ne supporte pas mieux d'être en contradiction avec toi.

Comme chaque fois qu'il exprime un sentiment qu'il ressent profondément, Jean a un frémissement douloureux du sourcil et il m'intimide. J'ai l'impression d'être indiscrète et je baisse les yeux. On dirait qu'il s'opère sans anesthésie. J'ai toujours un peu peur qu'il ait une syncope quand il descend à ces profondeurs-là. C'est drôle d'être encore intimidée par un homme au bout de dix ans! J'aime cette déroute que je ressens devant lui, j'aime qu'il sache encore se faire tant aimer de moi; il fallait sans doute qu'il fût exactement comme il est. L'incertitude doit être un élément essentiel à mon bonheur. Serais-je encore émue par un scout qui banderait en secret au cinéma et ne m'aimerait que faute d'oser s'offrir d'autres débouchés? Les défauts de Jean? Quelle importance? Il a la plus précieuse des qualités : je l'aime. Le reste n'est qu'anecdotes. Être malheureuse c'est la pire façon d'être heureuse, mais c'en est une. Quand tout coulera sur ma cuirasse sans l'entamer, je l'aurai enfin, la paix du cœur, prélude à la sinistre Paix éternelle.

*

Comme un feu qui couve et qui soudain sans raison se remet à flamber, je ramène sans cesse le débat sur le tapis. Je reprends la chose où nous l'avons laissée, où Jean voudrait la laisser, pour toujours. Il prend sa tête de brebis et m'écoute. En fait, ce sont simplement mes réflexions qui montent de temps en temps exploser à la surface, car en profondeur, je ne cesse de penser à Juliette et à Jean.

— Eh bien, tu vois, je crois que je suis celle qui aime le plus : je préfère te perdre tout à fait que te couper en deux.

Silence. Que pourrait répondre Jean? J'ai raison? Et après? Dix minutes plus tard :

— Eh bien, tu vois, j'en voudrais moins à Juliette de se battre, même en frappant au-dessous de la ceinture, pour t'emporter, que de s'installer modestement chez nous avec un bail trois-six-neuf. C'est la maladie chronique qui me décourage.

Silence. Tout cela a déjà été discuté, trituré, passé à la moulinette.

— En somme, ton idéal, c'est la solution de cette pièce que nous avons été voir avant les vacances : une femme à la ville, une autre à la campagne?

Je me souviens que nous avions vu cette pièce avec Juliette, bien entendu. On faisait tout avec Juliette. A force d'aller au théâtre, au restaurant, en voyage avec elle, on a fini par la prendre dans notre lit. J'ai eu l'impression ce soir-là qu'ils étaient tout contents de voir exposées avec tant de talent et d'intelligence des thèses qui allaient devenir les leurs. Juliette trouvait ravissant que Jonathan le mari conserve ses deux femmes : c'est une opinion de maîtresse, elles ont tout à y gagner. Ma position était moins brillante : je n'avais que des arguments de privilégiée qui veut conserver ses privilèges, de bourgeoise qui ne veut pas lâcher le grappin. J'avais tort et vous, vous étiez la revanche sur la vie, l'audace, la légèreté et avec d'autant plus de spontanéité que vous ne saviez pas encore, je veux bien vous croire, que vous plaidiez pour votre avenir. J'étais rentrée très vaincue de cette soirée. Mais Juliette semblait si franche, elle riait de mes indignations avec tant d'amitié en me prenant le bras... non, le malheur ne me viendrait pas d'elle; nous avions assez d'adresse et de classe et d'affection mutuelle pour éviter cette banale catastrophe. J'oubliais que pour Jean et Juliette, cela ne pouvait être une catastrophe. Mais non, voyons, puisque Jean continuait à m'aimer! Mais non, voyons, puisque j'étais une fille qui comprend les choses et non une mesquine petite-bourgeoise!

En somme, je tentais des sorties pour la forme, sans objectif et sans espoir. Je me promenais devant les vitrines de revolvers sachant que je ne me déciderais pas et je me débattais machinalement sachant que je ne changerais rien à rien. Je n'ai jamais mesuré à quel point les mots, ces mots que j'aime tant, que je trouve si chargés de sens, sont impuissants et sans effet sur les sentiments. Je pouvais dire ce que je voulais, traduire exactement ma détresse, ouvrir mon cœur d'un coup de zip ou le démailloter en expliquant tout, après huit jours de palabres entrecoupées de sanglots, nous en étions très exactement au même point de départ : Jean aimait Juliette, point final. Tout ce qui nous écartait de ce sujet de conversation sonnait faux et pourtant barboter dans les larmes nous donnait la nausée. On en avait plein les bottes et plein les pattes de notre amour. Je travaillais comme un boucher, les mains pleines de sang de cœur, le plus gluant! J'enviais les gens dans la rue qui ne parlaient pas de « ça », les vieillards que ces orages feraient sourire de mépris. Survivre, c'est autrement dur, je suppose. J'en arrivais à souhaiter vieillir; à souhaiter ce jour où Jean ne serait plus qu'à moi... parce qu'il n'aurait plus de jambes pour courir ailleurs. Je viendrais te raconter le monde, mon chéri — on vieillit bien dans ma famille — et pousser, si tu es sage, ton fauteuil roulant devant la fenêtre. Juliette pèserait cent kilos comme sa grand-mère et souffrirait d'une inflammation chronique des muqueuses ou d'un lupus de la face. Si cela pouvait commencer demain! A quel sinistre espoir vous mène la jalousie! Ce qui tendrait à prouver, comme le dit Jean, qu'elle n'a aucun rapport avec l'amour. Ah! non, plus ce mot-là, je m'en supplie.

Sous prétexte que je ne suis pas morte, Jean reprend du poil de la bête; la bête, c'est moi. Il sait qu'il faut survivre bêtement et que les petits gestes vous conduisent tout doucement aux grands renoncements. Il me guide sur le chemin : on dîne chez des amis, on achète une lampe ensemble, on tire des plans pour payer nos impôts. Il me tient maintenant le bras dans l'escalier comme si je relevais de maladie. Mais il le lâche dans la rue... si par hasard on rencontrait Juliette! Dans la Bibliothèque Rose, on avait une fièvre cérébrale dans ces cas-là. Ça n'existe plus, sinon j'aurais bien aimé. Je me rabats un peu sur l'amour maternel. Pas sur Delphine qui ne doit pas savoir que l'amour conjugal mène là, mais sur Jean-Marie que mes larmes troublent comme je voudrais troubler Jean. Je le démolis quand je pleure, mais je m'offre parfois ce réconfort, malgré mon remords. Je le prends dans mon lit le jeudi matin quand Jean est parti et il me serre dans ses bras minuscules. La moindre marque de tendresse me fait pleurer en ce moment et il fond tout de suite en larmes avec moi parce qu'il m'aime, lui, et qu'il n'a pas une autre vie ailleurs. Il m'embrasse, il ne voit pas que je suis laide, que j'ai des défauts, il trouve seulement criminel que je pleure, et que rien ni personne ne peut le justifier. Mais quel poids a-t-il dans la vie, ce petit amour absolu qui n'a pas encore appris qu'on peut avoir envie de plusieurs choses à la fois? Il m'aime parce qu'il ne sait rien et ça ne durera pas : il verra clair lui aussi, un jour, et essaiera d'avoir de tout un peu, comme les autres. Je pense à tout ce qui s'est dérobé ou va se dérober dans ma vie, toi aussi mon Jean-Marie. Mais sa petite chaleur me gagne peu à peu, j'ai pitié de ce petit corps qui pleure parce que je pleure. Puisqu'il est impuissant à me consoler, autant le laisser rire. « Tu vois, c'est fini! » Et je lui adresse un affreux rictus qu'il prend pour un sourire. Tout le monde a tellement envie que je sourie; c'est tellement plus commode de faire du mal aux gens quand ils sont courageux!

*

Jean a-t-il revu Juliette? Je n'en jurerais pas, tout en

sachant que je ne peux plus m'accorder aucun crédit. Je me trompe sur tout mais il faut bien continuer à avoir des opinions. Donc je crois que Jean n'a pas revu Juliette. Par délicatesse, comme on ne va pas au bal quand sa grand-mère est morte. Jean n'est pas pressé. Je le sais, je l'ai connu amant. J'ai cette consolation : encore un que Juliette n'aura pas! A elle de découvrir maintenant le pouvoir de fuite de Jean, sa faculté infinie de tout remettre au lendemain, les entretiens importants, les problèmes, les déclarations, qu'elles soient d'amour ou d'impôts; et sa certitude d'avoir la vie devant lui et que le temps perdu est du temps gagné.

Jean n'a jamais dû l'embrasser entre deux portes; je ne risquais pas de les surprendre. Et il ne l'embrassera pas non plus dans la rue ou dans sa voiture, elle peut perdre cet espoir. Il méprise les extras, les amuse-gueule de l'amour. Jamais un genou pressé sous une nappe, un regard trop appuyé, un acompte volé au passage sur les plaisirs futurs. Les quais de la Seine, l'automne, le crépuscule, les coins sombres, les coins doux sont sans effet sur lui. Aucune vulgarité chez cet homme; pas assez de vulgarité. C'est ce qui va te permettre, ma chère Juliette, d'étouffer tes remords et de considérer en toute bonne foi que nous ne formons pas un ménage à trois comme les autres. Il n'y a pas Fornication entre Jean et toi, mais Communion. Tu n'es pas Dédée d'Anvers mais sainte Thérèse de Lisieux. Dans ton Carmel de Back Street, tu vas attendre avec ton doux sourire que tombe la pluie de roses. Et si ta culotte tombe avec, c'est un détail. Ton but n'est pas de t'approprier Jean, tu me l'as bien précisé, mais de le rendre heureux. Tu es donc irréprochable, C.Q.F.D.

Là où ton raisonnement foire, si tu veux mon avis, c'est quand tu te crois indispensable au bonheur de Jean. Comme dit Pascal, Jean ne te chercherait pas s'il ne t'avait déjà trouvée! Tu t'imagines que quelqu'un a besoin de toi alors que c'est toi qui viens de créer ce besoin! En réalité, Jean est un dilettante en toutes choses et il est capable d'être heureux avec toutes sortes de femmes; mais c'est un dilettante tempéré par un détail : il aime retourner où il a déjà vécu; c'est ma chance de durer. Il aime retrouver dans son pays les mêmes têtes de paysans, son virage au bout du jardin d'où l'on aperçoit la mer entré les ajoncs, le rocher où il coince l'ancre de son canot. Je suis, moi, ses paysans, son visage familier, son rocher mille fois caressé. Dix ans de coexistence ont fait un peu de moi sa femme natale. C'est ma seule supériorité, mais elle est de taille. Encore faut-il que je ne me rende pas méconnaissable. Jean ne supporterait pas très longtemps de se sentir étranger dans son propre pays.

En somme, je sais exactement ce qu'il faut faire pour qu'il me quitte. Mais pour qu'il quitte Juliette?...

Tire la conclusion des faits, maman : avec de tels partenaires, une sainte et un non engagé, tu es partie pour une croisière au long cours. La rupture ne viendra pas d'eux. J'imagine très bien Jean, vieux Chateaubriand, rendant visite à son amie impotente deux fois la semaine. Il baisera les doigts déformés de Juliette; elle ressemblera de plus en plus à une madone et ils se berceront tous deux de la délicate certitude d'avoir vécu en marge un merveilleux roman d'amour. Et si distingué!

Est-il possible que l'on dise « les femmes », « les enfants », « les garçons », et que l'on ne doute pas, malgre toute sa culture, que l'on ne se doute pas que ces mots, depuis longtemps, n'ont plus de pluriel, mais n'ont qu'infiniment de singuliers.

RILKE.

Septembre

J'ai ouvert la porte, il était appuyé contre le chambranle avec aux lèvres une esquisse de sourire.

Il est entré; il tenait en l'air comme un plat, une de ses mains où s'échafaudait une pile de raisins noirs. Il ne m'a pas embrassée, il a juste dit :

— Bonsoir, Jule.

J'ai senti qu'il se passait quelque chose et une bouffée d'émotion rouge a envahi mon visage. Pourtant, je ne voulais pas que cela se voie et je ne voulais pas non plus interpréter les signes.

Mais ce nom, que Jean ne m'avait pas donné depuis si longtemps, ce nom symbole qui faisait partie de notre patrimoine sentimental, c'était comme si, surgissant à nouveau du passé, il devenait le mot clef d'une énigme que j'aurais cherché en vain à comprendre jusque-là.

Autrefois, il m'appelait Jule, « Jule sans s comme George Sand », disait-il et cela me vexait. A quatorze ans, je me croyais une vamp. Je jouais du cil, de la paupière, de la fesse et de la mèche et j'attendais le résultat. Être appelée Jule était loin du compte! J'étais très amoureuse de Jean; depuis l'enfance je l'aimais à l'intérieur de moi, sans savoir le dire et il me le rendait un peu.

Son charme d'adolescent était déjà empreint de cette désinvolture qui caractérise son charme d'adulte. Il m'appelait « la petite », il m'embrassait sur le nez, faisait mes devoirs de latin, se moquait et puis tout à coup il devenait très sérieux, il me prenait par le bras et disait : « Il est mathématiquement prouvé que nous nous marierons plus tard ! »

Je le croyais. Je me considérais comme dédicacée, promise, engagée.

En revenant à Paris, je passais des matinées en classe, à entrelacer sur mes buvards nos initiales jumelles : J.J. Avant de m'endormir, je m'appelais tout bas par son nom : « Juliette Dastier » et je souriais. Entre les vacances, il ne m'écrivait jamais. Quand nous étions ensemble, il me glissait de petits mots dans la main en revenant de la plage et je les gardais d'une année sur l'autre en faisant semblant que c'étaient des lettres d'amour. Entre deux petits mots, il me donnait une bourrade, me faisait tomber du haut du grand plongeoir, riait de mon plat ou me disait que j'avais de « moches jambes » et allait prendre un verre au bar de l'hôtel de la Plage, avec des filles plus âgées que lui. Je voulais le suivre, Mamybel disait : « A quatorze ans, les jeunes filles ne s'asseyent pas à un bar. » Je râlais, je rongeais mes ongles, je sentais mon œil noircir.

En marchant de long en large sur le sable, je faisais la liste de toutes les punitions qu'il aurait à subir quand il reviendrait. Et puis il revenait, il glissait son bras sous le mien malgré ma résistance boudeuse et disait :

— Alors, Jule, on va pêcher sur la digue ?

Je renonçais chaque fois à le punir et je flottais vers la digue en pleine félicité.

A Eastbourne, trois ans plus tard, j'ai vraiment cru que notre amour était en « dur » et allait résister au temps, il m'appelait toujours Jule, mais c'était devenu un mot très tendre, l'association de lettres la plus chantante. En fait, j'en ai toujours voulu aux autres après de ne pas deviner que Jule était le plus doux des mots d'amour.

Puis, nous nous sommes séparés, perdus ! Il y a eu mon échec avec François, le mariage de Jean, ma rencontre avec Marianne, notre amitié et la douce entente à trois.

48

Plus d'incursions dans le passé, plus de clins d'yeux, plus de mystères. Je n'étais Jule pour personne, et je crois même que j'avais oublié de l'être pour moi-même.

Hier soir, il était là, Jean-mon-passé, avec ses boucles, son œil bleu horizon, ce petit côté « troubadour » qui est resté intact en lui et son mot-fleur à la bouche.

Il a fait glisser très doucement les raisins de sa main à la mienne, j'ai reçu ce poids de grappes fraîches entre la coupe de mes doigts, j'en ai malgré moi écrasé quelques grains. Le jus mauve coulait sur mon poignet, faisant comme une petite rivière sur mon bras. Jean a très cérémonieusement sorti de sa poche le sac chiffonné qui avait servi d'emballage aux fruits, il a cherché une corbeille des yeux, a lancé sa petite boule de papier à côté, puis, tenant mes deux mains entre les siennes il m'a conduite jusqu'à la cuisine, et m'a fait déposer mon chargement sur la table.

Son regard était triste tant il était grave. Il a porté tout doucement ma main à sa bouche, embrassé mon poignet, puis il a léché la petite rigole qui sinuait sur mon bras. Tout allait très lentement. Mon cœur battait au ralenti aussi, j'attendais toujours le coup suivant, et j'avais chaque fois l'impression qu'il ne viendrait jamais.

Jean a laissé glisser sa bouche jusqu'au creux de mon coude, il a tenu un instant mon bras en l'air et a dit : « Tu as un très joli bras! »

C'était la première phrase que l'un de nous prononçait depuis cinq minutes. Sa jambe coinçait la mienne contre la table de bois, il me faisait un peu mal, et je n'avais pas envie de bouger. Et brusquement, tout a été très vite. Comme dans un vieux film muet, les séquences se bousculaient, et je ne me les rappelle plus très bien.

Je crois que c'est à ce moment-là qu'il a pris ma figure entre ses mains. Je me suis souvenue qu'il faisait déjà ce geste-là il y a quinze ans quand au croquet ou au tennis il voulait me convaincre de quelque chose :

— Je te dis, ma petite vieille, que ta boule est sous cloche...

ou

— Jule, avec tes balles « out » tu m'as fait perdre ce match de tennis...

Là, il ne m'a rien dit. Sa bouche carrée qui s'étire en rectangle quand il sourit, s'est un peu entrouverte et il avait une telle puissance de douceur dans l'œil que j'avais envie de pleurer.

Il sentait bon, sa figure en médaille cabossée était juste contre la mienne. J'ai fermé les yeux et je me suis abandonnée.

Nous sommes restés des secondes à nous serrer sans parler.

L'image de Marianne avait pour quelques instants voleté dans ma tête, comme un oiseau fou qui se tape au mur et puis elle s'était estompée. Je ne savais plus que Marianne existait, c'est comme si tout avait été fait déjà et qu'il était trop tard pour réfléchir.

Il a dit : mon amour, mon amour. J'ai senti ses mains sur ma poitrine, il a posé ses lèvres chaudes et un peu râpeuses, comme un velours sur les miennes, il ne m'embrassait pas, nous étions juste visage à visage. Ses lèvres ressemblaient à celles de mon Jean d'hier, elles évoquaient les baisers désinvoltes de mon Jean d'avant-hier. J'ai laissé tous mes Jeans décider pour moi.

Je sentais que j'appartenais à l'inéluctable et j'étais sans résistance. A travers mes cils, je voyais son oreille de faune et la vrille de ses boucles. Tiens, il avait déjà des cheveux blancs !

Pourquoi avions-nous laissé ces rides se former entre hier et aujourd'hui ? Et qu'est-ce que j'avais fait d'autre pendant ces années sinon chercher cette douceur-là ?

J'avais l'impression d'être un navire enfin rentré au port après avoir longtemps erré dans la brume sans trouver son chemin.

J'étais heureuse et calme.

Jean a mis sa main contre ma joue :

— J'ai pensé à toi depuis que tu es venue à Pendruc ! Je suis heureux que tu m'aies invité, je voulais te voir. Et puis, en montant l'escalier, je me suis rappelé qu'on s'aimait. C'est vrai, n'est-ce pas ? Est-ce que tu le sais toujours que l'on s'aime depuis toujours ?

Je le savais, enfin !

J'avais encore envie de pleurer, j'ai les larmes les plus « mal-t-a propos » qui soient ! Elles se trompent toujours de moment !

Jean a dit :

— Assieds-toi à mes pieds.

Je me suis assise à ses pieds, comme je le faisais à Eastbourne la tête sur ses genoux. J'ai fermé les yeux et je ne savais plus quand j'étais. Peut-être avais-je rebroussé le temps et étions-nous à nouveau les deux adolescents d'hier, tendres et sûrs d'eux-mêmes, qui fabriquaient l'avenir en se tenant les mains ?

Jean allait tout à l'heure me prendre par le menton et décider comme il y a douze ans :

— Nous nous marierons à l'hôtel de la Plage, on invitera tout le monde, les amis de Menneval et toutes les vieilles dames d'Eastbourne y compris les mortes. Puisque tu me l'as volé, j'exigerai que tu mettes mon imperméable sur ta robe de mariée.

Il allait me dire avec son air sérieux voilé d'ironie :

— Jule, acceptez-vous de prendre Jean pour époux ? et tirer sur un de ses cheveux bouclés pour nouer une alliance symbolique autour de mon doigt.

Tout commençait, tout recommençait et il n'y avait pas de Marianne, à quoi servirait-elle ?

Je me sentais comme une esclave, j'avais envie de mettre mon visage sur le sol et de dire : « Sahib. »

Jean m'a fait lever tout doucement, me regardant avec presque du désespoir et il a lentement déboutonné ma robe. J'étais émue comme si au lieu d'avoir vingt-neuf ans, j'étais encore la fille claire de notre passé, celle qui mourait de tendresse, mais disait : non, tout le temps et se débattait sans cesse, comme la chèvre de M. Seguin, non seulement contre l'homme qu'elle aimait mais plus encore contre son propre désir. Cette fois-ci, je ne résistai pas. Sans un mot, nous nous sommes allongés sur mon divan bleu.

Je n'avais jamais fait quelque chose d'aussi facile de ma vie! Je naissais à mon corps, je me réalisais enfin! Pas un instant je n'ai eu à faire face à un de ces moments creux où la tête de l'homme à côté de vous paraît animale ou imbécile, et où l'on se demande ce que l'on fait là.

Pas un instant je n'ai douté.

Tout allait de soi, tous les « je t'aime » de notre jeunesse nous faisaient un pont et nous écoutions nos souvenirs se joindre à nous. Je tenais dans mes bras Jean-du-tennis, avec sa chemise à manches courtes, Jean-de-la-plage où nous jouions au couteau, Jean-d'Eastbourne, qui devait m'aimer toujours et qui m'aime toujours.

Nous sommes restés éveillés jusqu'à l'aube, sans rien dire à haute voix, étendus sur le lit comme sur une barque flottant hors du temps. Nous n'avions pas besoin de lendemain et hier nous tenait lieu d'avenir.

Sans bouger, nous saturant de tendresse, nous étions heureux d'être corps à corps et de penser tout bas la même chose.

Au matin, il est rentré chez lui. Il était six heures.

Une journée divine, une vie nouvelle commençait. Je le vois ce soir.

*

Nous sommes allés dîner au parc Montsouris. J'aime les souvenirs! nous avons mangé des fricassées de souvenirs. En conserves, revenus, réduits, en bouquets, en ravigote, à la régalade. Nous nous sommes gavés de passé. Entremêlant les découvertes avec les « tu te rappelles »? à la recherche de nous-mêmes, nous avons parcouru à reculons, des pays enfin retrouvés. Nous sautions de l'enfance à l'adolescence, nous nous arrêtions à tous les pas pour sourire ou jouer à la mélancolie. Attrapant nos jours d'hier au vol, nous nous les montrions comme des oiseaux : « Et celui-là! »... « Et celui-là! » Toute la volière y est passée.

Ce qu'il y a de joli, dans les souvenirs partagés, c'est qu'ils ne se ressemblent pas! Chacun sa vérité! C'était parfois d'autres Jeans, d'autres Juliettes que nous faisions l'un ou l'autre surgir de notre mémoire. D'autres événements aussi! Jean, lui, me promettait que c'était moi la responsable de notre rupture après l'Angleterre. Il croyait que ma grand-mère ne l'aimait pas, et m'avait éloignée de lui. Moi, il me semblait seulement que comme une algue qui se fane hors de l'eau, notre amour de vacances n'avait pas su s'adapter au quotidien, rentrer dans les rangs de l'habitude.

— Mais Mamybel t'aimait beaucoup, Jean, elle disait toujours : « Ce grand escogriffe de Dastier a un charme fou! »

— Non, elle me dévisageait avec un œil d'acier quand je venais te chercher, et répondait toujours au téléphone que tu n'étais pas là.

— Tu te rappelles quand tu disais que tu étais Professeur de Baiser et que tu me donnais des leçons derrière les fusains de la grande allée?

— Et la fois où nous avions décidé de passer la nuit dans une meule de foin, et ta grand mère nous cherchait partout!

— Tu sais que j'ai gardé ton imperméable des années, je n'ai jamais eu un vêtement où je me sois trouvée plus séduisante.

— Oui, ma Jule, tu avais l'air de jouer dans *Quai des Brumes*.

— Est-ce que tu crois que la vieille dame en blanc, chez qui j'habitais, vit encore? Tu te rappelles, elle avait des cravates de mousseline et tu l'appelais la duchesse Dupont-Dufort, comme dans une pièce d'Anouilh?

— Je lui avais promis qu'elle serait notre demoiselle d'honneur!

— Nous marchions des heures sous la pluie!

— Il pleuvait pendant des heures, tu veux dire!

— Ce que le sable était gris! Ce qu'il faisait froid! Les gens avaient des manteaux et des chapeaux sur la plage!

— Ce que tu étais jolie! J'ai encore une petite photo de toi, tiens, j'aurais dû te la montrer à Pendruc, tu as l'air d'une bien-aimée perdue, d'une orpheline... on a envie de t'aimer.

— J'en suis une, orpheline!

— Non, puisque je suis ton frère.

C'est vrai, mon tant aimé, mon Jean retrouvé, tu es mon frère, ma pensée tendre, mon compagnon, et c'est délicieusement incestueux de t'aimer.

Nous nous tenions les mains à travers la table, nos genoux se cherchaient sous la nappe, nos pieds parallèles s'imbriquaient deux à deux, et parfois la chienne Boudin posait sa truffe froide en travers de nos jambes. Jean souriait des yeux, frisant sa paupière d'un geste que je me rappelais soudain. C'était comme si de savoir à nouveau que nous nous aimions, redonnait à chaque chose, la juste place qu'elle avait perdue. Comme si soudain une lumière forte éclairait jusqu'aux ombres de notre vie. Je me penchais vers Jean, j'apprenais, je réinventais le visage de mon amour.

Nous avons marché longtemps avant de héler un taxi. Boudin roulant derrière nous, nous avons erré sans nous presser, serrés l'un contre l'autre au chaud de nous-mêmes.

Et puis, nous avons atteint enfin le havre de mon lit, et nous avons accompli avec passion des gestes déjà familiers, nous murmurant tout bas de petites choses qui prenaient beaucoup d'importance.

Quand Jean fut parti (Pourquoi t'ai-je demandé de partir, mon Jean? Quelle stupide retenue de vieille fille m'a empêchée de te garder jusqu'au matin?), avant de plonger dans ce qu'il me restait de nuit, je suis restée longtemps immobile, éblouie de joie et aussi un peu déchirée d'inquiétude : Marianne rentre dans cinq jours.

C'est terrible, je ne pense plus qu'à moi! Je suis tellement occupée à aimer que tout le reste est littérature. Ainsi je ne passe que des minutes auprès de Mamybel. Je sais qu'elle a perdu la notion du temps et que mes visites se diluent dans l'oubli dès que j'ai fermé la porte, mais j'ai cependant un peu honte de mon désintérêt.

Chez Roxane, c'est encore pire, je m'ennuie ferme,

54

je bâille comme une mauvaise élève et j'attends sans ardeur ni talent que la journée se passe et que je retrouve mon Jean.

Mon Jean, son Jean, leur Jean! Voilà le drame! Dans deux jours, il ne sera plus à moi toute seule. Je ne pourrai pas lui téléphoner au milieu de la nuit pour dire : « Tu es bien rentré, mon amour? » L'attendre devant sa porte ou passer mon dimanche avec lui et le ramener dîner chez moi. Et Marianne, même en pensée, je n'ose la regarder en face. Nous n'avons pas une fois parlé d'elle depuis le soir où... Je ne sais même pas ce que nous pensons à son sujet.

J'ai mis jusqu'à maintenant ma tête sous mon aile, mais ce soir, mon Jean, quand tu viendras me chercher chez Roxane, quand tu me prendras par la main et que je te mènerai chez moi, j'ai décidé de te poser des questions. Et à travers ma journée de travail, pendant que je dis : « Oui, ça fait chic! » ou : « Non, c'est trop long », pendant que je dessine un motif de broderie ou que j'écoute (à peine) la vendeuse épiloguer sur les tendances de la mode, je pense, je pense, je pense. Je me noie dans le doute, le remords essaie de s'installer, le regret me cisaille. Je suis en cage dans mon angoisse et je tourne comme un ours.

Les « tu n'aurais pas dû » les « ta meilleure amie » font match nul avec les « je l'adore » et les « c'était inévitable ».

Pourtant, je le sais bien, il y a eu l'autre soir, un moment très fugitif où j'étais encore libre de choisir; je l'ai vue passer la minute-nez-de-Cléopâtre, où la face des choses aurait pu être changée.

Quand nous étions assis l'un contre l'autre sur le divan, comme deux enfants un peu effrayés et qui hésitent à faire un autre pas, j'aurais pu me lever et d'un mot assassiner l'amour qui renaissait.

Fantôme indésirable, il serait retourné pour toujours aux limbes.

Jean serait tout de même resté dîner, on aurait parlé de Pendruc, de Delphine, de sa dernière émission, comme si de rien n'était. Ou bien, non, je crois que Jean serait parti, il aurait descendu très vite mon escalier en colimaçon, laissant une ombre de baiser sur ma joue, j'aurais eu envie de courir après lui, mais je lui aurais seulement souri du haut de la rampe, dépossédée et fière peut-être, comme un boy-scout qui vient d'accomplir double portion de B.A. J'aurais rangé mon dernier Jean inachevé dans mon tiroir à souvenirs et je n'aurais plus jamais osé l'ouvrir. Et puis, j'aurais pleuré en me déshabillant.

Cela posé, je suis heureuse de ne pas avoir cédé à la honte; mon amour pour Jean me paraît plus recommandable que n'importe quelle bonne action. Je me sens bien dans mon geste. Mais le reste, tout le reste, insiste et persiste à vouloir exister. Il faut que nous composions avec lui.

Arrivé dans l'entrée, essoufflé et gai, Jean a ouvert tous ses bras, m'a serrée dans l'étau de sa tendresse et a dit :

— Donne-moi un énorme whisky, j'ai énormément soif.

Je lui ai apporté un verre et mes mains malgré moi devaient trembler très fort, car j'entendais les glaçons s'entrechoquer en faisant trois fois plus de bruit que d'habitude. Il fallait que je parle et j'avais peur. Avant que nous glissions l'un vers l'autre, avant que l'amour de lui me rende tout à fait faible, je devais savoir, il devait me dire.

Jean s'est lancé dans un fauteuil avec un soupir content, et moi, je me suis mise debout devant lui, gauche et tendue, craignant d'entendre mes propres paroles.

— Jean, mon amour, Marianne rentre demain, je ne peux penser à rien d'autre. D'abord je l'aime et je ne sais pas très bien comment je pourrai me passer d'elle; ensuite et surtout, je suis sûre que je ne peux pas me passer de toi. Qu'est-ce que nous allons faire?

— Nous n'allons rien faire, rien pour le moment en tout cas. Marianne et moi sommes liés par des sentiments très profonds et très précieux et nous nous comprenons. Je ne peux pas te dire que je vais lui annoncer mon amour pour toi dès son retour. Mais sois sûre qu'elle le saura un jour et que quand je lui en parlerai, cela ne posera pas de problème insoluble entre nous. Notre vie est basée sur une certaine forme de sincérité mutuelle et nous sommes au-delà de la banalité.

— Tu crois qu'elle ne voudra plus me voir, qu'elle me haïra? Cela serait normal, je me détesterais si j'étais elle!

— Ne dramatise pas, n'abaisse pas cette histoire au niveau de la comédie de boulevard. Notre amour, nos amours sont d'une autre qualité. Laisse venir les choses, ne te durcis pas, n'invente pas de déroulement. On verra. L'essentiel est que rien de fondamental ne soit changé entre Marianne et moi. Et cela, je te l'affirme. Elle est forte et originale; ne t'attends pas à la réaction de n'importe quelle petite-bourgeoise du coin et toi non plus ne sois pas une petite-bourgeoise.

— Tu as raison, mais cela serait tellement plus simple si je n'aimais pas Marianne!

— Et si je ne l'aimais pas moi aussi, cela serait plus simple, dit Jean un peu mélancolique. Mais c'est en un sens parce que Marianne t'aime que les choses seront simples. Viens, mon ange, ne te tricote pas de soucis, c'est mon affaire! Approche, Jule et souris-moi.

Sa bouche douce ferme la mienne, il enserre mes hanches entre ses deux bras, il me tient. Je ne pense plus qu'à nous.

*

Hier, Jean n'est pas venu, il allait chercher Marianne, Delphine, Jean-Marie et bagages à la gare. Je me sentais « Back Street » et j'étais triste. Pour ne pas penser, j'ai traversé le palier, emportant mon plateau chez Mamybel et j'ai dîné avec elle, coupant son jambon archi-menu, lui rappelant entre chaque bouchée comment tenir sa fourchette et répondant sans fin à la même question.

Mamybel était si heureuse que je sois là! Elle prenait mes mains entre les siennes, m'appelait « Bibiche » et moi je lui souriais le cœur ailleurs. J'imaginais le visage brun de Marianne par la portière, son sourire confiant. Je me disais : « Elle lui fait signe, elle l'embrasse, il la prend par le bras », chaque fois j'avais mal!

*

De savoir Marianne dans Paris, à quelques rues de moi, a fait peser un maléfice sur mon sommeil. Il est maintenant neuf heures du matin. Jean est parti sûrement! c'est l'heure des femmes : Marianne va me téléphoner comme elle le faisait presque chaque matin avant les vacances.

Nous avions besoin, l'une et l'autre, de ces petits morceaux d'intimité qui composent la mosaïque amitié. J'en ai encore besoin. Hélas! je tends l'oreille et en même temps je n'ose pas entendre...

Ça y est, c'est la sonnerie!

— Bonjour, chérie, dit Marianne avec sa belle voix un peu foncée, ça va? Oui, nous avons fait bon voyage. Non. Jean-Marie n'a pas retrouvé son ciré. Delphine? Elle est partie passer son examen de maths.

« Dis donc, est-ce que tu peux me prêter ta table de bridge, elle veut organiser un dîner la semaine prochaine? Et Mamybel? Et Roxane? Et Tania? Et Boudin? Toujours aussi emmerdeuse Boudin?...

« ... Est-ce que tu vas à Inno ce matin? Moi j'y vais, il ne reste plus un grain de sel dans les armoires. Est-ce que tu as besoin de quelque chose?...

« Au fait, merci d'avoir invité Jean. Il a bonne mine, hein?...

« Quand viens-tu dîner? Ce soir?... Alors demain?... Tu ne peux pas? Eh bien, viens à Vertville, dimanche... Ta voiture est en réparation? Écoute, Maïté doit venir pour voir son filleul, viens avec elle, ou bien on fera peut-être signe à Franca... Enfin, il y a toujours quelqu'un pour t'amener. Entendu, on t'attend, je t'embrasse

58

et je file, j'ai haut comme ça de valises à défaire et il y a du sable de Pendruc dans tout l'appartement. »

J'ai dû bafouiller les bonnes choses au bon moment, j'ai dû dire « oui » et « chérie » et « non » et « ah » quand il fallait, puisque Marianne n'a pas senti mon trouble, pas même quand, traquée dans l'encoignure de ses invitations réitérées, j'ai fini par abdiquer et accepter d'aller à Vertville après-demain.

Jean m'a dit hier : « Mais oui, ma Jule, viens et ne t'inquiète pas, je t'aime et tout est bien. »

Je l'aime, je m'inquiète et je ne sais pas ce que je pense de tout!

Je fais le trajet Paris-Vertville avec Maïté, l'amie d'enfance de Marianne, qui fait de la peinture. L'obligation de n'avoir l'air de rien, le bon ton de notre échange m'apporte d'abord une espèce de paix. Mais à mesure que l'on s'approche, pendant que s'égrènent les derniers kilomètres, mon fragile bien-être s'amenuise, je suis comme une glace qui fond, je me réduis, je disparais, je sens que je ne peux en aucune façon augurer de ma tête et de mes gestes à l'arrivée. Maïté qui conduit avec vigueur et autorité me parle sans discontinuer de ce « couple charmant », elle jongle avec les phrases : « Ils vont si bien ensemble! », « Jean a beaucoup changé sous l'influence de Marianne », « Ah! quelle femme épatante! », « Ce qu'il est gentil avec sa belle-fille Delphine » et « Jean-Marie, c'est le portrait de son père! ». J'opine faiblement.

Elle doit me trouver un peu buse avec mes réponses monosyllabiques et mes pâles exclamations. Elle se lasse enfin de mes silences et appuie sur l'accélérateur en pinçant les lèvres.

Je me regarde dans la glace, je me recoiffe, je mets du rouge à lèvres, j'essaie par tous les moyens de ruser avec mon inquiétude en la détournant de son objet. Brusquement, je me trouve trop nette... Marianne va encore dire : « Tu as l'air d'un Rat des Villes! » J'aurais dû mettre mon vieux pantalon plutôt que mon costume poil de chameau. Soudain, je me hais.

Nous arrivons : j'aperçois au bout du chemin creux la maison paysanne couchée sur le gazon. Il y a déjà deux voitures devant la barrière, tant mieux. La foule me tiendra chaud! Les roues de la 4 CV s'enfoncent dans le chemin boueux... Ouvrons la portière, il le faut. J'entre en piste.

Jean, affalé sur l'herbe devant les restes d'un soleil d'automne, ne bouge pas tout de suite. C'est Marianne qui vient à notre rencontre. « Bonjour, ma Juliette, encore un costume neuf! Mais tu as mauvaise mine! Tu aurais dû rester plus longtemps à Pendruc. »

Elle me prend sous son bras avec chaleur et me fait faire le tour de la pelouse. Il y a là Franca sanglée dans un justaucorps avec jambes de cuir noir, et deux petits jeunes gens amis de Delphine. Jean qui s'est enfin extirpé de son fauteuil bancal vient vers nous sans gêne et m'embrasse fraternellement :

— Bonjour ma Juliette! (Pas de Jule ici!)

Je pèse un instant contre sa joue, j'ai envie de dire : « Je t'adore. » Je ne le dis pas, je m'assieds sur l'herbe, l'air, rien que l'air, gai.

— Venez prendre un verre, dit Marianne, et nous nous engouffrons dans la grande pièce.

Vertville est un peu ma maison, j'y ai passé beaucoup de week-ends inconfortables et charmants. J'arrivais avec un pâté de chez Fauchon sous le bras ou une tarte grand format; on était toujours beaucoup plus nombreux que prévu et Delphine filait au dernier moment racheter douze œufs à la ferme. L'eau n'était jamais bouillante, je ramenais un rhume normand à la maison tous les dimanches soir, car les lits étaient humides et les couvertures rares! Mais notre amitié s'est affirmée pendant ces longues journées-camarades. On avait le temps de parler beaucoup, on buvait parfois un peu trop, les pieds devant le feu. Marianne et moi nous nous opposions pour mieux finir par nous entendre et Jean s'amusait à orchestrer nos différences. Avec sa philosophie d'intellectuelle aveugle, Marianne installait dans notre vie un paisible désordre et ne souffrait ni du chandail qui traîne ni de la poussière qui s'installe. Maîtresse de maison idéalement généreuse, parce que totalement indifférente, elle laissait chacun disposer des lieux. Parfois, je tentais un grand nettoyage :

— Veux-tu que je range la cuisine?

ou :

— As-tu des chiffons, je vais faire les carreaux?

— Laisse, il fait trop beau, la voisine fera ça un de ces jours.

La voisine s'en gardait bien, mais je profitais à l'extrême de cette vie nonchalante et j'admirais le détachement de mon hôtesse.

Rien n'a changé ici, si ce n'est moi! Sur la cheminée, les mêmes maïs auréolés d'une vague fourrure de poussière blanche, aux murs, les toiles abstraites de Maïté, sur le grand divan, face au feu, le chintz fleuri de dessins fanés. Le petit fauteuil crapaud perd toujours ses tripes et ses ressorts et le même châle des Indes masque sa déchéance! Le vin blanc cassis coule aussi gaiement dans les verres disparates; Marianne enfouie dans un chandail de Jean porte encore son vieux blue-jeans de plus en plus rapiécé et parle engrais et fumure d'automne avec passion.

— Qu'est-ce qu'on mange? dit Jean qui bâille.

— Attends, l'ami de Franca n'est pas encore arrivé...

Delphine met un disque et bossanove avec ses deux godelureaux et Franca qui ne veut jamais en perdre une miette entre dans la danse : « Oh! apprenez-moi. »

Je me sens encore une fois envahie par le même bien-être, j'aime la vie avec eux, eux les Dastier, eux tous les deux. Je sens se formuler en moi des désirs incompatibles : Ah! si on pouvait continuer à rester au chaud tous les trois et continuer aussi tous les deux!

Marianne me lance un clin d'œil tendre :

— Je suis contente de te revoir, Niquedouille.

L'eau des larmes monte à mes paupières et me picote, zut. Je suis contente aussi, je l'aime aussi. Je suis tentée de lui dire : « Viens, on va parler », et de déballer devant elle tous mes aveux : « Voilà ce que j'ai fait, mais ça ne change rien, dis-moi que ça ne change rien? »

Elle pleurerait avec moi et comme autrefois on pourrait encore tout mélomêler, nos larmes, mon chagrin, sa pitié.

Jean-à-nous se lève. Il va tourner la broche de son barbecue bricolé, s'agenouille devant la flamme, souffle, tire, fait tomber des choses dans la cendre, se trompe et dit Merde. Marianne se penche sur lui, tendre et propriétaire :

— Laisse, chéri, tu sais bien que tes mains ne savent rien faire...

Il s'en passe des choses sous ma tête et très vite. A les voir tous les deux l'un contre l'autre, je me sens blême, je ne suis plus si sûre que cela ne change rien, je me mets à sentir que cela change tout. J'ai envie de me lever et de dire comme une petite fille :

— N'y touche pas, c'est à moi.

Je me mets la main sur le bras, je me parle comme à un cheval rétif : « Ho, arrière la Julie! » et mon trouble se passe.

Le monsieur de Franca arrive; il est entre deux âges et encore cramponné au bon versant. Il bave sur ma main en la portant cérémonieusement à ses lèvres; il arrête un instant ses yeux sur ma poitrine puis les installe sur ma bouche. C'est un gars qui doit aller très vite en besogne... si Franca lui en donne l'occasion, car elle semble bien décidée à ne pas lui laisser beaucoup de bride et elle me lance un regard méprisant, parce que j'ai le toupet d'avoir l'air d'une femme.

Les déjeuners de Marianne ressemblent aux déjeuners de Marianne : c'est presque bon et c'est toujours bizarre. Marianne pense la cuisine mais ne sait pas la faire. Alors on finit toujours par manger chez elle des frisfris exotiques drôlement cuits, ou des recettes chinoises qu'elle « essaye » mais auxquelles il manque « l'alcool de riz, j'en ai pas trouvé »! D'un bout de la table à l'autre, elle interpelle Jean : « Tu trouves ça bon, chéri? » Jean-chéri trouve ça bon, toujours; les autres parfois, mais elle ne les consulte pas.

Comme il est étrange, le sentiment que j'éprouvais à

table aujourd'hui; nous étions Marianne et moi deux sœurs et nous possédions quelque chose de très précieux en commun : un homme. Le vol n'existe pas entre sœurs et après la flambée possessive qui m'avait envahie tout à l'heure, quand Marianne mettait la main sur Jean, devant le feu, j'essayais et j'arrivais à désamorcer la bombe :

Mais on peut très bien l'aimer toutes les deux, mais ce qu'il lui donne, il ne me le donne pas, je n'en veux pas, et puis, Marianne et moi nous sommes tellement complémentaires qu'au fond nous finissons par faire un tout à nous deux.

Je percevais, mais encore à travers un brouillard, les grandes lignes d'une association sentimentale telle que Jean me les avait fait entrevoir l'autre jour. Et puisqu'il avait dit que sa femme ne souffrirait pas, c'est donc qu'elle aussi regardait les choses de cette façon. Allons, je n'allais pas être la seule petite-bourgeoise du trio, ou bien : « Y fallait pas que j'y aille. » Allons, je serais la deuxième concubine un peu dans l'ombre mais adorée.

Je sais tellement maintenant que Jean m'aime « pour de vrai ». Nous avons atteint une si profonde tendresse, que rien ne peut abîmer quelque chose. Je regarde Marianne sur l'autre rive de la table, elle a l'air paisible et sûre, peut-être sait-elle déjà ? Non, il me l'aurait déjà dit. Ah! j'espère que ce n'est pas au beaujolais-village que je dois mon euphorie, j'espère qu'elle va durer au-delà du déjeuner, j'espère que, parce que nous ne sommes pas comme les autres, nous pouvons faire les choses différemment. Marianne dit :

— Jean, quand tu iras en Bourgogne, la semaine prochaine, si je ne peux pas y aller, n'oublie pas d'aller voir si l'antiquaire de Vézelay a toujours son dessus de lit paysan que je n'ai pas acheté la dernière fois et que je n'ai pas cessé de regretter depuis.

(Ah! cela veut dire que le départ de Jean est sûr maintenant! Quelle chance, car moi, je peux y aller, à Vézelay!)

Jean me regarde à travers la table et sourit. Il n'y a pas

de problème. Qu'est-ce que j'avais en arrivant à me sentir traquée?

Marianne retourne à ses *Minima Chrysanthemums*, Franca coince son bellâtre sur le divan et lui impose une séance de play back :

— Il faut que tu aimes ça! Après, si tu veux, on ira faire un tour au pays.

Maïté va faire des croquis dans la forêt, Delphine fait « am stram gram » tout bas pour savoir lequel des deux garçons elle préfère et Jean me dit :

— Viens voir mon magnolia. (Je viens mon amour.)

— Tu vois, mon aimée, tout va bien, tu avais l'air d'un lièvre pris au collet en arrivant, je t'ai observée pendant tout le déjeuner et j'ai senti que ton anxiété diminuait. Tu n'es plus triste? Je t'adore. Cela va être merveilleux de partir ensemble la semaine prochaine. Est-ce que tu crois que tu pourras prendre le train de cinq heures vendredi?

Jean-ma-vie, Jean-ma-tendresse, je marcherai sur des Roxanes et je soudoierai des armées de Tanias pour passer deux jours avec toi.

L'opération « thé » est très réussie chez eux. Toasts filiformes, miel des Alpes, miel de la Forêt-Noire, miel du Gâtinais, buns, scones et autres anglicismes.

— Jean est l'homme le plus facile à vivre qui soit, dit Marianne, mais il lui faut tous les jours un thé de duchesse.

J'ai envie de sortir mon petit carnet et de prendre note : « thé de duchesse pour mon amant ». Mais au fond, je n'ai pas besoin de prendre note, je sais tout sur cet amour de ma vie, j'en sais dix fois plus que Marianne, je pourrais lui en apprendre!

Quelle chance, mon euphorie persiste, je n'ai plus un nœud coulant autour du cœur, j'aime toujours Marianne, j'ai même envie d'être avec elle. Je ne lui en veux pas de ce que je lui fais. Quelle chance, j'aime. Rien que de regarder mon Jean tartiner sérieusement son pain devant le feu me bouleverse de tendresse, me comble. Tout va bien, j'entends sa voix. Tout va bien, il existe. Je le touche, du regard je le prends en moi.

Maïté reste coucher à Vertville, Franca ne veut pas que je revienne avec son monsieur. Après tout, il y a des gens qui conduisent parfaitement d'une main et elle sait très bien ce que ce monsieur-là fait de l'autre!

Elle ne désire pas non plus rentrer seule, elle me dit dans un grand élan faussement fraternel :

— Prenez ma voiture, Juliette, vous la laisserez place de l'Odéon devant le Méditerranée, le chasseur me connaît, je dois aller près du Luxembourg, demain, j'irai la chercher.

Clef de contact, frein à main, ceci, cela, elle m'apprend comment manier la bête. Noble bête s'il en fût et me laisse m'asseoir au volant sans regret.

Je pourrais aimer Franca, si je n'avais pas pris l'habitude de ne pas l'aimer. Elle est libre et généreuse; malheureusement, elle croit qu'elle est l'emblème de la féminité et ne supportant pas la concurrence elle choisit ses amies dans la catégorie des camarades. Moi, je ne suis à ses yeux qu'une « bonne femme » et l'affaire est classée. Même si elles restent dans le fourreau, mes armes scintillent et demeurent dangereuses. Je sais m'habiller, j'ose parfois imposer mon opinion et je suis une femme libre, trois handicaps qui compromettent la partie; alors elle me condamne sans même tenter de la jouer. Par contre, elle aime Marianne d'une façon animale. « Voilà enfin une femme qui n'en est pas une! » Franca la protège contre les intempéries, lui permet, lui pardonne.

Moi dont l'amitié s'interroge, moi qui ai plus que jamais besoin d'une ombre complice, la Franca me tentait un peu, tout à l'heure, mais je ne m'illusionne pas.

Marianne m'embrasse chaudement :

— Au revoir, chérie, on se voit quand? N'oublie pas la table de bridge.

Jean m'effleure d'un baiser-symbole, Delphine me crie : « *Ciao* » du haut du poirier et Jean-Marie qui zozote juste un peu, me dit : « Zuliette » en m'embrassant. J'ai toujours eu un faible pour Jean-Marie, il ressemble à quelqu'un que j'ai beaucoup aimé! Je vois Jean à travers sa petite figure plate où s'espacent cinq, six, pas plus, taches de rousseur. Il a l'air d'un dessin de Cocteau retouché par Marianne dont il a les yeux bleu liquide. Quand je l'embrasse, je comprends les malades mentales qui volent des enfants au coin des écoles. Il a des genoux cagneux, une peau de fille et il est toute candeur. Marianne l'habille mal; si j'étais une « mentale », quand je l'aurais volé, je jouerais à la poupée-garçon avec lui. Je lui achèterais des pantalons en flanelle qui s'arrêteraient juste aux genoux, des grosses chaussettes et un chandail couleur « œil ».

C'est drôle, la plupart des enfants me dégoûtent, il suffit qu'ils aient une tache de confiture ou un orgelet pour que je leur refuse tout droit de cité. Je les trouve moins humains que Boudin, mais ceux qui me plaisent, Jean-Marie ou quelques rares autres, je les aime à bloc!

Je reviens doucement à Paris, heureuse d'être seule, heureuse de ma journée, délivrée du doute et rêvant à demain.

*

Tu es parti hier, mon amant, et tu m'as téléphoné de la gare pour m'embrasser dans l'appareil :

— Mon amour, je t'attendrai à Avallon à neuf heures, je t'aime, pense à moi.

Mon amour, tu n'avais pas besoin de dire cela! Ma vie est un festival-toi, je n'existe pas, je t'aime. Je ne parle pas, je monologue. Je te regarde sous mes paupières, je mets en idée ma tête sur ton chandail doux, je rêve. Je me rappelle jusqu'aux presque riens que tu m'as dits, je pourrais te réciter par cœur notre amour... je suis toi! J'aime presque que tu ne sois pas là, pour te revivre, je fais de la conserve, je mets en boîte pour l'hiver de ma solitude, j'empile, j'étiquette, je radote...

Le matin dans mon bain, quand je prends le métro, chez Roxane, je rumine. Je te pense.

Hier, à dîner chez les Masson, pendant que tous les enfants qui avaient la pépie piaillaient autour de la table, et que Sylvie touillait la purée dans sa cocotte, où crois-tu que j'étais? Avec toi, dans ta voiture! Je vivais tes tourments, j'arrivais dans tes villes...

Pierre me posait des questions oiseuses :

— Alors, Juliette, toujours célibataire? Vous n'avez pas encore trouvé l'âme-sœur?

Sylvie me demandait s'il fallait raccourcir ses jupes et si sa petite couturière devait mettre des plis à sa nouvelle robe. Tu crois que je répondais quand je répondais? Bernique, je t'aimais tout bas et parfois même tout haut.

S'il me prenait l'envie impérieuse de dire : « Jean », je m'arrangeais pour le faire. Commençant par Pendruc, la pêche à la sole ou les vacances bretonnes des Masson, je me lançais dans une longue phrase sans issue, rien que pour pouvoir dire ton nom, l'isoler des autres mots, le rendre « diamant » et m'éclairer de sa lumière :

« Jean Dastier pensait que... »

Comme ton fils, qui rabâchait sans cesse avec ses copains cet été ce jeu un peu bête : « Jacques a dit... »

« Jacques a dit : Saute... Jacques a dit : Debout... »

Je jouais à : « Jean a dit... »

Mon amour, quand tu n'es pas là, je n'y suis pas non plus.

Passagère clandestine, tu as dû m'emmener sans t'en rendre compte, je me retrouverai vendredi.

★

Je fais mes valises comme pour un grand voyage, le petit côté de la question ne perd jamais ses droits pour la petite moi.

Je fignole les détails pour mieux aimer le tout.

Deux jours avec Jean! Un monde de joie! Il faut que chaque chose soit aussi bien que le contexte. Je fais des listes comme quand je partais pour trois mois à Menne-val autrefois :

Mon chandail neuf, il a à un gramme près la couleur de mes yeux.

Mon pantalon taille-basse-fesses-escamotées, mon sac Hermès, mon tailleur bleu ciel, un livre de poèmes, il faut toujours un livre de poèmes quand on aime. Mes mules de vamp que j'ai achetées exprès, ma robe de chambre vaporeuse qui date aussi de Jean, c'est-à-dire qu'elle est neuve et précieuse, mon manteau poil de chameau, il faut que tout ce que j'ai de bien vienne avec nous.

Boudin me suit pas à pas, elle marche dans mes traces et son œil dit :

— Tu ne vas pas me faire le coup, tu ne me laisses pas?

Non, ma Boude, tu es du voyage.

Je suis tellement heureuse que j'en ai honte, je voudrais demander pardon à quelqu'un... Je ne sais à qui...? Je cherche un beau geste qui ne me coûterait pas cher. Une aumône de bonté. C'est drôle ce sentiment que l'on a parfois, de vouloir payer pour sa joie! Pardon à quelqu'un, je ne dois pas me dire des choses comme cela, le quelqu'un est trop facile à trouver!

Marianne ne m'a pas téléphoné depuis le départ de Jean! Delphine est venue chercher la table de bridge lundi : « Maman-te-dit-merci-je-te-la-rapporterai. » Et depuis silence. Moi non plus, je n'ai pas osé téléphoner mais je pense beaucoup à « là-bas ». Et plus je pense à Marianne, plus je l'aime bien, et je pourrais presque ajouter : moins je m'en veux.

Au fond, c'est une assez jolie histoire :

« Jean le sultan, doge de Pendruc, roi de Vertville et autres cités, avait deux femmes. La brune était grave, intelligente et belle, la blonde était légère, instinctive et jolie et il les aimait mêmement. Elles s'aimaient entre elles aussi et conjuguaient leurs efforts pour offrir à leur Seigneur le meilleur d'elles-mêmes. »

Je me cause, je me cause, mais tout de même, je n'ose pas téléphoner! Je fais le gros dos et j'attends; pas si facile que ça la vie de harem!

J'ai pris comme d'habitude, les dispositions d'usage avec Mme Tania, et comme d'habitude j'ai mis des gants pour l'opération.

Mme Tania aurait fait merveille au Deuxième bureau, elle s'arrange toujours pour qu'on en dise plus qu'on n'en avait l'intention!

« Bourgogne, pour deux jours? »

« Vacances ou travail? »

« Ah! vacances! seule ou avec des amis? »

« Vous prenez voiture ou train? »

« Vous retournez matin ou soir? »

(Elle n'a pas un seul article à sa disposition mais s'en passe très bien!) Je lui signe dans l'espace des engagements précis.

C'est promis, dimanche à neuf heures et demie, elle pourra aller faire belote et rebelote avec ses amis, je serai là.

Mamybel, l'œil trop petit pour l'orbite, son bel œil bleu layette nageant dans un peu d'eau rose, me regarde déroutée :

— Tu t'en vas, Bibiche.

Elle prend l'air triste comme on met une écharpe, elle se pose sur les rides un masque de chagrin et le gardera jusqu'au prochain tournant de la conversation.

Je la serre contre moi :

— Je pars demain seulement ma chérie (c'est loin demain pour elle). Je te ramènerai quelque chose.

Les uns ont des enfants auxquels ils ramènent du nougat, moi, j'ai une grand-mère, et je trouve de plus en plus difficile de dénicher dans les villes des jouets pour aïeules!

Roxane m'a dit ce matin :

— Alors, vous partez cet après-midi, Juliette, mais c'est que cela ne m'arrange pas du tout (cela ne l'arrange jamais que les autres vivent!). Tâchez d'arriver très tôt lundi matin, car j'ai beaucoup de choses à voir avec vous.

« Oui, madame », « bon, madame », je rampe; j'acquiesce, je m'aplatis. Je passe sous toutes ses fourches caudines, la seule chose qui compte pour moi, c'est de filer et de savoir que dans sept heures, je serai avec Jean.

★

— Les voyageurs pour : Badon, Badon, Badon en voiture...

C'est moi ces voyageurs-là! Je fais mon trou dans le drap poussiéreux de la S.N.C.F. et j'attends. Cela ne m'ennuie pas, l'attente est « poids plume » quand on sait à quoi penser! Boudin est à mes pieds, roulée en colimaçon, le museau sous la cuisse. Il suffit que nous prenions un train, pour que, de peur de rester sur le quai, elle se réduise à néant. Je me penche, je la cherche des yeux, quoi, ce n'est pas possible, ce petit rond sans visage ni queue c'est ma bassette? Eh oui, et lorsqu'elle se déroulera à l'arrivée, elle aura pourtant zéro mètre quatre-vingt-quinze de la truffe à la dernière vertèbre.

Pour passer le temps, je souris à la petite dame d'en face. Elle me le rend bien. Elle a une jolie petite figure faubourienne et grille de faire conversation. « Faites, faites, je n'entends plus quand j'écoute, c'est occupé chez moi. » Elle propose les questions et les réponses d'un dialogue de sourds auquel je ne prends pas part. Moi, je regarde par la fenêtre. Sans cesse remplacés par d'autres, les paysages traversent le carreau et s'abattent de l'autre côté comme des châteaux de cartes, je les suis du regard le plus longtemps possible et puis, lorsque je suis fatiguée de les perdre, je ferme les yeux et il me semble alors que de leur bonne voix ronde, les roues me répètent : « On va voir Jean — on va voir Jean — on va voir Jean... »

Enfin, les voyageurs arrivent à Badonbadon. La petite dame s'enfuit sur ses talons aiguille et je reste là.

J'ai un mouvement de flou; brusquement une espèce de gueule de bois du cœur, un vague mal à l'âme. Qu'est-ce que je fais ici? A neuf heures du soir? Y a-t-il quelqu'un au moins? Et quelqu'un de content? Et quelqu'un d'amant?

Je hume l'odeur par la fenêtre, cela sent la gare et la nuit, sombre mélange! Ah, pourquoi ne pas rester là, comme dans un œuf? Et être balayée au matin par le robot humain qui ramasse les poussières dans les wagons?

Boudin n'est pas d'accord. « On est venu, on continue, ou bien on dort. »

Tu as raison, Boudin, qu'est-ce que c'est que ces mélancolies nauséeuses quand je vais à la rencontre de moi-même? Viens, on va le chercher, le mieux que moi, le meilleur de ma vie.

Il est là, tout gai, plein d'attente, fronçant le sourcil à mesure que la foule des voyageurs se raréfie. Je le vois avant qu'il m'aperçoive. Comme il est grand! Mon amour, mon amour, je suis là, vite Boudin, imbécile, avance, tire, traîne, pousse, il attend.

— Jean, Jean chéri, ohé, me voilà!

Je m'abats sur lui, il sent l'homme doux, il a son chandail beige, pourquoi ai-je perdu une minute à douter? Je l'embrasse, je pèse contre son épaule, je suis heureuse de partout.

Vézclay, hôtel de la Colombe.

Au lit, on dort! Voire! Au lit, on rêve! Au lit, j'ai rêvé de mon voisin amant. Au lit, on aime, au lit on vit.

Ma première nuit avec Jean! Jusqu'à maintenant, nous avions eu des bribes, le début, le milieu ou la fin. Jamais tout le long rouleau de la nuit qui s'épuise!

Je ne dors que quand je n'ai rien de mieux à faire.

Mon ami, mon amour, je suis restée éveillée pour notre première nuit. Tu n'es qu'un homme, le sommeil te prend en charge à heure fixe, mission accomplie, amour échangé, tu es rattrapé au tournant par l'habitude. Ton corps a une montre au poignet : « Minuit? ah! c'est l'heure d'éteindre mes pensées! » Moi, bel autre, elles brûlent sans discontinuer! Tu avais sombré dans ce néant vaguement inquiétant, je ne te reconnaissais pas tout à fait : comme l'eau, l'homme qui dort est peut-être un ennemi! Tu flottais à côté de moi dans une torpeur sans réflexe, je restais à la barre, un peu triste qu'il y ait des choses que les hommes ne se disent pas.

Un peu triste, mon amour, mais si gaie! Voilà que tu m'offrais un autre toi-même! voilà que nous partagions un pain nouveau et précieux, le sommeil; et pour aimer le tien, je me privais du mien, je repoussais toujours plus loin le moment du non-être, je voulais vivre, respirer ta nuit dormie.

J'écoutais ton souffle calme après la tempête de l'amour, le souffle de l'âme et du bœuf, chaud comme un sirocco, répété, répété, monocorde et presque un peu bête d'être si paisible!

Et puis, j'étais comme une comptable, j'avais à faire, j'additionnais nos richesses :

— Une enfance, une!

— Une adolescence avec souvenirs grands et petits.

— Un amour de jeunesse, flanqué de mélancolie et de rêve.

— Une passion adulte et tutti quanti.

— Quelle belle somme!

J'étais parallèle à toi, mon Tristan, sans presque te toucher, l'épée de la solitude entre nous — de temps en temps un petit morceau de mon corps sentait qu'il était contre le tien, je t'aimais tant que je te comprenais de ne pas aimer comme moi; je t'aimais tant qu'il me semblait que j'étais ton ombre : tu pouvais compter sur moi, je me chargeais de ta nuit. Tu étais là, mon calme, tu dormais et j'étais heureuse d'être celle qui montait la garde devant notre amour. Il me semblait qu'après t'avoir si longtemps connu, je faisais enfin ta connaissance. Et puis je crois que le sommeil s'est peu à peu emparé de moi aussi.

*

Premier matin! Je me réveille quelques minutes avant de vraiment me réveiller. Navigateur consciencieux, avant de sortir du tunnel-nuit, il faut que je fasse le point. Mon matelot dort encore. Il est beau, il est chaud, il est là. Les parties de lui-même qui dépassent des draps sont fraîches comme un sorbet. Je l'aime d'une autre façon qu'hier soir, je l'aime « de jour ».

Je me lève, je vais à la fenêtre sur la pointe des pieds, elle donne sur une petite place pour opérette triste, les châtaigniers, les marronniers s'entremêlent, l'air est aigre, cela sent déjà le mouillé, le roux et encore un tout petit peu l'été. Il faut que je me coiffe, que je me rouge-à-lèvres, que je me poudroie, je veux que mon amour me trouve belle. Mais au diable moi! J'ai mieux à faire, le voilà qui s'éveille...

Jean s'étire, il marmonne dans son demi-sommeil, il ouvre un œil où la nuit traîne encore, il en ouvre un deuxième tout doucement. Il tend ses bras, il écarte ses mains doigt par doigt, on dirait un grand chat paresseux qui ne veut pas de l'état de veille. Ses cheveux tire-bouchonnent comme s'il les avait roulés boucle après boucle; il ronronne, on sent qu'il va rester chiffonné des heures, traîner dans le non-être, se déplier à tempérament.

Je me penche sur ce long gisant, je mets mes bras autour de son cou. Avec l'air de faire un grand effort, il m'attire à lui. Nous roulons en riant sur le lit. Nos corps se chamaillent tendrement, nous luttons en silence comme deux chiots qui jouent, chacun essaie de gagner je ne sais quoi : l'avantage sur le poignet de l'autre, la victoire d'une jambe sur sa voisine et puis, hop, tout à coup, j'abandonne, au fond j'essayais seulement de perdre lentement pour profiter du combat! Et je me serre très fort contre toi, mon vainqueur, mon complice!

Nous prenons un petit déjeuner acrobatique comme tous les petits déjeuners au lit et Jean se lève :

— Prends la salle de bains d'abord?

— Non, toi.

— Non, toi.

Tendre ballet-hésitation des amants de fraîche date qui ne savent pas très bien encore leur rôle! Je gagne. Jean va se laver le premier. J'aime mieux rester là, traficoter, rangeoter, regarder autour de moi. Là-bas, nos deux robes de chambres jumellent sur une chaise. Elles sont un peu enfouies l'une dans l'autre, elles se disent des choses :

— Moi, le mien, il a une femme et des enfants à la maison.

— Ah? moi, la mienne elle est libre! Ah? moi la mienne elle est libre!

Ragoti, Ragota, elles m'agacent ces deux commères! Tiens, voilà par terre sa cravate et ses bretelles! Ciel! on voit que Marianne ne l'a pas élevé. Il est désordre comme un loup des bois. Toutes ses affaires sont jetées sans souci ou plutôt avec le souci visible de faire chaos. Je réunis ses chaussures qui ressemblent à ses pieds comme des sœurs, je ramasse une chaussette qui gît par terre, elle a un gros trou!

Pauvre ange, « on » ne s'occupe pas de toi là-bas! Je remets dans ses plis son vieux cachemire que j'aime comme si c'était sa peau et je me surprends dans la glace : une petite dadâme pincée qui range les affaires de son mari. Alors, j'ai honte et je relance au vent tout ce que j'avais ramassé. Basta! Basta! s'il n'a pas été élevé, ce n'est pas moi après tout qui vais jouer les institutrices.

Nota bene. — Les hommes désordre ont toujours l'air d'avoir trois fois plus de vêtements que les autres!

L'eau gicle, le rasoir grince et l'homme chante de l'autre côté de la cloison. C'est étonnant comme quand on est heureux tout prend une tête de joie! D'entendre cet homme, mon amant, marmonner mal une mélodie en se faisant la barbe, m'enrichit, m'émeut, j'ai envie de dire merci à je ne sais qui, Dieu? ou plutôt le Diable pour cette félicité qui, comme toute félicité, paraît absolument gratuite.

Bon, l'homme d'après bain sort de son antre, rose et dispos, auréolé de vapeur et sentant l' « after shave ». Il dit :

— Je vais prendre l'air et acheter des cigarettes » (c'est connu, les hommes vont toujours acheter des cigarettes quand ils ne savent pas quoi faire!).

Il dit : « A tout à l'heure. Ah! non, à dans très long-

74

temps tu n'es pas prête. Je m'ennuie déjà! Dépêche, dépêche, si tu n'es pas en bas dans un quart d'heure, je sévis et cela te coûtera chaud!

— Moi aussi, je m'ennuie déjà; je serai en bas dans dix minutes, foi de Jule.

Il s'estompe. Je ne bouge pas, je rêve juste un instant avant d'aborder mon maquillage. Il faut que je me redise à quel point je l'aime...

Bon, c'est raté, la bonne femme à tout faire qui nous a déjà monté le café tiède puis s'est changée en aspirateur, frappe à ma porte.

Elle entre sans attendre ma réponse, l'air agressif et maussade. Femme-orchestre au rabais, elle fait la soudure entre l'été et l'hiver, et le client lui paraît suspect qui a choisi l'arrière-saison.

Elle me toise avec dédain, j'ai l'impression de n'avoir pas payé ma place!

— J'peux faire la chambre?

Et puis, sans attendre de réponse, elle s'emploie à faire semblant de faire le ménage. Elle change les choses de place, les tapote, tout en me surveillant du coin de l'œil.

Je lui souris, parce que je suis heureuse. « Juliette a un sourire désarmant », disait toujours Mamybel. Tous les sourires sont désarmants, je la désarme donc et elle essaie de faire un peu moins de bruit en tapant les murs avec son balai, quoi qu'elle appartienne sans nul doute à cette catégorie de travailleurs qui mesurent leur effort à l'intensité du bruit qui l'accompagne. Mon silence l'intrigue, j'aurais déjà dû dire qu'il faisait beau ou qu'il faisait laid, que c'était, hélas, l'automne ou encore l'été, bref, prononcer une de ces phrases dont la pile vaut la face, une de ces phrases-bouées auxquelles on peut se cramponner pendant toute une conversation. Pas besoin de bouée, je me sens portée par un bonheur silencieux; alors, elle se campe sur son balai comme un héron sur une patte :

— Vot' mari est parti faire un tour?

Pan dans le mille! C'est bien le mot pour fermer mon sourire!

— Mon mari... oui, mon... vient de sortir...

Salope de traîtresse, qui t'a autorisée à me poser des questions? Vacque et tais-toi. Laisse-moi me faire les yeux et que je ne t'entende plus. A son tour de sourire à la bonne femme-balai, elle sent qu'elle m'a eue et cela lui donne des forces. Et moi j'ai des faiblesses. Comme c'est ennuyeux d'être désarçonnable!

Mais mon... mari vient de revenir. Les techniciens sont partis, il est libre, nous pouvons ne plus penser qu'à nous-mêmes.

Jean sait mener une journée; il a l'air désinvolte comme ça, il a l'air d'aller nez au vent sans décider de sa route, mais il dirige en douceur. Moi, j'aime être dirigée. C'est bon. Moi, j'aime quand il décide et je me livre. C'était bien aujourd'hui, n'est-ce pas?

J'ai tout aimé, même les ombres. Mais au fait, qu'est-ce que nous avons fait aujourd'hui? On a rien fait, rien de précis. Je ne sais pas me dire : « A onze heures on était là, à midi on a pensé ceci, cela. »

Pour une fois, l'heure n'était pas entre nous comme une menace. Aujourd'hui? On a été ensemble, on a vécu un long samedi démesuré et déjà fini. On a empilé les gestes, les rires, les complicités. Ah! et puis aussi bien sûr, on a tourné autour de l'église de Saint-Père, on s'est imprégné du Christ plat, mains ouvertes sur le porche de Vézelay; on a pris la mesure de l'infini en contemplant les vallonnements de la Bourgogne du haut de notre table. C'était bon, hein, notre déjeuner de campagne? Tu as pris deux fois des haricots. Tu aimes ça? Je t'en ferai. Marianne avait horreur des « vieux légumes secs ». Tu viendras manger chez moi ce qu'elle ne te fait jamais, n'est-ce pas? La servante te regardait beaucoup, je trouve! Toi, tu fais du charme comme d'autres du tricot, sans même jeter les yeux sur ton ouvrage.

On a presque acheté plein de choses chez l'antiquaire de Vézelay. Dommage, il était vendu le dessus de lit de Marianne!

On a marché corps à corps; on a couru jusqu'à l'essouf-flement, Boudin à nos trousses. Et puis, on a parlé, parlé comme des prisonniers qui auraient été longtemps au secret. On est passé du grave au gai, du tendre au caustique. On a « coq-à-l'âne », on s'est tout dit, on s'est tout redit.

Amour de jour, je ne sais vraiment pas ce que j'aime mieux faire avec toi. Mais si, je le sais, c'est ce que je fais, quoi que ce soit.

Il y a toujours un petit coin sensible en nous-mêmes, nous y revenons tout le temps dans nos conversations :

— Mais pourquoi s'est-on perdu?

On s'interroge, on se tâte, comme le monsieur qui a égaré son briquet :

— Mais, enfin, je l'avais tout à l'heure!

— Mais, enfin, on s'avait en septembre, il y a douze ans!

— Oui, où s'est-on égaré? On aurait dû mettre une annonce : Perdu amour rare, grande récompense!

— Est-ce que tu as été triste, quand on ne s'est plus revus après Eastbourne, Jule?

— J'ai passé, je crois, un temps infini à t'espérer; j'étais sûre que tu allais réapparaître, mais je trouvais naturel de continuer à t'attendre sans lever le petit doigt. J'étais idiote à dix-huit ans! J'avais tellement pris l'habitude de tes longs silences et de tes arrivées à l'improviste... je te considérais comme un être à part, comme quelqu'un que je ne rencontrerais jamais qu'en rêve... Je n'imaginais pas ta vie entre nos rencontres et je ne savais même pas ton adresse exacte! C'étaient vraiment les amours du Grand Meaulnes; mais c'était toi, Yvonne de Galais! Et toi, Jean, pourquoi n'as-tu jamais écrit?

— Tu sais, j'étais aussi un drôle de jeune homme. Je croyais à ma chance, au hasard... et puis j'étais terriblement paresseux, je laissais la vie faire. Si tu m'avais appelé... Je serais accouru. Mais je vivais beaucoup et sans réfléchir. Je ne me suis jamais dit : « J'aime Juliette *donc* je vais la retrouver et l'épouser. »

« C'était : J'aime Juliette... trois points de suspension. Cela peut paraître idiot mais je ne trouve pas d'autre explication. Et puis quand je suis rentré d'Allemagne, tu étais fiancée et puis j'ai rencontré Marianne et c'est comme cela que les points de suspension se sont accumulés! Mais tu vois, il n'y a jamais eu de point final!

— Au fond, Jean, nous nous sommes toujours aimés et, à un coup de téléphone près peut-être, c'est moi qui serais ta femme aujourd'hui! Et Marianne, ta maîtresse, qui sait? Un épisode de ta vie?

— C'était beaucoup plus vraisemblable que ce qui est arrivé. Mais tu vois, nous n'étions pas des êtres conscients et organisés. Voilà! Cela dit, c'est toi qui t'es fiancée la première si mes souvenirs sont exacts?

— Oh! fiancée... sans passion, tu sais. Mais il fallait bien faire quelque chose de ma vie! Depuis trois ans, François m'aimait, m'écrivait, m'attendait sur mon paillasson... Je sais maintenant pourquoi je ne parvenais pas à envisager sérieusement mon avenir avec lui... Quelqu'un aurait dû m'expliquer tout cela à l'époque. Au fond, j'ai un peu gâché ma vie à force de flotter dans des rêves et de ne rien faire pour les incarner dans les faits. C'est un miracle que nous ayons fini par nous rejoindre malgré tout, tu ne trouves pas? Moi, je nous considère comme des miraculés!

— Je dirais même des rescapés. Car nous avons failli nous manquer pour la vie... Il s'en est fallu d'un rien : d'un geste que tu as fait par hasard, de quelque chose dans l'air peut-être...

Jean me prend la main sur la nappe et nous nous regardons comme si nous avions décroché le gros lot sans avoir acheté de billet.

— Ce qui nous a sauvés, c'est que nous avons la foi! Il nous fallait la foi, car tels que nous sommes l'un et l'autre, nous n'aurions jamais réussi ni même songé à mettre sur pied une combinaison...

— Mais dis-moi, reprend Jean, est-ce que Mamybel n'est pas un peu responsable de tes valses-hésitation? Elle ne m'aimait pas beaucoup, elle t'a fait rompre avec François... Finalement, elle a toujours été contre tes hommes!

— Non, pas vraiment; elle disait qu'elle aimait Fran-

çois, mais l'idée que je pourrais partir en Afrique la ter-
rorisait. Pauvre François, je lui ai fait perdre du temps!
Il a retardé son départ d'un an pour moi. Mamybel
disait : « C'est très bon pour lui, cela éprouve son amour;
tu ne vas pas partir au bout du monde avec quelqu'un
dont tu n'es pas sûre!!! » Au fond, elle m'a peut-être fait
du chantage au sentiment, mais je ne m'en rendais pas
compte. Et puis, tu sais, avec François, c'était un amour
sage, il attendait...

— Enfin, vous avez quand même couché ensemble!...

— Oui, mais tout à fait à la fin. J'ai fait cela pour tâcher
de continuer à l'aimer. C'est drôle, j'ai pensé à toi en me
décidant. Je me disais que si nous, nous l'avions fait
à Eastbourne, cela aurait marché entre nous!!

— Mon amour, je regrette de ne pas avoir été ton premier homme!

— Mon ange, tu l'es. Les autres, François, Philippe,
sont des doublures, des ombres, je les gomme, c'est vrai,
rien n'existe avant toi, je viens de commencer.

Il tend les bras à travers la table où nous dînons, il
prend mon visage entre ses mains et je ferme les yeux,
l'amour nous émeut tant que nous ne savons plus parler
jusqu'à la fin du repas.

*

Eh bien, hélas! les nuits coulent vite et les dimanches
passent, quand on y fabrique de l'amour.

Nous n'avons que quelques heures à être ensemble.
Quand il ne reste presque plus de temps, on ne l'emploie
pas pour qu'il s'use moins vite. Nous voilà tous les deux
dans notre chambre, à tourner, en disant des riens, à
nous tenir les mains comme des amis, à faire semblant de
boucler nos valises pour éviter de nous regarder en face.

Au revoir, hôtel de mon premier amour, au revoir
cretonne vilaine du dessus de lit, chaise sèche, rideaux
ternis, je vous photographie des yeux pour vous ranger
dans ma mémoire. D'un coup de ma baguette magique,
je vous embellis pour toujours. Au revoir, madame Hôte-

lière, le bar au fond, l'escalier ciré, au revoir, automne bourguignon!

Je n'oublie rien? Tu n'oublies rien? Non. C'est fini, on est parti, viens Boudin.

Nous rentrons par des routes de traverse, nous offrant jusqu'au bout un peu d'imprévu, nous faisons des détours pour oublier que nous sommes pressés, que l'on t'attend « là-bas » et que Tania est sur le pont et veille depuis midi de peur que je ne sois en retard pour la relève...

Nous flânons comme si nous avions la vie à nos pieds, c'est ça le luxe, mon amour; faire comme si le temps n'était pas inexorable!

Ma porte arrive quand même à nous, on ne la méritait pas!

Au revoir, ma vie, à demain.

Je suis un peu en retard, je grimpe à toute vitesse mon escalier, Tania m'attend en haut :

— Madzame Mamy bien mangé, maintenant couchée, elle dormir; il faut partir vite, rendez-vous avec mon cousine.

Elle me tend un petit paquet inoffensif de lettres : un mot de José, le dessinateur pédé de Roxane, une note de gaz, une réclame : « Vous qui désirez connaître l'avenir : Mme Rosie, marc de café, cartes, tarots... » et sur une enveloppe, l'écriture de Marianne!

Ah! non, elle n'a rien à me dire, ah! non, je ne veux pas, je suis trop heureuse, tout va trop bien, pas de ça.

Si, de ça. Une lettre de Marianne. Je me sens blanche, elle est piégée cette enveloppe! quoi qu'elle dise, je serai triste après.

Et moi qui suis gaie! Et moi qui aime! Je fais durer le déplaisir, je traîne sur les minutes, je déchire le papier tout doucement avec l'ongle, je tiens la feuille entre mes doigts, j'ai peur.

Mon ex-chère Juliette,

Je t'écris, pour que tu ne viennes pas me voir, je pense que tu en aurais le courage, mais c'est moi qui n'aurais pas celui de te regarder en face.

Par respect pour toi, parce que j'avais confiance en Jean, parce que je m'illusionnais sur la place que je tenais dans sa vie, et aussi pour ne pas obéir à la déprimante sagesse populaire, je me suis interdit la méfiance, les soupçons et la mesquinerie conjugale. J'ai eu tort d'avoir confiance en moi et en les autres. Je me suis trompée sur tous les plans. Je vivais plus haut que mes moyens. Je découvre que je ne suis pas capable de prendre de haut cette situation. Tu vas être déçue, je ne suis qu'une femme jalouse après tout.

Deux moitiés plus un tiers c'est trop quand on ne voudrait ne faire qu'un avec l'homme que l'on aime.

Ou je réussirai à prendre une distance suffisante vis-à-vis de Jean pour supporter ton intrusion, mais je considère cela comme une défaite de devoir prendre des distances avec le plus proche de mes prochains.

Ou bien je vais vivre des jours et des nuits empoisonnés par la jalousie et je ne crois pas que j'aurai le courage d'être malheureuse très longtemps.

L'alternative est plaisante comme tu vois. *(Les victimes ont plus de courage que les bourreaux! moi, je n'ai jamais osé regarder l'alternative en face!)*

Je suis capable de comprendre tes raisons, mais je découvre que je ne suis pas capable de vivre ce que je comprends.

Je ne trouve qu'une expression pour te préciser mes sentiments à ton égard : je ne peux plus te voir.

J'aime mieux que tu le saches. Et puisque nous en sommes aux aveux et que nous n'ignorons plus de quoi nous sommes capables : je te considère comme une salope.

MARIANNE.

Une salope? Moi? Ah! quel dommage!

Marianne pardon, Marianne pourquoi? Il m'avait dit pourtant que tu comprendrais, je n'ai pas fait exprès, je le jure, je l'aime depuis toujours sans m'en rendre compte, tu aurais dû le deviner, toi.

Mais comment le sais-tu que Jean et moi?... Il te l'a dit et il ne m'en a pas parlé?

Jean mon aimé, tu lui as raconté et je n'en savais rien! Nous avons vécu ces deux jours de délices avec ce secret entre nous!

Je me sens toute seule, contre un mur! Je suis acculée avec plein d'ennemis disparates qui m'attaquent en même temps :

Marianne qui me hait, Jean qui s'est tu, l'opprobre public, les tricoteuses de service à toute exécution, nos amis qui chuchotent...

Juliette, garde-toi à droite. Juliette, garde-toi à gauche, tu es coupable partout.

Allons, du calme! Du calme physique d'abord. Enlever sa veste, mettre du rouge à lèvres, se regarder dans la glace : « Oui, on n'est pas mal » boire un verre d'eau et puis après répondre, répondre très vite.

Je sais la lettre que j'aimerais écrire :

« Ma chérie, je t'aime, ma chérie, je l'aime. J'avais cru, j'avais pensé, on m'avait dit... Mais puisque ce n'est pas ça : reprends-le. Je ne vais pas mourir tout à fait, tâche de me pardonner complètement. »

Mais cette lettre-là, je ne peux pas l'écrire, parce que je sens précisément que je ne peux plus vivre sans Jean.

Je sais dans mes fibres, là où l'on ne prend pas de décisions, mais où elles se prennent pour vous, que Jean, c'est ma vie.

Entre l'amitié et la vie, on choisit la vie, l'oreille basse.

Eh bien, puisqu'il faut assassiner, prenons nos gants de caoutchouc et pratiquons l'ablation.

Je tente de me conditionner, je me chauffe les muscles de la fureur comme une danseuse à la barre. Je me raconte des choses sur Marianne. A travers la forêt de têtes qui composent un être, je cherche pour mon massacre les têtes à claques, les têtes à reproches. Je déboulonne la statue pour pouvoir la piétiner sans souffrance.

Approchez, toutes les Mariannes pas bien! Celles qui n'ont pas vu clair, celles qui m'ont fait confiance (quelle forme de mépris, la confiance!), celles qui me trouvaient sans danger, moi qui suis avec danger! Approchez les Mariannes qui disaient : « Tiens, c'est ça, Jean, tu iras dîner chez Juliette si je reste plus longtemps à Pendruc! » Les Mariannes qui ignorent que Jean est enflammant... On prend feu à Jean! Les Mariannes dont j'ai été jalouse, celles qui mettent la main sur mon amour, celles qui l'ont à domicile, au bras, à l'annulaire, celles qui gagnent même si elles ont l'air de perdre.

Et puis, Juliette, hein, une petite lettre enlevée et un peu sèche. Pas de littérature, je te prie.

J'écris, je vais mettre mon enveloppe à la poste et je rentre fourbue de chagrin.

Je pense que Jean subit à l'envers la lettre que j'ai reçue.

Je fais des suppositions, je tente en vain d'imaginer l'attitude de Marianne. Je lui essaie tour à tour des masques différents : fureur froide, sanglots ravalés, figure comme si de rien n'était, aucun masque ne lui va. Mais quelle tête offre-t-elle à Jean?

Elle est si naturelle, qu'elle ne sait être qu'elle-même. Comment joue-t-elle les offensées? Où trouve-t-elle le langage, la panoplie de la victime? Ah! quelle complication dans un amour que d'aimer celle que l'on blesse! Marianne a de la chance de me détester!

Ici dans mon cœur, j'ai mon Jean, mon Jean à moi et tout va bien.

Mais quand je sors de mon cœur, quand je me projette là-bas, je ne peux pas être indifférente à leur drame...

Eh bien, il faut que j'essaie. J'ai choisi d'aimer Jean. Point à la ligne. Passe *la* caravane et que j'appelle « chiens » ceux qui aboient.

C'est fini, je ne me permets plus de déménager de ma propre angoisse pour aller partager celle de la voisine. Ah! si seulement Jean téléphonait! Si je savais quelque chose! Mais ce silence qui s'installe! Mais ce silence qui n'aura peut-être pas de fin!...

*

Ce soir, il est venu, rien qu'un instant et il m'a expliqué l'inexplicable. Je ne lui en veux plus. Il m'a dit :

— Je ne voulais pas gâcher nos deux jours, mais moi aussi j'ai été étonné par sa réaction. C'est vrai, elle ne prend pas ça très bien. Mais non, elle ne te déteste pas. Mais non, ce n'est pas de ta faute.

« Il n'y a pas de faute dans ta vie! Je te défends d'être malheureuse. Non, je ne veux pas voir sa lettre, ni la tienne.

« S'il te plaît, mon aimée, ne fais pas du drame, ne gâchons pas nos minutes. »

Il m'a prise dans ses bras, j'ai tout compris, tout admis, tout accepté. Puis il a regardé sa montre et il est parti.

Octobre

Je commence à pouvoir regarder Jean en face sans penser à mal, à pouvoir lui dire : « Passe-moi le pain », sans que ma phrase paraisse chargée d'intentions. Et pourtant je ne me remets pas bien. Il y a cent façons d'être malheureuse et l'on ne peut jamais vivre qu'un malheur de son âge. A la mort d'Emmanuel, mon malheur n'avait que vingt-quatre ans! Il était fait de révolte plus que de désespoir et d'une envie forcenée de retrouver ce bonheur perdu. Et puis Emmanuel me laissait un message posthume : Delphine, qui me rattachait à l'avenir. Je ne me souviens pas d'avoir eu envie de mourir un seul instant.

Aujourd'hui pour la première fois, j'ai moins envie de vivre. Je commence à deviner l'issue fatale de toute partie et à m'apercevoir que je n'ai plus tellement de bonnes cartes à jouer. Jean me surveille sous ses cils et reste beaucoup près de moi comme un enfant puni qui attend que sa mère pense à autre chose pour retourner jouer.

Mais je pense à « ça », la chose est là et je trébuche dessus chaque matin en descendant du lit. J'avais le choix pour réagir entre la dépression nerveuse et l'eczéma. Je crois que je m'achemine vers l'eczéma. Je ne dors plus. J'ai un boulet de canon dans l'estomac; mon cœur bat si fort dès que je pense à « eux » que j'ai l'impression d'avoir un oiseau fou dans le thorax. Je transpire pour un rien : leur amour me fait suer, littéralement. Mais on ne se couche pas parce qu'on transpire. Je suis une haridelle qui tombera sur le flanc, d'un seul coup. C'est Jean qui vient de tomber malade. Il n'a rien de précis, il est « mal foutu ». Il tombe mal foutu quand il a des dettes, quand il n'a pas fini un travail, quand la vie l'ennuie. Il se couche comme un chien rogneux, oppressé comme un centenaire, mais faisant des siestes de trois heures, secouant vite le thermomètre quand j'approche pour que je ne voie pas qu'il n'a que trente-sept degrés quatre, téléphonant pendant des heures comme une femme, trop fatigué pour se mettre à table, mais réclamant sans cesse un peu de fromage, du chocolat, des pastilles Vichy, du vin rouge, du gastrozan, *Match*, *L'Express*, *Le Canard*, des Winston, du Pulmosérum, et puis redonne-moi donc le thermomètre, j'ai l'impression d'en avoir ce soir. Cette grippe nous arrange tous les deux. Pas de remords à laisser tomber Juliette : « Mon chéri, je suis mal foutu, je ne sais pas ce que j'ai. »

Moi je le sais. Tu as la flemme d'être cruel; de commencer ta nouvelle carrière d'amant-marié-à-une-femme-qui-prend-ça-mal. Tu gagnes quelques jours, selon tes chères habitudes, sans décision à prendre, faisant de la présence ici sans trahir là-bas et t'approchant ainsi tout doucement de la solution puisque le temps résout tout. Contre ton dos, la nuit, derrière tes épaules barricadées par le sommeil, je me demande à quoi tu rêves. Jean-Sans-Peur, Jean Foutre, Jean-Passe, Ah! mes Boués Jean-Françoué, que c'est amer de veiller contre le dos d'un Jean qui Dort. Les draps font des vagues molles. Porté par elles, tu files calmement vers le matin, comme une grande baleine dans le courant et je reste encalminée dans cette nuit qui, pour moi seule, n'avance pas. Je parcours interminablement un tunnel de train fantôme où se lèvent des figures de cauchemar qui m'empêchent de dormir. Et ne pas dormir me rend laide et être laide fera paraître Juliette plus belle et Juliette plus belle m'empêchera de dormir et ne pas dormir... et être laide... et Juliette... voilà mes nuits.

Tu seras encore heureuse avec lui, maman, voyons! Mais bien sûr, comme on ne peut plus se passer d'un vieux dentier auquel on a eu du mal à s'habituer mais qui vous est devenu indispensable.

★

Je me réveille parfois la main posée sur la poitrine de Jean : dérisoire drapeau sur un sol qui ne m'appartient plus. La main de Juliette se pose là aussi avec le même air de possession épisodique. Tout n'est qu'épisode. Et sur ce corps, Juliette doit maintenant circuler avec naturel comme si c'était sa place. Une place publique, oui!

Je cherchais cette nuit pourquoi je me sentais si démunie. Au-delà de mon ressentiment contre Juliette, de l'abattement où me plonge la dualité de Jean, il y a encore en moi une zone désertique. J'ai découvert que c'était la place qu'occupait Juliette dans ma vie. Dans cet « accident », j'ai aussi perdu ma meilleure amie. Pourtant ce n'est pas parce qu'elle dit « Mon Amour » à tel homme qui se trouve être le mien — coïncidence qu'elle aussi doit déplorer — que j'aurais moins de plaisir à discuter avec elle du dernier film de X ou de l'éducation des enfants. Nous avions à nous deux des rapports d'amitié profonde qui ne devaient rien à Jean et qui, dans l'abstrait, pourraient continuer. La conduite actuelle de Juliette ne me fait pas oublier les joies d'hier. Je suis sûre qu'elles lui manquent aussi.

Ne lui dirai-je plus que les bassets sont le résultat d'un goût pervers de l'homme pour la difformité? Que quand la nature rate ses espèces à ce point, elles disparaissent d'elles-mêmes et que son malheureux Boudin, acheté au mètre dans un chenil où l'on fabrique des monstres sur mesure (Donnez-m'en donc soixante-dix centimètres de celui-là!) devrait s'appeler Thalidomide?

Ne me dira-t-elle plus : « Tu as encore fait tes yeux avec tes pieds, viens que je t'arrange ça! »

Ne viendra-t-elle plus rattraper mes mayonnaises et choisir le tissu de mes rideaux?

N'irons-nous plus au cinéma ensemble quand Jean sera en voyage?

Non, nous n'irons plus au Bois, les amants sont couchés.

Un mois a passé et a cela de bénéfique qu'il a duré trente jours et que chacun a apporté sa couche de cendres sur la braise. Les jours baissent, le soleil décline et ma colère aussi. Mais elle m'entraîne avec elle vers les grands fonds où tout se calme. J'ai l'impression que me résigner, c'est vieillir, tout simplement; il n'y a pas de quoi se réjouir.

Cette coïncidence par laquelle je déchiffre les signes avant-coureurs de la fin sur ma personne et sur mes sentiments est bien la preuve que cette fois j'ai mis un pied sur le mauvais versant de ma vie. Le sommet est passé, ce moment où l'on peut encore dire, pour la dernière fois : « Moi? Je ne supporterais pas de vieillir. »

Pour l'instant, je peux encore nier. Moi seule la connais, la légère meurtrissure... moi seule sais où le barrage est fissuré, par où la vieillesse va se précipiter un de ces quatre pour tout envahir. Cette tendresse de la viande sur mon ventre, ce n'est déjà plus tout à fait de la douceur. Cette peau qui commence à se désolidariser de sa chair, qu'est-ce qui lui prend? Je ne me reconnais plus. A moi, Jeanne Piaubert, Helena Rubinstein, docteur N.G. Payot! Je suis trahie!

Un corps, comme une voiture, est fait de pièces détachées. Au début tout se tient, la peau enveloppe le paquet bien serré. Puis les ficelles se détendent, on commence à deviner ce qu'il y a dans le paquet, des veines, des tendons, rien de bien propre. Et tout cela ne peut finir que par une défaite. Je serai dé-faite.

Un jour, je serai une vieille peau qui ne pourra vivre qu'un vieil amour. Finis le choix, la glorieuse désinvolture, le gâchis; l'amour ressemblera à une bouée de sauvetage qu'on n'ose plus lâcher et la vie ne sera qu'un tas de pilules à avaler : la peur de vieillir devant l'homme qui vous aime et qui garde encore un peu d'élan, la méno', la honte de ne plus être une femme à part entière, la certitude d'avoir chaque matin moins de courage et moins de forces que la veille. C'est l'heure du chantage : « Attention, si tu manques cette occasion... »

Il y a deux âges ingrats dans la vie : avant de devenir une femme, avant de devenir une vieille femme. On se débat beaucoup dans les deux cas. Bien sûr, je m'y habituerai à cette quarantaine, ce n'est pas la mer à boire. La vie n'est jamais la mer à boire parce qu'on prend soin de vous la filer goutte à goutte; on parvient ainsi à en déguster des quantités incroyables. Si l'on pouvait décrire d'avance à certains humains la vie qui leur est réservée, la plupart se croiraient incapables de l'endurer. Mais avec la surprise...

Le temps est venu pour moi de compter les années qui me restent comme des billets dans un portefeuille à la fin du mois. Je les compte en cachette. Laissant Jean suivre sa pente naturelle, nous ne fêtons plus les anniversaires. Ce sont mes deuils intimes.

Allons, Marianne, ma sœur, l'intransigeance n'est plus de ton âge. Dans cette nouvelle dimension du temps qu'est l'insomnie, je fais, nuit après nuit, l'apprentissage de la vieillesse. Il va bientôt être trop tard pour jouer aux enfants qui s'aiment; je suis déjà un peu ridicule, je m'accroche. Que demander de plus qu'un compagnon pour la seconde moitié du voyage, qui puisse s'asseoir près de moi devant la télévision et dire : « Ça va mieux, ta migraine? » ou : « C'est bien, hein, cette émission? »

Mais toutes les insomnies ont une fin et l'odeur joyeuse du pain grillé chasse enfin les miasmes de la nuit. On tire les rideaux; les objets reprennent leurs contours nets; les ombres s'effacent et celle de ma vieillesse avec elles. Je n'ai que trente-neuf ans et demain ne m'impressionne plus; puisque c'est demain! Jean est allongé près de moi. Il oublie lui aussi qu'avant de mourir il lui faudra perdre ses cheveux, ses dents, sa prostate peut-être ou l'usage de ses jambes, ou les deux et jusqu'à l'envie de faire l'amour. Ce matin, ses cheveux bouclent éternellement. Il allonge sa jambe sur moi. Il a envie d'une femme et j'en suis une jusqu'à nouvel ordre. Dans son demi-sommeil, il me pardonne ses fautes. Nous sommes bons pour l'amour encore une fois.

*

C'est l'année des trahisons décidément. Moi aussi, j'ai lâché quelqu'un ce matin. C'était la première Rentrée des Classes pour Jean-Marie et nous étions quelques dizaines de mères venues couper le cordon ombilical pour la deuxième fois. Un peu honteuses de la vilaine besogne qu'il nous fallait accomplir, nous nous encouragions mutuellement à pousser de force vers ce monde qui ne les intéressait manifestement pas de petits naufragés en tabliers noirs qui s'accrochaient désespérément à nos basques. Jean-Marie est revenu plusieurs fois à la surface, mais je lui ai donné des coups de rame et il a fini par s'enfoncer. Une concierge blasée est venue fermer « ses grilles », mais nous ne nous décidions pas à nous en aller, conscientes de n'avoir pas très bien agi.

A onze heures trente, nous étions là, un gâteau à la main, un sourire aux lèvres, prêtes à quelques bassesses pour nous racheter. Mais les enfants sortaient, évasifs, distants, ayant appris l'indépendance en une matinée et qu'il y a des actes qu'on ne pardonne jamais.

— Qu'est-ce que tu as fait ce matin en classe, Jean-Marie ?

— Rien... je me rappelle plus, m'a-t-il dit d'un ton définitif marquant bien qu'il avait désormais pris ses distances d'homme.

*

« On ne peut être à la fois à la ferme et au moulin », « Tout passe, tout casse, tout lasse », voilà le fin mot de ma philosophie. Si l'on veut être au-dessus des conseils de bonne femme, il importe de ne pas être une bonne femme. J'avais cru échapper au sort commun : je suis tombée dans le piège le plus classique, et c'est plein de bonnes femmes comme moi au fond. On se débat comme de grosses bêtes maladroites, on agite des mandibules qui ne font plus peur à personne et on lutte avec nos faibles armes : la balayette, la mouvette et la boîte à couture. La victoire, si elle vient, aura un goût de pot-au-feu.

Dernier week-end dans notre campagne. Les feuilles sont encore sur les arbres par habitude, en sursis. Tout pourrit là aussi : les jardins meurent très tôt dans la triste Ile-de-France. Mais eux ressusciteront. J'ai jardiné avec bonheur, remuant à pleines mains cette terre attendrissante qui vous ramène aux sources. Les travaux agricoles doivent toujours donner ce sentiment de plénitude : c'est pourquoi Booz dormait si bien.

J'ai sans doute tort de gratter la terre au lieu de m'occuper de mon bonheur. Le terme est répugnant, mais puisqu'il est clair que le bonheur ne tombe pas du ciel... Même Delphine laboure et cultive déjà son terrain. Peut être devrais-je porter moi aussi des bigoudis l'après-midi pour agiter des boucles le soir au lieu de mèches hirsutes? Ah! n'avoir qu'un seul souci, soi-même! C'est la définition même de la jeunesse. Malgré mes résolutions, mes efforts, les conseils de Delphine qui du fond de son lit, les dix doigts écartés pour faire sécher son vernis, me crie de faire comme elle, j'ai déjà l'air d'une bûcheronne à dix heures du matin. Le pantalon me sied. Dans une glace de campagne, je passe. J'ai même un faible pour moi, à genoux dans mon jardin ou sciant des bûches. Mais quand arrive sur le coup de midi la vraie femme daim et tweed, mèches platinées et bague assortie, je ne suis plus l'intellectuelle un peu bohème, la sportive qui aime ses aises, mais la paysanne, la femme à Mâchuré. Ces créatures qui viennent volontiers surprendre Jean dans sa hutte font brusquement éclater ma condition inférieure. La femme à Mâchuré, c'est pratique. C'est solide et c'est jamais malade. Ça économise un jardinier et ça s'habille au Petit Matelot. Ça peut avoir de la gueule et parfois un certain chic.

« Je te trouve très bien comme tu es, mon chéri. » Mais quand paraît dans la cabane du laboureur une de ces fragiles Parisiennes au visage de perle, un nouvel homme naît dans chaque homme.

Juliette venait ainsi au temps jadis. Son nez ne brillait jamais, injuste mystère. Son sac Hermès était toujours fraîchement ciré, il en sortait négligemment un pan de mousseline aux couleurs de son chemisier. Facile! Moi aussi j'ai parfois disposé un foulard au coin de mon sac presque Hermès! Mais on me disait tout de suite : « Attention, vous allez perdre quelque chose! »

Après dix ans de mariage, je me demande encore si Jean me préfère pomponnée ou rustique? C'est là mon drame. Jean n'a pas d'idée précise. Il ne me regarde pas pendant des semaines. Et puis tout à coup, CLIC, sans préavis, je suis photographiée. Il me répète qu'il m'aime comme je suis, mais à la seconde où Soraya paraît, il me rêve éblouissante, spirituelle quand nous dînons chez Nadine, mondaine dans les cocktails, efficace en mer; au lit tendre et exigeante, dans un dîner de jolies femmes, tendre mais peu exigeante. Il faudrait prévoir, savoir, sentir ce qu'il attend... être une femme, quoâ! A ces mots, je me sens de plomb et je voudrais être assez sûre de mon charme pour crier : « Je suis faite comme ça... » Je sais maintenant pour m'être trop longtemps fréquentée qu'il n'y a plus d'espoir que je change et que j'aurai toujours la nostalgie de n'avoir pas été une vamp. De temps en temps, mais désespérément, je voudrais savoir moi aussi porter un déshabillé de cygne, posséder une coiffeuse de cocotte avec une glace ovale devant laquelle je ferais couler ma longue chevelure de soie tout en parlant à un homme debout derrière moi, palpitant. Et je lui dirais :

— Non, pas ce soir, je t'en prie.

— Mais pourquoi, mon amour?

Et je ferais la bête fine et frêle que la brutalité de l'homme a blessée. Jean aimerait-il cet oiseau-là? Aime-t-il que je sois toujours d'attaque comme un percheron? Que je ne puisse pleurer sans avoir les yeux pochés?

Que je n'ose pas me maquiller devant lui le matin? « Se maquiller! », le mot seul est humiliant.

Ai-je le choix d'être une autre seulement? Plus le temps passe, moins j'ai d'espoir. Je mourrai comme les pommes de terre : en robe des champs.

Cependant le dimanche se passe. Jean fait pétiller son esprit et son whisky; c'est ça, la campagne pour lui. Et à l'heure des corvées du soir, il est épuisé, il a fallu pourtant boucler la maison pour l'hiver, et faire face aux paquets. Jean voudrait voyager sur un nuage. Que ses enfants, ses livres, ses pantalons, ses œufs, son pain de campagne arrivent à Paris sans qu'il le sache. Pour lui qui aime se visualiser en être libre et disponible, il est certain que cette image a du mal à se former tandis qu'il embarque entre un cageot de pommes véreuses et un bouquet de feuilles mortes, des ballons, un vélo d'enfant et un couvre-pied taché. Ah! une maîtresse! Que c'est moins encombrant! Comment ne pas y penser en ces minutes-là?

Finis nos dimanches verts. A nous maintenant les dimanches blancs, et le lit ouvert toute la journée comme un radeau. Dès le matin, les enfants embarquaient avec des provisions pour une longue traversée. On jouait aux montagnes russes, au lion dans sa tanière, on naviguait au plus près, serrés, serrés contre Jean qui figurait Zeus, olympien; on s'embrassait au hasard des coups de roulis, on rencontrait des bras, des jambes d'origine indéterminée... c'était la grande marmite familiale où nous mijotions paresseusement en attendant que la semaine nous mange.

Le soir, après une partie d'échecs où nos deux incompétences essayaient en vain d'arracher la décision, nous abordions enfin aux rives civilisées.

— Si on dînait au restaurant? proposait invariablement quelqu'un.

— Tiens, si on emmenait Juliette? disait l'autre.

— Bonne idée, je l'appelle, disait le premier.

Mais oui, bonne idée! Emmenons ta Future. Tissons

ensemble des liens qui seront indissolubles; fabriquons tous les trois la corde pour me pendre.

Et maintenant, que ferons-nous de nos dimanches d'hiver, mon aimé?

Octobre

Le rideau est tombé sur elle, nous ne parlons plus de Marianne.

Jean vient chez moi à de petites heures bizarres; le matin sur le chemin de la Télévision, le soir avant de rentrer, il me téléphone parfois chez Roxane : « Est-ce que tu peux à six heures ? » Je peux toujours. Je suis à lui. C'est comme si j'étais redevenue très jeune, comme si j'étais encore à l'âge où l'on se nourrit d'attente et d'espérance. Quand il arrive, c'est la fête au cœur; quand il s'en va, je rêve de la prochaine fois. Quelquefois, bien sûr, je me trompe encore de pensée et c'est Marianne qui apparaît dans ma tête. Je me dis :

« Tiens, c'est dimanche, on serait à Vertville! » ou : « Zut mon pick-up est cassé, si je demandais le sien à Mar... »

Elle me manque. Et ce manque-là, ce n'est pas Jean qui peut le combler. Parfois, je compose son numéro sur le cadran : Odéon machin, machin..., et puis je raccroche dès que j'entends sa voix. Je n'ai plus le droit de l'aimer. Il m'arrive quand Jean n'est pas là de penser que je devrais lui dire : « C'est fini, nous ne devons plus... »

Mais je ne suis pas la Dame aux Camélias : quand Jean apparaît, tout commence. Rien ne peut finir. Je t'aime trop mon Jean, je t'aime à ne plus aimer le reste, je t'aime à tout casser...

— Julotte, dit Jean, en train de prendre son café assis dans ma chaise en rotin, Julotte, je crois que j'aimerais bien revoir Mamybel. Il y a cent ans que je ne l'ai pas vue!

— Mamybel? Mais, mon Jean, tu sais que c'est triste de revoir les gens cent ans après? Elle ne saura pas qui tu es; et surtout toi, tu ne la reconnaîtras pas.

— C'est possible, mais tu m'en parles si souvent... J'ai envie de partager ta vie... de savoir qui tu aimes. Tu n'as rien contre?

Il sait bien que depuis que je l'aime, je n'aime plus personne. Et puis j'ai un peu honte de « montrer » Mamybel. J'ai l'impression d'exposer des confidences sans autorisation. J'hésite, mais Jean semble trouver cela si naturel que je ne sais pas dire non. Il renverse la tête pour faire descendre les dernières gouttes de son café et aspirer le sucre au fond de la tasse, et ce geste me ramène chaque fois à Menneval. Il lapait déjà ainsi son café, sous l'œil désapprobateur de Mamybel. Autrefois, il ne tenait jamais compte des désapprobations et il continue!

Nous traversons le palier et entrons chez ma grand-mère, au royaume des ombres. Mme Tania sort de son antre en s'essuyant les mains. Elle me croit seule, puis elle aperçoit Jean : « Ah! visite! » Elle disparaît comme un diable à ressorts, mais son œil a le temps de me dire : « On en reparlera plus tard de ce monsieur! »

Mamybel est de dos en train de fouillasser dans son sac!

Elle se retourne à peine : « C'est toi, Bibiche? »

Elle voit soudain Jean : « Qu'est-ce que c'est que celui-là? »

Mamybel n'a plus en elle de place pour l'imprévu!

Jean qu'a du charme, Jean qu'a du cœur, trouve juste le mot juste, celui qui atteint le tympan le plus sclérosé :

— Bonjour, Mamybel, ça vous va ce bleu! C'est joli ici! Je suis content de vous voir!

Ces petites phrases-là chantent à toutes les oreilles!

— Merci, monsieur, merci.

Mamybel a gardé un certain air de cérémonie dans son non-être!

Jean s'engage avec bonté dans une conversation à la Ionesco, une conversation où les mots ne coïncident jamais avec les mots. Il fait de la poésie burlesque, et tendre, il entourloupe, il dégoise, il affabule et Mamybel l'écoute charmée.

Moi, je reste froide, figée dans ma mélancolie, soudain je ne sais pas jouer avec eux. Je réalise cruellement que Mamybel m'agace, elle m'agace affreusement. Je ne peux plus supporter qu'elle perde sans cesse ses lunettes et ses idées, qu'elle furète sans relâche sans savoir ce qu'elle cherche. Qu'elle parle pour ne rien dire, et n'écoute pas quand on dit quelque chose. Je lui pardonnais tout quand elle était intacte, et maintenant malgré moi, maintenant qu'elle ne peut plus répondre, je l'accuse!

« Tu n'as pas honte d'avoir changé? Avant tu marchais vite, tu ne perdais pas tes affaires, je pouvais te parler comme à une sœur, et maintenant, regarde-toi, non mais regarde-toi! »

Je me sens impitoyable et j'en ai honte. Bref, je l'aime si douloureusement que c'est comme une caricature d'amour.

Mais c'est aussi une caricature de Mamybel que je contemple, on dirait que la mer s'est retirée, ne laissant que les rochers et les aspérités de son personnage.

Je constate dans les larmes la mesquinerie et l'égocentrisme d'un être dont je ne voyais jusqu'à présent que la beauté. Depuis le jour, il n'y a pas si longtemps, où j'ai réalisé que Mamybel était éphémère, qu'elle était sur l'escalier roulant du temps, et qu'ainsi toujours poussée, elle allait atterrir à l'ultime rivage, depuis cet instant, je ne sais pas si c'est parce que je sais que je sais, mais Mamybel vieillit pour moi tous les matins.

Chaque jour je la trouve plus entamée, plus pathétique. Elle respire l'âge en un mot et je ne lui pardonne pas. Je l'ai toujours connue vieille et je l'imaginais fixée en cet état. Elle ne faisait sans doute plus illusion qu'à elle et à moi, mais elle était si poudrée, si lavandée, si décolorée, ses cheveux blancs passés au bleu, que cela suffisait pour que je la croie définitive. Et puis ploc! La voilà sans avoir crié gare, livrée aux monstres! Je l'adore toujours, mais je ne l'aime plus : je ne peux m'empêcher de considérer sa déchéance comme une faute. Je me sens totalement désarmée par son incohérence; le néant où elle flotte m'ouvre les portes sur des vérités-grottes, je cherche un sens à l'absurde, je le trouve souvent et j'ai l'impression incoercible quand elle parle qu'elle m'envoie des messages d'un autre monde que je ne sais pas capter.

Pendant que Jean-de-mon-âme s'exclame, s'esclaffe (elle avait l'habitude que l'on rie de ses reparties et se sent à l'aise dans ce climat), pendant qu'il séduit en acte gratuit et que je pleure à sec à l'intérieur de moi, Mme Tania entrebâille la porte pour y glisser une tête qu'elle veut discrète mais qui éclate de curiosité : elle non plus n'aime pas les visites, l'inattendu, le différent.

Il faut punir.

— Si vous là, vous donner bain alors. Moi courses; revenir plus tard.

Je réponds humblement : « Oui, madame Tania. »

— Je vais t'attendre, dit Jean. Je ne suis pas pressé.

Je m'engouffre dans la salle de bains avec mon vieux bébé difficile. Autant elle avait été charmante avec Jean, autant elle est devenue brusquement agressive avec moi, comme si elle me rendait responsable de ne pas savoir réparer l'irréparable.

— Mais tu me fais mal!... Ah! j'ai froid... Mais pourquoi tu m'enlèves mes affaires?...

Et tout cela veut dire : Toi aussi tu me trahis? Même quand tu es là, je suis fatiguée, ridée, penchée! Alors c'est vraiment sans espoir?

Elle demande :

— Où est-il... le garçon?

Il a su lui faire croire à Mamybel que rien n'était changé : mais moi, efficace et glaciale malgré mes efforts, je sens que je ne lui donne rien ce soir.

Enfin, la voilà lavée, c'est fini. Je lui mets de l'eau de Cologne, mais sa peau garde une odeur. Elle sent le vieux comme les nouveau-nés sentent le lait. Je l'habille comme une marionnette, détournant les yeux de ses cuisses fripées, tâchant d'ignorer ses seins faits d'un papier crépon si mince, si mince qu'il me semble que je pourrais le déchirer avec l'ongle. C'est trop d'avoir deux vieillesses à se taper, la sienne et puis plus tard la mienne! C'est amer que l'image de la maternité soit pour moi cette très grosse et très vieille dame que j'aime avec chagrin.

Mamybel couchée, embrassée, bordée : « Tu auras ton dîner tout à l'heure, ma chérie, Mme Tania va venir », je suis retournée vers mon Jean qui déambulait dans le salon, tirant un livre de la bibliothèque, regardant une photo jaunie de Mamybel en dame 1900, fronçant le sourcil pour tenter de me reconnaître parmi les affreuses commères de la classe de 7e des demoiselles Martineau.

— Elle est très gentille ta grand-mère! Cela vaut mieux qu'un horrible tyran!

Il a le don d'exorciser d'un mot mes angoisses. Il se moque des fantômes, il refuse d'encourager mes mélancolies et ainsi il les chasse.

Je me suis appliquée contre son corps, j'avais envie de le prendre de partout, de le toucher comme un talisman qui protège du mal. Quand je fais surface commune avec lui, plus rien n'est grave.

*

Hier, nous avons eu une soirée merveilleuse. Un peu courte comme toutes nos soirées, mais sans ombre, sans faux pli.

J'avais été chercher Jean à la Télévision et je l'ai ramené chez moi.

Je n'ai pas voulu demander où était Marianne, j'ai appris à me taire. C'est difficile les soirées d'amants quand il y a une conjointe quelque part qui attend. A mesure que l'heure passe, quoi que l'on fasse, elle recommence à exister, elle est là, dans la pièce, elle rôde, grandissant à mesure que notre temps à nous se rétrécit. Et quand cette rôdeuse est votre amie, on est amené parfois à sentir sa souffrance et à la partager. Au fond un ménage à trois, ce n'est pas trois personnes qui vivent ensemble, c'est trois personnes qui souffrent du même amour. Mais Jean ne souffre pas, je crois, ou bien il cache joliment son jeu. En fait, il semble que tout le problème soit en moi. Depuis que Marianne m'a condamnée, j'ai des moments de pointe où je me pose des questions. Lui, il semble posséder toutes les réponses. Notre amour est la meilleure des réponses et il ne nous reproche rien. A force de le regarder au microscope-tendresse, j'ai appris à le connaître mon Jean-d'aujourd'hui. Il m'est devenu à la fois plus familier et plus mystérieux. Je sais maintenant qu'il glisse entre vos mains; parfois on croit qu'on le tient, zut il s'est repris. Je sais qu'il n'aime pas les questions, qu'il répond toujours à côté et que sa vérité est multiple.

Je sais aussi que je ne peux le garder que si j'accepte de le perdre un peu. Je ne serai jamais tout à fait une femme comme les autres pour lui. Je suis un souvenir de jeunesse, c'est ma force, mais c'est aussi ma limite. Un souvenir de jeunesse ne doit pas peser trop sur la vie réelle! On le prend, on le quitte et on veut le retrouver toujours frais et semblable à ce que l'on attend de lui. Ce n'est pas facile d'être un rêve, je le comprends déjà. Mais je sais que mon amour pour Jean est la grande aventure de ma vie, et je suis prête à sacrifier beaucoup pour continuer à la vivre.

★

Jean est malade, il vient de me téléphoner qu'il était au lit avec de la fièvre. Je suis comme les mères à qui on ne la fait pas, j'ai envie d'aller voir si « c'est bien vrai cette fièvre-là ».

Pour un peu, je mettrais une moustache et j'irais « là-bas » lui tâter le pouls. Ah! l'*homo* même non *vulgaris* est vraiment une espèce fragile qui ne sait pas résister aux intempéries. Que diable, on n'est pas malade quand on aime!

Ce qui me trouble, c'est que je n'ai absolument aucun droit!

Je ne peux pas lui téléphoner à midi avec une voix de tous les jours où même la voix d'une autre, pas folle la guêpe Marianne! pour dire : « Jean, je pense à toi » ou : « Comment vas-tu mon amour? »

Je ne peux pas lui envoyer douze avocats avec un nœud rose et un mot de tendresse, je ne peux qu'attendre et c'est justement la chose que je ne sais pas faire.

Eh bien, allons, il faut que je me prenne par la main, que je m'emmène embrasser ma grand-mère, donner des ordres à Tania et en recevoir d'elle, il faut que je me traîne à mon travail, alors que je n'ai qu'une envie, c'est d'aller m'asseoir en silence auprès de mon amour, lui tâter le pouls, lui dire : « Ça va? » Marcher sur la pointe des pieds, faire des tisanes, même s'il ne les boit pas, avoir des idées : « Et si tu prenais une fumigation? » « Veux-tu un fruit? » Tapoter ses oreillers, dire : « Tu es moins chaud que ce matin » et lui embrasser la main en me sentant indispensable et douce.

Allez, viens la Julie, ne rêve pas, tu as plein de rendez-vous chez Roxane. Allez, viens jouer à la marchande d'illusions.

Vu trois collections aujourd'hui. Palpé, jugé, tâté des piles de lainages et des mètres de soie, encadrée bien sûr du triumvirat... triumfemina plutôt... Roxane, Annie, Zabeth. Mme Roxane s'impose la discipline d'avoir sur chaque chose une opinion cinglante et irréversible. A droite les élus, à gauche les victimes, elle se flatte de savoir toujours exactement ce qu'elle pense : « Mon flair ne me trompe jamais. » Les petits placiers qui se sont succédé devant notre tribunal avaient beau insinuer que « celui-ci marchait très fort cette saison » ou que « Ricci avait pris trois pièces de celui-là », Roxane ne cillait pas. Les : « C'est affreux », les : « Ça fait mémère » (grande insulte maison) les : « Ça c'est chic » se suivaient à une cadence essoufflante. Exécuteur des basses-œuvres, la Mère Ubu de service jetait les liasses dans la trappe, en harponnait d'autres tandis que Roxane ponctuait ses choix d'un « qu'est-ce que vous en pensez Juliette? » de pure forme. Pourtant, je ne m'ennuyais pas. Quand je ne pense à rien, je pense à quelqu'un maintenant. Je me dis : « Ce soir! » Je me dis : « Jean m'aime... », le temps passe très vite avec cette musique de chambre-là!

Et puis la « mariée » est arrivée : Marie-Odile de Pagny, entourée de la marquise douairière, la marquise belle-fille et de la sœur cadette venues dire leur mot sur la robe de noces. Le solitaire, taille ancienne, qui brille au doigt de la future ne révèle pas si celle-ci se marie selon son cœur mais clame bien haut qu'elle se marie selon son rang.

Toutes ces dames ont des voix claires, pures, presque enfantines.

La voix est vraiment un des signes distinctifs de l'aristocratie.

— Madame Roxane, disait Maman, vous ne trouvez pas que c'est un peu décolleté pour une mariée? » Façon pudique de laisser entendre que la jeune fille gagnerait à ne pas exposer ses salières dignes d'un marais salant et que la blancheur du satin faisait paraître gris le cou pas très lavé de Mlle de Pagny.

— Alors, dit grand-mère douairière, si on mettait un petit collet? De mon temps, les mariées avaient toujours un petit collet. Qu'est-ce que tu en penses, Marie-Odile?

Marie-Odile n'a pas eu beaucoup le droit de penser depuis sa naissance, ce n'est pas aujourd'hui, bardée d'épingles et traversée de fils de bâti qu'elle va s'y hasarder.

— Comme vous croyez, grand-mère, mais...

La marquise numéro deux ramasse le « mais » à l'orée de la bouche de sa fille et enchaîne :

— Mais Marie-Odile a les épaules assez carrées et Jean-Eudes est très mince, il ne faudrait pas qu'il soit écrasé par sa femme!...

— Ha! Ha! Ha!... rires de bon ton, on ponctue tout d'un demi-rire dans la Haute.

La première pique et coupe et s'agenouille et se relève, se met sur les pointes, plonge vers l'ourlet et l'aristocratie remercie d'un sourire. L'aristocratie trouve que son sourire vaut de l'or, en tout cas c'est l'or qu'elle distribue le plus volontiers.

Mme Roxane papillonne et se confond en compliments :

— Ah! charmant, charmant, chère, vous serez exquise!

Et Zabeth, le valet-vendeuse, joue humblement les utilités :

— Cela fait très jeune, n'est-ce pas madame la marquise? « Oui, madame la marquise », « non, madame la marquise », et toujours en leitmotiv : « Ha Ha Ha... »

Moi aussi, comme la grosse Zabeth, je joue les utilités. Je suis la jeune femme à la page « Ma nouvelle modéliste », comme dit Roxane d'un air suffisant.

— C'est elle qui a dessiné la robe de Mademoiselle, ajoute ma directrice.

« Et c'est toi vieille bique qui l'as démolie derrière mon dos », ai-je envie de dire. Mais au lieu de cela, je souris, je vais d'un doigt de fée déplacer une épingle, je recule d'un pas, je tapote la traîne, j'essaie même de mettre un peu d'intérêt véritable dans mon œil en regardant la jeune fille, mais je sens que je ne plais pas. Je dérape et patauge dans les bonnes intentions mais je ne plais pas. Pour ces dames, je ne fais pas le poids. Ma coiffure est trop gaie, mon ongle trop rouge, mon ensemble vert trop épinard. Dans la Haute, on s'habille en demi-teintes. On fait clignoter quelques bijoux, on parle de son château, mais à part cela on est gris muraille, de corps et d'âme. Moi, je suis clinquante et puis je suis née « Rien » cela se voit au premier coup d'œil.

Les excès de Zabeth aggravent encore mon cas. Elle est si humble que tous les autres semblent arrogants. Et puis, elle a un autre moyen de plaire, elle; c'est un Bottin mondain animé. Elle possède sa liste de châteaux sur le bout de la mémoire :

— Et Mme la comtesse de la Fichetterie est toujours en Dordogne?

— Sa belle-fille était si jolie dans la robe de guipure que nous lui avions faite pour le bal Truc Muche! Un vrai petit Saxe!

Zabeth passe son temps à coller des étiquettes sur les gens. On est « un petit Saxe », « un Tanagra » ou on a « le Sourire de Reims » mais on n'est jamais tout simplement Soi! L'essayage enfin terminé, je jette un regard sur notre petit Saxe d'aujourd'hui. Délestée de son carcan nuptial, tout abandonnée dans sa combine de rayonne défraîchie, la jeune fille me paraît soudain déchirante de solitude; elle boutonne son corsage sage, détire-bouchonne ses bas et je me perds dans cette contemplation. J'adore les dessous des autres. Leurs petites vilenies intimes qui sont comme des aveux. La moustache de poils roussis sous les bras, la bretelle de soutien-gorge attachée avec une épingle de nourrice, la vieille gaine tirant sur le gris et armée de jarretelles disparates, tous ces signes en disent long sur la vertu de leurs propriétaires, qui ne semblent pas redouter une circonstance fortuite les mettant dans l'obligation de retrousser leur jupon. Montre-moi ta chemise et je te dirai qui tu es. A force de fréquenter les chemises du Tout-Paris, je commence à défier une théorie.

Six heures! Je file comme une midinette. Si Jean téléphonait?

Tu es guéri, mon amour, tu fais bien. Je n'en pouvais plus de t'attendre. Nous déjeunons dans « notre » restaurant, celui où ce n'est pas très bon mais qui a trois étoiles dans mon guide Michelin du cœur car c'est là que nous avons dîné le premier soir.

Comme tu es bouclé aujourd'hui! On dirait que tu sors de l'eau! Tu m'embrasses sur les cheveux d'un baiser passe-partout parce que tu n'aimes pas les effusions publiques. Mais moi, je n'ai pas l'impression de t'avoir retrouvé vraiment avant de t'avoir embrassé à l'abri des regards. Malgré le monsieur du fond et la dame d'à côté qui fait visiblement partie de la Ligue Anti-Amoureuse, je voudrais te tendre mes lèvres pulpeuses comme dans un ciné-roman... mais tu ignores mes appels muets. Tu t'installes tranquillement comme si nous avions la vie devant nous. Es-tu donc si sûr que nous l'ayons? Tu commandes du vin blanc, tu es content, mes angoisses s'évaporent dans la tranquille douceur de ton regard. Tu vas me raconter tout, tout, tout!

— Alors, mon pauvre amour, tu t'es réveillé mardi matin avec mal à la gorge?...

C'est au dessert, alors que j'étais béatement remontée sur mon nuage, que tu m'as annoncé négligemment :

— Chérie, je ne t'ai pas dit : il faut que je parte pour Bruges et pour Liège pour présenter mes courts métrages.

Avant que j'aie pu te demander si je pourrais te rejoindre, tu as enchaîné très vite :

— J'emmène Marianne, elle avait très envie de venir. (Les envies de Marianne, je m'en tape!) Elle restera trois jours puis elle ira chez ma mère à Caen où je dois passer le week-end. (Allons, Juliette, ne fais pas ta mauvaise tête. C'est normal, il a une femme, il l'emmène. S'il pouvait choisir librement, c'est toi qu'il emmènerait. Allez, souris-lui : « Ah! bon, très bien », dis-le... Mais je ne m'obéis pas, je ne souris pas, et je dis juste ce qu'il ne faut pas dire :)

— Tu pars sans moi, mon Jean?

— Oui, mais tu pourras me rejoindre si tu veux après le départ de Marianne. (Comme tout est simple pour toi!)

Je dis peut-être, je dis que ce serait bien et c'est déjà l'heure du départ. Jean m'embrasse un peu plus tendrement que d'habitude parce qu'il vient de me faire mal mal et il me promet de venir demain chez moi.

Je ne crois pas que j'irai à Bruges; je n'ai pas très envie d'aller me glisser dans les draps encore chauds de Marianne. Si les épouses vont en week-end maintenant, que restera-t-il aux maîtresses? Et puis Bruges, nous y avons été ensemble il n'y a pas si longtemps; trop de souvenirs à trois errent sur les canaux.

D'ailleurs, Jean parle, il propose, mais je ne crois pas que je pourrai disposer de moi. Je ne me rappelle plus ce que Mme Tania m'a chanté dans son RRRUSSE inintelligible mais il me semble bien que, début novembre, c'est le moment où elle pleure ses morts en bloc et en détail et qu'elle « fait » les cimetières en commençant par Sainte-Geneviève-des-Bois et en finissant par la Haute-Marne et j'ai tout lieu de croire que c'est moi qui jouerai les Tania auprès de Mamybel.

Novembre

Voici la saison où les chagrins pèsent plus lourd et vous rendent frileux. Nous vivons une petite vie réduite, sans utiliser les organes atteints. Mais le calme sur l'ensemble du front ne signifie pas la paix.

Pour Jean, y'a bon! Les problèmes qu'on n'agite pas sont déjà à moitié résolus. Et, comme l'on dit, la vie reprend ses droits! C'est-à-dire que Jean reprend les siens : celui de sortir, celui d'être gai, celui de parler d'autre chose. De quoi porterait-il le deuil? Il n'a perdu personne. Au contraire, une jeune fille lui est née!

Je n'ai pas l'impression que Jean projette, ne fût-ce que quelques minutes par jour, de me quitter. Qu'il y songe parfois, c'est certain. Il est délicieux de songer à des vies possibles; rien de tel pour se donner l'impression d'être libre. Pourtant, je ne surprends pratiquement jamais chez Jean un geste d'impatience ou le désir visible d'être ailleurs. Jean ne souhaite pas s'éloigner de moi tout simplement parce que ce n'est pas un homme qui souhaite. Il vit sans impatience où qu'il se trouve et il n'en faut tirer aucune conclusion sur le fond. Et puis, quand on hésite, c'est toujours le statu quo qui l'emporte. Il faut beaucoup plus d'amour pour partir que pour rester. Enfin, quoi qu'il dise, Jean est victime d'une sorte de loyauté vis-à-vis de la bonne femme qui porte son nom, cuisine son fricot, élève son enfant et appelle sa mère : Mère. La morale vous rattrape toujours par un pan de votre vêtement. Je déteste devoir ma victoire à ces raisons-là. Et quelle victoire? Ce n'est pas de ne pas être quittée qui m'importe, c'est d'être aimée.

Si Jean faisait ses valises ce soir, j'en serais moins bouleversée que le jour où il m'a dit : « J'en aime une autre. » Oublier quelqu'un ne me semble pas impraticable. Mais vivre en acceptant chaque jour, je ne suis pas sûre d'y parvenir.

En attendant, Jean cherche des diversions à notre état. Nous sortons, nous dînons chez des amis. La soirée face à face, voilà l'écueil, et Jean est un adroit navigateur.

Nous partons quelques jours en Belgique cette semaine. Je me dis que c'est parce que Juliette a ses règles : tout est devenu sordide dans ma vie intérieure. Mais à défaut de sincérité totale et d'enthousiasme, j'aurai la présence de Jean dont j'ai un âpre besoin bien qu'elle me laisse toujours sur ma faim.

Peut-on s'aimer longtemps sans pouvoir se rendre heureux? Jean ne veut pas le savoir. Outre notre automne, il vit un printemps, lui. Il y puise la patience d'être tendre, de faire juste ce qu'il faut pour que je ne flanche pas tout à fait, pour que je ne détruise pas le satisfaisant édifice qu'il est en train de parfaire, en pierres de taille, une par-ci, une par-là; chaque fois que je souris, on en rajoute une. Allons, elle supportera bien encore celle-là! Nous sommes sans cesse à la limite de rupture mais Jean a un art consommé de l'esquive. Avec lui, les scènes se désamorcent tout de suite comme des pétards mouillés. Il me sait raisonnable, désespérément raisonnable. Je n'ai même pas la saine joie de lui dire des injures. Est-ce lâcheté? Je rumine des griefs toute la journée, des rancunes s'accumulent, je ressens le besoin de tout lui jeter à la tête et puis dès qu'il paraît, un sourire se forme tout seul sur mes lèvres et je dis seulement : « Bonsoir, mon chéri », comme d'habitude. Le plaisir d'être avec lui noie mes révoltes, je n'ai pas le courage de gâcher ce qui nous reste, d'assassiner nos soirées. C'est cela, j'en ai peur, manquer de caractère. Jean saura-t-il jamais ce qui s'accumule en moi en son absence? M'interrogerait-il — ce qu'il n'aura garde de faire car dans ces histoires chacun fait assaut de lâcheté — que je n'oserais pas le lui dire, que je n'oserais pas lui faire de la peine en face. Mais il a parfois si grossièrement, si enfantinement envie d'être heureux que je ne résiste pas au besoin de piétiner ce bonheur où je n'entre que pour moitié, de lui crier que je ne suis toujours pas d'accord et qu'il se réjouit trop tôt. Et puis, dès que je le vois découragé, avec cet air maladif et impuissant à vivre qu'il sait prendre, je me sens redevenir une sainte prête à tous les sacrifices : « Vas-y, mon chéri, je m'arrangerai toujours. » Comme on gâche beaucoup plus facilement une ambiance heureuse qu'on ne rétablit une soirée gâchée, nous passons les heures que nous vivons ensemble à nous en vouloir. Je lui en veux quand je n'ai pas le courage de lui parler, il m'en veut quand je parle.

Tout cela me rend triste et laide. L'amour donne-t-il le droit d'empoisonner ainsi la vie de l'autre? De le juger?

Allons, femme, sois laide et tais-toi.

Mange ce qu'on met dans ton assiette et ne louche pas sur celle de tes voisines. C'est le seul moyen d'être heureuse.

Je suis donc partie pour Bruges avec l'intention d'en profiter au nom du sordide : « C'est moi qui l'ai, na ! » Ainsi assaisonnée, la soupe est toujours mauvaise. Et quelle folie de promener dans le Nord et en novembre un amour malade : le climat et la saison se liguaient pour l'achever. Nous roulions de profil dans de tristes paysages. Les jardins avaient renoncé à se débattre et attendaient l'hiver en silence. Moi aussi, peut-être, j'allais me laisser engourdir et accepter la mauvaise saison...

Jean portait son uniforme habituel : de drap doux et impénétrable, tout en demi-teintes. Il y a trois ou quatre ans, nous faisions le même voyage, mon amour, mais il n'y avait pas de fantôme sur la banquette entre nous. Il y avait Juliette déjà (« Pauvre Juliette!... elle passe tant de dimanches avec Mamybel, si nous l'emmenions en Belgique avec nous? »), mais une Juliette joyeuse et vivante, assise entre nous seulement parce qu'elle nous aimait également tous les deux. Oui, seulement pour cela, j'en suis sûre. Sinon pourquoi auraient-ils attendu trois ans? Jean est le contraire d'un tourmenté qui vit sous un cilice. Le jour où le désir lui est venu d'avoir des rapports plus complets avec Juliette, je suis convaincue qu'il n'a pas lutté une heure, pas une minute, quitte à m'octroyer la psychologie qui pouvait le mieux favoriser ses plans. Ce qu'on hésite à faire n'a plus la même beauté. Et ce n'est pas par mépris pour moi qu'il a agi ainsi, mais précisément parce que j'étais hors de question. On ne me discutait pas; en contrepartie, Jean se donnait tous les droits. Mais tout mon comportement antérieur aurait dû l'alerter, s'il n'était pas cet homme attentif et fin, aveugle à ce qui pourrait le gêner gravement. Pendant trois ans, j'ai eu des humeurs, refrénées comme des manifestations d'un sentiment peu honorable et que Jean traitait avec une ironie tendre, sans jamais en tenir compte, comme si obscurément il cherchait à préserver quelque chose de très précieux qui viendrait plus tard.

C'est un fait, je suis avare en amour. J'avais toute la vie pour être à côté de Jean, mais j'étais pourtant toujours à une heure près. Faire deux cents kilomètres sur le siège arrière à côté de l'affreux basset de Juliette me remplissait d'une bile amère même si je reprenais ma place à l'avant pour les deux cents suivants. Je surveillais la main de Juliette sur le dossier du siège de Jean : Frôlait-elle son épaule? Lui faisait-elle des signes avec ses doigts? Jean m'était plus intime encore que mon stylo, je répugnais à le prêter. On allait lui déformer le bec. C'est chose faite.

Jean semblait indifférent à ces détails. De toute façon, il faisait peu état de notre union en public. Nous étions mariés, non? Nous étions ensemble la nuit, non? Le jour appartenait à la société. Il était sociable. On ne pouvait exiger qu'il laisse rouiller ses talents de société. Pourtant, contrairement à ce qui se passe habituellement, avec le temps, Jean avait moins de plaisir en société et plus avec moi. Et finalement la société s'était réduite à Juliette. Il rencontrait assez d'Autres dans son travail : à la maison, nous formions à nous trois un petit univers très satisfaisant; le Mari, la Femme, le Reste du Monde : une fable de La Fontaine. Juliette nous apportait l'air de l'extérieur et enrichissait notre tête-à-tête. J'avais besoin de cet autre élément féminin pour circonvenir Jean. Je pensais que nous n'étions pas trop de deux. Juliette mettait en valeur mes qualités que sans elle Jean n'aurait jamais diagnostiquées. Avec nous deux, je savais qu'il ne s'ennuierait jamais. C'était dangereux peut-être, mais l'habitude s'en était prise si insidieusement et Jean et Juliette semblaient si transparents, si tranquilles que je me honnissais d'être la seule des trois à penser à mal.

Et puis j'avais envie d'elle dans ma vie, moi aussi. Je l'adorais parce qu'elle mettait Buenos Aires au Brésil, parce qu'elle était incapable de lire une carte ou de faire une division, parce qu'on pouvait la réveiller à trois heures du matin pour lui demander de qui donc était *La Mort du Loup*, lui confier Jean-Marie pour quinze jours si nous partions en voyage ou lui amener impromptu dix personnes à dîner. Tout lui paraissait simple : prêter deux mille francs quand il lui en restait mille, prendre un taxi pour Pont-L'Abbé si j'y avais besoin d'elle, me tailler en une matinée une robe du soir, enfin rendre service et prendre des responsabilités, la chose la plus rare du monde. Je la détestais aussi parce qu'elle frisait naturellement, parce que ses escarpins étaient toujours cirés, parce qu'elle n'avait jamais l'air d'être en retard d'une vaisselle ou d'être submergée par le ménage à faire, parce qu'elle considérait son chien Boudin comme un être humain... Bref, je l'aimais, nous l'aimions, nous nous aimions. J'oubliais le principal : Ils s'aimaient. Mais j'étais la seule à le savoir et il est bien connu que je ne vois rien.

De plus, Juliette avait des alibis : François... Philippe... des hommes de paille qui masquaient l'homme de feu... Quant à Jean, il était virtuellement en liaison

avec Juliette et simplement trop paresseux pour inscrire cette liaison dans les faits. Il attendait que nous
nous soyons aimés assez longtemps pour ne plus avoir à
nous le prouver.

Ce jour est arrivé, mon chéri, et nous roulons vers
Bruges aujourd'hui comme un vieux couple en pèlerinage
sur ses anciens champs de bataille. Tu te souviens comme
on s'aimait? C'était l'hiver aussi et je trouvais plus
exaltant encore d'être heureux contre la tristesse ambiante
En ce temps-là, nous fabriquions de l'amour à nous deux,
comme deux bons artisans, sans machinerie compliquée,
dans notre petit atelier personnel, qu'il pleuve, qu'il
vente. Aujourd'hui nous sommes devenus une entreprise
qui subsiste grâce aux capitaux étrangers. Nous ne
sommes plus les seuls maîtres de notre affaire. Fini
l'artisanat. On s'est agrandi, comme tout le monde.

A Bruges, nous avons dîné, comme autrefois, aux
Ducs de Bourgogne. Nous n'avions pas faim, mais nous
avons commandé un dîner somptueux. Il fallait bien que
quelque chose fût parfait et il est plus consolant de
chipoter sur des quenelles que sur du hachis Parmentier.
Mais aux empoisonnés, tout est poison : ces quenelles,
c'est à Juliette que je les devais et c'est par esprit de
justice que Jean m'emmenait à mon tour dans un bon
restaurant. Et s'il ne m'y avait pas emmenée, j'aurais
conclu qu'il n'estimait plus utile de se mettre en frais
pour moi. De toute façon, je mangeais amer.

Nous avons couché dans une chambre d'amoureux,
ha! ha! sous ces baldaquins qui font rêver à des étreintes
moyenâgeuses. Nos fenêtres donnaient sur le canal où
tombait la dernière feuille d'un énorme acacia. Nous
nous sommes penchés sur l'eau — on n'échappe pas à ce
geste — et nous avons vu passer nos souvenirs... et nos
regrets aussi. Jean me tenait par l'épaule et nous contemplions le canal sous la pluie, triste miroir brouillé de
larmes. Jean me caressait machinalement, parce que
nous étions en position. Pourquoi m'aurait-il caressée
mieux? Pourquoi aurait-il passé la main sous mon chandail? Il savait bien ce qu'il y avait dessous et que ça

resterait servi devant lui jusqu'à plus soif. Pour moi, mon chagrin me le rendait tout neuf, comme une bombe incendiaire qui n'a pas encore servi, avec ses deux creux de chaque côté de la nuque, en forme de bouche, avec ses cils frisés qui m'ont toujours émue chez un homme, et ses dents épaisses qui démentent la douceur du sourire. J'aurais voulu être en fugue avec lui; être sa secrétaire... une fille rencontrée à l'orée d'un bois... qu'il ait envie de fondre sur ma bouche comme si nous n'avions pas trois mille six cent cinquante nuits derrière nous et plus encore devant. Comme si ma bouche n'était pas devenue l'organe qui sert à dire : « As-tu écrit au propriétaire ? » ou « Tu laisseras un chèque pour le plombier ce matin. » Ça gâche l'instrument. Nous avons trop joué *Voilà du boudin* sur nos Stradivarius et maintenant ils ne vibrent plus très bien.

J'aurais voulu être Juliette ce soir. J'avais bu pour me donner l'audace d'être la maîtresse de Jean et de le regarder en face. Le vrai amour se fait de front. Mais Jean n'est plus qu'à mes côtés.

Je faisais la belle comme un ours parce que Jean savait pourquoi et ça aussi c'était empoisonné. Jean ne voulait pas jouer à autre chose, même pour une nuit; il ne me laissait pas sortir de moi-même. Il prend les choses comme elles viennent. Et si elles ne viennent pas toutes seules ? Pourtant j'aurais été une maîtresse passionnée, ce soir et pour un autre, je le sais. Mais à cause des réticences de Jean, cela sentait le « regarde ce que je sais faire » et le concours agricole. Un triste concours où personne n'a gagné. C'est horrible d'être toujours confiné dans son personnage. L'alcool m'ouvre des aperçus sur tout ce que je pourrais être. Je voudrais « occuper » Jean, que rien ne puisse exister autour de nous ni après nous. Mais Jean, lui, couche avec moi, c'est tout. Rien de métaphysique ne s'y accroche. L'amour nous a échappé, bon d'accord, mais cela ne veut rien dire, cela ne veut surtout rien dire, sinon qu'il se soulage en me faisant une gentillesse. Gentillesse, mon cul. Il ne faut surtout pas accorder à ces choses plus d'importance qu'elles n'en ont. Les émotions qui terrassent, ce n'est plus pour nous. On est mariés, non? Plus j'en rajoute, plus je sens Jean se rétracter. Si j'allais croire que je reprends du terrain à Juliette? Le corps de Jean est un prêt et non un don.

Non, ce n'est pas comme cela qu'on force un homme à n'aimer que vous. Mais comment? Mais comment?

J'ai pleuré tout au long de l'amour, tout le long de son corps, pour une fois hors de moi-même, tout entière projetée dans un effort désespéré pour dépasser cette ligne d'arrivée où l'on vous arrête toujours, répétant comme un Sésame, comme un marteau-piqueur : « Je t'adore, je t'adore », ne sachant plus que cela et que je n'aurais plus jamais la joie qu'il me réponde. Le passé, c'est du passé.

Quelle duperie que cette fornication! Jean en moi sans y être, comme on passe une nuit à l'hôtel sans défaire ses valises. Et Jean se retirant de moi, tellement plus vrai à la sortie qu'à l'entrée et me laissant comme une plage mouillée à marée basse. A la seconde où il s'écarte, je redeviens une femme trompée. C'est déjà fini. Le désir simulait l'union mais le leurre s'évanouit comme un arc-en-ciel sans qu'on ait pu l'atteindre et nous revoilà trois. Au tour de Juliette maintenant. Allons, allons, ne pressons pas, il y en aura pour tout le monde.

Demain matin, Jean va encore commettre l'indélicatesse de s'habiller, de cacher l'homme sous le monsieur, se retirant encore plus loin de moi. On a moins de prise sur un homme vêtu; surtout d'un complet veston. Je voudrais passer ces trois jours au lit dans la promiscuité physique la plus ignoble. Je pourrais pleurer, rire, faire l'amour et dormir d'un seul tenant. Je n'ai envie que de cela.

Mais le matin est arrivé trop vite sur Bruges la Morte, encore plus morte le dimanche. Il faisait un froid de loup, mais Jean redoutait obscurément de rester au lit : tout était dit, tout était fait et au-delà... il fallait se mettre debout et agir. Nous avons fait le nécessaire : vu le Béguinage à Bruges, l'Agneau Mystique à Gand et mangé des huîtres du Zuyderzee : c'était beau et c'était bon. Mais à quoi rime la Communion sans la Sainte-Présence?

Je regardais les couples au restaurant, dans la rue, tous ces couples que le dimanche expose au grand jour... Ces dames à chapeau, ces messieurs qui n'avaient l'air de rien, qu'avaient-ils fait de leur nuit? Ce monsieur à barbiche, est-il possible qu'il farfouille sa femme la nuit et qu'il lui caresse les seins avec ces mains pâles de bureaucrate? Ce n'est pas vrai que cette dame à trois rangs de perles et de boucles blondes, qui pérore sur le bridge, gémisse au lit et crie : « Encore! » ou : « Vas-y! » Et ce Belge rougeaud et velu travaille-t-il sa femme au corps chaque soir comme une bête? Quels hypocrites nous sommes de ne pas porter sur nos visages les traces de nos nuits! A regarder le monde aujourd'hui, on croirait que l'amour n'existe pas, n'étaient deux jeunes gens dans la rue, de l'autre côté de la vitre, insensibles au froid, mêlés l'un à l'autre sur un banc, tout seuls sur la place. Elle lève la tête vers un septième ciel, beaucoup plus vrai que l'autre et qui descend visiblement en elle par la bouche de son ami et ils ne se détachent pas et ils bougent à peine, réadaptant seulement un peu leurs lèvres l'une à l'autre pour ne rien perdre de ce fleuve qui coule en eux. Continuez, mes chéris, quel bonheur vaut celui-là?

Dernière journée belge. Nous avons été manger des soles et voir le port d'Ostende et ses tristes et beaux chalutiers noirs. Il pleuvait sans cesse sur Ostende, comme à Brest, à Hambourg et comme partout... Mais la mer, toujours égale à elle-même, nous a rapprochés. Elle seule vaut bien l'amour et l'éclipse parfois. Nous étions heureux de déchiffrer sur elle le même message. Nous avons marché tout l'après-midi sous la pluie, contents d'être trempés ensemble. Nous avons encore les mêmes goûts et parfois le même goût l'un pour l'autre. Qu'y a-t-il de changé sinon tout?

L'heure des valises est venue. Jean présente son film à Liège ce soir, à Gand demain. Moi je suis obligée de rentrer à cause de Delphine et de Jean-Marie. Obligée de céder la place à sa maîtresse, précisément parce que je suis sa femme. Quel piège bien fait que le mariage!

Jean ne paraît pas mécontent. Il va pouvoir se détendre. C'est fatigant de se méfier. Son œil se durcissait chaque fois que le mien s'embuait. Et je le comprends : moi aussi je suis fatiguée de me supporter. Ce serait si plaisant pour tout le monde que j'EN prenne mon parti!

Si plaisant et si raisonnable! Autant pisser dans une clarinette que de reprocher à un homme d'aimer une autre femme. C'est qu'on lui en a laissé le loisir. C'est qu'on... c'est con... ces cons... ces cons... ces cons...

*

Quand je quitte Jean, je sais que je m'en vais très loin maintenant. A une femme de lui; et une femme, ça tient de la place. Juliette a attendu sagement à son banc qu'on l'appelle à la Sainte-Table. Je sors par la cour, elle entre par le jardin. Elle boucle à l'heure qu'il est d'impeccables valises et dispose en souriant sa chemise de nuit sur le dessus... elle sait qu'elle la mettra peu; dans un lit, Jean n'aime que les femmes toutes nues. Même quand ce n'est que moi. Demain la femme de chambre aura à peine un haussement de sourcil quand Jean lui dira : « Non, laissez-moi le deuxième oreiller »; et à la caisse, la Dame auburn que personne ne bouscule plus dans les couloirs se réjouira méchamment de voir que les hommes sont toujours des cochons. Demain, la brosse à dents de Juliette viendra rejoindre celle de Jean sur l'étagère et ses bas dentelle seront à tu et à toi avec le pantalon de velours de Jean. A moins qu'ils ne soient trop pressés et que Juliette ne soit effeuillée au pied du lit. Il faut envisager le pire.

Pourtant, j'étais presque résignée encore une fois en partant hier. Presque convaincue que cela ne changeait rien à nos rapports « profonds ». Quand on se rabat sur les profondeurs, c'est qu'il n'y a plus grand-chose en surface. Mais si moi j'aime la superficie, la peau des choses? Mais à mesure que je m'éloignais de Bruges, de Jean, parlant tout haut au volant, me montant le cou peu à peu, je me sentais sombrer à nouveau dans mon égout familier. Arrivée à la porte de Clignancourt, à la pensée que je croisais peut-être Juliette filant en sens inverse vers sa part de gâteau, j'ai brusquement trouvé ma position insoutenable et éclaté en sanglots. Comme une fontaine qui réutilise ses propres eaux, mes sanglots m'apitoyaient et me faisaient sangloter de plus belle. Les essuie-glaces étaient impuissants à balayer toute cette eau qu'il y avait entre la route et moi et j'ai dû m'arrêter sur le bas-côté. Heureusement, il pleuvait toujours et les automobilistes qui me croisaient ne pouvaient se dire : « Tiens, une bonne femme qu'on a plaquée! » Je n'étais pas une femme mais une petite fille, secouée de hoquets, pleurant à haute voix et inconsolable. Je ne pouvais penser à rien d'autre qu'à Jean accueillant Juliette à la porte de notre hôtel, frais et candide comme un nouveau-né, lui faisant les mêmes plaisanteries qu'à moi, lui montrant Ostende aussi peut-être, le salaud, commandant pour dîner le même vin qu'hier et s'endormant tout à l'heure la figure dans ses cheveux doux. Les miens sont trop drus : on n'y est pas bien pour dormir. Et quel meilleur moyen de découvrir les défauts de sa femme que de coucher avec une autre? De toute façon, mes qualités lui sont devenues indifférentes et les défauts de Juliette lui plaisent; il ne regarde plus mes jambes mais la cellulite de Juliette le met en émoi. Comment lutter dans ces conditions?

Autre détail : Jean ne sera plus jamais un homme qui attend, ce qui retirera aussi une nuance importante à ses sentiments pour moi. Il faut des temps creux entre deux êtres. Avec deux femmes, c'est le cinéma permanent.

J'ai été dans un café croquer un Oblivon dans un Viandox. La pilule, quel beau programme! Mais je n'ai réussi qu'à oublier toute prudence. Ce n'étaient pas mes sentiments qui perdaient leur réalité mais le monde extérieur.

« Tiens! Une voiture qui vient de ma droite... Et alors?... Voilà le feu qui passe au rouge, tiens, tiens!... Entre le rouge et le vert, il n'y a qu'une différence de fréquence, après tout... »

Je conduisais dans une décontraction totale et un mépris souverain. Jean-Marie et Delphine m'attendaient à la maison, mais ils me semblaient minuscules et si loin, si loin de moi... J'ai fini par me faire peur : j'ai laissé la voiture Porte Champerret et je suis rentrée en métro. Il m'aurait plu de mourir pour punir Jean. Oubliant grâce à ma pilule tout ce que j'aimais faire sur terre, j'envisageais assez volontiers de me quitter; une seule personne me retenait : Jean-Marie. Lui seul serait vraiment malheureux et perturbé. Pour lui seul, j'étais vraiment irremplaçable; pour le moment.

La maison m'a paru vague et floue. Delphine était sortie; Jean-Marie venait de recevoir un Jeu des Vingt-Quatre Heures du Mans et n'avait pas le temps de s'occuper de moi. Ma chambre était désespérément conjugale. La soirée s'annonçait bien. Jean avait-il sérieusement pu me dire :

« J'aime Juliette, mais cela ne changera rien entre nous, mon chéri?... »

Mes réactions sont trop passionnelles, m'a dit Jean à Bruges. Mais où mettre sa passion sinon là? Jean est sinistrement peu passionné, lui. Il garde la vieille avec qui il est bien habitué, mais profite d'une neuve. Mon chéri abhorré, comme c'est déchirant d'avoir — en dehors d'une passion bestiale... — trop d'estime pour toi, pour te condamner et te haïr.

*

Jean devait rentrer mercredi mais il m'a appelée de Liège.

— Allô, mon chéri? Tu vas bien?

— Et toi, tes présentations, ça marche?

— Oui, je suis content, ça marche bien.

— Tu rentres toujours mercredi?

— Eh bien, non... justement... c'est pour cela que je t'appelle! Il y a une séance supplémentaire pour le film et j'ai encore pas mal de choses à voir.

« Le cul de Juliette, notamment? » Oh! que je voudrais avoir eu le courage de le dire! mais je ne me ferai jamais ce plaisir. Je n'ai pu que répondre d'un ton que je voulais sec mais qui tremblotait :

— Dans ce cas, tu me rejoindras directement chez ta mère. Tu te souviens qu'on passe le week-end chez elle?

— Bien sûr, mon chéri, j'y serai pour déjeuner samedi.

— Comme ça on pourra faire gnia-gnia-gnia en famille et jouer pour ta mère le couple uni.

Je voulais ajouter : « En attendant amuse-toi bien », mais les mots n'ont pas voulu sortir et j'ai dû raccrocher très vite : je n'aurais pas tenu une phrase dure de plus.

Eh bien, je n'éprouve pas la satisfaction sans mélange dont je rêvais à l'idée de gâcher le séjour de Jean. Quelle triste façon d'aimer que de saboter le plaisir de celui qu'on aime! Je suis aussi tourmentée de le savoir malheureux qu'heureux. Comment sortir de ce bourbier?

*

La vue de Jean m'affaiblit et son absence me permet de me ressaisir peu à peu, sans doute parce que j'ai peu de mémoire. Je me secoue, je commence à réagir. Acte 1 : je me suis rendue non pas chez UN coiffeur mais chez LE coiffeur, piétinant le sentiment de culpabilité que j'ai toujours ressenti en payant soixante francs ce que je pourrais obtenir pour dix. Avoir besoin des plus grands artistes capillaires pour se forger un visage allural me déprime. Pourquoi la femme est-elle toujours acculée à tricher sur son apparence? Jean m'aimerait-il moins si je portais les cheveux tels que le Grand Manitou me les a faits? Il est, hélas! certain que oui. Quand quelques-unes trichent, les autres sont obligées de s'aligner.

Pendant que j'y étais, je me suis laissée entraîner jusqu'au salon de beauté pour me faire retaper un peu la façade... j'aurai inauguré bien des choses cette année!

J'ai donc mis le pied — en l'occurrence ma figure — dans l'engrenage et il m'a fallu d'abord apprendre l'espéranto de la Beauté. C'est ainsi que je n'ai plus une peau mais un épiderme. Fatigué, bien sûr, déshydraté; mais on va arranger ça; il suffit pour cela d'entrer dans la ronde des crèmes, exquises, parfumées, si convaincantes qu'on voudrait les superposer toutes, tout de suite sur son vieil épiderme assoiffé. La lecture de *Votre Beauté*, chez le coiffeur, m'avait donné un vertige. La jeunesse devenait une obsession, menacée par ces défauts, ces milliers de dévastations mineures qui vous guettent tout partout et contre chacune desquelles il suffisait de cinq minutes de bonne volonté chaque matin. Non, jamais je ne ferai face à l'invasion de la quarantaine, tous ces tanks sur ma figure qui vont laisser des marques indélébiles. Où courir? Où ne pas courir?

L'Eterna 27 de Revlon? Oui, mais la Juvena et l'Active Moist alors? Et le Revitalisant d'Ella Baché? Mais les deux puissants correcteurs biologiques d'Orlane : Bio Catalys et Bio Lacta? Et le pollen d'orchidée pour des reflets JEUNES dans mes cheveux, le Superglow-Super-JEUNE de Germaine Monteil, le Royal Iris à base d'extrapones, le Néocol de Jeanne Piaubert pour un cou JEUNE, le Royal Facel, célèbre régénérateur à base de Ginseng-Moisturizing... et le soutien-gorge Éloquence pour *un* sein en fleur (et l'autre?), le rouge nacré de Fath, si JEUNE, l'antiridine de chez Figurama, la cure de vison, l'oligo-élément, l'algue marine, la gaine en Lycra, l'Adams Trainer, Manoglys pour une main JEUNE, la crème tissulaire Lancaster pour rester JEUNE, Firmo-Lift, l'assurance Beauté-JEUNESSE, Deepaïne, la crème raJEUNissante. Et stop à la ptôse, non, la couperose n'est pas fatale, oui, vous êtes coupable si vous avez un double menton, non, la Beauté n'est pas une question d'argent, si, un mari ça se conquiert tous les jours, apprenez à réussir, apprenez à dessiner, le charme en dix leçons, un dessert économique en cinq minutes, un enfant en une seconde... et surtout : Relax!

Et un homme pour la vie, qui me le procurera?

*

A Caen, chez « Mère » avec Jean-Marie j'attendais Jean comme une maîtresse (d'école hélas!) attend un enfant qui a fait l'école buissonnière. L'heure des comptes à rendre approchait. Fini de rire, mon petit ami. Ce n'est plus avec moi que mon petit ami rit, maintenant. Juliette, tu me paieras ça aussi.

J'avais déjà ma gueule en biais quand Jean est entré mais grâce au Ciel, il ne m'a pas laissé commencer : Juliette n'était pas avec lui en Belgique, je n'avais plus qu'à arrêter mon char. J'ai ressenti l'absurde joie du patient à qui l'on annonce que le dentiste ne pourra pas lui arracher sa dent aujourd'hui. Il faudra prendre un autre rendez-vous, on le sait, mais aujourd'hui est dégagé et aujourd'hui est toujours le principal. J'étais même reconnaissante à Jean alors que de toute évidence seul un empêchement matériel l'avait privé de la présence de Juliette. Bref, j'étais gaie pour la première fois depuis longtemps. Les yeux fermés sur l'avenir, idiotement gaie et bien contente d'être idiote.

Chez sa mère, Jean m'aime. Par suite de son infinie faculté de s'adapter au milieu, il ressent partout les sentiments qui conviennent. Ici, il est impensable qu'il aime Juliette; alors il l'oublie. Il a réendossé sans difficulté la panoplie de l'époux amoureux et cette tendresse de commande nous a ramenés aux douceurs d'autrefois, avant le Déluge. Nous n'avons pas pris nos distances en nous couchant. Autrefois, Jean allongeait la jambe sur moi pour lire; puis je traversais la nuit en tandem derrière lui. Si l'amour nous venait en route, nous le faisions endormis ou feignant de l'être, profitant de cet alibi pour nous dire des mots venus de plus loin, craignant que l'Autre ne les entende et l'espérant à la fois, mais convaincus, de toute façon, que nous ne ferions jamais état le jour de ces aveux de la Pleine Nuit.

Emporté par nos simagrées de la journée et avant d'avoir eu le temps de se souvenir que nous étions en froid, Jean m'avait fait exécuter un demi-tour droite; nous avions déjà fait du chemin quand il s'est rappelé que ce geste ne correspondait pas à son éthique. Je ne soufflais mot, me demandant s'il ne me prenait pas pour une autre et si je n'allais pas découvrir ses Autres secrets. Mais il a été comme d'habitude, n'a pas hurlé comme un loup et ne m'a pas appelée Juliette. Au matin : visage de bois... D'accord, mon chéri, cela ne veut rien dire et la même vie continue... je le sais, tu l'auras, ta maîtresse; mais en attendant je me sens l'âme guillerette d'un resquilleur. Quand le bâtiment va... tout va.

Novembre

Tu n'écrivais déjà pas du temps de Menneval, mon aimé, et je n'espérais pas un mot de toi. Mais j'ai quand même passé huit jours à l'attendre.

Je me serais contentée de très peu, pas besoin d'un mot sous enveloppe, le moindre petit « je t'aime » de carte postale, aurait fait mon affaire. Marianne disait toujours : « Les lettres de Jean? je pourrais les lire à ma concierge, il ne se compromet jamais », et je pensais : « Et si avec moi il se compromettait après tout? »

Eh bien, après tout, avec moi non plus!

J'ai vécu une semaine d'automate, Mme Tania était partie porter des fleurs à ses souvenirs, moi dont les tombes sont dans le cœur, j'ai pu honorer mon passé sur place. Sans oublier mon mélancolique présent. Les courses de Mamybel, le lit de Mamybel : « As-tu pris tes gouttes? » Oh! ma pauvre choute, tu as les jambes enflées ce soir, Bibiche va te mettre des compresses. »

Mon vieux bébé était tendre, et tellement sans défense que j'en arrivais à faire taire tout le temps la vilaine petite hargne qui s'empare de moi parfois. Je l'aimais sans arrière-pensée, je trouvais un plaisir morose mais précieux à m'agenouiller devant elle, à l'aider à manger, à me fatiguer pour elle, comme si tous mes petits gestes arrêtaient le temps et contrariaient le galop de sa vieillesse en chute libre. Comme si ces humbles besognes me disculpaient des sentiments peu avouables que je m'avoue parfois.

Il a fallu pourtant vivre pendant cette semaine et sortir, et je m'aperçois que je ne sais plus sortir sans Jean. On a l'impression qu'un amant vous comble; en réalité, il fait le vide. Quand Jean n'est pas là, tout s'en va avec lui. Et me manquent, outre sa présence, nos amis communs qui ne m'invitent plus. L'épouse a toujours les faveurs du public; quand on veut Jean à dîner, c'est Marianne qu'il faut inviter.

Il me reste mes amis-couture, ceux que j'avais en propre AVANT. Mais là aussi, l'amour de Lui me décolore les êtres. J'ai dîné avec Lucie, modéliste comme moi et femme légère, comme je le suis devenue. Mais Lucie, elle, a un mari, cela peut toujours servir. Il court à droite, elle à gauche et ils se retrouvent parfois au milieu. J'ai toujours aimé Lucie et nos conversations de femmes; il faut dans l'existence avoir une amie à qui l'on puisse parler sérieusement de choses frivoles, dire : « Qu'est-ce que tu te fais faire ce printemps? Moi figure-toi que j'adore l'orange, cette saison! » et qui vous réponde : « J'ai une adresse sensationnelle pour des tailleurs de cuir à des prix de gros, il faut que je t'y emmène. » J'ai toujours eu besoin de déjeuner une fois par semaine avec Lucie. Mais je m'aperçois que j'avais besoin d'elle à condition d'avoir aussi Marianne. Maintenant, l'équilibre est rompu et j'ai l'impression avec Lucie de brasser du vent et j'en remue déjà tant chez Roxane!

Le soir, j'ai été au cinéma toute seule. C'était sinistre. Les méchants étaient punis, les voleurs ne profitaient pas longtemps de leur butin. Le beau jeune premier épousait la meilleure des deux femmes qui l'aimaient, et c'était aussi la plus jolie... Ah! si la vie était aussi claire!

Enfin, la dernière journée est arrivée. Aujourd'hui, tu dois être rentré, Ma Vie. J'ai été en alerte tout l'après-midi, tout entière réfugiée dans mes oreilles, comme une gourde de vingt ans qui attend des nouvelles de son soupirant qu'elle n'est pas encore tout à fait sûre d'avoir dans son sac. Chaque fois que la sonnerie résonnait, je fonçais... c'était toujours Mme X qui décommandait un rendez-vous ou la maison Z qui en demandait un. Mais pour moi : rien.

J'ai attendu un quart d'heure dehors à six heures, avec les arpètes qui avaient rendez-vous ferme, elles... Maintenant, je suis sur mon petit divan bleu, et la fête continue, j'attends! Je pensais que nous pourrions dîner ou après-dîner ensemble; je suis fin prête, j'ai une robe noire et des cheveux tout neufs et je suis là tout entière tapie dans mon oreille; il me faut une sonnerie, un point c'est tout.

*

Tu ne m'as pas appelée hier soir, mon aimé pourquoi? Où es-tu?

Peut-être n'es-tu pas rentré? Je m'offre le grand jeu des angoisses. Dix fois, j'ai téléphoné rue Guénégaud, dix fois j'ai raccroché avant la première sonnerie. Que dire?

« Allô, est-ce que je pourrais parler à M. Dastier?
— De la part de qui?
— Sa maîtresse. »

Ou bien : « Bonjour, Marianne, tu-vas-bien-et-Delphine-Jean-Marie-le-canari-le-chat? »

Bref une conversation d'autrefois, trop beau, trop simple! je n'y ai plus droit. Je n'ai plus que le droit d'attendre. Alors je m'assieds sur le qui-vive et je ne vis pas.

Fin de l'attente, Jean m'a téléphoné; sa belle voix grave, sa voix de fourrure était un peu triste, elle m'a déchirée.

— Oui, j'ai fait bon voyage, oui, c'était beau la Belgique; je suis complètement coincé en ce moment avec le montage de mon émission; il faut que ce soit fini très vite; c'est assez bien, je crois que cela te plaira. Écoute, je ne peux pas te voir pendant quelques jours, mais est-ce qu'on peut s'entrevoir ce soir? Veux-tu que nous prenions un verre à cinq heures à la Rhumerie?

Bon, je raconterai un bobard à Roxane, je la bull-dozererai au passage, s'il le faut, mais je serai là à cinq heures.

Toute la journée j'ai pensé à Jean. Et maintenant, assise à la Rhumerie, je continue à me raconter des choses, et j'ai peur. Je me dis qu'il a été déçu par moi physiquement; qu'il n'a plus le courage de faire « ça » à Marianne, qu'il s'est aperçu qu'il ne m'aimait pas tellement, pas assez pour entretenir avec moi des relations dites « coupables » et qui compliquent sa vie. Je me dis : « C'est ça notre amour rate chaque fois », et j'ai envie de pleurer. Ah! S.V.P., destin, ne me faites pas ce coup-là, je l'aime trop. Je veux seulement le regarder, poser ma joue contre la sienne et je serai rassurée; vite qu'il soit là, je ne sais plus attendre.

Le voilà, c'est drôle je ne vois jamais Jean arriver, même quand j'ai des yeux partout; tout à coup, pan, il est là!

— Bonjour, ma Jule, tu es bien belle aujourd'hui!

— Bonjour, mon amour, tu as été bien loin ces jours-ci, je ne t'ai pas vu depuis des éternités. Viens, assieds-toi et dis-moi pourquoi tu ne m'as pas téléphoné de Caen? Pas une ligne de toi en dix jours! c'est horrible! Est-ce qu'il y a quelque chose de changé?

— Tartine, tu sais bien que je n'écris jamais, et puis j'ai travaillé comme une brute, j'étais vanné le soir.

— Tiens, tu as un chandail neuf, il est joli!

— C'est Marianne qui me l'a donné.

(De quoi se mêle-t-elle celle-là? D'ailleurs, après tout, il est affreux ce chandail! c'est du faux bien, je parie que les manches ne sont pas montées!)

— Jean, qu'est-ce qui se passe? Tu m'aimes toujours? Quand est-ce qu'on se voit? Vraiment, j'ai été malheureuse sans toi!

— Mais c'est moi qui ai été malheureux, Jule, parce que tu n'as pas voulu me rejoindre à Bruges, je me suis ennuyé de toi... J'ai poussé des soupirs déchirants. Si tu ne m'as pas entendu, c'est que tu es devenue sourde à la voix du cœur!

— Enfin, tu n'étais pas seul! A propos, comment va Marianne?

(Puisqu'il prononce son nom, moi aussi.)

— Eh bien, elle ne prend pas ça très bien...

— Prends pas ça très bien, c'est toujours ta phrase; enfin, qu'est-ce qu'elle dit?

— Marianne ne dit pas grand-chose, et... et je n'ai pas envie de parler d'elle, mon chéri!

Je sais soudain que je n'arriverai pas à le faire parler, comme les mères qui disent de leur petit garçon : « On n'obtient rien de lui. » Je me dis : Je ne vais pas le changer. Mon Jean, je sais que c'est aussi par délicatesse que tu ne veux rien me dire; je sais que tu ne me racontes pas non plus à Marianne. Je suis agaçante avec mon petit côté deux et deux sont quatre, avec mon besoin de points sur les i; tu es là, cela doit me suffire.

Il sent passer ma pensée à travers mon silence, il me sourit :

— Julot, tu n'as pas changé, tu sais : je lis dans ta tête à livre ouvert. Et ce que je lis me plaît... Je sais mon chéri que ce n'est pas toujours facile pour toi. Pour moi non plus d'ailleurs, tu dois t'en douter. Mais le jeu en vaut la chandelle, non? (toutes les bougies du monde, mon amour!) Mais je suis incapable de te parler de Marianne. Ni à toi ni à personne. On dénature forcément les choses quand on en parle. Finalement, on est toujours seul en face de quelqu'un et les rapports qu'on a avec un être sont inexplicables.

Nous nous taisons tendrement. J'admire ce don qu'a Jean de supprimer les questions au lieu d'y répondre. Mais voilà qu'il est huit heures déjà, l'heure du Foyer. Jean doit partir, il doit s'enfoncer dans ces limbes que je n'ai plus le droit de connaître, vivre une vie que je n'ai plus le droit de partager dans une maison qui était un peu la mienne hier encore. Nous irons à Saint-Germain samedi. Que pense la personne que je n'ai plus le droit de nommer de ces samedis occupés à autre chose qu'à elle? Elle doit pourtant bien savoir ce que Jean fait de chaque heure de liberté récupérée? Mais je reconnais là Marianne : agir comme si de rien n'était, dédaignant d'utiliser les moyens classiques, l'obstruction systématique, le chantage au suicide, les larmes ou la maladie. J'ai peut-être de la chance d'avoir Marianne pour adversaire?... Jean regarde sa montre, nous sommes déjà dans la rue. Je suis mélancolique mais, brave petit soldat un peu crétin comme tous les braves, je souris à mon Jean. Il m'embrasse sur la joue et il prend ma figure dans ses mains. Ah! je ne résiste jamais à ce geste-là. Il pleut, cela sent un peu le désespoir et pourtant, je ne suis plus désespérée : cinq petits jours et c'est samedi. Au revoir, mon amour, rien n'est changé.

Je rentre et pendant que je fouille dans mon sac pour trouver mes clefs, le téléphone sonne. Je continue à croire au Père Noël et au téléphone Si c'était Jean? S'il arrivait après tout? Si Marianne était sortie, partie, envolée? Ce n'était que Philippe; j'avais réussi à l'éliminer, depuis un mois qu'il était revenu de Libye. Je faisais répondre que je n'étais pas là, quand il appelait chez Roxane et je ne suis pas sortie avec lui depuis « Jean ». Il faut dire qu'il ne m'a pas tellement relancée, si j'en avais eu le temps, j'en aurais même été piquée.

Ce soir, il est impérieux. Et comme sa voix c'est ce qu'il a de mieux, il me trouble un peu...

— Juliette, tu ne m'aimes plus? Qu'est-ce que tu fais ce soir? Si nous sortions ensemble?

Ce soir, justement, je me sens à n'importe qui. Une demi-heure pour effacer les traces d'un désarroi tout frais; l'effacer, c'est le supprimer. Je ne raconterai pas mes amours à Philippe, mais il va me servir de révélateur. Je vais enfin savoir ce que Jean a changé dans ma vie, dans mes rapports avec les autres hommes.

Avant, je sortais avec Philippe deux ou trois fois par semaine. On pouvait paraître partout avec ce grand corps élégant, ce bel animal domestique, un peu trop domestique peut-être. Il n'oubliait jamais un anniversaire et m'apportait toujours une rose pour mon corsage.

C'était l'homme idéal à qui il ne manquait que l'essentiel : me passionner. Mais j'en faisais mon ordinaire, j'avais plaisir à ne l'aimer qu'à peine, à ne penser à lui que quand il était là.

Depuis que je suis embarquée dans un sentiment (c'est une galère, un sentiment, mais quand on est monté à bord on ne veut plus en descendre), Philippe a encore perdu de sa réalité; ses charmes me paraissent risibles et inefficaces. Et en même temps, j'ai l'impression de tromper Jean en sortant avec mon « ex ». Allons, Juliette, il faut une fois pour toutes se définir la situation et lutter contre ce genre d'impression. Tu es la maîtresse, c'est-à-dire que tu n'es pas une femme à part entière. Ta sauvegarde, c'est de préserver, toi aussi, un peu de liberté, même si tu te sens le cœur et le corps occupés. Mais chassez le conjugal, il revient au galop : il me prend sans cesse des envies de dépendance et j'ai beau faire, je n'arrive pas à écraser la femme-femelle en moi, celle qui dit : « Je t'aime, alors je veux te rendre des comptes. » C'est un sentiment que l'homme ignore, quel que soit son amour, et qu'une maîtresse devrait éviter. Allons, mets ta robe noire, celle qui te fait le corps andalou, et continue à plaire à qui ne te plaît plus. On ne te demande pas ton avis.

*

Hélas! la cause est entendue : Philippe ne me dit plus rien de rien.

J'ai passé une horrible soirée avec lui à essayer de le trouver buvable.

Il est venu me chercher à l'heure H, avec sa rose de service, sa chemise rayée et sa belle gueugueule émergeant de son col dur.

Il m'a embarquée d'emblée dans sa Lancia grand sport-petit-confort et nous avons été dîner dans un endroit « tout nouveau », mais semblable à beaucoup d'autres, que Philippe a déjà fait naître sous mes yeux : « Le petit Pauvre ». Rusticité élégante, feu de bois, accorte servante, motte de beurre à volonté... L'ambiance idéale pour le duo inspiré. Il ne manque que l'inspiration!

Ses longs bras traversent la table, ses poignets minces, presque fluets, surgissent de ses manchettes empesées, il a un très joli costume, il est beau, on dirait qu'il vient de prendre son bain dans un hectolitre de « Pour un homme ». Une ou deux femmes ont cillé du regard quand il s'est effacé avec sa grâce un peu dansante pour me laisser entrer dans le restaurant.

Il sourit, une grosse dent d'or à gauche, tant pis, mais une très jolie fossette à droite qui lui donne à jamais l'air « Cadum ». « Juliette, je sais que tu aimes quelqu'un d'autre; ON me l'a dit, mais cela ne fait rien, moi je t'aime toujours, je crois vraiment que je n'ai aimé que toi, sache que tu as une proposition de mariage latente. Est-ce que tu crois que tu pourrais m'épouser? Je suis absolument sûr de moi maintenant : je sais que je voudrais vivre avec toi, et si tu veux on publie nos bans demain? »

C'est quand même fichtrement bizarre, les hommes! Il suffit qu'on soit prise, pour qu'ils aient envie de vous reprendre. Il y a trois mois, j'aurais probablement dit oui ou tout au moins peut-être. Aujourd'hui c'est « non de non ». Pourtant, je suis un peu tentée : il est beau, il est libre, il est charmant et n'oublions pas la Lancia, voulez-vous. Alors après tout, je ne dis rien, je prends l'air vague, et je laisse courir sa proposition.

Il faut me dire que je suis justement à l'âge où le célibat rend triste parfois, quand on rentre pour personne et que ça ne sent pas la soupe et la tendresse dans votre maison.

Mais l'ennui c'est que j'ai passé mon dîner à m'ennuyer. Le beaujolais aidant, Philippe avait envie vers le dessert que je passe à la casserole. Ses mains devenaient très douces, il les glissait sous ma manche, il me faisait moralement des appels du pied! Moi, le beaujolais ne m'aidait pas; plus je buvais, moins j'avais soif de Phi, et en quittant le restaurant, j'ai dit que j'avais mal à la tête. C'est bien la première fois que j'invoque sainte

Migraine, pour me tirer d'un mauvais pas, mais ce soir je n'avais pas le courage d'articuler : « Bas les pattes, j'aime ailleurs. »

Par malheur, mon corps était plus faible que moi et ces jeux de mains chaudes dans la basse Lancia, ces droits que prenait l'impétrant sous prétexte que je n'avais pas encore dit non, une partie de moi les lui reconnaissait aussi. En conduisant d'une main, Philippe posait l'autre à plat sur ma cuisse, comme un propriétaire, cela rappelait vaguement quelque chose à ma cuisse : « Mais nous la connaissons, cette main-là? Nous l'avons déjà fréquentée! »

Mais mes cuisses étaient aussi bégueules que moi.

— Allez coucher! (Pas avec moi!) Depuis que j'aime Jean, c'est du dégoût que je ressens pour tous les autres.

Bref, il a fait chou blanc et moi nuit sage! J'ai quitté mon « ex » pour rejoindre ma solitude, que dis-je ma solitude? J'ai mon Bouddha de Boudin pour réchauffer mes nuits sages.

Elle m'attendait la bonne ronde, mon heure est la sienne, elle m'attend toujours, comme une duègne espagnole, mais elle n'était pas très contente : étalée en plein milieu de mon lit (on veut vivre à votre rythme et ne dormir que d'un œil, parce que vous n'êtes pas rentrée, mais au moins on a besoin de son confort), elle arborait son air plissé, soucieux. Un éventail de rides sur le front, ses yeux comme deux scarabées luisants, elle m'a fait quelques reproches :

— Tu sors trop! Tu sais pourtant que j'aime la vie calme! Et maintenant tu vas faire du bruit en te déshabillant. A quelle heure allons-nous encore dormir?

Je fais amende honorable, car j'ai besoin d'elle ce soir. Et parce que je suis un peu triste et parce qu'il fait un peu froid je l'invite à dormir avec moi. Elle hésite... elle aime bien posséder mon lit à part entière, le fouailler, l'éventrer, le chiffonner, mais elle est moins chaude pour partager toute une nuit ce « deux places » avec moi. Elle pose ses conditions : « J'accepte, mais je vais au fond, sous les couvertures, tu pousses tes pieds tout à fait à gauche et tu ne remues plus. » Je promets tout ce qu'elle veut et je m'installe dans ma portion congrue. Alors avec majesté, en prenant son temps, la reine Boudin s'engouffre sous le tunnel des draps.

Mon coussin! Ma confidente! Ma bouillotte! Ma chaleur animale! Ma sœur en poil! Mon emmerdeuse! Ah! comme je suis contente de t'avoir dans ma vie!

Décembre

Frimaire, mois des cocktails. J'y accompagne Jean plus souvent que l'an dernier et mes motifs ne sont pas avouables : c'est pour occuper la place simplement. Car petit à petit je m'aperçois que chaque fois que je laisse un espace vide, Juliette s'y met. Or, Jean a un métier idéal pour un amant : pas d'horaires fixes, pas de bureau. Il n'a jamais à me mentir. Quand il me dit : « Je pars travailler », il travaille effectivement... une heure, mais il part... toute la journée.

— Maintenant, tu « travailles » même le samedi après-midi! lui dis-je parfois pour lui faire prendre conscience que notre vie a changé quoi qu'il en dise.

Mais nous savons tous les deux que je ne voudrais pas non plus qu'il me déclare : « Ne m'attends pas avant huit heures ce soir car je couche avec Juliette tout l'après-midi. » Nous en sommes réduits par un accord tacite aux pieux mensonges. C'est moi qui en ai besoin. Dans un couple, celui des deux qui aime et qui a peur de souffrir est condamné à l'hypocrisie. Lentement, Juliette me dégrade.

Donc, pour faire un peu de présence, je me livre à ce sport pour lequel je suis peu douée : le Cocktail. Je m'y suis toujours comportée comme un cheveu sur le whisky. Alors que je peux bêcher la terre ou ramer pendant des heures, piétiner devant le Tout-Paris me donne des hémorroïdes.

— Ma femme, dit Jean aux cinquante femmes qu'il rencontre chaque fois que nous sortons et elles me lorgnent en se disant : « Alors c'est celle-là qui le tient ! Mais par où ? »

Jean louvoie au plus près, frôlant les côtes au ras des seins, la bouche coincée dans un sourire perpétuel, follement amical, la voix confidentielle, la main qui s'attarde, donnant à chacune l'impression qu'il n'a pensé qu'à elle et que, n'était cette vie de chien que nous menons... Les vieilles s'attendrissent devant ce garçon si bien élevé, les secrétaires se disent : « Comme il est simple ! », les jolies femmes se demandent comment il fait l'amour, lui qui en parle si bien et les hommes apprécient qu'il sache écouter et comprendre si pertinemment. Il parle aventure aux aventuriers, cuite aux ivrognes — « Ah ! qu'est-ce que je tenais, ce jour-là... » — il aime le Sahara, Berlioz, la pêche à la truite, Louis Malle ou l'art sumérien, selon son interlocuteur et en parle comme s'il avait dédié sa vie à chacun de ces sujets. Il épate le spécialiste, il confesse le prêtre, il dénoue la jeune fille, sans pour autant me laisser tomber tout à fait : — « Vous connaissez ma femme ? » — Il s'intéresse aux imbéciles — « Vous connaissez ma femme ? » — aux vamps — « Vous connaissez ma femme ? » — (Jean n'est pas de ceux qui ont besoin d'enlever leur alliance en chasse)... Vous connaissez ma femme ?... Vous connaissez ma femme ? Mais non, c'est lui qu'on veut connaître. Où est ma notice « Brillez en dix minutes » ? Mon nez, lui, n'en a nul besoin. J'ai des qualités pour les longs parcours mais aucune pour le cent dix mètres haies. J'ouvre la bouche... Esprit, es-tu là ?... On m'a déjà tourné le dos quand il arrive. Les calembours m'échappent, les réparties me donnent des complexes, la fumée des cigarettes me pique les yeux, l'alcool a mauvais goût, les femmes sont trop jolies, les hommes sont des papillons. Que fous-je ici ?

— Votre mari a un cha-arme !

Grand bien lui fasse ! S'il plaît à toutes les femmes, je ne joue plus. Je n'aime pas les sports d'équipe.

Non, ce n'est pas en franchissant la rivière de Tallahatchie ou devant le saloon de Santa Fe que j'ai rencontré l'ennemi... Je ne chevauchais pas mon meilleur étalon et j'avais oublié d'emporter mes 22 long rifle, sinon j'aurais fait feu. Non, je n'étais qu'en poussette et je menais un sac de linge sale à Lavaupoids quand j'ai vu passer en carriole Buffalo John au côté de sa poule. Mon sang n'a fait qu'un tour. Éperonnant ma pauvre monture, je me suis jetée à leur poursuite. Ils ont très vite disparu derrière un accident de terrain, mais je connais bien la région et je sais où se trouve le campement de la Squaw.

Vingt minutes plus tard, j'étais rue Corneille; pour voir, sachant que je ne verrais rien mais avec ce besoin irrépressible de gratter leurs plaies que ressentent les jaloux. La carriole de Jean était effectivement arrêtée là. Mais l'étalon, Juliette l'avait fait monter. Les rideaux de sa chambre étaient pudiquement tirés et pourtant il n'était que trois heures. J'aurais payé très cher pour que le rideau se lève et que je puisse contempler le spectacle. J'avais l'impression que je saurais mieux comment réagir si je pouvais voir comment ILS s'aimaient.

Je sais bien que tout cela n'est qu'une curiosité morbide, que j'aurais une attaque si j'étais cachée dans l'armoire, que je haïrais davantage Juliette et trouverais plus difficile encore de vivre avec Jean. Et pourtant, si je l'avais pu, je n'aurais pas hésité une seconde à me jeter dans le petit enfer qui brûlait pour moi là-haut, dans la chambre grise et rose de Juliette.

Pendant ces minutes de plomb où je suis restée à frémir de colère et d'impuissance devant la maison où Jean vient, chaque jour peut-être, déguster son supplément, la conscience en paix, je me suis demandé si je pourrais jamais lui pardonner tout à fait. On n'oublie pas le premier baiser, la première nuit; je n'oublierai pas non plus la voiture de Jean rangée devant chez sa maîtresse et ces rideaux clos sur une autre vie.

*

Les journées se traînent mais le bout du tunnel débouche sur le soleil des Alpes. J'ai toujours espéré des miracles Du Retour à la Terre, à la Neige, à la Mer. Il m'en faut un plus que jamais car je vais aborder le premier de mes Noëls tristes. Je me demandais pourquoi on détestait les « fêtes » à partir d'un certain âge. Je sais maintenant que c'est parce qu'on n'a plus rien à se souhaiter. Quand la Santé prend le pas sur le Bonheur, c'est mauvais signe.

Jean dîne avec moi tous les soirs, prend plutôt sur ses heures de travail pour combler Juliette, peu de choses ont changé en apparence dans notre vie, sauf que je n'y suis plus heureuse. L'arrière-pays fout tout par terre. Un vrai malheur bien net ne m'abattrait pas aussi durablement. Je pourrais réagir. Ce simili-bonheur me mine insidieusement. Il faut survivre chaque jour avec cette maladie qu'un autre a contractée et dont je subis malgré moi les symptômes. Comment guérir ? C'est Jean qui est atteint !

Les semaines passent, mais au lieu de me résigner, je me dégrade. Je vis comme une araignée guettant sa mouche qui ne tient que par un fil. J'ai des satisfactions sordides : « Quand il est ici, il est pas ailleurs ! » Et quand « il est pas ailleurs », j'ai peur qu'il ne s'ennuie ; cela m'ôte tout naturel, tout élan. Je pense maintenant à Jean comme à un étranger. D'avoir éprouvé le goût amer de notre différence, nous a refaits deux. Il y a une frontière entre nous et je ne la franchis plus sans crainte. Le soir quand il rentre, il me faut du temps pour oublier qu'il revient peut-être de chez Juliette. Des tendresses que je ne connais pas flottent encore autour de lui, un peu de Juliette traîne sur ses habits, dans ses cheveux... il faut qu'elle s'évapore, que Jean séjourne dans un palier de décompression avant de regagner mon monde et que je puisse le toucher sans danger.

Lui, toujours naturel, s'assied dans le grand fauteuil

et soupire d'aise, comme un brave ouvrier qui a fini sa journée.

— Je suis heureux d'être avec toi, tu sais.

Bon. Mais tout à l'heure, dans les bras de sainte Thérèse, il exprimait sans doute la même idée, avec des mots différents je veux bien le croire. Par exemple :

— Tu me rends heureux, tu sais?

Des détails comme ceux-là peuvent suffire à vous faire la conscience tranquille. Alors? Moments de sincérité successifs? J'ai entendu parler de cela, merci. Mais je ne veux pas de sa sincérité numéro deux; je ne veux pas de numéro d'ordre. Ton amour est devenu un transport public, il faut attendre son tour et je suis en train de prendre froid.

Les sentiments sont comme les vagues : tôt ou tard, il faut bien qu'ils rentrent dans le rang. Mais si c'est tard, moi aussi je serai rentrée dans l'indifférence.

*

A dix jours de notre départ pour Saint-Marcellin, Jean est de nouveau « mal foutu ». Signe certain de son déchirement. Il ne peut décemment pas me laisser seule à Noël et en même temps s'en veut d'abandonner Juliette à cette période où l'on n'est heureux qu'à deux. Ne pouvant assumer ses deux destins — pour une fois il faut choisir, mon gaillard — il s'est réfugié dans son estomac. Sous un prétexte futile, il vient de restituer dans l'ordre inverse de leur absorption les merveilleux aliments que nous avions dégustés hier soir chez mon amie Franca. Ce gâchis me désoblige quand il y a tant de petits Chinois qui ont faim. Comme de coutume, il est malade à mourir. Son niveau mental ne lui permet de fréquenter que Buck Jones, Hondo, Kris le Shérif, et Jean-Marie est tout gonflé d'importance. Papa lui emprunte ses journaux!

Déjà peu actif de son vivant, Jean entre délibérément dans le règne minéral quand il se couche. Il attend d'être au lit pour réclamer les sels de Hunt qu'il vient de croiser sur l'étagère de la salle de bains et c'est quand je rentre du marché qu'il s'enquiert d'un ton patelin :

— Tu as pensé à me ramener les journaux?

Mais j'ai d'autres projets pour lui! Quand Jean est harponné par la douleur et dans l'impossibilité de fuir, c'est le moment de l'acculer enfin aux choses ennuyeuses. Son visage devient de glace, il tousse à fendre l'âme, il réclame deux aspirines, ses yeux se ferment si je me tais une seconde, mais il faut pourtant insister car les occasions sont trop rares de liquider les factures en instance, le courrier en cours, les réponses en retard, les déclarations urgentes. Chaque demande d'argent l'atteint au vif de son indépendance et un tel air de soulagement se peint sur sa figure quand il peut remettre une facture dans son enveloppe sans avoir pris de décision que je n'ai pas toujours le cœur d'insister. Tout ce qui n'est pas urgent est nul et non avenu. Tout ce qui est urgent peut en tout cas être remis à demain avec un peu de bonne volonté. En somme, on peut toujours dégager aujourd'hui. L'ennui avec Jean c'est qu'on est tous les jours aujourd'hui!

Sans mes habitudes de fourmi, Jean n'aurait pas d'existence légale. Rompu pendant la Résistance à la vie clandestine, couchant çà et là, toujours prêt à décoller en deux heures pour le bout du monde sans laisser de traces, il débarqua un jour dans ma vie avec de faux papiers qu'il préférait aux vrais (tout ce qui permet de fuir lui plaît) et tous ses biens dans un panier d'osier fermé par une baguette. Le reste, il l'avait perdu à Caen. Les bombardements avaient bon dos! Il s'était défendu contre la société au moyen de trois phrases péremptoires : « Parti sans laisser d'adresse », « Retour à l'envoyeur » et « Inconnu à cette adresse »! N'ayant ni carte d'électeur ni matricule d'assuré social, il ne votait pas et n'était jamais malade. Il ne possédait rien en titre, sous-louant de vagues logis et revendant ses voitures avant même d'avoir mis les papiers à son nom. C'est ainsi qu'en 1954 je fis la connaissance d'un jeune homme de vingt-huit ans qui vivait encore dans la clandestinité.

Je fus l'écueil imprévu de sa carrière de hors-la-loi, dont il sortit d'ailleurs avec l'aisance qu'il avait manifestée pour toutes choses, une aisance déprimante pour la citoyenne besogneuse et affiliée que j'étais. Pour se marier, il s'en fut boulevard de Port-Royal et récupéra comme par enchantement un livret militaire en règle, faisant état de dix-huit mois d'un service dont il n'avait pas accompli le premier jour, ayant quitté la caserne dix minutes après son incorporation au vu du visage de l'adjudant. Les tours de magie sont rares dans l'armée : Jean bénéficia de celui-là avec une simplicité d'enfant. L'amnistie Pinay tira un trait sur quatre années d'impôts en retard. On le supplia d'accepter un appartement trois pièces soleil dans un quartier agréable et enfin il eut son premier ennui de santé juste après avoir pris femme et au terme du délai minimum de trois mois exigé par la Sécurité Sociale.

Il naquit ainsi d'un seul coup comme citoyen, époux et futur père, avec l'âme vierge et candide d'un Bon Sauvage.

Aujourd'hui, inscrit, fiché, répertorié, recensé par mes soins dans tous les organismes bienfaiteurs ou malfaiteurs qui nous régissent, il mène avec toutes ses forces d'inertie, sa petite guerre perdue contre les sigles. La CCAFRP lui verse de l'argent pour ses enfants, l'URSSAF le lui reprend pour les enfants des autres : la SACEM, la SACD, la SDRM, la CAPRIC et l'ORTF lui octroient des sommes qu'il reverse incontinent au CNEP pour le bénéfice de l'EDT, des P et T, des HLM et de sa BMW. Bref, Jean est devenu un adulte. Il y a gagné des qualités qui lui font beaucoup de peine : il lui arrive d'accepter un travail qui l'ennuie... Il fait des comptes quand il est cerné de toutes parts, quand on a dépassé le stade de la majoration de dix pour cent, augmentée des trente-deux francs cinquante pour frais de poursuite et non compris le coût du présent commandement, plus les X francs de frais d'inventaire de notre mobilier. Enfin, il lui arrive de prévoir un échec possible quand il entreprend, ce qui ne l'empêche pas de penser qu'une affaire neuve, quelle qu'elle soit, est toujours plus intéressante qu'une vieille. Mais ces acquisitions se sont faites aux dépens de sa chance, qu'il avait insolente, et d'une incouciance si heureuse que cette sagesse tardive me paraît aussi mélancolique que le premier cheveu blanc. Il aurait si bien vécu jeune, toute sa vie, s'il ne s'était pas retrouvé chef de famille pour m'avoir inconsidérément prise dans ses bras un peu trop longuement!

C'est pourquoi je me sens coupable vis-à-vis de cet homme à qui j'offre obstinément pour compensation un encombrant appartement alors qu'il rêve d'une cabine de bateau, deux enfants alors qu'il a un faible pour les grandes personnes et des points de retraite à l'âge où l'on a encore envie de foncer! Devant son visage malheureux que la vie va se charger d'incliner un peu plus chaque jour, mes résolutions fondent, le profil des créanciers s'estompe et je rengaine dans mon portfolio à casiers l'Assurance-Auto, le plombier, le dentiste, la Caisse des Travailleurs prétendus Indépendants, la traite du Crédit Foncier et tutti frutti, convaincue d'agir au nom des vraies valeurs de l'existence.

Conséquence de cette défaite, nous avons passé trois jours presque charmants en tête à tête. Dehors il tombait un verjus qui n'était ni de la pluie ni de la neige et qui accentuait notre intimité. Nous avons joué aux échecs et au gin rummy, lu ensemble le même journal et pris nos repas dans la chambre sur la table roulante. J'ai fêté en silence le dixième anniversaire de notre mariage, essayant en vain d'en faire le bilan. Mais seul Giraudoux saurait être le comptable de ces additions-là. Car contrairement à ce qui se passe avec les Revenus, ici, l'étalement est impossible : neuf années de bonheur ne débordent pas sur la dixième. Tout se consomme à mesure. Que donnera en définitive l'introduction d'une nouvelle molécule dans la combinaison chimique que nous formions Jean et moi? On sait bien qu'il suffit parfois de la seule présence d'un élément étranger pour que les corps se décomposent.

L'élément a tenté une attaque d'ailleurs. Il a téléphoné. Et comme Jean avait aussi une extinction de
voix — raison pour laquelle il n'a pas profité d'une de
mes absences pour appeler sa dame de séant — c'est
moi qui ai répondu. Elle m'a dit : « Comment va Jean ? »
J'ai répondu : « Il va mieux. » Elle a dit : « Bon, eh bien,
excuse-moi de t'avoir dérangée », et j'ai dit : « Je t'en
prie ; au revoir, Juliette. » Qu'il faut de personnalité pour
ne pas suivre les sentiers battus !

Entendre sa petite voix, aujourd'hui que je sais Jean
à l'abri, m'a donné une bouffée d'amitié pour elle. J'ai
eu sottement envie qu'elle revienne dîner au coin du
lit, au coin du feu comme nous l'avions fait si souvent
AVANT. On riait si bien ensemble. C'est là qu'elle a dû
attraper mon amour pour Jean, par contagion.

En tout cas, cet homme-là n'est pas un obsédé sexuel ;
ni un homme malheureux d'être séparé de Juliette et
pressé de la revoir.

Mais attention : tout comme il n'est pas malheureux
d'être séparé de moi quand il est avec elle. Comprendre
cela : tout est là !

*

Je continue à rêver presque chaque nuit de Jean et
dans mes rêves, il est toujours dans son tort. Inutile
d'aller voir un psychanalyste.

— Qu'est-ce que j'ai encore fait de mal cette nuit ?
me demande Jean chaque matin avec une curiosité où
perce la rancune.

Eh bien, précisément, cette nuit j'ai rêvé que nous
allions au mariage d'une de mes amies de classe, Jean
et moi, et que juste avant la cérémonie, Jean avait réussi
à aller prendre un verre avec la mariée. J'étais à
l'église, le marié aussi et tout le monde attendait en se
retournant sans cesse vers le porche. Enfin elle arrivait,
Jean aussi par une autre porte et il m'annonçait qu'il
venait de bavarder avec la mariée comme si c'était la
chose la plus naturelle du monde. Et au réveil, je me

dis toujours : « Pourquoi pas ? » Jean plie la vie à sa guise. Il entre dans toutes les intimités comme un vieil habitué, pompe le coup d'cid' avec Mathurin ou hume le whisky « Chez Régine » d'un cœur égal. Je cherche en vain son ennemi, celui — enfin — qui le trouvera paresseux et non disponible, inconsistant et non dilettante, volage et non charmant. Mais c'est sans espoir : les démentis et les faits n'y changeront rien. Jean bénéficie toujours du préjugé favorable et je ne doute pas que l'on continue demain à le charger de démarches dont moi seule semble savoir qu'il ne les accomplira jamais, que les mariées lui fassent leurs ultimes confidences, que les vedettes du cinéma muet implorent ses consolations, et que des hommes politiques réputés pour leur rigueur le choisissent pour confident.

*

Nous quittons Paris demain. J'ai acheté des cadeaux pour Jean. Juliette aura-t-elle le toupet de lui offrir un cadeau qu'il aura le toupet de porter devant moi ? Jean n'est pas un homme à changer de porte-clefs au bas de l'escalier. Il assumera les stigmates de son état.

Noël est une fête triste pour les maîtresses. Le Petit Jésus, les petits chaussons, les petits paquets, c'est tout de même un atout que la Famille garde dans sa manche. Je vais le jouer sans penser à la suite de la partie, dans l'euphorie de la neige, loin de Paris, des bistrots à rendez-vous, du téléphone à « je t'aime ». En sept cents kilomètres, les cris d'amour ont le temps de refroidir.

C'est moi qui ai le ballon, ma vieille, et je compte le garder dix jours... une éternité.

*

Les Vacances d'Hiver sont magiques : on a l'impression de jouer un tour à la vie quotidienne. Je me suis jetée dans la neige et sur mes skis avec passion. J'aspirais à retrouver la fatigue, la vraie, celle du corps.

Enfin mon cœur battait trop vite pour autre chose que pour Jean.

Le meilleur remède à la peine, c'est l'effort physique, je le découvre une fois de plus avec reconnaissance. Juliette? Pffuit! Qu'elle est petite du haut de la mer de Glace!

Je compte faire du ski jusqu'à soixante-dix ans. Mais il faudra l'entreprendre bientôt, le combat pathétique et un peu ridicule, pour retarder le moment d'aller m'asseoir aux terrasses des chalets et de regarder skier les autres. Il faudra les utiliser, tous les pauvres moyens très chers de rester jeune. Ou bien faut-il se laisser glisser sur le toboggan, trop fier ou trop paresseux pour protester, comme Jean, sans crier : « Encore une année, monsieur le bourreau?... »

*

Fidèle à mon programme, à l'effort-drogue, je suis montée ce matin au sommet du Parpaillon avec les quatre derniers utilisateurs de peaux de phoque du Dauphiné, quatre vieux gaillards en knickerbockers et sacs à dos, totalisant deux cent cinquante ans à eux quatre! Je n'ai pas vu mourir une demi-douzaine de sherpas, ni traversé la Mandchourie extérieure, ni perdu mes moufles et quelques doigts avec, mais j'ai tout de même mérité mon sommet aujourd'hui! Cinq heures de montée, trente-cinq minutes de descente. Comme dans la vie, si on n'aime pas la lutte, on est volé.

Jean était parfaitement heureux de son sommet à lui, conquis dix fois à la force du poignet des autres, ceux qui vous poussent dans le télébenne et qui vous en extirpent.

Brûlants de soleil, un peu de l'éclat de la neige dans nos regards, nous nous plaisons ce soir sans penser à demain, ni surtout à hier. Ainsi dans l'oasis on doit oublier le désert. Ne nous résignant pas à tirer le rideau sur ce paysage inversé, terre lumineuse et ciel noir, nous sommes ressortis après dîner pour marcher un peu.

L'air était si pur, si dénué de toute odeur, de tout parfum suspect qu'on croyait respirer dans l'espace intersidéral. Tout était glacé, impeccable, absolu. Les autres femmes, l'Autre Femme, rampaient à Paris où la neige comme la blancheur n'ont pas cours. Ici, nous étions seuls; nous n'avions jamais aimé que nous. Le ressentait-il comme moi? Nous nous refroidissions peu à peu sous nos duvets et c'était merveilleux de geler ensemble. C'est ici à Saint-Marcellin que nous nous sommes rencontrés et les paysages en restent attendris. Jean, trop heureux que j'oublie, moi trop heureuse d'oublier, nous nous sommes embrassés comme deux ours engoncés dans leurs pelages, debout au milieu de la route. Seule sa bouche était chaude dans tout ce gel et douce et habitable comme une maison. Nous sommes rentrés sans parler; il avait sa patte fourrée sur mon épaule et j'avais une larme dans les cils qui hésitait entre couler et geler. Elle est de toutes les fêtes, celle-là, sans qu'on l'invite.

*

Que je suis avare de ces jours et qu'ils me comblent! Le ciel des Hautes-Alpes est chaque matin radieux comme une vie sans nuage. Cette pureté et cette vigueur dans l'air on n'a pas le droit de ne pas les faire siennes. Certaines peuplades mangent du lion pour s'approprier sa force. Je suis d'une peuplade qui respire la beauté à pleins poumons dans l'espoir d'être belle, qui mange du soleil à pleine peau pour être forte. Les sorciers ont raison : cela réussit toujours, tant qu'on n'a pas l'épiderme trop épais.

Aujourd'hui, nous sommes partis déjeuner dans la montagne, Jean, moi et un couple assez gentil mais dont nous savons déjà que nous ne le reverrons pas à Paris. C'est amusant, ces fausses intimités.

Au sommet du télébenne, nous sommes sortis des sentiers battus et sommes partis vers une cabane de berger aperçue un peu plus haut dans un petit vallonnement rempli de soleil jusqu'au bord. Nous montions lourdement, faisant souffler nos poumons déshabitués, bercés par le crissement de nos skis, grisés de ce blanc de blanc, de cette solitude généreusement prêtée par la montagne en échange d'un ticket de monte-pente et d'un petit effort. Il n'en faut plus beaucoup à ce pauvre animal des cavernes que nous sommes devenus pour qu'il se croie revenu aux premiers matins du monde! Chacun roulait dans sa tête avec tendresse des sentiments primitifs, des nostalgies vagues... il faudra qu'ils nous fassent tout l'hiver, quand nous aurons regagné nos fourmilières. Nous n'aurons plus que cela pour vivre jusqu'au printemps. Anoraks noués autour des reins, nous offrions toujours la même face au soleil et comme la lune, nous avions le recto tout chaud et le verso glacé.

Devant la bergerie, il restait un peu de paille et sa petite chaleur végétale avait fait fondre la neige autour du seuil. Les pierres étaient tièdes comme des corps et emmagasinaient goulûment le soleil de midi, ce cadeau si bref, ces deux heures dorées avant l'interminable nuit du gel. Nous nous sommes assis dans cette double chaleur et nous avons dégusté un de ces moments parfaits que seul un accord presque animal avec la nature ou avec un homme peut donner. Nos mandarines avaient ce goût violent et acide qu'elles ont toujours au-dessus de quinze cents mètres. Du fait de la présence de ce couple, toute gêne avait disparu entre Jean et moi : nous ne pouvions parler devant eux que de ce qui nous liait et cette impossibilité momentanée de nous blesser nous donnait un entrain à vivre que nous n'avions plus connu depuis des mois. Pour une fois, on aurait voulu que l'entracte dure, que la pièce ne recommence pas trop vite.

Nous ne nous décidions pas à partir. Allongés sur une litière d'anoraks, nous rêvions bêtement au bonheur des bergers, isolés dans ce décor tout l'été... Et puis la montagne, qui prend plus souvent qu'elle ne donne, en a eu assez de nos illusions d'enfants. Sans attendre son heure, le soleil s'est caché derrière un sommet placé là pour nuire au touriste. En une seconde, un froid hostile a envahi la combe, nous nous sommes souvenus que nous étions mortels, notamment par pneumonie, que nous avions des enfants là-bas dans la vallée et une maîtresse plus bas encore au fond de l'horrible Bassin Parisien. Allons! la pause était finie! La lutte pour la vie allait recommencer. Chacun allait remettre ses moufles et retourner à regret sur le ring.

Ces crépuscules précoces sont tristes en montagne. Une lumière louche brouillait les reliefs, mes jambes se dérobaient sous moi, brusquement aspirées dans une descente; je m'efforçais de les suivre... La neige était parfaite et ornait l'arrière de nos skis de panaches qui faisaient pschitt! Jean évoluait sans regretter la piste dans cette mousse légère qui avait la délicatesse de conserver la trace de ses prouesses. Quelques chutes nous rendirent vite à la notion des réalités et secouèrent l'enchantement qui nous amollissait encore, des chutes de rêve à la limite du cauchemar, dans des épaisseurs sans fond, sans prise, qui nous laissaient épuisés par l'effort démesuré et imprécis que nous accomplissions pour nous dégager.

Nous filions au maximum de nos possibilités, mais, sans se fouler, la nuit filait plus vite que nous. Nous commencions à ressentir le frisson de l'aventure, à chercher fébrilement ce qui pouvait nous rester du flair primitif quand, dans un petit cercle grand comme un gâteau d'anniversaire, les lumières du village nous sont apparues. Nous n'avions plus d'excuse à ne pas redevenir nous-mêmes. D'ailleurs comment se lavent-ils, ces bergers, là-haut?

Nous sommes pourtant entrés dans l'hôtel avec un sentiment de supériorité ce soir-là. Nous avions frôlé de grandes choses. C'était impossible à transmettre, mais nous, nous les avions senties, les « choses »!

Nous nous sommes plongés dans nos baignoires avec un sentiment de supériorité aussi. Quand même le XXᵉ siècle!

Chère vie contradictoire! Que ce doit être austère d'être l'homme d'une seule idée!

Des familles blêmes, chargées d'enfants, sont montées du TROU ce matin. Nous sommes tous malades de Paris et nous sommes ici pour nous soigner. Nous avons donc décidé de ne réveillonner qu'au Jour de l'An, afin de réserver nos forces pour le ski demain matin. Quand on vient en vacances pour dormir, c'est le commencement de la fin. Mais on n'attaque plus sur tous les fronts à la fois, à nos âges! Pauvres taupes brusquement tirées de nos caves, exposées au soleil implacable qui révèle les moustaches naissantes, les décolorations manquées, les acnés juvéniles et les peaux fripées, on allait nous demander de nous muer en jaguars et nous comptions réussir ce miracle. Mais à condition de renoncer à tout le reste!

A mesure que l'heure du réveillon approchait, notre vieillissement s'accentuait : les « Jeunes » de l'hôtel se préparaient, mais nous, nous avions déclaré forfait. Delphine passait scientifiquement en revue ses troupes de choc. Bouclée au Babyliss, pantalon cousu à même la cuisse, l'œil en pointe de la sorcière de Blanche-Neige, elle parut à notre table comme sur un champ de bataille et, du regard, croisa le fer avec les jeunes recrues des tables voisines. Nous feignions d'être absorbés par le menu pour cacher notre nostalgie de ne plus croire au moindre Père Noël, de ne plus rien chercher d'autre que ce que nous avions déjà. L'avions-nous seulement? A la table voisine, deux « grandes jeunes filles » ne sortaient pas. Elles étaient « très tenues » par leur mère. Elles allaient monter se coucher comme nous; on leur rognait leur temps de vie. J'avais pitié.

Et puis à dix heures, les jeunes pousses se sont séparées des vieux épis. Dernière attention à ceux qui restent, des jeunes gens bien élevés aux visages hypocrites s'inclinent devant nous, l'air si pur qu'on leur donnerait nos filles sans confession.

— Mes hommages, madame. Bonne soirée. (Tu parles, Charles!)

147

— Mets ton écharpe, chérie...

— Mais oui, maman.

— Ne fais pas de bruit en rentrant...

— Mais non, maman.

« En rentrant », c'est demain, c'est jamais!

Ils s'éloignent; et eux aussi vieillissent très vite et joyeusement. De l'autre côté de la porte, ce ne sont déjà plus nos enfants mais des hommes et des femmes, non pas en herbe comme le répètent les parents attendris ou aveugles mais en chair et en os; en chair, surtout.

La beauté, la vigueur nous ont quittés. La porte se referme. Un ange passe. L'ange de notre jeunesse à nous. Allez-vous-en! Allez coucher!

— Eh bien, moi, vous savez ce que je vais m'offrir pour Noël? Un bon petit roupillon!

— On ne va tout de même pas se coucher comme ça? Si on faisait une canasta?

Faisons, faisons. Si cela peut nous empêcher de nous coucher comme ça. Jean a l'air paisible d'un bonhomme de neige par grand froid. La vie est belle après tout. Nous avons sûrement l'air heureux comme des publicités, dans nos après-skis de phoque véritable, près du feu de bois qui nous fabrique une intimité factice sous sa hotte de cuivre rouge, attablés devant nos chartreuses ou nos tisanes. Jean ne s'encombre pas de son avenir. Il a assez à faire avec ses présents. Il n'a pas encore été piqué par la tarentule.

Et moi, j'étais si idiotement heureuse l'an dernier encore!

Alors, on les a faites, ces canastas; on a bu des bières; on a fraternisé avec des gens qui n'étaient pas nos frères. Des mères, qui semblaient ne pas s'apercevoir qu'apercevoir ne prend qu'un p et qu'elles étaient dépossédées de leur vie par de petites sangsues qui leur ressemblaient, disposaient au pied de l'arbre de Noël du salon des cadeaux trop coûteux qui seraient piétinés dans trois jours et enterrés bientôt dans le triste coffre à jouets. Tout à l'heure, de vieux maris allaient embrasser leurs femmes habituelles sans émotion. Combien d'années faudra-t-il pour que la cohabitation coupe définitivement le courant entre nous aussi? Et combien de temps peut-on vivre déphasé? survolté? Je suis en 220; Jean en 110. Il garde les 110 autres pour Juliette. Un jour, mon filament va claquer.

*

Plus que cinq jours à vivre. La crainte s'est assise comme une concierge dans mon âme et filtre toutes mes joies. J'envie Delphine qui vit un amour tout neuf, brûlant et glacé, un chaud-froid comme le temps ici. J'envie les baisers qu'elle reçoit, pleins seulement d'eux-mêmes. Pas de cicatrice à camoufler, pas de promesse à tenir, son amour n'est qu'une explosion de joie de vivre, un beau sport vif comme le ski. On aime ainsi aux Sports d'Hiver des garçons brunis et ardents qui se jettent schuss sur votre bouche et qui fondent avec le dernier flocon de neige dans le train du retour.

Delphine couche dans notre chambre et je m'étonne chaque soir de la voir déjà dépourvue de toutes les armes féminines. Comment? Cette petite fille lisse que j'ai faite il y a si peu d'années se mêle, elle qui ne sait rien de la vie, de posséder un sexe que rien ne différencie des autres sexes utilisables? Elle a tous les accessoires qu'il faut pour vivre plus l'indispensable, tout ce que j'ai moi-même en plus doux, en plus neuf. Et, merveille, rien n'est utilitaire encore. Elle a des seins si touchants que je me sens homme devant eux. Je comprends enfin l'attendrissement devant ces gadgets. Je ne deviens complètement adulte qu'en voyant ma fille le devenir. Ma raide et vertueuse jeunesse fond au soleil de celle de Delphine. Ce sont mes premiers seins de femme. Les premiers qui ne me semblent pas vaguement sales, que j'aie envie de prendre dans mes mains, simplement pour toucher quelque chose de bien fait. Jusqu'à nouvel ordre, ils ne sont là que pour le plaisir; on ne sent pas les glandes, ces horreurs, rouler sous les doigts, on peut ignorer de quoi ils sont faits, pour quelle besogne future ils sont là.

C'est en caoutchouc mousse, adorablement bête, inutile et précieux comme un objet d'art. C'est le luxe du corps féminin comme est luxe ce nombril que n'a exorbité aucune grossesse, ce ventre si dur et si doux encore fermé sur ses honteux secrets. Aujourd'hui Delphine n'est pas une usine à fabriquer des enfants, du lait, du bien-être au foyer — tâches auxquelles il faut bien trouver du charme, le temps venu — c'est la beauté gratuite, insolemment jetée aux vents.

Un curieux sentiment m'est venu : quand Delphine a de beaux amis (pas des journaliers qui vont de corps en corps avec l'air idiot des conquérants), j'ai envie de leur faire les honneurs de ma fille. Sans aller loin, juste pour servir la beauté, comme un guide au musée indique aux touristes les détails remarquables.

Le Sylvain de Delphine est de ces garçons-là. Les jeunes gens ne m'ont encore jamais fait envie; cette turpitude-là sera pour plus tard sans doute? Mais Sylvain m'attire par personne interposée. Il a un nom de premier amour. On ne saccage pas quand on s'appelle Sylvain. Il est timide; il habite Dijon; il a une belle bouche douce où l'on doit avoir la place de se promener, pas une de ces ouvertures en coup de sabre qui disent faute de façade : « Entrez voir à l'intérieur si j'y suis. » Le soir, après le ski, ils descendent au village, danser et manger des crêpes dans une de ces petites bergeries transformées en bouts du monde. On y a conservé les mangeoires, ça sent encore le mouton mais on ne couche plus de nos jours dans le foin... On donne ses seize ans, oh yé. Les garçons ont des chandails rouges et les moniteurs y ajoutent le cercle tricolore qui assure leur suprématie. Les visages des filles sont plus charnels encore, au-dessus de la forteresse des anoraks, des fuseaux, des chaussures. La neige les rend heureux et gourmands. Les éducations, les préjugés sont au freezer, on les ressortira plus tard. Tous ici sont de joyeux naufragés qui viennent de débarquer sans bagages et sans passé sur une île. Rien ne vient freiner les affinités naturelles : ils se groupent pour des raisons animales, qui valent bien les autres, pour huit jours. Ils n'auront ni le temps ni l'envie de découvrir si l'autre prend Le Pirée pour un homme; ils sauront seulement s'il a du jarret sur les pistes, s'il ne s'embrouille pas dans les fermetures éclair, s'il sait embrasser...

Quand Sylvain ramène Delphine à la nuit tombée, un long temps s'écoule entre le moment où s'arrête la voiture et celui où s'ouvre la porte de l'hôtel. Je les devine tous les deux se faisant des adieux interminables et chuchotant dans la petite chambre de leurs capuchons d'anorak, dans la tiédeur touffue de leurs bouches proches. Et puis c'est l'au-revoir, quelques pas dans cet air immaculé qui purifie tout et l'entrée de Delphine, éclatante et innocente comme un agneau. Je lui souris; c'est si joli d'être heureux; et il est si bref le temps où l'on se contente de si peu!

*

Le Nouvel An est un mauvais moment à passer. Jean ne peut décemment plus me souhaiter : « Tout ce que tu désires, mon chéri. » Pour noyer le poisson, nous sommes, pour la première fois de notre vie, allés fêter « ça » dans une boîte avec d'autres couples. A nos âges, tous les couples ont quelque chose à oublier ou à pardonner je suppose et ils préfèrent passer dans un lieu public ce cap privé où il faut bien se regarder dans les yeux, une fois dans l'année. Mais en montagne, les boîtes sont aux jeunes. Nous les avons tirés du néant, ces brutes-là, et ils ont envahi nos écrans, nos journaux, nos pistes de ski et de danse; c'est nous qui paraissons déplacés dans ce monde qu'ils ont conquis sans combat. Ils nous l'ont pris bien avant que nous l'ayons lâché, parce qu'ils sont les plus nombreux, les plus vivants, les plus beaux, les plus sûrs d'eux. Ils n'ont encore rien fait de mal... La guerre de 39, c'est nous... le manque d'écoles, c'est nous... leur mauvaise éducation, c'est nous... leur présence même sur terre, c'est nous! Aussi c'est à nous d'avoir des complexes et nous les avons. Pendant que nous nous demandons si nous avons été des éducateurs, s'il aurait fallu « leur serrer la vis », si la fessée est un bien ou un mal, eux, ils foncent. Négligeant la période de noviciat, ils prononcent leur vœu de bonheur et les fautes qu'ils commettent et qu'ils appellent « expériences », c'est nous qui en avons honte. Nous n'osons plus nous imposer à eux car nous ne sommes plus sûrs d'avoir raison et d'avoir des droits.

Nous sommes tout de même partis à trois couples, pas trop fiers, vers cette bergerie qui s'appelait le Dahu. Delphine devait aussi y passer la soirée avec ses amis : elle était retranchée derrière un groupe compact et formait un bastion imprenable. Nous nous sommes installés près de l'entrée dans une niche trop éclairée. Tous les coins sombres étaient pris. Je distinguais ma fille par éclipses, pressée contre un chandail éclatant surmonté d'une tête bouclée aux yeux clos. Que se passait-il entre ces deux-là, à mi-hauteur ? Jamais ils n'approchaient de nos régions.

— N'allons pas par là, y a ma mère.

Nous les mariés, nous contemplions ces plaisirs insolents qui se dégustaient à deux pas de nous. Pourquoi avons-nous perdu le secret de ce bonheur-là ? Nous étions gênés par leur simplicité. Nos maris dansaient d'abord avec leurs femmes pour se mettre en règle, puis invitaient celles des autres pour voir un peu, s'il y aurait quelque chose à glaner. Mais c'est là-bas qu'on s'amusait vraiment l'âme sereine et le corps éveillé. Il faisait très sombre pourtant sur la piste et nous aurions pu être utilisables si nous n'avions formé nous aussi une citadelle, auprès de ces hommes qui étaient trop évidemment nos maris.

Nous buvons du champagne pour oublier ; mais on a l'air encore plus vieux avec ce seau à glace sur la table et cette bouteille en uniforme. Eux, ils ont des verres de n'importe quoi, ils boivent plus aux lèvres qu'à la coupe et leur liberté suffit à les griser. Pourtant, l'euphorie vient à force de l'appeler. Mais elle ne change pas mes sentiments : elle les aiguise. Je ne sais jamais saisir les occasions d'être folle. Mon ivresse s'appelle encore Jean et c'est lui que je choisirais ici si j'avais à choisir. Mais je voudrais tout recommencer ce soir. Oh! je m'y prendrais autrement, je le jure. Ces autres maris ne me font aucune envie, ni ces jeunes corps satisfaits, c'est Jean que je voudrais séduire, si ce n'était fait, hélas! et depuis trop longtemps. Je voudrais repartir à zéro :

— Vous habitez chez vos enfants?

Qu'il me prenne dans ses bras pour la première fois. Mais un prophète a posé sur le tourne-disque « Quand c'est fini, c'est fini... » au moment où nous nous levons pour danser.

Si j'étais une vraie femme, je jouerais à aimer quelqu'un d'autre. Justement, il y a un monsieur sur les rangs, qui m'a clairement manifesté sa sympathie tout à l'heure en dansant, tout en adressant des sourires rassurants à Madame sa femme par en haut. Je céderais ce soir à quelqu'un qui plaquerait sa femme pour moi. Nous sortirions tous les deux la tête haute sous les quolibets de tous ces gens qui jouent double. Jean, tu ne voudrais pas être ce monsieur-là? Je rêve que tout est possible, ce soir, parce qu'en rentrant, nous étions vraiment seuls au monde dans la neige, dans un bonheur retrouvé et dans l'illusion exquise que cette ivresse était la nôtre.

Ce n'était que celle de la Veuve Clicquot.

JULIETTE

Décembre

Les premiers jours sans Jean étaient passés à une
vitesse décente; les derniers s'étirent impitoyablement.
Je ne peux me fixer sur rien, j'imagine le retour de Jean,
le dîner chez moi auquel j'aurai bien droit, le menu
que je lui ferai, le récit de ma vie sans lui, de sa vie sans
moi... Je commence à comprendre les opiomanes et
autres intoxiqués. Je suis intoxiquéé par Jean et menacée
dans mon équilibre quand on m'en prive : je vis en état
de manque. Je regarde ma montre et je me dis : « Il se
lève, il prend son café, il sort, il traverse le pont... »; je
vis sa vie en négatif.

Pour me changer de moi, je vais périodiquement
prendre l'air au vide de la cabine des mannequins. Je
m'amuse à faire ami avec Jill la grande Anglaise sans
ventre, sans fesses, sans tête (mais elle s'en fait une
à force d'artifices), qui est le chef de file de l'écurie
Roxane. Après avoir passé sa robe Bois des Iles ou
Petit Monsieur, elle arrive dans la cabine l'air désabusé.
L'air désabusé et les gros mots sont les mamelles de
remplacement de Jill. Mais comme elle dit « merde »
avec l'accent anglais cela devient presque une distinc-
tion. Elle se met une mousseline sur le visage, se dépiaute
comme un lapin, lançant sa robe à l'aveuglette : « Attrape,
arpète », enlève son soutien-gorge du soir : « Me'de, il
faut 'emont'er les tailleu's à la g'osse be'gè'e qui vient

154

d'a''iver » et s'assied, nue comme la vérité, pour se refabriquer un visage.

Je la regarde fascinée : il n'y a pas beaucoup d'étudiants qui passent sur leurs livres autant de temps que les mannequins à étudier leur visage. Pour trouver le chemin de son amitié, je parle son langage :

— Jill, comment faites-vous vos yeux ?

La voilà partie, elle est dans son élément, elle se passionne :

Elle brandit une besace de plombier-zingueur pleine à ras bord de crayons et rêve un instant au-dessus de cette forêt de mines.

— Eh bien, avant, je faisais un trait noir au-dessus, mais j'ai trouvé que c'était trop dur. Maintenant, je mets du marron très foncé en dessous, du gris par-dessus, attention, il faut une pointe très pointue...

Et elle brasse et elle brasse en m'apprenant l'art et la manière de faire mentir ses traits. Mais je ne l'écoute déjà plus, elle m'a comme hypnotisée, je la regarde en opinant; je ne saurai pas mieux faire mes yeux, mais je me sens toute rafraîchie par mes voyages au pays de la Frivolité. Ici, les catastrophes ne sont pas plus grosses qu'un orgelet et le bonheur tient dans un pot de cold cream !

Mon bonheur à moi n'a plus de limites; il empiète sur toutes mes occupations. Je ne peux me fixer sur rien; je ne pense qu'à Jean. J'ai envie de crier au livreur et à la marquise : « Plus qu'un jour avant de revoir Jean ! » Je parviens à articuler : « Oui, madame, ça vous ira très bien », ou « Non, monsieur, nous n'avons pas commandé ces boutons-là », mais c'est avec une immense tendresse, j'en suis sûre ! Je suis tout amour.

*

Samedi, enfin ! Quel beau jour que le samedi ! Un jour qui se prête aux alibis, un jour inséré entre la semaine et le dimanche, qui n'est plus voué au Travail et pas encore au Repos en Famille, un jour qu'on peut se réserver en propre, qu'on peut voler.

Nous avons passé presque tout ce samedi ensemble. C'est bien, presque une journée ensemble, pour nous qui savons toujours, quand ça commence, à quel moment ça va finir! Là, nous avions une longue « plage » devant nous, comme dit Jean utilisant un terme de son métier que j'aime. Nous avons eu le temps de nous taire, de changer d'humeur et de remettre la même, le temps de nous aimer et de ne pas faire que ça.

Tu avais dit : « On ira dans la forêt de Saint-Germain... » Alors on a été dans la forêt, marchant sans but, lançant sa baballe à Boudin, traînant nos pieds dans les feuilles mortes. Tu disais : « Chiche que j'arrive avant toi à l'arbre là-bas! » Et tu y arrivais bien sûr. J'aurais aimé pouvoir tricher pour te donner la victoire.

J'adore que tu fasses le petit garçon. C'est notre meilleur amour, celui-là. Et c'est le mien à moi. Avec Marianne, je ne t'ai jamais vu courir. Vous jouiez aux échecs, tu jouais à l'adulte... j'avais oublié le jeune homme que tu avais été de mon temps; je ne savais pas que tu étais encore capable d'être un petit garçon qui fait l'idiot. Sais-tu que je ne rirais pas plus qu'autrefois si tu me demandais de me couper le doigt et de mélanger nos sangs?

Et puis j'adore tes châteaux en Espagne puisque ce sont les seuls que nous pourrons jamais habiter.

— Jule, et si j'achetais une maison à Marnes-la-Coquette, la Coquette à cause de toi, bien sûr! Tu consacrerais tes journées à faire des bouquets, à décorer la maison, à peindre des fresques galantes... c'est ta vraie vocation au fond... Je poserais des ceintures de chasteté aux portes pour t'empêcher d'aller dépenser tes talents et ta beauté chez Roxane... et tu nous inventerais tous les soirs des décors nouveaux! et pour toi des déguisements nouveaux!...

— Une épouse rue Guénégaud et une créature rue Corneille, cela ne te suffit pas en somme?

— Si, mais ce serait amusant de te décliner : Jula,

Julae, Julam, Jule au rhum, Jule lisse, Jule lisse...

— Et Jule rousse et Jule blonde, à propos? Tu ne m'as pas dit si mes mèches blondes te plaisaient?

— Les hommes préfèrent les blondes, tu le sais bien!

— Est-ce que tu t'es seulement aperçu que j'avais grossi de trois kilos depuis quelque temps? Est-ce que tu me trouves un peu grosse?

— C'est vrai! tu as trois kilos de trop, mais c'est ceux que je préfère!

Inutile d'insister, je ne saurai rien de plus. Ah, Jean a de la chance que je l'adore, sinon je ne l'aimerais pas du tout!

Et puis il s'est mis à faire froid et nous nous sommes mis à avoir envie de quatre murs autour de nous. On est rentré à la maison; à la maison chez moi, à la maison chez toi puisque je t'ai donné ma clef.

Et nous nous sommes adonnés à nous-mêmes, mon aimé, et longtemps après, ayant vécu jusqu'au bout nos tendresses, voyagé jusqu'au terme de notre passion, nous nous sommes offert un énorme déjeuner goûtatoire dans ma cuisine.

Tu as dit : « Ne bouge pas, je vais te faire une omelette. »

Elle était horrible, mon amour, ton omelette, d'inspiration franchement espagnole, tiède et brûlée. Mais je l'ai dégustée comme un cadeau de prix : tu ne fais jamais la cuisine chez toi!

Après, on a joué à Boudin. Autrefois, tu ne comprenais pas l'espèce de tendresse et de joie physique que j'éprouve pour ma bassette. Mais aujourd'hui elle a bien mené ta conquête! Elle sentait la feuille et le champignon, elle était chaude et femelle étalée sur le lit, trognons de pattes en l'air, ventre rose offert, son gros petit corps tendu gonflé, comme s'il éclatait dans un gilet qui aurait pour boutons tous ses seins parallèles. Nous nous sommes couchés tous les deux à côté d'elle sur le lit, recevant tour à tour les baisers de sa langue râpeuse et chaude, et toi qui n'avais jamais parlé « chien » tu t'amusais beaucoup.

Quand on en a eu marre de cette fille-là, on l'a chassée, mais pas si facile que cela, de la chasser.

— Allez, dans son panier, Boudin.

Gigotage de la queue et renfoncement dans la plume elle ne bougeait pas, et esquissait de sa bouche fendue un sourire à la Charlot; si tu élevais la voix, elle faisait mine de s'en aller, se soulevait sur un coude et retombait plus lourdement sur elle-même. Comme d'habitude l'opération libération du territoire ne put être menée à terme qu'à l'aide d'une grande claque bruyante sur sa fesse rousse. Dure comme un marbre chaud, sa fesse se venge toujours sur celui qui la frappe, et tu riais en regardant ta main rougie, pendant que la Boude regagnait son domaine avec un mélange dosé de dignité offensée et de condescendance.

Un peu plus tard tu as soupiré :

— Mon Jule, c'était exquis et je n'ai pas envie de partir.

Ce qui veut dire en langage amant : Je m'en vais, mais j'aime les formes.

Fin de la pièce, une fois de plus. Tu retournes dans ta vie; je reste dans la coulisse. Et chaque fois que tu pars, avant de m'habituer, j'ai un instant de haine pour l'autre et puis, je parviens à transformer ma fureur en mélancolie.

On dirait que les choses finissent bien plus souvent qu'elles ne commencent!

*

Ce matin en me réveillant, je me disais : ce que j'aime dans l'amour des amants, c'est que c'est léger. L'Amour Conjugal, grand A, grand C, c'est lourd, c'est sérieux, c'est obligatoire. Un pavé dans la mare! L'adultère, petit a, c'est un soufflé qui ne dégonfle pas, une bulle, une meringue de joie.

Au fond, je n'aime que le dessus de l'amour. « Ce que je sais le mieux, c'est mon commencement », dit le Petit Jean des *Plaideurs!* moi ce que j'aime le mieux, ce sont les premières notes. Jean joue bien de ce violon-là. Peut-être ne nous sommes-nous pas mariés autrefois parce que nous étions trop semblables? Marianne est une femme qui a les pieds sur terre, qui a du poids. Moi, je parais plus lourde qu'elle mais je n'ai pas de densité. En amour, je n'aime que le dimanche des choses; la semaine me fait suer. Chaque fois que Jean téléphone, je réponds : Présent! (Oui, mais rappelle-toi, Barbara, comment tu es quand il ne téléphone pas!) Et quand il s'en va, je me reprends comme un ouvrage, j'additionne les mailles de ma vie, un jour à l'endroit, un jour à l'envers : Boudin, Roxane, le vase d'opaline que je viens d'acheter aux Puces, Mamybel, mon dessin... Il y a quelques ombres, mais je suis heureuse. Et avant d'avoir eu le temps de trop rêver, Jean m'appelle à nouveau. Et tout recommence.

Nous nous sommes offert aujourd'hui un luxe dont j'avais toujours rêvé : un déjeuner chez Lapérouse, dans un salon particulier; pas pour nous cacher, pour nous distraire. Dans ce cadre fascinant de désuétude, nous avons joué aux Amants. Tout nous y conviait car Lapérouse est fidèle à sa légende. Les garçons sont moulés dans la même pâte que le cadre; ils ont des mèches qu'ils ramènent, de grands pieds vernis et ils toussent comme dans un vaudeville 1900 avant d'amener le prochain plat. Nous nous amusions à être surpris dans une situation embarrassante, rien que pour ne pas décevoir leur prévenance teintée de curiosité.

Jean m'avait amené une toute petite ficelle d'or qui se ploie maintenant autour de mon bras; elle ressemble à notre amour précieux et souple et qui pourtant m'enchaîne. Il tenait ma main.

— Jule, tu t'es cassé ton meilleur ongle. On a vu des favorites répudiées pour moins que ça! Cependant, je vois que cela ne t'a pas coupé l'appétit...

Il me regardait de tout près, il dessinait ma bouche avec le pinceau de son doigt; quand on s'aime, on a toujours l'impression de faire connaissance!

Dans ces retraites où tant d'amour s'est dégusté,

entre les coupes de champagne, les tentures et les tapis le reflètent encore. Tout est complice ici. Nous nous étudions l'un l'autre, comme on ferait d'une carte, nous cherchant, nous trouvant. A force d'accommoder, je découvrais plein de petites choses un peu inconnues dans ce visage si familier.

— Tiens, tes oreilles ne sont pas tout à fait pareilles. J'aime mieux la gauche.

— La gauche, c'est mon oreille sentimentale. C'est à celle-là qu'il faut t'adresser si tu as quelque chose à me demander.

J'avais justement une supplique toute prête. Ce cabinet particulier m'avait porté au cœur : je ne voulais pas rendre mon amant ce soir. Je voulais le garder à tout prix. Qu'on me fasse un petit paquet, ce n'est pas pour consommer tout de suite, c'est pour emporter, je paierai plus tard. Ah? Il n'est pas à vendre? Alors à voler peut-être?

Ces grands restaurants qui vous dépaysent ont l'art de vous pousser aux folies. Nous n'avions pas résisté au consommé de langouste, au poussin aux morilles et voilà que moi aussi je faisais des rêves fous.

Mais en sortant de chez Lapérouse, l'enchantement s'est dissipé. Jean avait une contravention sur son pare-brise pour stationnement illicite. Et l'amour illicite? Faudra-t-il le payer aussi? Puis nous nous sommes arrêtés devant un kiosque à journaux et Jean a acheté *Yachts*, qui venait de paraître. C'était comme si Marianne venait de reprendre la barre. Jean allait virer de bord et moi je me sentais tourner comme une mayonnaise. Je badinais, je continuais à sourire, mais cela n'allait plus fort là-dessous. J'étais comme l'acrobate au cirque, qui a l'air gai sur sa corde raide, malgré sa peur, ses règles douloureuses ou son chagrin d'amour.

Ah! j'étais loin de mon amour bulle, de mon amour libre dont je me chantais les grâces ce matin!

Ah! comme j'avais envie d'être propriétaire et pro-priété!

— A quoi penses-tu? m'a dit Jean.

J'ai gardé mon sourire d'acrobate contraint et j'ai dit :
— Moi? A rien.

Les hommes sont très doués pour ne voir que du rien si c'est du rien qui les arrange. Même ceux aussi subtils que Jean ne se hasardent pas à aller regarder au-delà de l'apparence.

« Elle sourit, donc elle est heureuse. Adjugé. »

Homme, bien sûr que je suis heureuse, puisqu'on s'aime, puisqu'on s'a. Bien sûr que c'est adjugé, j'y suis, j'y reste, à nous. Mais toi, mon tout, tu te partages!

*

Jean est malade, il traînait sa grippe depuis quelques jours, il a maintenant décidé de la coucher. Apparemment, elle préfère proliférer au chaud, car depuis qu'il est dans ses draps, de vague elle est devenue précise. Il m'a téléphoné hier, pour me dire qu'il avait trente-sept cinq mais qu'il avait « l'impression d'avoir quarante ». Rien de tel qu'un homme pour avoir « l'impression » d'avoir la fièvre.

Il m'a dit entre deux soupirs : « Mon ange ça ne va pas du tout, je suis désolé de ne pas venir *(alors viens!)* mais vraiment, je ne peux pas bouger. » Brusquement, j'ai été envahie par l'irritation et au lieu de murmurer : « Mon chéri, je souffre de tes quintes et j'ai mal à ta gorge... j'ai pris l'air léger, celui que Jean déteste quand il est malade et j'ai dit :
— Tu as un gros rhume, en somme?»

L'insulte a porté; je l'ai senti au bout du fil se rembrunir et nous sommes quittés un peu froidement.

Aujourd'hui, j'ai traîné ma mélancolie chez Roxane et je l'ai ramenée ce soir chez moi. Dans une vie normale, on se serait rappelé; un malentendu n'aurait pas duré. Mais nous n'avons pas une vie normale. Par la faute de Marianne. Son désir de ne rien casser avec Jean et la réprobation féroce qu'elle me manifeste finissent par ressembler à une habileté suprême. Rien ne peut nuire plus insidieusement à mes rapports avec Jean que cette cloison étanche qu'elle a dressée entre elle et moi. Et son mépris dédaigneux me pèse plus que je ne le voudrais.

Et si je téléphonais tout de même après tout? S'il y a un dieu pour les amants, je tomberai sur le mien. Eh bien, c'est un diable qu'il y a : c'est Marianne qui a répondu! Trop sûre que pour elle le silence s'appellerait Juliette, j'ai articulé d'un ton anodin :

— C'est moi, Juliette! Je voulais seulement prendre des nouvelles de Jean.

(Je m'aperçois tout de suite que ce « seulement » est maladroit!)

D'une voix d'hôpital pour ceux qui ne sont pas de la famille, Marianne répond :

— Il va mieux, merci. Et elle se tait.

Pitoyablement, je lui tends une perche. Peut-être me déteste-t-elle moins? Peut-être comprend-elle maintenant que je ne cherche pas à détruire sa vie? Que ce n'est pas toujours drôle d'aimer et que j'aurais choisi un autre sort si j'avais pu?

— Et toi? Ça va?

— Oui, très bien. Au revoir.

Non, elle ne me pardonne pas. Et ce soir, loin de Jean, cette pensée me déprime plus que l'amour de Jean ne me réconforte. Je ne l'aime pas moins, mais je suis triste de l'aimer.

*

Dans quelques jours, c'est hideusement Noël et la séquelle des mélancolies que cette période est apte à déclencher en moi. Les vitrines de jouets s'étalent cruellement devant moi qui ai moins d'enfant que jamais en cette saison. Pas de neveux, pas de parents! Pire : j'ai quelqu'un qui n'est personne. Le sourire de Noël, quel rictus!

D'autre part, Jean m'a dit qu'il devait aller à Saint-Marcellin avec les enfants et Marianne. Cela me détruit un peu dans les coins. L'idée qu'il va passer huit jours dans un hôtel de montagne à côtoyer plein de bonnes femmes ne m'améliore guère. Je les connais, les bonnes femmes des neiges! Et puis non, soyons franche : je me fous des bonnes femmes, au bar ou sur les pentes, ce n'est pas la peine de me raconter que ce sont elles qui me font peur. C'est Marianne que je crains; je suis subrepticement devenue jalouse d'elle. Je ne le savais pas encore il y a quelques jours, maintenant c'est là : Marianne est ma rivale.

J'ai l'impression que le mariage est une forteresse dans laquelle elle s'est barricadée avec Jean pour toujours et que les flèches du pauvre Éros vont se briser sur ses murailles. Derrière sa meurtrière, Marianne m'observe méchamment, attendant que je crève. Je peux mourir, on ne me laissera pas entrer. Si elle avait cherché à comprendre, à admettre, si nous avions continué à nous voir, je sais que la vue quotidienne de la place qu'elle tenait dans la vie de Jean m'aurait aidée à garder la mienne. Mais être considérée par Marianne comme une salope me rend salope peu à peu. J'en arrive à inverser les rôles; je me dis que c'est elle la coupable, elle qui m'a pris Jean, après tout, elle qui l'empêche d'être tout à fait heureux et qui donne à notre amour une allure de péché honteux. De quel droit t'instaures-tu comme propriétaire et juge, voleuse de Jean? Est-ce que c'est toi ou moi qu'il aimait à quinze ans, à vingt ans, à vingt-cinq ans? Est-ce que c'est à toi ou à moi qu'il a fait des promesses dans les rochers de Menneval ou sur la plage d'Eastbourne? Est-ce que c'est toi ou moi qu'il appelle Jule?

Il est déjà parti un peu, mon amour. Il n'ose pas scruter l'horizon quand il est avec moi, mais je sens qu'il y a de la neige au bout de son regard.

Détail technique : je n'ose plus prononcer le nom de Marianne devant Jean. Périphrases, métaphores, tout plutôt que d'épeler : M.A.R.I.A. deux N.E. Alors, je ne sais pas si la personne qui porte le nom en question admettra que j'écrive là-bas. J'imagine ma lettre posée sur le plateau du petit déjeuner entre le bretzel et la confiture d'orange, j'imagine l'air indifférent dont

Marianne masquera son visage et la prestidigitation de Jean qui avalera l'enveloppe avec sa main comme un enfant coupable et tout cela me fait peine, car j'aimerais être aimée au grand jour de tous les jours.

★

— A l'année prochaine, mon chéri, lui ai-je dit avec un peu d'amertume, peut-être, en le quittant.

Il a paru sincèrement surpris. Il n'aime pas que je manifeste ma mélancolie. Il n'aime pas savoir que je passerai Noël entre deux fantômes, le sien et celui de Mamybel. Si je ne le lui dis pas, je sais qu'il réussira à éviter d'y penser. Mais moi, j'ai envie qu'il y pense. Sans lui, je serais peut-être moi aussi à Courchevel ou ailleurs, avec Philippe ou un autre. Sait-il que depuis que je l'aime, j'ai fait connaissance avec la vraie solitude ?

Donc, il est parti, elle est partie et leurs enfants sont partis.

Qu'est-ce qui reste ? La maîtresse, c'est pas grand-chose ! Juliette Métayer, vingt-neuf ans et des poussières grosses comme le Ritz, est en train de se mitonner un de ces petits Noëls aux pommes.

Je ne vais tout de même pas aller faire des galipettes et des gauloiseries avec le couple d'en dessous qui m'a invitée à aller « finir ça » dans une boîte. Lucie est à Crans, Philippe est aux Sports d'Hiver lui aussi : « Cette année, tu ne veux pas de moi Juliette, mais si tu changes d'avis, je te trouverai un lit » (sous-entendu le mien), et j'ai refusé il y a un mois l'invitation des Masson à aller passer Noël dans leur campagne glacée, avec leurs cinq enfants. Non, il ne me reste plus que Mamybel !

La pauvre triste, je l'ai plutôt abandonnée depuis Jean, alors je me raconte que j'ai choisi de dédier ma soirée à ma grand-mère.

Je suis à la fois le vacher et la vache, je me pique l'ardillon dans les reins et je dis : « Allez, joue à Noël. »

Je me trouve noble, cela me flatte, on me trouve noble, cela me pose. On m'a dit aujourd'hui chez Roxane :

« Alors, Juliette, vous faites la grande vie le 24? — Non, je passe la soirée avec ma grand-mère. » Comme histoire de la Bibliothèque Rose, réveillonner avec sa grand-mère quand on a mon âge et ma tête! « Cette Juliette, quel dévouement! » a dit la grande mannequine blonde qui change d'homme comme de rimmel. Eh bien, maintenant il faut y passer à la casserole du dévouement. Et tout d'abord raviver les souvenirs fléchissants de Mamybel.

— C'est Noël, demain, ma chérie, tu vas voir, on va se faire un bon petit dîner.

— Noël? Noël? Mamybel fouille au fond de sa tête, qu'est-ce que c'est Noël? Ah! oui elle se rappelle, c'est quelque chose de gai!

— Ah! bon, Bibiche, on va bien s'amuser.

Privilège de l'âge, on croit toujours que ça amuse les autres d'être avec vous!

J'ai acheté un arbre résolument factice. Une espèce de balai d'argent pomponné de boules plastiques, il a pour lui d'être tout habillé, au moins je n'aurai pas à le décorer. Mamybel va joindre les mains et verser une larme, qui me fera mal comme toutes ses larmes. J'ai acheté une boîte de foie gras format dé à coudre, une bûche de poche avec un affreux petit nain rouge perché dessus et des coquilles Saint-Jacques « juste à réchauffer ». Enfin, la panoplie de la joie est au complet. Il ne me reste qu'à dénicher la joie.

— Joie, y es-tu? — Non, je suis partie à Saint-Marcellin.

— Bibiche, m'a dit Mamybel, je vais mettre mon manteau de lamé.

Mamybel qui ne sait pas quel jour de quel mois nous sommes, qui regarde les saisons à travers le carreau, qui croit que c'est l'hiver chaque fois qu'il pleut, a gardé de sa vie vécue (maintenant elle en est à sa vie morte) des souvenirs d'élégance? On s'habille si c'est une fête. Elle ne se rappelle pas de quoi retourne le Père Noël et le fils Jésus mais en route, c'est jour faste. J'admire son courage à survivre et à continuer à aimer ce qui n'est manifestement plus aimable : son existence. Depuis le temps qu'elle va de son lit à sa fenêtre, gagnant régulièrement un kilo par trimestre, elle n'a plus un seul habit normal. J'ai jeté l'autre jour comme on assassine toutes ses chaussures qui s'empoussiéraient dans son armoire. C'était des chaussures de morte puisque Mamybel ne marchera plus ! Et puis je me suis tout à coup vue en instrument du Destin et j'ai eu honte. Tant que Mamybel aura des chaussures, un manteau, elle garde ses chances d'être encore de ce monde. Je venais de la dépouiller de sa dignité d'être humain. Je suis allée repêcher toutes les chaussures dans la poubelle. Même ses espadrilles.

En cette soirée de réveillon, avec ses cheveux d'étoupe, ses pantoufles pantouflardes, cette cape de lamé terni qu'elle pose sur son obésité comme une housse sur un fauteuil, elle a plus que jamais l'air d'une vieille reine de Saba. Mais déchue, elle règne encore. Elle m'impose encore des devoirs et assise ce soir devant ce visage de vieux clown dont les traits sont des caricatures, je m'avise qu'elle a peut-être trouvé là, inconsciemment, le seul moyen de continuer à gouverner. Au moment où j'allais découvrir que son affection avait été une dictature et que son dévouement tournait au chantage, qu'elle était prête à me priver de MA vie pour assurer la sienne auprès de moi, elle a trouvé l'arme à laquelle je pourrais le moins résister : la faiblesse. Ce que je n'aurais pas fait pour Mamybel, je le fais pour cette vieille dame qui lui ressemble.

Mais ce soir, à la lueur des bougies qui s'obstinaient à me paraître funèbres, je lui ai dit à Mamybel, maintenant qu'il est trop tard, ce que je pensais. Que sans elle, sans sa jalousie camouflée, je serais sûrement aujourd'hui la femme de Jean. Ou la femme d'un autre mais pas cette vieille petite fille qu'elle appelle Bibiche.

— Mamybel, tu es la plus subtile incarnation d'un bourreau, lui ai-je dit en lui servant le foie gras.

— Oui, c'est bon, m'a-t-elle répondu.

— Mère-grand, que vous me faisiez de beaux discours !

— C'était pour mieux te garder, mon enfant...

— Mère-grand, que vous m'aimiez fort!

— C'était pour mieux t'étouffer, mon enfant...

— Mère-grand, que vous avez besoin de moi!

— C'est pour mieux te manger, mon enfant.

Comme avec Mamybel le ton compte plus que les paroles, elle riait aux anges et à moi, préservée aussi de l'amertume et du remords, réfugiée en un vague paradis que je n'avais même plus le pouvoir de troubler. Et c'est moi qui ai eu des remords. Je l'ai couchée très tendrement pour me pardonner à moi-même car c'est à moi que je rends des comptes maintenant, puisqu'elle n'est plus là pour me juger!

J'ai déposé dans la cuisine le plateau où traînaient les tripotis de nos deux dînettes et je me suis couchée, la figure dans l'oreiller, pour pleurer jusqu'à plus d'eau.

*

J'ai rencontré Franca tout à l'heure aux Galeries-Lafayette. Nous étions à un comptoir de distance l'une de l'autre. Elle achetait des gants. Elle avait un manteau de cuir noir sur le bras, un tuyau orange à côtes sur le corps et une longue chaîne avec une montre au bout.

— Comment va? m'a-t-elle dit d'un ton glacial pour m'indiquer tout de suite dans quel camp elle se rangeait.

J'avais justement envie d'amitié, de n'importe quel signe d'amitié. J'aurais bêlé pour un sourire.

— Vous n'êtes pas aux Sports d'Hiver? a-t-elle ajouté perfidement. J'ai reçu une carte de Marianne, il paraît qu'ils ont un temps formidable là-bas!

J'ai parlé de mon travail, j'ai bafouillé comme une coupable et Franca est partie ravie en me souhaitant Bonne Année! Je me suis retrouvée les yeux remplis de larmes, avec mes paquets imbéciles, au milieu de tous ces gens qui eux se préparaient une Bonne Année, c'était écrit sur leurs figures affairées.

Je déteste les ennemis. Je ne supporte pas d'être haïe.

Il m'a encore fallu passer la soirée avec Mamybel, Mme Tania ne rentre que demain. Et je sombre un peu plus dans la mélancolie. La mort, cela ne s'attrape pas dans les courants d'air : cela se contracte au contact des mourants. Je me sens un peu morte ce soir. J'en veux à Dieu le Père qui laisse les grand-mères, qui prend les mères, qui éloigne les amants, qui abandonne les femmes seules au fond des lits pour deux, qui fait sonner les cloches pour les autres et donne à la vie un goût de cendre. J'en veux à Jean qui est parti, à Marianne qui existe, à Philippe qui n'est pas fichu de passer sa vie assis à côté du téléphone au cas où j'aurais envie d'entendre sa voix. J'en veux à demain, à hier, à l'amour qui ne fait pas vivre à distance et qui ne fait pas vivre non plus quand on le fait.

Jean, tu ne sens pas de là-bas que j'aurais besoin d'être appelée Jule ce soir?

Janvier

« Quand fêtes-tu Noël avec Juliette? »

Nous faisons quelques allusions plaisantines sur ce sujet bien que mes mains se mettent à trembler chaque fois que le nom de Juliette est prononcé. Rien qui ressemble à une enquête : j'ai plus peur de questionner Jean que lui n'a peur de répondre. Même et surtout si ses relations se refroidissent avec Juliette. C'est peut-être dans cette marge d'incertitude qu'il laisse entre nous que gît ce minimum de liberté dont il a besoin pour vivre à deux.

Est-ce une survivance de ces vacances? J'ai l'impression d'être plus unie à Jean.

Marianne! Tu sais bien que ton pire défaut est l'espérance! Tu es plus unie à lui dans l'exacte mesure où tu sembles mieux accepter le mode de vie qu'il te propose. Il est probable, il est certain qu'à l'heure qu'il est, dix-huit heures, 6 janvier, Jean est en train de dire à Juliette, en toute sincérité comme toujours :

— Mon chéri, tu sais combien j'aurais aimé passer ce Noël avec toi!

Et Noël à Hong-Kong? Ce serait agréable aussi! Et Noël à vingt ans? Il faut toujours que les hommes jonglent avec l'impossible. Et que les femmes les croient.

En fait, l'année commence comme l'autre a fini et, selon l'usage, le changement de millésime n'aura pas eu d'effet magique. Jean part pour Chamonix quelques jours tourner une séquence sur l'École Nationale de Ski Français. Mais j'ai pris des résolutions de fin d'année, comme au Caté' : Je ne téléphonerai pas chez Roxane pour vérifier si Juliette est là. Jean laisse ostensiblement traîner sur le bureau son permis RTF pour Chamonix, afin de me faire savoir qu'au moins ce voyage n'est pas un alibi créé de toutes pièces. Un homme qui profite d'une occasion est moins coupable qu'un homme qui la suscite. Je prendrai de l'Oblivon, de l'Eunoctal, du Binoctal, de l'Imménoctal, du Buona Noche, ce qu'il faudra mais je vivrai tranquille pendant ces quatre jours-là!

*

Jean est parti, très détendu, l'air en paix avec lui-même. Commet-on un crime avec cette tête-là? J'ai préparé sa valise, son petit baise-en-montagne : je me sentais sa vieille mère. Au dernier moment, j'ai tout de même remplacé le « col roulé » rouge que je viens de lui offrir par son vieux cachemirette troué aux coudes... des fois que Juliette aime faire des reprises... Qu'il la baise, passe encore, mais pas dans mon « col roulé ».

Plan de bataille pour éviter d'Y penser : voir des musées avec Delphine, emmener Jean-Marie au zoo, rencontrer des amis... à condition qu'ils n'éclatent pas de bonheur. Je consulte mon agenda : je peux être tranquille; à nos âges, il n'y a plus de couple qui ne soit rebâti sur quelque ruine, secrète ou publique. Jusqu'à hier encore, nous n'avions pas la nôtre. Mais à quarante ans, tout le monde a avalé la couleuvre. Cela s'appelle faire la part des choses. On se console en déclarant que les vieilles guimbardes vous mènent très bien jusqu'au bout du voyage; on n'exige plus de voyager... « Triumphalement »; on accepte de condamner une portière, d'avoir besoin d'une manivelle pour se mettre en route. On n'espère plus que ce qui est possible. Et on roule ainsi, en faisant semblant que tout va bien, jusqu'à sa dernière adresse.

La vie privée la plus réussie est presque toujours un ratage camouflé.

Je suis sortie avec Bertrand, vieil étudiant de ma jeunesse qui resurgit à Paris tous les trois ou quatre ans, entre deux postes de professeur à l'étranger. Il se croit, toujours concerné par les « Lettres à un jeune poète » et pense à son avenir sous prétexte que rien ne lui est encore arrivé. C'est l'éternel fiancé. Il est bon de s'en réserver un de cette sorte au cours d'une vie. C'est fortifiant : et plus plaisant à déguster que des ampoules d'acide phosphorique, pour un résultat équivalent.

Notre climat est fait d'émotion légère et de conditionnel passé première forme. Il me prend la main dans la rue comme un jeune homme, nous parlons des occasions manquées, de la littérature française, de nos professeurs de Sorbonne en 1942 et de l'amour que nous aurions pu, que nous eussions dû, que nous pourrions encore... faire. Il s'énerve timidement, tout prêt à battre en retraite à mon premier geste. Par respect pour le passé, il gâche son présent. Il m'attendrit d'être si peu conforme aux modèles d'aujourd'hui, si peu viril au sens banal du mot. Une sensitive à moustaches, cela doit avoir un charme rare. Mais, sottement, j'ai perdu l'habitude des hommes en prenant l'habitude d'un seul. Leur physique me déroute. C'est Jean qui est pour moi l'étalon-or de la masculinité. Bertrand est TROP ROUX, PAS ASSEZ GROS, je n'arrive à le juger que par rapport à un seul modèle, l'exemplaire auquel je suis abonnée. Il faudrait que Bertrand s'impose. J'aimerais qu'il m'emmène voir ses estampes japonaises dans sa chambre d'hôtel, qu'il me pousse sur son lit à peine la porte refermée, qu'il ne dise surtout pas un mot — cela fait vingt ans que nous parlons — qu'il retire sa veste comme un ouvrier qui va se mettre au boulot et qu'il m'attaque enfin, sans ménagements, pour voir s'il n'a pas vécu sur un leurre. Ce serait pour lui le meilleur moyen de se débarrasser de moi, peut-être et de cette jeunesse qu'il ne parvient pas à dépasser.

Mais Bertrand n'a jamais rien saisi. Ni les occasions,

ni les femmes, ni les allusions. Il a des idées sur la pudeur féminine et du respect pour le mariage. Il faudrait que je le viole et je ne suis pas d'humeur. J'ai envie qu'on me brutalise, qu'on soit très lourd, égoïste, grossier au besoin. J'ai envie d'un étranger qui me dirait l'amour en polonais.

Au moment de me quitter, il me reprend pour un baiser que j'espère de hussard, mais il me serre en tremblant respectueusement, pose ses lèvres au coin de ma bouche et me dit : « Je ne t'oublierai jamais, tu sais. » Ah! on m'aime à la folie, de tous les côtés.

Jean pense-t-il que je pourrais ce soir passer la nuit avec Bertrand? S'il y pense, c'est pour s'en réjouir. Il trouverait bon pour mon moral que je vérifie que j'ai toujours cours sur le marché; il déplore mes complexes et, logique avec ses théories, affirme qu'il serait heureux de tout ce qui pourrait m'arriver d'agréable. Le plaisir fait du bien, selon lui. Mais la vie est mal faite : tout le plaisir est pour lui!

Quant au risque de me voir tomber amoureuse d'un autre, Jean se montre fataliste. Il met son point d'honneur à ne pas protéger les gens qu'il aime par des mesures prudentes ou adroites, à la petite semaine. Les sentiments qu'il leur porte sont comme des animaux des grands fonds : ils n'ont ni yeux ni oreilles. Le terme « preuve d'amour » n'a pas de sens pour lui et un sentiment ne se monnaie pas en B.A. Ce n'est pas PARCE qu'il m'aime qu'il estime devoir renoncer à Juliette. Quel rapport? Il m'aime, d'une part. Il l'aime, d'autre part. Et ce serait très laid de le priver d'amour. D'ailleurs, si je passais une nuit avec Bertrand ou un autre, il ne s'estimerait pas lésé.

— Mon chéri, cela t'a fait plaisir? me chuchoterait-il, à peine un peu plus tendre peut-être. Mais tu m'aimes toujours? Alors tout est bien.

C'est Jean-Marie qui m'a fait comprendre qu'une cloison étanche pouvait exister entre les sentiments et les actes. Il m'aime plus profondément, plus viscéralement que ne m'a jamais aimée Delphine qui tient un compte soigneux de ce que je lui donne et de ce qu'elle ne me doit pas. Et pourtant il n'a jamais songé à monnayer ce sentiment en bons points, en efforts, en gentillesse. Il m'aime, mais il ne fait rien pour moi : son sentiment est intraduisible de même qu'on ne convertit pas des litres en mètres carrés.

*

J'ai réussi à avaler ce séjour à Chamonix comme un cachet sans regarder ce qu'il y avait dedans, mais maintenant il me pèse sur l'estomac. Jean est arrivé au jour dit, joyeux, amoureux, bruni, des histoires de montagne plein les poches. Ma raideur des premières heures, il en fait son affaire. Lui précisément se sent toujours plus tendre au retour qu'au départ; le total reste donc le même! Il m'embrasse partout. C'est à croire que je lui ai manqué. Cet homme me rendra folle. Il est gai, il est heureux comme s'il venait de faire son devoir.

Moi. — Mais tu dois être fatigué?...

Lui (ignorant superbement mes sous-entendus). — Pas du tout et je suis content d'être rentré, content d'être près de toi... et d'avoir envie de toi, ajoute-t-il à voix basse.

Moi. — Ça ne m'émeut plus. Tu m'as bien fait comprendre que ça ne voulait rien dire. Tu fonctionnes virilement, c'est tout.

Lui. — Tu es conne comme un verre à dents.

Moi. — Raconte-moi un peu, là-bas... tu as eu beaucoup de travail? Il faisait beau?

Lui. — Je n'ai pas arrêté et c'était passionnant. J'ai passé mes journées...

(*Moi*, muette. — Et tes nuits?)

...avec les moniteurs de l'École; je suis monté assister à leur entraînement à la Fléchère, j'ai suivi leurs cours théoriques et j'ai bavardé avec eux pendant des soirées entières. Je te raconterai ça. J'aimerais bien t'emmener à Chamonix...

Moi. — Et tu étais dans un hôtel agréable? Tu partais tôt le matin? (Passe le spectre de grasses matinées

173

avec Juliette dans une chambre de luxe surchauffée, ouvrant sur les Grandes Jorasses.)

Lui. — A huit heures trente, j'étais à l'École, et à neuf heures au sommet du téléphérique avec mon matériel. (S'évanouit le spectre des grasses matinées devant les Grandes Jorasses.)

Moi. — Et le soir? Tu as été dans les boîtes?

Lui. — Mais sans arrêt, mon chéri. J'ai dansé avec Miss Neige des nuits entières... elle a de ces pentes...

Et Jean me serre dans ses bras. Je sais que c'est un moyen connu pour ne pas répondre aux questions embarrassantes. Mais il est brun, il a ses petits cils frisés, des petites rides blanches autour des yeux dans les vallées où le soleil n'a pas pénétré, et la bouche un peu gercée par le froid. (Par le froid??) Pourquoi jouer au commissaire alors que la vérité nous gâcherait ces moments qui sont bons, enfin... qui sont bons.

Un lit c'est bien inventé. Bien conçu pour concevoir... de folles illusions. Jean sent le soleil et je sens Calèche d'Hermès. Un billet pour le soleil n'aurait pas coûté plus cher à mon amie Franca que ce litron de parfum qu'elle m'a offert pour Noël.

— Ah! je reconnais cette odeur, dit Jean. Tu sens le Cocher!

Celle-là, il me l'a déjà faite cent fois. Mais c'est le privilège des gens qui ont vécu ensemble d'avoir quelques plaisanteries de famille qui ne s'éculent jamais. Nous rions. C'est l'amour gai, ce soir. Il faut se dépêcher d'en rire... Jean ne se trompe jamais sur ces nuances-là.

Lui. — J'aime ta peau... on a toujours l'impression que tu reviens de la plage.

(Et elle? Je parie qu'elle a les fesses rêches, elle a une tête à ça. Pourtant elle doit les poncer jusqu'au sang... Oh! dis-le qu'elle a la peau moins douce...)

Moi. — Et Miss Neige, chéri? comment était sa peau? Croûteuse? Poudreuse?

Lui. — Fondante, voyons!

Nous rions tant que nous ne parvenons plus à nous embrasser. Jean promène ses mains sur moi. Et les seins de Juliette? Est-ce qu'ils parlent? Est-ce qu'elle soupire ou est-ce qu'elle geint? Est-ce qu'elle l'encourage comme un cheval ou sont-ils passionnément silencieux? J'en mourrai, de cette curiosité. Les réponses sont dans la tête de Jean, derrière o cm 5 d'os et je ne vois rien, je ne sais rien; je ne connaîtrai jamais que moi-même.

Et puis le matin est arrivé. Il arrive toujours et toujours trop vite. « Tiens, do'moi les sels de Hunt, j'ai bu pas mal à Chamonix... » Voilà le conjungo : soigner les aigreurs d'estomac causées par un champagne qu'on n'a pas bu. A Juliette l'ivresse, à moi la gueule de bois. « Qu'est-ce que tu as fait de ma cravate cachemire? Est-ce que tu es passée à la banque? » On s'agite, on est pressé, le téléphone sonne.

— Allô?... Comme je suis content de vous entendre... mais Bonne Année à vous aussi... (ce qu'on peut s'en moquer de son année)... Oui, il faut absolument que vous veniez dîner un de ces soirs... (la Semaine des Quatre Jeudis, par exemple?). Ma femme vous rappellera pour vous fixer un jour...

Ma-femme vous dit Merde. Ma-femme ne vous rappellera pas, Ma-femme vient de trouver dans la poche de l'anorak de son mari deux billets d'autocar pour Genève. Jean a terminé son reportage samedi et non dimanche soir comme il me l'avait laissé entendre. L'idée m'avait bien effleurée mais il n'y a rien de plus lâche, de plus veule, de plus crédule qu'une épouse qui ne veut pas savoir.

Donc, trois jours ne LEUR ont pas suffi. ILS sont allés en plus passer une journée en Suisse. Pauv'Juliette ne connaissait pas la Suisse! Nous y arrivons aux temps redoutés où il faut changer de régime si l'on veut conserver sa maîtresse. L'adultère commence par le cinq-à-sept mais se termine toujours par le week-end. Au départ, l'enthousiasme et les exigences modestes, mais six mois plus tard c'est le cahier de revendications. Pauv'Marianne non plus ne connaissait pas la Suisse... Mais Pauv' Marianne est sa femme. Que demander de plus? Juliette serait bien contente d'être à sa place.

Je repense à mon dimanche à moi et rétrospectivement mes occupations me paraissent pitoyables : j'étais au Jardin d'Acclimatation à loucher Jean-Marie tourner sur les manèges et j'avais humblement mis mes œillères de jument pour ne pas regarder du côté de l'est. Derrière son alibi et masqué par le mont Blanc, Jean pendant ce temps baisait à Juliette que veux-tu. « Mais tu peux avoir confiance en moi, mon chéri, je t'aime toujours. » Ah! bon, alors tout va bien, mon chéri. J'ai fait des progrès, moi aussi : j'ai de la tenue maintenant. Je continue à défaire la valise de Jean sans broncher, tout en rêvant d'un accident qui les eût affreusement compromis, sur cette route Chamonix-Genève où Jean n'avait aucune raison de se trouver : Un cinéaste de talent et une dessinatrice de modes retrouvés grièvements blessés au fond d'un ravin... La jeune femme est défigurée... « Je rêve d'un malheur au grand jour... »

— Au revoir, mon chéri, crie l'autre, imbécile heureux, en retard d'une édition, en enfilant son pardessus. Alors directement au théâtre à huit heures, hein?

La porte claque. Le pyjama de Jean est jeté en travers du lit, encore chaud. Une seule chose à faire pour l'instant : le lit, précisément. Et puis les courses, puisqu'il faut manger quoi qu'il arrive.

Une journée comme tant d'autres, en somme...

J'ai collé les deux billets au milieu de la glace de notre chambre est j'ai dessiné un cœur en rouge à lèvres autour. C'est d'un goût exquis. Et puis, me sentant d'humeur cynique, j'ai été m'installer dans la chambre de Delphine pour prendre connaissance de son Journal intime et de ses lettres d'amour. Il faut faire le point de temps à autre et savoir où en est sa fille avec les hommes. Elle en était à « Baisers passionnés ++ », dimanche dernier. A surveiller quant aux lettres, elles sont laconiques, crues et rassurantes en un sens. « Si tu n'es pas vierge, tu pourras te vanter de m'avoir fait marcher! François estime que ce n'est pas possible que tu le sois encore, jolie comme tu es. »

Nous parlons de ces problèmes très franchement

avec Delphine, mais il est bon de savoir aussi comment elle en parle avec ses contemporains. On est toujours un peu paralysé devant sa mère. Et il est tellement clair qu'à dix-sept ans, en première dans un lycée parisien, toutes les filles (que leur laideur ou leur maussaderie ne protège pas contre la tentation) ont ou vont prendre un amant qu'il est risible de ne pas regarder la situation en face. C'est pour mieux te comprendre, mon enfant, que je fouille ainsi vilainement dans tes tiroirs secrets. Je lis avec humilité; comprendre, c'est ne pas juger. J'ai été interrompue dans ma besogne par un coup de téléphone de Jean, « pour rien pour entendre ma voix ». L'instinct masculin... Je sortais de la vie de Delphine, je n'ai pas eu le temps de rentrer dans ma peau, cela valait mieux pour Jean. Il m'a dit : « A tout de suite. » Il était midi! Moi j'appelle ça « à ce soir ». Jean minimise toujours ses absences et moi je les creuse, j'en fais des gouffres. La mésentente repose souvent sur des notions différentes du temps.

Devant le théâtre, Jean m'attendait en souriant : il en était resté à notre humeur d'hier soir et je me sentais en avance d'une scène sur lui. Je figurais la sorcière qui a préparé un hideux traquenard et qui regarde sa victime, émouvante d'ignorance, marcher niaisement vers le trou. Le mécanisme était en route; quoi que je fasse maintenant, les deux billets dans un cœur nous attendaient chez nous. J'avais envie d'être délicieuse pour me les faire pardonner; ce n'aurait pas été de l'hypocrisie.

On jouait une pièce sur la mort et la désunion. Il s'agissait d'un roi et d'une reine. Je me généralisais avec soulagement. Je heurtais le genou de Jean aux phrases les plus belles et j'étais déjà très loin du cœur rouge sur la glace quand l'accident s'est produit; à deux rangs devant le nôtre, brunie, joyeuse, avec cet air de famille que donnent des vacances passées ensemble, Juliette trônait. Elle arborait ce hâle des montagnes reconnaissable entre tous et je lisais la goujaterie dans sa façon de tenir la tête bien haute, comme si elle n'avait rien à se reprocher.

Et alors, carcasse, tu le savais ? Aucun élément nouveau n'est intervenu ? Si. Je la vois. Dans un grand
fracas intérieur, mes échafaudages s'effondrent et je me
répands. Mes mains sont devenues moites, des gouttes
de sueur coulent le long de mes bras, mes idées se
débandent et je ne suis plus qu'une boule de haine et
de honte.

C'était grotesque, parfaitement hors de proportion
avec l'événement, mais j'étais submergée. Jean l'a senti,
car il m'a pris le bras ; mais il l'a lâché très vite, car
c'était l'entracte et Juliette venait vers nous. Ah ! délicatesse, que de crimes on commet en ton nom ! Pour
ne pas avoir l'air lâche vis-à-vis de Juliette, Jean s'écartait un peu de moi ; pour ne pas avoir l'air lâche vis-à-vis
de moi, Juliette ne fuyait pas mais venait à ma rencontre ;
parce que je suis lâche, je ne tournais pas le dos : tout
le monde faisait ce qu'il ne voulait pas faire. Avant
d'avoir repris mes sens, je me suis trouvée contre une
joue parfumée, puis contre l'autre. Tandis que le jeune
pédéraste Haute Couture qui accompagnait la Judas se
penchait vers ma main, Jean embrassait Juliette sur les
deux joues comme à la gare. J'avais envie de le pousser
sur sa bouche, qu'on voie clair enfin, que ça se sache,
que je puisse foutre le camp pour quelque chose de
précis. Mais j'étais paralysée comme d'habitude. Jean
disait : « Comment ça va ? » comme s'il ne le savait pas !
Et puis parce que je suis sa femme aux yeux du monde
et que précisément nous étions dans le monde, c'est
avec moi qu'il s'est éloigné. Je devais la préférence à
une raison comme celle-là. On a souvent de mauvaises
raisons de rester avec une femme et de bonnes de partir,
mais ce sont les mauvaises qui l'emportent. Je ne pensais à rien d'autre qu'à sauver les apparences. Mais au
moment où nous allions regagner notre rang, nous réins-
taller derrière la nuque de ma copropriétaire, derrière
ses beaux cheveux animés de souvenirs encore chauds,
ces cheveux que Jean aurait sûrement la tentation de
caresser, j'ai senti que j'allais me révolter une fois de
plus contre ma situation. Je hais les gestes de théâtre :

si je suis partie c'est uniquement parce que je me sentais incapable de rester. Je n'ai même pas pu articuler « excuse-moi », j'ai fait demi-tour et j'ai couru dehors.

Là je me suis aperçue que je n'avais que mon sac du soir et pas d'argent sur moi. Les grands gestes échouent toujours sur des écueils risibles chez ceux qui ne sont pas faits pour eux. Jean aurait rencontré un pilote de Boeing à qui il aurait sauvé la vie pendant la guerre et qui l'aurait emmené à Bogota; ou un aventurier russe avec lequel il se serait saoulé comme un boyard pendant trois jours. On rentre glorieux d'une équipée pareille. En fait de rencontre, moi je savais que j'allais tomber sur tante Zaza ou bien sur la concierge qui m'attendrait dans l'escalier parce que mon bidet aurait débordé et inondé le voisin du dessous. L'épopée n'est pas mon fait.

Je suis donc rentrée à pied, respectant les feux rouges. Il ne pleuvait même pas, je n'attraperai pas de congestion et si j'ai crié « Merde! », c'est parce que je me tordais les talons sur le macadam. Et puis j'ai arraché les billets, effacé le cœur sur la glace et j'ai attendu Jean, assise jusqu'au cou dans le ridicule.

*

Ça y est : je suis devenue une emmerderesse.

J'aurais dû mourir ou guérir. On m'avait laissé du temps; aucun fait nouveau ne s'est produit, ce qui devrait me rassurer; les choses se déroulent comme il était prévu; on se fait à tout, paraît-il; eh bien, pas moi. Je suis insortable. Pourquoi ne puis-je supporter de face une vérité que j'admets de profil? Je suis incapable de l'expliquer. Il s'avère que j'abrite en mon sein une jalousie bestiale que n'affadissent ni mes raisonnements, ni la lassitude de Jean, ni le temps. Nous serons appelés à rencontrer Juliette et je sais qu'il faudrait bien prévoir une attitude civilisée; ce n'est pas maintenant que je vais acheter du vitriol. Je crois fermement que je vais surmonter mes instincts et puis, dès que je suis mise en sa présence, je vois rouge. C'est physique, comme on dit pour s'excuser. Effectivement, Jean demeure muet et désarmé comme devant une catastrophe naturelle. Pourtant une seule chose n'est jamais mise en question : son idylle avec Juliette. C'est du roc. Mais il est malheureux comme un enfant qui n'arriverait pas à faire marcher son beau mécano monté avec tant d'amour... trop d'amour... Son raisonnement est le suivant :

Son système n'est pas viable;

Or, il continue à nous aimer toutes les deux;

Donc la seule solution est de cesser de vivre.

Non qu'il ait positivement envie de se suicider — pas fou, le bourdon — mais il a perdu tout goût à vivre. Il doit être aussi abattu auprès de Juliette qu'avec moi. Nous voilà tous les trois dans le bourbier, par ma faute. Ce que Juliette et Jean se plaisaient à considérer comme une belle aventure, un miracle d'équilibre entre trois personnes de qualité, est devenu, parce que je le considérais comme tel, un vilain adultère qui rend tout le monde malheureux et insatisfait. C'est moi qui ai percé la bulle irisée où ces deux poètes se complaisaient. C'est moi qui parais mesquine dans ce trio. Ce rôle commence à me peser.

Même si Juliette rompait maintenant, ce ne serait plus une solution. Si les sentiments ne meurent pas d'eux-mêmes, si on les assassine dans la fleur de l'âge, ils laissent une amertume dont les effets peuvent être plus nocifs encore que leur présence. Forcé par les contingences, Jean perdrait cette foi en l'impossible et cette jeunesse déraisonnable qui est précisément ce que j'aime en lui. Qui sait ce qu'on tue par ricochet en tuant un sentiment? Jean serait mutilé, non pas précisément de Juliette mais de certaine latitude de vivre à sa façon, peut-être indispensable à son équilibre. Que sait-on de ce qui fait tenir ensemble les traits d'un caractère? Il n'est pas impensable qu'en retirant une pièce d'un édifice, l'ensemble s'effondre, qu'en lui coupant Juliette, il devienne tel que je ne l'aime plus.

Une seule voie reste ouverte : nous séparer pour

quelque temps. M'offrir le luxe d'être moi aussi une femme qui lui manque quelquefois. Guérir cet eczéma qui commence à devenir purulent.

En durant, les situations se dégradent. A force de sentir le bât à la même place, je ne le supporte plus. Je veux laisser ici ma défroque de jalouse, ma tête de femme méritante et trompée, mes attentes peuplées de soupçons. De tout mon bel amour, il ne surnage plus maintenant que la jalousie. Comme la mer se retire après la tempête laissant sur la plage des déchets ridicules, un couvercle de boîte à camembert, quelques planches, une ampoule électrique, mes sentiments se sont retirés au fond de moi, ne me laissant que des débris dérisoires. L'impossibilité d'utiliser toute cette énergie que j'accumule en moi contre Juliette et l'effort permanent que j'accomplis pour vivre — mal — une situation que je ne parviens pas à admettre, ont fini par m'empoisonner. C'est moi que je veux quitter.

Jean vient de signer avec la Télévision pour douze émissions à réaliser dans différentes villes de France.

— Mais j'arriverai à Vertville le dimanche matin...

Il arrivera peut-être à Vertville mais c'est moi qui n'arriverai pas à accueillir sa gueule d'amour dans notre nid d'amour. Je sais que ces émissions sont intéressantes et bien payées. Je ne vais pas empêcher Jean de travailler sous prétexte que Juliette existe? Non, ce n'est plus possible de chercher derrière tout ce que fait Jean, le fantôme de Juliette. Il faut prendre du champ. Nous en avons besoin tous les deux car nous commençons à être atteints de vilains petits symptômes : le film que j'ai envie de voir avec Jean, il l'a justement vu la veille avec Juliette!

— Mais cela me fera très plaisir de le revoir avec toi, si tu veux?

Pas à moi, merci.

Il m'attribue une opinion sur un livre que je n'ai pas encore lu : « C'est toi qui m'as dit ça, voyons! » Mais non, mon pauvre chéri, c'est l'Autre!

Il croit m'avoir fait telle confidence, oubliant qu'il

chuchote sur deux oreillers maintenant. Il n'y a pas trois façons d'être intime avec quelqu'un. Nous sommes, Juliette et moi, conjugalement siennes et nous remplissons exactement le même emploi avec des horaires différents.

Jean continue à me dire la vérité en me regardant dans les yeux, moitié par défi, moitié par courage et à faire face aux inconvénients de sa position avec le minimum de lâchetés; mais lui a des compensations. J'en veux aussi : le savoir désemparé peut-être par mon absence et obligé de découvrir le vrai poids que j'ai dans sa vie; fût-ce zéro. On fausse tout en vivant l'un contre l'autre comme des boxeurs au corps à corps qui ne peuvent même plus se faire de mal parce qu'ils n'arrivent pas à prendre leurs distances.

Et puis c'est marre, tout simplement. Je voudrais ne plus penser à rien, être un moujik dans la steppe russe au XVIᵉ siècle! Solution plus pratique : j'irai chez Franca dans le XVᵉ arrondissement. C'est un arrondissement pour femmes; j'y serai très bien pour ma cure.

J'ai écrit à Jean. J'ai écrit aussi à Juliette. Moi aussi pour une fois j'ai quelque chose à annoncer! J'agis! Elle a dû deviner les raisons de ma fuite honteuse l'autre soir; je veux simplement lui mettre les points sur les *i* à défaut de poings dans la gueule. Car j'imagine tout à fait où Jean situe sa loyauté à mon égard : dans une discrétion totale pour tout ce qui me concerne. Ma chérie, tu vas tout savoir. Et toi, Jean, tu vas peut-être être surpris : le cave se rebiffe!

LETTRE A JEAN

Jean, mon chéri, tu seras surpris d'entendre ce que je vais te dire car ce que tu vois de moi, ce n'est que la partie visible d'un iceberg, il y en a bien plus en dessous! Si je ne te dis pas grand-chose, c'est que tu n'as pas envie d'en savoir trop. Tu te doutes que cela pourrait être gênant pour tes activités. Moi aussi j'ignore maintenant toute une partie de ta vie. C'est la rançon de l'existence que tu as choisie et à laquelle j'essaie en vain de m'adapter.

As-tu été pendant cette période plus heureux qu'autrefois quand nous n'étions que deux? Avais-tu vraiment besoin de la façon d'aimer de Juliette, au point de risquer notre propre existence? Il faut croire que oui et cette idée me glace rétrospectivement. Aujourd'hui, les choses sont plus compliquées. Tu juges sans doute que tu as des devoirs vis-à-vis de Juliette et des responsabilités. Tu ne peux ou ne veux pas changer et moi je ne peux pas continuer. Je n'aime pas ce que nous sommes en train de devenir. Je n'ai jamais voulu te demander de renoncer à Juliette, en partie par peur d'un refus; surtout parce que le vrai drame, ce n'est pas que tu la rencontres, c'est qu'elle te rende heureux. Mais ce n'est un malheur que pour moi, je suppose, et on n'y peut, plus rien. Je ne veux pas remporter sur Juliette une victoire qui aurait le même goût que la défaite. Et je ne suis plus assez sûre de te rendre heureux à moi seule.

Donc, je vais caréner, mon chéri. Je suis un bateau qui a navigué trop longtemps dans de mauvaises eaux et j'ai la coque couverte de parasites et de bestioles. Je n'avance plus. Je ne sais plus où j'en suis. Je pars au sec, gratter tout cela et voir en dessous dans quel état je suis.

Ne plus me voir tous les jours te fera du bien aussi, tu verras. Le remords te va mal au teint. Fais tout ce que tu voudras mais je t'en supplie, fais-le. Ce n'est pas une faute de préférer une femme à une autre, mais c'en est une d'imposer ce que tu appelles noblement « ambiguïté des sentiments » à quelqu'un qui n'est évidemment pas doué pour ce jeu-là. Je crois que la formule est séduisante, mais impossible à appliquer longtemps sans douleur.

Mon chéri, nous verrons un peu plus tard ce que nous aurons envie de faire, mais il faudra en avoir assez envie pour que le reste s'estompe un peu.

Puisque nos efforts à nous n'ont pas réussi, laissons faire le temps et passons la main. Demain des solutions peuvent apparaître qui semblent impraticables aujourd'hui. Mais note dans ton pense-bête que je ne suis pas près de cesser de t'aimer et que je tiens à ton bonheur autant qu'à toi... sans cela, tout aurait été simple.

M.

Janvier

L'année dernière a été enterrée avec fracas par mes voisins d'en dessous, j'ai passé une nuit grise si ce n'est blanche à profiter de leurs bruyantes réjouissances. Maintenant, je vais acheter ma baguette de pain et promener la Bête; il va falloir croiser dans la rue la gueule des fêtards convalescents, la tête des enfants comblés poussant devant eux leurs bicyclettes nickelées ou leurs voitures de poupée encore scintillantes. « Et surtout, la santé », me dira la concierge. La dame du dessus s'accrochera son mari au bras comme une décoration; je serai enchâssée dans ma solitude et je parlerai en marchant à Boudin qui lèvera vers moi sa petite tête futée, Boudin répond toujours quand on lui parle. Puis j'irai embrasser ma grand-mère.

Mme Tania aura repris sa faction et il me faudra écouter le temps qui lui plaira, la description de son réveillon à la russe avec son cousin « le taxi », j'aurai droit à la liste des pirojkis et des zakouskis qu'elle a fabriqués et à celle des derniers méfaits de son petit-fils Igor. Mme Tania exige d'être payée deux fois. Une fois en billets qu'elle accepte à contrecœur (elle déteste l'argent, mais il faut bien acheter du chou rouge!) et une autre fois en intérêt humain. Je la rémunère en l'écoutant et elle ne badine pas sur le temps que je lui dois! Sans parler des suppléments obligatoires en cas de jours de fête, jours de mort, anniversaires et commémorations diverses. Depuis huit ans qu'elle me décharge des douze heures ouvrables de ma grand-mère, j'ai appris à connaître les grands moments de son calendrier, à me méfier à l'avance du soir de juin où est mort Stani, son époux détesté et vénéré, qui n'avait apparemment pour lui que d'être un homme et de la faire souffrir à la mesure de ses exigences. J'ai appris à déjouer les pièges qu'elle me tend, car avec n'importe quel point de départ, le rhume de Mamybel ou le « Rapid » qui ne sait plus ramasser les poussières sur le tapis, Mme Tania peut accéder aux sommets de l'émotion lyrique. La conversation la plus ménagère peut, sans crier gare, bifurquer vers les colères rouges de Stani quand le bortsch n'était pas à son goût, ou vers sa sœur morte à vingt ans et à Saint Pétersbourg de la grippe espagnole. Je peux toujours y aller pour détourner le cours du torrent; je suis faite.

Tout à l'heure, je vais avoir la gamme et les quatre arpèges, sur le thème : 31 décembre, en famille à la russe. (Sans compter que le 7 janvier, on remet ça!) Plus les variations : ping, ping, quelques coups d'épingles bien dirigés sur le sujet : les jeunes filles ont un destin bien triste quand elles n'ont qu'une grand-mère et un amant pour tout potage, mais murmuré en sourdine : « Tout cela n'est pas mon affaire » (elle dit toujours que les choses dont elle s'occupe le plus hardiment ne sont pas son affaire).

Je lui dois tout, je m'offre à jamais en saint Sébastien pour ses piques parce qu'elle aime Mamybel, la traite en être humain et non en chose, ce qui doit être parfois tentant. Ceci digéré, celle-là casée, que vais-je faire de ma journée? Écrire à Jean? Non, d'abord il rentre d'un jour à l'autre, ensuite quand il n'est pas là, il n'est pas là! Il s'est offert le luxe de m'envoyer un télégramme de quatre-vingt-cinq mots, ce qui signifie :

1e Qu'il est assez heureux là-bas et qu'il cherche à se faire pardonner.

2e Qu'il ne compte pas m'écrire une vraie lettre avec des détails solides du genre : « Je rentre le 5 à 10 heures, je te téléphonerai le 5 à 11 heures, pour déjeuner avec toi le 5 à 13 heures. » Il n'y a pas mèche, il me nourrit de rêve et non de réalité et moi qui me sentais si floue, si légère quand j'avais des hommes organisés, je me vois maintenant acculée à la précision. J'ai envie de faire des emplois du temps, de dresser des états, de cerner Jean, de l'entraver dans des obligations. Au fond, c'est un besoin désespéré de certitudes, je suis comme un diabétique, il me faut ma piqûre de certitude tous les jours ou sans cela je tombe!

Que vais-je faire de ma journée vide de toi, mon amour lointain? Rien, un bon rien, grassement reposant. Je vais m'offrir le Concerto Brandebourgeois numéro trois, dormir, rêver peut-être, donner des chiquenaudes aux objets chez moi, changer les meubles de place. Et puis m'enduire d'huile d'amande douce en buvant du bouillon de légumes. Une vie de vieille fille, quoi!

*

Depuis que j'appartiens à Jean, j'ai l'impression d'être mariée à un officier de marine. Il part, il revient, il pose son barda à ma porte le temps d'un dîner, d'un amour, et s'en va de nouveau me laissant rechargée de tendresse jusqu'à la prochaine escale.

Quand il s'estompe, je sais l'attendre avec l'apparence de la bonne grâce, quand il revient, je ne vois que lui, il est mon horizon et je ne regarde pas plus loin.

Ce soir il est revenu, mon officier; il est là, luisant comme un brugnon, brun, beau, gai et nous nous sommes retrouvés comme si nous ne nous étions jamais perdus. Il me donne toujours l'impression qu'il n'a pas pu vivre sans moi et quand je mets mes mains dans les siennes je me demande comment j'ai pu, moi, survivre à son absence.

Après avoir survécu, je vais maintenant vivre : il va m'arriver quelque chose de très bien. Je vais l'avoir moi aussi mon Noël russe, je vais la souhaiter, ma Bonne Année. Jean m'a dit :

— Chérie, tu sais que les meilleurs Noëls sont ceux

qu'on ne fête pas le 25 décembre! Je t'emmène si tu veux à la fin de la semaine prochaine à Chamonix. Est-ce que cela te va? (Est-ce que cela me va?) Je dois faire un reportage sur les moniteurs de l'École nationale de Ski et je n'ai pas l'intention de faire un pas de plus dans la neige sans toi! Alors arrange-toi pour t'arranger!

J'ai huit jours pour convaincre Roxane que le meilleur endroit pour confectionner de « petits modèles d'été » c'est la neige, et pour persuader Mme Tania que sans ces quelques jours je risque une dépression nerveuse et qu'elle aura deux moribondes au lieu d'une à soigner! Ah! Et puis aussi Boudin. Deux solutions : lui acheter un passe-montagne et l'emmener avec moi? Ou la laisser ici? Je penche pour le numéro deux. Malheureusement, Boudin et Mme Tania sont en froid en ce moment : il y a un pipi mal placé entre elles! Tout cela, je le sens, va se terminer par un nouveau petit cadeau. Mme Tania ne résiste pas aux petits paquets...

*

Les gens heureux n'ont pas d'histoire? C'est faux. Ce sont les jours sans Jean qui n'ont pas d'histoire. Ces cinq jours d'attente n'ont été qu'un trou noir, je n'ai repris vie qu'en faisant mes valises.

Nous avions rendez-vous au wagon-restaurant, premier service. J'étais arrivée très tôt pour ne plus rôder sur le quai à l'heure où il prendrait peut-être fantaisie à Marianne d'accompagner Jean. Jean a une façon de dire : « Oh! ne te dérange pas mon chéri », que l'être le plus obtus ne saurait interpréter autrement que comme un ordre, mais précisément Marianne peut parfois être obtuse comme un bulldozer!

J'ai donc attendu dans le wagon-restaurant. Le premier homme qui est entré me plaisait bien : chandail noir semé de petites mailles blanches çà et là comme des flocons de neige... Trois cheveux blancs sur chaque tempe, le visage bruni, le dos un peu voûté comme ceux que la vie a fait plier déjà... Justement, il semblait chercher quelqu'un. Et c'était MOI et c'était LUI! On s'est assis l'un en face de l'autre et une nouvelle tranche de vie a commencé. Moi je vis ma vie en tranches comme une glace napolitaine. Une tranche triste, une tranche rose.

Jean est encore plus mon Jean avec son gros chandail. Les circonstances ont fait que depuis toujours, je n'ai eu de lui que ses vacances. Nos amours auront été de longues vacances! C'est en pantalon de toile ou en blazer qu'il me semble le plus à moi, que le reste devient une parenthèse sans importance. J'ai pour un moment l'impression réconfortante d'avoir toujours été dans sa vie et de devoir y rester toujours... Tant qu'il y aura des vacances.

Nous n'avions pas pu prendre le même wagon-lit, mais allongée sur ma couchette j'écoutais avec reconnaissance la chanson du train qu'il devait entendre aussi et qui nous emportait au même rythme vers la même destination.

A Chamonix, nous nous sommes installés à l'hôtel de la Croix-Blanche, Jean avait beaucoup de travail à faire et moi j'avais justement beaucoup de repos à prendre. Je ne comptais pas faire de ski toute seule, mais traîner, lire, brunir, déjeuner avec Jean, dîner avec Jean, coucher avec Jean, dormir avec Jean, dire: « C'est beau », en même temps que Jean.

Le premier jour, nous sommes montés au bi du bout de l'Aiguille du Midi. Nous avons pris des grogs, nos gros pieds en l'air, devant des glaciers impénétrables et nous avons poussé une reconnaissance vers Courmayeur et le versant italien, assis face à face dans une petite benne glaciale, suspendue au-dessus d'un paysage intersidéral, d'un chaos de glaciers, le tout ressemblant à une monstrueuse attraction de Luna-Park.

Le deuxième jour... le troisième jour... Impossible de dissocier ce bloc de bonheur. On a dansé dans des boîtes pas plus grandes que leur nom ne l'indique, on a écouté des guides parler de leur métier, c'était plus beau que d'entendre Roxane parler du sien! Il y a tout de même des « vrais » et des « faux » métiers. On a passé une journée à Genève et ça c'était du vol, une prime qu'on s'offrait en plus, et enfin, j'ai mis absolument TOUT ce que j'avais emporté. J'adore TOUT mettre et avoir TOUT ce qu'il faut en toutes circonstances. Je limite les risques de manquer en emportant à chaque fois exactement tout ce que je possède dans un genre donné. Comme cela j'évite le coup de mauvaise humeur en m'apercevant que le chandail bleu lavande qui ferait justement mon affaire ce soir est resté dans le deuxième tiroir de ma commode à Paris.

A Genève, on a trouvé le chocolat bien meilleur qu'en France, j'ai acheté un tricot cachemire que j'ai feint de croire moins cher qu'à Paris pour pouvoir dire plus tard : « Tu te rappelles, Jean, celui-là, nous l'avons acheté en Suisse! » Et on s'est extasiés sur l'exotisme de la Suisse; je suis bon public pour cela, j'adore les petites différences qui font un monde. Avec moi, Jean s'en donne à cœur joie; Marianne avait une façon de rabattre ses rêves d'un mot ironique : « Il y a les mêmes aux 100 000 Chemises en bas de chez nous! » ou bien : « Regarde en dessous tu verras : made in France... » J'en avais souvent de la peine pour Jean! Maintenant, vas-y mon amour, rêve, invente, embellis. Les choses ne sont que ce que l'on veut qu'elles soient.

Je suis rentrée pas malheureuse. Notre bateau est solide maintenant, à chacune de nos rencontres nous le renforçons et je commence à pouvoir le quitter pour quelques jours sans avoir peur qu'il sombre.

Il a fallu en arrivant sourire à Tania, mais un horrible petit sabot suisse gorgé de chocolats est le plus beau des sourires et surtout me faire pardonner par Boudin. Elle s'était réfugiée dans la place-forte de son panier et m'a laissée avec beaucoup de hauteur venir et m'agenouiller devant elle. J'ai mis ma main sous sa truffe glacée : « Embrasse-moi, la Boude, dis bouzou à ta mémère. » (Rien de tel qu'un chien pour réveiller en vous le plus concierge des langages!) Pas de ça, Ninette, elle tournait la tête à angle droit et prenait l'air lointain d'une dame offensée et qui tient à ce que cela se voie : « Non, je ne fondrai pas, n'insiste pas, je n'embrasserai pas la main qui m'a trahie. » Et puis, doucement, tout doucement elle ramenait son museau dans ma direction. Les gens qui renoncent aux relations canines ne savent pas ce qu'ils perdent! La race Chien est la moins mesquine des races. Et soudain, n'y tenant plus la Boude a pris mon poignet dans sa gueule, c'est sa façon de donner la main, puis elle s'est livrée à tous les excès de l'extrême tendresse : pleurs de joie, queue en balancier de piano et bonne langue chaude qui s'attaquait pêle-mêle à ma figure, à mes mains, à mes cheveux. Alors nous nous quittons et je m'installe dans mon lit, solitaire, mais avec une provision de souvenirs tout chauds.

*

J'arrive du théâtre, déposée à ma porte par l'aimable homosexuel qui règne chez Roxane. Il m'avait invitée à la dernière minute pour voir une pièce de Ionesco et Jean m'avait dit qu'il n'était pas libre. J'étais ravie d'avoir quelque chose à faire.

La soirée s'annonçait bien, du bon théâtre profond où l'on s'enfonce avec toujours l'impression de pouvoir aller plus loin. Et en entracte le badinage du petit José. Il truffe ses phrases de mots tendres :

« Mon chou! (prononcez : mon sou). Ah! trézor! ma biche (ma bisse). »

Il s'écoute parler et il regarde ses mains comme si c'était de très jolis objets qui ne lui appartenaient pas, et qu'il aurait envie d'acquérir. Ses chemises sont finement plissées, ses pieds sont gantés de suède, il porte un manteau en vigogne, col velours qui pèse deux cent cinquante grammes, il est joli, joli. Avec l'inconvénient de m'arriver sous le menton mais pour ce que j'en fais cela ne tire pas à conséquence. Je l'aime bien, cet homo du troisième sexe, dans un sens, il sait mieux parler aux femmes qu'un vrai homme ne saura jamais le faire. Il manie le compliment avec une maestria inégalable et il donne des conseils : « Tu devrais te faire un reflet cendré sur ta mèche, devant. » « J'ai vu des souliers pour toi chez Roger Vivier. » « Moi, je te préfère avec les ongles roses. »

Allez donc chercher un vrai homme qui vous en dise tant! Il se console de n'être pas une femme, en parlant femme plus couramment que moi. Au bout d'une heure en sa compagnie, je me suis senti me transformer à mon insu, en une espèce de Berthe aux Grands Pieds hommasse, tandis qu'il me paraissait de plus en plus évanescent.

Comme ce petit baron de Charlus avait très chaud : « Ah! z'ai trop sau, ze vais me sentir mal », nous avons été faire un tour au foyer. Nous badinions gaiement, quand... qui vois-je? Marianne, additionnée de Jean. Marianne avec la même robe que l'année dernière et que l'année d'avant, la même tête aussi, l'air paisible et grave, à croire qu'il ne se passait rien, et Jean, tout ce qu'il y a de plus mari 100 p. 100 qui marchait gentiment à côté d'elle en lui tenant le bras, qui plus est!

Coup de gouge, arrêt de mon cœur. J'ai senti que si je me le permettais je pourrais céder à la panique. Je me le suis refusé. Comme on éteint un feu avec tout ce qui vous tombe sous la main; j'ai fébrilement apaisé le tumulte en moi, et je me suis armée d'arrogance.

« Non, Marianne, je ne te montrerai pas un visage de détresse. »

« Oui, Marianne, je suis heureuse, oui, Marianne, je gagne! »

Je me suis tenue très droite (chic, j'avais ma jolie robe et mes cheveux sortaient du casque). J'ai fait un grand sourire de théâtre, celui qui a un centimètre de plus de chaque côté que le sourire ordinaire et j'ai embrassé l'autre comme autrefois. Ç'aurait été bien plus artificiel de lui serrer la main, nous ne nous sommes jamais serré la main. Quand j'ai été contre sa joue, qui était froide, j'ai eu un peu de chagrin. Comme elle était mince, dans sa petite robe bleue! Je sentais sa clavicule sous une de mes mains!

Et puis, les baisers ça passe! Nous nous sommes

écartées, regardées. Marianne a toujours eu un grand talent pour faire œil de poisson. Elle m'a offert l'œil le plus blanc de sa collection, le regard qui gèle celui qui le reçoit. Mon désir de tendresse, mon instant de pitié se sont glacés et j'ai renoué avec ma superbe.

Jean m'a dit : « Comment ça va ? » comme s'il ne venait pas de me quitter et j'ai dit que ça allait « très, très bien ». (Allez, hop, on en rajoute !) J'ai présenté le José qui a fait son numéro habituel : sourires, battements de cils, regard en coulisse à Jean. Contrôleur des poids et mesures, il jauge toujours l'homme dans un couple. Je le voyais qui faisait le point en se dandinant : « Oui, beau gosse ! Belle gueule ! La fesse est pas mal. Zarmant ! Zarmant ! »

Marianne est restée plantée là, toute droite comme si de partir la première c'était abandonner le territoire, alors j'ai gaiement amorcé les adieux. (Faussement gaie, Juliette, mais qu'à cela ne tienne !) Et comme dans un rêve, quand les mots ne vous semblent pas sortir de votre propre bouche, on s'est séparés à l'amiable : « Au revoir, Marianne, au revoir, Jean. »

Je suis partie, entraînant José dans mon sillage mais je n'étais pas encore libre, je sentais la présence de Marianne derrière moi.

Dans les films de cow-boys on voit quelquefois le héros, seul dans la plaine, et de dos, il marche tandis que les Indiens grimacent et arment leurs flèches pour l'abattre. J'avais l'impression d'être un de ces pauvres héros, les flèches de la haine allaient me transpercer d'une minute à l'autre, j'étais « faite ». Mais plus j'avais cette impression, plus j'allais lentement, il était essentiel pour moi de n'avoir l'air de rien. Je ne voulais profiter à aucun prix des conseils apitoyés de José, sombrer dans l'océan des confidences, je ne voulais même pas prononcer un mot. Je devais avoir l'air assez égarée, car le blondinet m'a demandé deux, trois fois, qu'est-ce que j'avais « mon Coco » ? Heureusement, un air triste le guide sans faillir vers ses propres chagrins et comme pleurer d'amour est un de ses sports favoris et que justement Pierre-

René vient de le quitter pour la troisième fois et cette fois-ci en emmenant tous les cachemires de Don José et probablement un peu de sa caisse aussi, nous avons embrayé à toute pompe sur ses malheurs à lui. Quel repos les malheurs des autres!

Je n'ai pas osé me retourner pendant le dernier acte, mais j'étais mal à l'aise sur mon fauteuil : j'avais l'impression que Marianne me perforait la nuque de ses yeux d'acier. Je me trompais, car à la fin de la pièce, j'ai cherché le couple, j'ai regardé, re-regardé, mais je n'ai vu que Jean qui enfilait très vite son manteau et s'en allait sans femme au bras, cette fois-ci. Étrange et inquiétant...

Pas de coup de téléphone de Jean, depuis trois jours. Il se passe quelque chose, j'en suis sûre; quelque chose qui est en rapport avec l'absence de Marianne à la sortie du théâtre, c'est évident. Mais je ne peux imaginer ce que notre rencontre à tous les trois peut avoir changé à la ligne de conduite de Marianne. Se lasse-t-elle de vivre avec un Jean qui ne lui appartient plus entièrement? Je m'aperçois que j'ignore tout de l'état d'âme actuel de Marianne. J'ignore ce que Jean lui dit, s'il lui ment, j'ignore même s'il fait encore l'amour avec elle. J'étais bien contente au fond de ne pas trop savoir ce qui se passait à Guénégaud? Je n'aime ni penser à Marianne malheureuse ni aux liens qui existent encore entre elle et Jean. L'amour rend lâche et aveugle, je commence à m'en apercevoir. Et si Marianne lui avait posé un ultimatum? Cela expliquerait le silence de Jean? J'ai peur, Marianne possède peut-être encore une arme secrète.

Eh bien, cette arme secrète, c'était la fuite! Et c'est encore une fois Marianne qui m'aura renseignée la première. Elle s'en va.

Belle amie du temps passé,

Tu pensais peut-être que je m'habituais. Tu as vu l'autre soir que non... Jusqu'au ridicule, je suis celle qui ne s'y fait pas. Tu représentes pour moi maintenant ce que j'ai ressenti

*de plus pénible dans ma vie. Tu es le symbole de la fin
d'une époque. L'écueil hypocrite qu'on n'avait pas prévu.
Rassure-toi, je t'oublierai encore moins que Jean. Je suppose
que l'homme que nous aimons t'a dit que tout allait se tasser ?
Qu'il suffisait de tenir bon quelque temps et que j'étais si
raisonnable... Je te méprise un peu de t'être installée dans
cette petite vie à trois qui pourrait être si gentille si je ne
faisais pas la mauvaise tête. Je t'aurais pardonné, ma
Juliette, de vouloir Jean pour toi seule. Ce que je déteste,
c'est ton humilité précisément. C'est le pire qui puisse
m'arriver car tu me laisses l'apparence d'une vie à deux,
juste assez pour m'enlever le courage de rompre.*

*Tu t'admires sans doute pour cette générosité qui est
précisément ce que je méprise en toi. Tu n'es pas foutue
de prendre Jean ni de le laisser. Tu dois t'attendrir sur ta
discrétion, y voir une marque d'amour si profond qu'il se
moque des contingences. Tu te trompes. Tu es une mite
qui fait des petits trous. Tu auras peut-être le courage de
faire durer cette situation, pas moi. Je m'en vais pour
quelque temps.*

*Je ne sais pas quels sentiments tu as pour moi, je te dis
honnêtement les miens et je t'assure d'un dégoût qui va sans
cesse croissant.*

MARIANNE.

Je répondrai à tout cela, mais cette fois sans me
presser. La dernière fois, j'avais le feu au stylo. D'abord
voir Jean et — pour une fois — lui demander des expli-
cations. Je me sens depuis quelques jours comme une
petite fille qu'on ne prend pas la peine de consulter.
Et pourtant les décisions qu'ON est en train de prendre
là-bas m'intéressent. « Je m'en vais pour quelque temps »,
écrit Marianne. Il me semble que j'aime assez cette petite
phrase-là !

*

Le même jour Jean est venu déjeuner. Il avait l'air
triste et las avec quelque chose de perdu en lui qui

m'allait au cœur. Il n'a pas attendu que je l'interroge.

— Tu dois te poser des questions? m'a-t-il dit.

— Je crois que Marianne y a répondu déjà en partie : elle m'a écrit ce matin.

— Elle m'a écrit aussi, figure-toi, a dit Jean. Tu sais donc qu'elle veut s'en aller quelque temps. Elle a peut-être raison puisqu'elle supportait si mal de vivre avec moi...

Je n'ose pas manifester la moindre joie. Jean a l'air trop abattu et pourtant j'ai au fond de moi un minuscule espoir qui fleurit... Je ne savais pas trop quoi dire, et j'ai pris Jean dans mes bras pour le consoler de ce chagrin que lui causait une autre. Et de voir Jean malheureux me rendait sévère pour Marianne. Oui, c'est vrai, cela m'arrangerait, de ne plus aimer du tout la femme de mon amant. Mais aussi il me semble voir enfin clair : ce que j'ai pris longtemps pour de la force chez Marianne serait plutôt de la sécheresse et cette généreuse compréhension dont Jean s'était porté garant prend en fait la forme d'une froide condamnation. J'en souffre, mettons que ce soit mon lot, mais Jean ne devrait pas en souffrir, puisqu'elle prétend l'aimer! Moi je pardonnerais si j'étais elle, j'en suis sûre; je l'ai prouvé d'ailleurs puisque je ne parviens pas à la haïr ni à chercher vraiment à la supplanter, elle le reconnaît elle-même. Elle vient de m'en donner le droit. Aux armes, Juliette, défends-toi. Et protège ton Jean.

Février

Mariée à seize ans, mère à dix-sept, belle-mère à trente-cinq, veuve à trente-six, Franca avait décidé de ne plus toucher à un tampon Jex de sa vie. Elle était abonnée à une entreprise qui lui livrait du linge propre toutes les semaines, n'utilisait que des mouchoirs en papier, des serviettes Kleenex, des torchons en Sopalin, mangeait des aliments surgelés dans des assiettes en carton, et pendant les heures ainsi récupérées, suivait des cours au Collège de France, écoutait les disques d'Hugues Aufray et de Leny Escudero, faisait du Yoga, du Judo, du Sauna, bref rattrapait avec ivresse sa jeunesse escamotée.

Découvrant après vingt ans de service conjugal, sans permission de détente, et au moment où elle allait faire teindre en noir sa garde-robe, que son mari avait légué sa Ferrari à sa secrétaire et transféré son assurance-vie au nom de sa fille, Franca avait renoncé à faire du sentiment. Estimant qu'elle se tirait de l'aventure avec un capital pas trop entamé : sa beauté, et des revenus substantiels, elle était bien décidée à changer de vie et à gagner au change. En somme, elle troquait un homme contre tous les hommes, une vie contre LA VIE. Elle allait être pendant dix ans cet être idéal : une jeunesse qui savait — une vieillesse qui pouvait.

Chez elle, j'allais prendre de vraies vacances. J'avais rendu mon tablier et mis mon cœur sous le paillasson.

J'étais vide, donc légère. La grande chambre que j'allais habiter avec Delphine donnait sur le petit jardin de Balzac et sur Paris qui poudroyait jusqu'à l'horizon. Près des tours de Saint-Sulpice, je cherchais à distinguer le petit cube gris où j'habitais hier encore... qu'il était lointain! Un drame qui engageait trois vies avait pu tenir dans ce petit espace à peine visible? C'était pitoyable et émouvant. Un petit nain qui s'appelait Jean descendait là-bas un escalier minuscule, agitant de tout petits problèmes dans sa tête d'épingle. D'ici je ne voyais que le doigt levé de M. Eiffel, les trouées du baron Haussmann, la Seine d'Apollinaire et de toujours et au loin des Grands Hommes, couchés entre hommes, sous leur dôme doré.

Sous terre, partout où le macadam laissait un espace, la Nature s'empressait d'affleurer et commençait à grouiller. Encore une fois (Quel bonheur!) on allait se laisser prendre aux brèves promesses du printemps. Chaque fois, je marche comme un seul homme. J'allais recommencer mes promenades quai aux Oiseaux pour rêver sur des tubercules et des mottes de glaise enrobées dans du nylon comme une lingerie délicate, incrédule devant ce miracle annuel annoncé sur les notices : toutes ces couleurs sortant d'un petit tas de boue brune. Du petit tas de boue que j'étais devenue, des couleurs allaient peut-être resurgir aussi? J'avais l'occasion d'être une jeune fille à nouveau pendant quelques semaines et je comptais m'en mettre plein le cornet. Ce serait sans doute la dernière fois.

Matériellement, tout s'arrange : Jean-Marie est en classe de neige jusqu'à Pâques et Delphine, préoccupée d'elle seule comme on sait l'être à cet âge, est beaucoup plus amusée par notre nouvelle vie qu'inquiétée par ce qu'elle implique.

— Ah! bon! Rien de grave alors? conclut-elle d'un ton jovial, soulagée de pouvoir revenir aux vrais problèmes : faut-il couper ses cheveux? Faut-il continuer à tenir la dragée haute à Patrick ou commencer à flirter dès samedi?

Bonnes vacances, Marianne retrouvée!

*

Le couvent serait-il la vraie place des femmes? Quelle facilité d'être, ici! Quelle complicité profonde entre nous trois qui avons les mêmes goûts, les mêmes besoins, les mêmes soucis, les mêmes turpitudes! Quel couple peut jamais en dire autant? Nous vivons dans un harem sans homme : l'idéal. Les Grandes Manœuvres sont terminées. Repos! On dépose l'uniforme, les faux cils, les faux seins, les faux semblants, la gaine qui... les bas que... le bustier grâce auquel... Devant un homme, on est sans cesse bornée par sa condition de femme. Ici nous sommes des êtres humains en liberté parce que nous ne dépendons pas les uns des autres, parce que nous n'avons pas à faire vivre ce sentiment susceptible, exigeant, capricieux, imprévisible et terriblement mortel qu'est l'amour. Les femmes, les femmes, les femmes sont faites pour vivre ensemble!

Le dimanche, on traîne, demi-nues : c'est l'exquise chambrée où l'on dit des grossièretés, d'énormes grossièretés de femmes entre elles, un dimanche de mars, au soleil. La vie se laisse vivre. Franca prend un bain parfumé, toutes portes ouvertes, et nous promène son corps blanc sous le nez; Delphine rase des aisselles fraîches et lisses où n'ont pas encore mijoté les sueurs de la vie; j'essaie les robes de Franca... Hugues Aufray chante : « A bientôt, nous deux!... » Oui, c'est ça, à demain... Les lits aux draps roses sont grands ouverts, personne ne parle de faire le marché ou de mettre le couvert. Il est midi et dimanche.

Cet après-midi, un nommé Patrick sortait avec Delphine. Passé trente-cinq ans, il entre un peu de maquerelle en toute femme : nous nous sommes amusées à habiller Delphine au mieux de ses intérêts. Il s'agissait en somme de monter un guet-apens, un piège à grosse bête. Tout est fait pour que l'animal, venu chercher sa pitance, reste empalé. Et un peu de rouge là... un peu de désordre dans cette frange... le premier bouton du chemisier défait... déjà... Nous sommes des complices en train de monter un mauvais coup, tout heureuses de ces seins, de cette beauté qui sont un peu les nôtres, de cette partie qui va se jouer contre un adversaire qui est un peu le nôtre. Delphine sera aujourd'hui notre porte-drapeau.

Patrick est arrivé. Valait-il tant d'efforts? Il paraît qu'il « a déjà eu des tas de femmes mariées », laisse tomber Delphine. Il a des yeux d'enfant et des taches de rousseur sur le nez. Mais quand on se met à trouver qu'un jeune homme est un enfant, méfiance! Il énonce quelques platitudes et Delphine éclate de rire. Qu'est-ce que nous avons à voir là-dedans? Nous ne sommes pas de cette fête-là; nos trucs de sorcières paraissent minables tout à coup. Contrairement à ce que disent les grands-pères, c'est aux vieux singes qu'il faut apprendre à faire la grimace. Les jeunes singes sont jeunes, cela leur suffit.

*

Inaugurant ma nouvelle existence, j'ai suivi Franca au Sauna. Mais j'ai eu tort. C'était un tableau de Jérôme Bosch! Je me suis sentie du camp des hommes, pressentant ce que peut être leur panique devant la gent féminine, ce piège si bien agencé, ces sables mouvants sur lesquels ils finissent toujours par s'aventurer trop loin. On y met un membre un jour en passant et puis le lendemain on se retrouve englouti. Et il faut alors loger, nourrir son piège, le blanchir, l'oindre, lui faire guili et... renoncer à visiter les autres pièges. Pauvre Jean, je te comprends tout à coup.

Oh! ne faites pas entrer d'hommes dans un sauna de femmes! Ce ne sont pas les coulisses des Folies-Bergère. Le recrutement se ferait même pour des raisons inverses.

Quand j'ai pénétré dans la bouilloire, une quinzaine de silhouettes étaient assises dans des fauteuils de bois blanc, à juter, les jambes croisées, l'air lointain, en train de feuilleter des revues ramollies. Dépouillées de leurs attributs habituels, sac, gants ou bas, ce n'étaient plus des dames mais des êtres de sexe agressivement féminin.

Le voici donc, à nu et sans défense, l'Éternel Féminin! Les voici, toutes ces créatures que les hommes tiennent dans leurs bras! Ces dos ont été caressés, ces seins à la douzaine ont paru uniques et précieux, ces fesses ont réjoui, attiré dans leur sillage. Le voilà donc l'envers du décor qu'on voit dans la rue. Et, comme au théâtre les héros se fabriquent dans des loges sordides, c'est de cette officine gluante que vont sortir tout à l'heure ces miracles qu'on appellera des femmes!

Le péché de la chair, ici, c'est d'en avoir. Tous ces corps sont faits de méduses superposées. Méduses des seins toujours très blancs, souvent veinés comme de grosses opales molles, presque tous orientés vers le sud-1/4 sud-ouest; méduses des ventres ronds et plissés autour de l'œil mort du nombril; méduses des fesses larges et blafardes qui souffrent visiblement de n'avoir jamais vu le ciel. Dehors, on oublie que sous les vêtements anodins se cachent tous ces pièges mous; on oublie qu'une Épouse, une Mère, une Religieuse, c'est presque toujours ça, par en dessous!

Je n'ai pas le goût arabe. Je n'aime que les corps adolescents, courbés à peine aux hanches et les seins légers où ne s'inscrit pas un destin d'outre. Mais Dieu dans sa bonté a créé des volontaires pour cette chair-là. Des mains se pressent pour faire valser ces mamelles, des visages s'enfouissent jusqu'aux oreilles dans ces ventres trop moelleux. Le mystérieux attrait des sexes est fait aussi d'un peu de dégoût.

La jalousie également, je m'en avise. C'est avec dégoût que je cherchais à renifler sur Jean l'odeur de Juliette. Qu'il puisse la désirer m'obligeait à m'unir à lui en intention malgré ma répulsion. Et pourtant je comprends que Jean ait plaisir à parcourir d'autres reliefs que les miens, on peut aimer la mer et la montagne!

La vie est bien insoluble. Et à vrai dire, le problème n'est pas de résoudre ses contradictions, mais de les vivre.

Marianne, c'est parfois très facile d'être toi, tu es l'offensée, celle qui ne s'est pas départie de sa dignité et de son calme malgré son triste rôle de victime.

Moi, le bourreau, ce serait trop long de faire la liste des noms dont tu m'as déjà affublée, de voleuse à salope en passant par idiote. Et voilà maintenant que tu me déniches un défaut de plus? Je me contente de trop peu! C'est au moins un point sur lequel nous sommes d'accord! Je me contente de trop peu par respect pour toi, parce que malgré une amitié qui a dû disparaître, il me reste encore à ton égard de l'estime, et même, c'est bizarre j'en conviens, de l'affection.

Sache que ce sont là les seules raisons qui m'empêchent de tenter (et de réussir, qui sait?) à prendre Jean complètement. Je l'aime assez pour envisager avec lui des solutions extrêmes, mais je l'aime trop pour l'obliger à des ruptures qui pourraient le blesser.

Je me contente donc d'une demi-portion qui, sois-en sûre, ne m'est pas suffisante. Peut-être ai-je tort d'être si modeste? Tu me donnes l'occasion de reconsidérer le problème. A ce moment, il est possible que je sois « foutue » comme tu dis de prendre Jean entièrement. En tout cas, je ne le laisserai pas et ma discrétion qui, en effet, me pèse souvent aurait plutôt tendance à diminuer. Il me semble d'ailleurs que ta lettre m'y encourage.

Je ne m'étendrai pas sur les sentiments que j'éprouve pour toi : tu me détestes trop pour comprendre qu'il puisse en être autrement en ce qui me concerne.

JULIETTE.

Une lettre qui vient de loin! Je m'aperçois déjà qu'en amour la seule victoire est dans la fuite. Juliette ne laissera pas Jean? En quoi cela me gêne-t-il maintenant que c'est moi qui l'ai laissé? Le drame, c'était de faire toutes les deux la même chose et que Jean nous fasse manger la même sousoupe, une bouchée pour Marianne, une bouchée pour Juliette, sans qu'aucune de nous n'ose la lui jeter à la tête!

★

Je m'active méthodiquement. A défaut de son cœur, il faut penser à son corps. Je suis allée au stade dimanche avec Delphine pour voir si je courais encore le soixante mètres dans les temps exigés au bachot : moins de dix secondes. J'aurais été reçue. La bête marche encore; mais la Belle?

J'ai accepté aussi l'invitation annuelle au goûter des Anciennes de ma classe. Certaines m'ont joué le mauvais tour d'avoir des cheveux blancs. Enfin, rappelez-vous : hier encore, nous étions des jeunes filles! Il aura donc suffi de quelques hommes qui se comptent sur les doigts de la main, de quelques enfants qui se comptent sur les vergetures pour que s'amorce déjà le déclin? Souvenez-vous, Ajolo, Barbier, Béchet, Bringuier, Cambéssédès et la suite, jusqu'à Zimmerman, c'est hier que nous avons laissé tomber la serviette et m'zelle Ducel dans la cage de l'ascenseur avec toutes les compos de latin, c'est hier que nous avons mis du fluide glacial sur la chaise de Solange... Des dames, gainées par Getien, les jambes soutenues par le bas Supp'hose Le Bourget, retombent en enfance, rouvrent leurs cartables et s'esclaffent derrière leurs pupitres. Nous avons oublié nos maris, nos maternités, nos foyers qui nous ont consumées. Nous arrivons en classe avec notre première « indéfrisable », nous allons voir *La Guerre de Troie n'aura pas lieu* avec notre prof de français-latin, nous sommes reçues au bachot (« Tu te souviens; Christiane avait eu la bobine de Ruhmkorff à l'oral et elle avait dessiné une bobine au tableau! »), nous partons en vacances avec notre jeunesse en bandoulière, nous croyons que la philo va nous apprendre à vivre... et puis soudain six heures sonnent; nos vies déjà à moitié vécues nous retombent sur les épaules. Nos maîtresses sont mortes, nos leçons oubliées. Nous nous regardons, gênées :

Qui nous a escamoté toutes les existences qui s'ouvraient devant nous? « Il faudra que je te fasse connaître mon mari », dit l'une. Mais nous savons très bien que c'est impossible. Ensemble, nous ne serons jamais que d'éternelles jeunes filles qui continuent à rire pour des riens. Tout le reste n'est qu'une mauvaise farce. Pleurez, doux alcyons.

*

On revient toujours à l'homme dans la vie, comme à l'aspirine en médecine. C'est la drogue-miracle, le remède qui sert à tout, à faire souffrir, à empêcher de souffrir, voire à guérir. Franca, qui s'occupe de moi maternellement, me conseille la fréquentation homéopathique des hommes, suivant le principe qu'un peu doit guérir de beaucoup... Mais dix ans de fidélité mènent au désert : Mes amis, je les ai laissé perdre, faute de soins. Pourquoi me suis-je privée de batifoler sur le chemin? Jean aurait pris une maîtresse? Il l'a prise. Je n'aurais pas été heureuse dans la frivolité? Je ne le suis pas dans la fidélité.

Mais *Ite missa est;* plus de Miserere. Le temps de la prière et des larmes est révolu. Je vais tâter d'autres méthodes.

Depuis que je suis redevenue une femme qui peut dire : « Mais oui, très bien, à ce soir », on me regarde d'un autre œil. Je suis dans le circuit. Et voilà le secret de la plaisance : ne pas se mettre sur la touche.

N'ayant plus d'amis à moi, Franca me prête les siens. Mais les amis sont rarement interchangeables et Jacques Franz est le seul qui me convienne. Il possède un de ces visages laids qui vous touchent au cœur. Les bons médecins comme les bons prêtres acquièrent souvent en vieillissant de ces figures admirables. L'humanité sur laquelle ils se sont penchés leur vie durant finit par se refléter sur leurs traits. On ne saurait en dire autant des bons banquiers; l'argent n'embellit pas.

Franz fait des recherches sur les cellules cancéreuses;

elles ont peu à peu envahi toute son existence, ne laissant qu'une petite place aux femmes, qu'il étudie aussi de très près. Son émouvant visage lui sert d'hameçon, mais il vit seul dans une résidence et ne veut s'attacher à personne. Une famille serait pour lui un cancer qui l'empêcherait de s'occuper de celui des autres. Il vient dîner chez Franca parce que nous constituons un bouillon de culture de tissus féminins qui l'intéresse. Et comme un homme seul attendrit toujours les femmes, nous lui mitonnons des plats, Delphine lui recoud ses boutons, Franca lui coupe les cheveux et il s'épanouit, trois fois mâle, sous nos soins conjugués. Pour nous remercier, il s'intéresse à nos personnalités. Se faire farfouiller dans l'inconscient par un spécialiste est plus rare et plus exquis qu'une caresse. Nous discutons pendant des heures sur la femme conditionnée par la société et je retrouve en moi avec surprise une vieille amie mise à l'ombre depuis dix ans. J'étais la Marianne-sous-Jean, comme La Ferté est sous-Jouarre; je remonte aujourd'hui à la surface avec armes et bagages. Quitter un homme, c'est aussi quitter la femme qu'il fait de vous.

Franz m'a proposé de travailler quelques semaines avec lui. J'irais chaque matin à la Salpêtrière l'aider à classer ses observations pour le livre qu'il prépare. J'ai accepté. Existe-t-il une meilleure manière de guérir que de voir de près les souffrances des autres?

JULIETTE

Février

Je suis assez contente de ma lettre à Marianne. Elle
exprime absolument ce que je pense. Après tout, fichtre!
J'en ai marre de jouer les honteuses, c'est toujours
comme ça, les bergères ne savent pas garder leurs moutons
et elles disent que c'est la faute du loup!

Jean m'aime; c'est un fait. Je n'ai vraiment aimé que
lui dans ma vie, c'est une certitude. Que pèse la jalousie
de Marianne devant cette réalité?

Jean est abattu pour l'instant; c'est aussi parce qu'il a
horreur du changement et de voir sa maison vide. Si
j'étais celle que vous croyez, j'aurais pu prendre ma valise
et aller la remplacer rue Guénégaud; ou mieux encore
inviter Jean à déménager chez moi le temps que durerait
l'humeur de sa légitime — longtemps, j'espère... Je n'en
ai rien fait. Et pourtant, je me sens brusquement affran-
chie de tout remords. Le mépris de Marianne et son
absence me donnent des ailes. Je sens que je vais m'accommoder exquisement de la liberté de Jean.

Marianne a quitté l'arrondissement. Plus de risque
de la rencontrer en allant acheter le pain. Elle est chez
Franca avec Delphine, profitant du fait que Jean-Marie
est en classe de neige. Et je ne peux m'empêcher de penser
que tout ceci est peut-être le commencement d'autre
chose... Bien sûr, il reste le problème Jean-Marie, mais
Jean est si peu père qu'il pourrait s'occuper de son fils
tout autant sans vivre avec lui.

En attendant, je l'ai à moi et je ne demande rien d'autre. Je lui fais son dîner, il couche dans mon lit, il se rase dans ma salle de bains. Il retourne souvent « chez lui », mais enfin ici il laisse des traces et il commence aussi à s'implanter. Le matin, je plie son pyjama et je le pose à côté de la chemise de nuit sur l'oreiller, c'est à des détails comme celui-ci que l'intimité se mesure! C'est en additionnant de tout petits faits de ce genre que l'on protège un grand sentiment. J'aime la présence de Jean chez moi, finies mes hésitations d'hier; autant avant je nous cachais, autant maintenant je désire le jumelage de nos vies.

Mais je ne peux concevoir celui-ci que rue Corneille. J'ai pu le constater aujourd'hui. Jean m'avait dit :

— Je travaille jusqu'à huit heures, viens chez moi me chercher, on ira dîner.

J'ai répondu : oui, avec légèreté, je ne prévoyais pas à l'avance quelle serait ma réaction. Mais, en montant l'escalier, j'ai été saisie par une angoisse physique qui ralentissait mon rythme à chaque pas, à tel point que j'ai dû attendre un instant sur le palier avant de retrouver mon souffle. Puis, j'ai sonné, il le fallait bien! mais je le savais maintenant : ce n'était pas chez lui que je sonnais, c'était chez Elle! Qu'est-ce que je venais faire là? Jean a ouvert, j'ai posé un premier pied hésitant dans « son » entrée. La porte du salon était entrebâillée, j'apercevais le fauteuil en velours à côtes dont nous avions choisi la couleur, Marianne et moi, l'année dernière, et là, devant mes yeux, il y avait dans le panier où elle rangeait toujours ses gants, une vieille paire abandonnée, abandonnée comme l'appartement! Je restais immobile, j'avais peur de faire un pas de plus.

Jean qui sait si souvent démystifier les ombres m'a prise par le bras :

— Viens, chérie, je ne suis pas encore prêt.

Malgré lui, cette fois, les ombres nous ont suivis. Nous avons traversé le couloir et nous sommes rentrés dans la chambre.

— Attends une minute, a dit Jean, il faut que je trouve ma cravate.

Je me suis assise au bout du lit, je n'osais pas tourner la tête : « Leur lit! », les rideaux en jute bleu océan! la petite bibliothèque de Marianne! Tout m'était souvenir et tout datait d'AVANT. Et puis Jean a installé partout un désordre si consenti que la chambre prenait soudain une dimension tragique. Je ne pouvais plus rester, je me suis levée, oppressée. Parmi les choses informes qui font sur les meubles et même par terre des masses incongrues, Jean avait enfin trouvé la cravate qu'il voulait, nous avons fermé la porte derrière nous, c'était pour moi un adieu!

Jean a dit :

— Veux-tu rester dîner puisque tu es là?

Non je ne voulais pas, non je ne pouvais pas, et entraînant Jean je suis repartie très vite sans me retourner, comme poursuivie et me répétant tout bas : « Jamais, plus jamais rue Guénégaud... »

*

Lia, le joli petit mannequin de chez Roxane nous quitte. C'était la seule qui avait des seins, et des seins en pomme s'il vous plaît, à opposer à ceux en poire de Jill qu'elle roule comme une paupiette dans le bonnet de son soutien-gorge et qui, ainsi rassemblés, font, il faut l'avouer, bon effet le temps d'un défilé et ne redeviennent des grands pendards qu'une fois dans les coulisses.

Lia, après une valse hésitation dont les pas ont été commentés jusqu'au fond des ateliers, a décidé de devenir danseuse nue. Le caf'conc Mayol lui offre six fois plus de billets de banque que la Roxie et après tout ce n'est pas ce que l'on fait mais ce que cela vous rapporte qui compte. Elle se dit :

« Je fais cela six mois, après je pars trois mois sur la Côte à ne rien fiche. »

J'aime avec envie la mentalité des mannequins. C'est une mentalité d'oiseau-mouche ou d'esquimau. On vit à l'heure-l'heure, et demain est un autre jour, qui ne compte pas.

Bref, la Lia, oiseau-mouche à longues pattes et à bec fin, fait partie dorénavant des Mayol's girls. Roxane est outrée. Qu'on parte de chez elle pour entrer dans les ordres (rare!), chez un amant fortuné ou même chez Lanvin, c'est régulier, mais pour aller au concert Mayol, voilà une tache sur le blason de la maison!

— Ma petite, dit-elle, vous êtes en train de vous tromper de voie, une fois dans le nu, on ne remonte pas la pente.

Pour Lia, la pente escarpée, c'est l'absence de manteau d'ocelot et de solitaire au doigt. Elle s'est fait payer ses onze jours, plus ses trois jours et demi de vacances, et autres indemnités mesurées au compte-gouttes, et n'a pas daigné expliquer à Roxie que l'argent c'est de l'or et que c'est de ce pain-là qu'elle mange, même s'il faut lever la jambe un peu haut pour l'obtenir. Enfin, nous profitons du changement d'occupation de la susdite, car elle nous a donné trois places gratis pour lundi soir, un jour creux paraît-il où l'homme est dans ses foyers et le provincial dans sa province. Jill, José et moi allons donc nous rincer l'œil demain.

Eh bien, le sein est triste quand il s'offre opalescent, mauve ou brun à tant de regards à la fois! Au fond, une femme n'admet jamais tout à fait la féminité des autres. C'est une insulte que d'avoir au même endroit la même chose. Nous jouions hier avec Jill, inconsciemment d'abord, puis de tout cœur à traquer le défaut sur les plus belles filles du monde qui déambulaient devant nous. Nous commencions d'abord par les petites insultes :

— Oh! regarde comme celle-là a l'air bête! (Mais peut-on avoir l'air intelligent en dandinant du corps?)

Puis nous nous attaquions à plus gros. Cherchant les plis sous les fesses, la promesse de varices ou l'omoplate en aileron, nous étions bêtes et méchantes et ce n'était pas le José qui nous contredisait : « Moi, mon Sou, je ne peux pas supporter les nanas à poil! »

Dans la salle, la valeur d'un wagon d'hommes seuls. Quinze rangs serrés de mâles qui bandent, de militaires haletants et de vieux messieurs apoplectiques dont on n'est pas tout à fait sûr s'ils vont mourir là ce soir ou attendre d'être arrivés chez eux pour ce faire. C'était horrible! Il y a même une odeur de sexe qui flotte dans ces lieux, une odeur de sexe au dénominateur commun, de spermatozoïde en vadrouille qui est des plus entêtante. A l'entracte, — « Voyez, flairez, tâtez nos belles danseuses qui se promènent au foyer », — nous allons faire un tour. Étant les deux seules femmes comestibles à part les « artistes », nous étions la cible de tous les regards. Les hommes portaient sur nous leurs yeux les plus luisants, les plus cochonnants. Et ce n'était pas José qui a l'air d'une dame lui aussi qui pouvait nous servir de rempart.

Il semblait que dans ce Théâtre nommé Désir, grisés par ces femmes rendues à leur vocation primitive de délassement du guerrier, les hommes ne parvenaient plus à faire la différence entre elles et nous. Nous étions nous aussi des danseuses dénudables, offertes à leur bon plaisir, et ils avaient le droit de nous déshabiller en pensée. Même Jill, qui n'a rien en principe à refuser aux messieurs entre dix-sept et soixante-dix-sept ans en était agacée, et disant : « Me'de, ils me dégoûtent! » Elle s'est remise à l'abri de son fauteuil d'orchestre avant la fin de l'entracte.

Et puis Lia est apparue et elle était exquise!

Elle ne connaissait pas encore très bien son rôle, elle disait : « Oui, oui » quand il fallait dire : « Non, non » (on ne débite pas du Claudel en levant la gambette) et partait chaque fois dans le mauvais sens. Mais avec sa petite tenue de tambour-major et son sexe en diamant, elle semblait vraiment désirable, on avait envie d'être un homme pour lui adresser des sourires complices.

Après la représentation, nous avons été la féliciter d'être nue et d'être belle dans la loge qu'elle partage avec une brochette d'autres girls. Là, cela ne sent plus l'homme, mais bien la femme qui a chaud : la sueur du travail a une âcreté toute spéciale! Les paillettes sont ternies, on marche sur des costumes de marmitons et de bergères, les filles ont remis leurs soutiens-gorge et dis-

cutent du client en se mettant de la poudre. On se croirait dans une espèce d'école dont l'habilleuse serait la
sévère institutrice.

En rentrant, surprise au fond de mon lit : Jean, il était
rentré plus tôt de son émission, et l'idée de retourner
chez lui ce soir lui paraissait intolérable. Boudin à ses
pieds, mâchant ses réglisses, il m'attendait sous l'édre-
don, comme un vrai mari. J'ai eu un merveilleux coup
de joie en le voyant. Il me semblait qu'il était venu là
pour rester, pour toujours.

Je lui ai dit :

— J'ai une soif horrible, tu veux, on va se faire un jus
d'orange et puis on va parler?

J'avais envie de lui demander de venir s'installer
complètement chez moi. Depuis que j'ai revu la rue
Guénégaud, j'ai comme un frisson en pensant à lui entre
ces murs. Il me semble qu'il n'appartient plus à cet
appartement-là et qu'il pourrait le quitter sans regret.
En fait, je voulais lui faire dire que c'était chez moi qu'il
se sentait chez lui. Mais il avait sommeil; il a détourné
le cours de ma conversation avant même que je la
commence :

— Jule, c'est trop tard pour les mots, viens contre
moi et dormons ensemble.

Je ne crois pas qu'il ait deviné la teneur qu'auraient
eu ces mots si je les avais prononcés ce soir, on ne sait
jamais tout à fait avec Jean! Enfin! je suis venue contre
lui, et je me suis tue, heureuse de l'avoir là, me conten-
tant pour l'instant de ce bonheur. Nous avons
dormi une bonne nuit ronde, corps contre corps, appréciant jusqu'au matin ce qu'il entre d'amitié dans la
passion. Je lui parlerai un autre jour! Ou bien je ne lui
parlerai jamais? Il y a toujours comme un mur invisible
entre Jean et mes questions. Parfois c'est le sommeil,
parfois c'est ma propre angoisse qui me retient au bord
de la sincérité. Au moment de me lancer, juste quand
je vais dire à Jean : « Lâche tout, reste avec moi », j'ai
soudain devant les yeux le Jean et la Marianne d'autrefois. Je mesure leur sentiment d'hier, j'évoque la qualité

de leur entente, je me dis : « Je ne pourrais jamais remplacer cela! » J'ai comme un désir désespéré d'être à la fois Marianne et Juliette, comme les petites filles qui rêvent d'être fée, je rêve d'être toutes les femmes pour Jean. Et puis, je me regarde sans pitié : « Ma pauvre, tu ne fais pas le poids, on ne remplace pas comme ça une Marianne. » Alors je baisse le nez et j'ai envie de pleurer ou bien, vite, vite pour oublier ma tristesse, je me précipite dans une phrase trop gaie...

Quel dommage! Jean est libre après tout aujourd'hui! Et j'ai accepté d'aller chez les Masson, j'étais à court d'excuses depuis des semaines qu'ils m'invitent et que j'élude sous de toujours plus faux prétextes, mais maintenant je ne vois plus que les gens avec lesquels je peux être deux. Les Masson ne sont pas de ceux-là. Pourtant je les aime bien! Nous avons été ensemble de la onzième à la première Sylvie et moi. C'est la première fille de mon âge qui se soit mariée et, dans son temps, cet événement m'a beaucoup marquée. En fait, j'aurais dû m'y attendre, car elle était une fiancée putative depuis son premier soutien-gorge. Appartenant à ces familles bien nées qui ne conçoivent pas beaucoup d'issues pour une femme, elle ne pouvait en fait choisir qu'entre deux vocations seulement : le couvent et le mariage, deux cloîtres en un mot!

Elle a choisi le mariage, renonçant en cours d'année à Corneille et aux logarithmes pour se mettre une robe blanche et un homme définitif au bras. Elle n'a regardé ni à gauche ni à droite, et elle est entrée dans la vie adulte sans protestations ni murmures, comme un brave soldat. Dix mois après, elle avait « son premier », vingt-quatre mois plus tard son « second » et ainsi, Petit Poucet laborieux en douze ans de vie conjugale elle a égrené sur sa route cinq naissances véritables et quelques fausses couches. (Pas exprès, on est catholique!) Maintenant, à vingt-neuf ans, elle a une gentille figure sans apprêt mais dont la peau sèche en dit long sur le nombre de secondes hebdomadaires qu'elle consacre aux vestiges de sa beauté, des jambes variqueuses et un ventre plissé soleil. Autrefois, elle avait le temps de lire Camus et Giraudoux, elle allait voir les expositions de peinture, maintenant elle ne se permet plus d'exister. Pierre, son mari, a une petite situation dans les assurances, elle tire le diable par la queue et il ne lui reste rien dans les mains. En se levant très tôt et en turbinant comme une ouvrière d'usine jusqu'au crépuscule, elle arrive juste à faire surface. Elle a toujours devant elle « haut comme ça » de lessive et du raccommodage à désespérer une sœur tourière, mais elle ne se plaint jamais et cigarette au bec elle flotte gaiement à travers ses tâches, va de la leçon de géographie de Laure au dominus domini de Gilles, en passant par les nouilles pour le soir et la grippe de Pascal. Dès l'enfance, j'ai été une énigme pour elle. D'abord mes parents étaient morts, ce qui ne se fait pas. Ensuite ma grand-mère ne ressemblait pas aux siennes, elle mettait du rouge à lèvres, bien tard en saison avait des robes plus roses que grises, des cheveux plus bleus que blancs et ne me punissait jamais. Sylvie ne se départait jamais d'une certaine supériorité à mon égard. Après son mariage, nous nous sommes gardées par erreur. Comme on range dans un tiroir un objet sans utilité, nous avons mis de côté notre amitié, sans savoir à quoi elle nous servirait. Paresse, tendresse ou habitude? Cette amitié a continué à fonctionner et Sylvie a continué à introduire la même dose de perplexité dans son jugement sur moi. Parce qu'elle n'a qu'une vie, Sylvie décide que c'est la seule à avoir : Quand on n'a pas d'enfant, on est à plaindre ou à soigner, quand on n'est pas marié, on est à blâmer ou à plaindre. Elle hésite entre les verbes en ce qui me concerne, mais elle dit volontiers :

— La pauvre Juliette, elle n'a pas eu de chance!

La seule, l'unique chance de la femme étant le mari.

Cependant, dans ma présence, elle respire un certain air du large qui la fait vaguement rêver. Je fais ci, je vais là, je gagne ma pitance et je n'ai pas à dire : s'il te plaît ni merci à personne. Bref, je suis exotique! Un peu inquiétante aussi, mais brave puisque j'embrasse les enfants !

Après le déjeuner quand Pierre a baisé sa femme sur le front, que les enfants d'âge scolaire se sont volatilisés vers leurs lycées et que le tardillon, qui ne sera pas l'ultime, suce son pouce dans son lit, Sylvie et moi nous mettons à parler. Elle me dit soudain :

— Et ton amie Marianne comment va-t-elle? Elle m'avait beaucoup plu! Tiens, qui est-ce qui m'a parlé d'elle, l'autre jour? Ah! c'est le frère de Franca, il était à Stan avec Pierre, tu sais... Il paraît qu'elle est très malheureuse en ce moment parce que son mari a une aventure?

— ...

— Il avait l'air gentil pourtant son mari !

— ...

— Est-ce que tu connais la fille en question?

Je ne sais pas ce qui me prend. Est-ce une brusque et impérieuse envie de scandale, ce genre d'envie qui vous pousse parfois à crier dans les églises ou à casser un verre en cristal au milieu d'un grand dîner? Est-ce plutôt la pitoyable nostalgie d'une amitié féminine, le désir d'être acceptée, comprise, de pouvoir amener Jean chez les Masson? Je ne sais pas, mais je ne peux pas résister à mon impulsion, je me tiens très droite et je dis :

— C'est moi.

Sylvie croit que je moque, elle remue la tête de gauche à droite avec l'air de dire :

« Cette Juliette, toujours aussi rigolote! »

Mais je garde la pose et je dis :

— Oui, Jean Dastier et moi nous nous aimons.

Sylvie ne veut toujours pas comprendre : dans nos milieux, quand on a une maîtresse elle n'est pas de nos milieux, et si on a un amant il n'est le mari de personne. (Ah! si on savait comme j'aimerais que mon amant ne soit le mari de personne!)

C'était évident, je me suis trompée de confidente, Sylvie est la dernière à pouvoir me suivre sur cette route-là. Elle voudrait bien, elle a de l'affection pour moi, elle jauge avec charité la profondeur de ma honte : « Mon Dieu, voleuse d'époux! briseuse de liens sacrés! » elle visualise le drame qu'elle vivrait si elle était sous ma peau, mais elle ne peut pas m'aider. Elle priera probablement pour moi à Saint-François-Xavier dimanche prochain, c'est tout ce qu'elle peut faire. Elle me regarde maintenant avec un peu d'effroi, nous ne sommes plus de la même race! On dirait qu'elle recule pour ne pas attraper ma lèpre du cœur. Tout à coup, la supériorité qui erre dans son œil, m'agace. Mais qu'est-ce qu'elle croit celle-là? Alors, cocorico, je brave :

« Oui, nous nous aimons, et nous avons l'intention de ne pas en rester là! » (Veux-tu que je te fasse un dessin? sa femme l'a quitté, il va m'épouser sous peu...) J'enchaîne : « Nous avions déjà eu une longue aventure (je sais que ce nom est synonyme de péché pour elle et je l'articule avec soin) dans notre jeunesse. » (Si tu savais, Sylvie, que notre aventure s'est réduite à de grands rêves et à de petits baisers... Mais tu n'as plus à savoir.)

D'avoir dit ces choses me les rend vraies, je me sens toute sûre, tout heureuse : mais oui, n'est-ce pas, Jean, nous allons... mais bien sûr nous avons l'intention de... Je me redresse, désinvolte, gaie, pas une faille dans mon armure, je souris de partout : « Où sont mes gants? Ah! mon écharpe! Alors, au revoir, Sylvie, à bientôt, je te téléphone... » Et je claque la porte hardiment, gardant une dernière vision de Sylvie debout dans son entrée, transformée en bécassine, l'œil arrondi par l'étonnement : « Comment peut-on pécher et avoir l'air content!? » Ah! elle va en raconter des choses à Pierre ce soir! Je descends l'escalier toute légère, portée par les affirmations que j'ai assenées à Sylvie, je crois à mes phrases : Bien sûr, Jean et moi nous avons des projets, qu'on ose me dire le contraire... Je me suis fait cadeau d'une certitude. Je l'emporte chez Roxane, je la rapporte à la maison le soir et elle fonctionne encore. Après tout, quand on prêche le faux il devient parfois vrai!

Mars

Nous passons nos week-ends dans la maison de Franca,
à Noailles, luxueuse fermette au coin d'un bois, dans
un de ces villages où l'on est assuré de rencontrer les
mêmes gens qu'à Paris. Il y a un parc, mais il y a aussi
un jardinier et le jardin est sage et impersonnel comme
un enfant élevé par une nurse. Les massifs sont plantés
d'espèces de tout repos qui fleurissent toute la saison;
le maigre polyantha, enfant chéri des jardiniers, est déjà
en place le long des façades, prêt à « fournir » bien régulièrement ses petites roses chiffonnées et inodores, jusqu'aux gelées. Il faut bien y penser déjà. En revanche,
l'herbe est toujours impeccable, les chaises longues en
parfait état et le « living » accueillant.

Je pense à mon Vertville orphelin, à mes ancolies
bleu marine qui vont bientôt s'ouvrir, aux orties hitlé-
riennes qui vont enfin réaliser leur plan d'envahissement
total, à mon petit living à moi qui n'est plus qu'une
salle humide où personne ne « livera » cette année. Franca
m'a proposé de m'y conduire un dimanche. Mais je ne
veux pas aller dans ma maison « un dimanche ». Et je
sais que Jean n'ira jamais non plus, préférant toujours
une Aubergade à une maison dont il faut penser à fermer
le compteur électrique en partant. Les roses vont redevenir aubépines et Jean va retourner à son état naturel
de dilettante vaporeux et polyvalent. Il me rappelle ce
génie des Mille et Une Nuits qui pouvait parfaitement

tenir enfermé dans une marmite mais qui, dès qu'on entrouvrait le couvercle, se déployait et couvrait d'immenses étendues. Si c'est sa vraie nature, pourquoi me battre pour rester assise sur le couvercle?

Allons plutôt nous faire aimer par les Turcs. Si nous le pouvons!

Et quand ils se présentent, ces Turcs, mon réflexe est de fuir. Chaque samedi, Franca en rassemble quelques-uns. Ils arrivent, emmaillotés de cachemire, toujours à la crête de la dernière vague, déposer leur tableau de chasse de la semaine : tout ce qui s'est dit ou fait à Paris, à Megève, à l'Élysée Matignon ou à l'Élysée de Gaulle. Ils brillent, ils contrepètent, ils savent tout, ils affectent une condescendance ironique pour Sartre et Simone de Beauvoir, ils couchent négligemment avec les femmes de leurs amis parce que c'est bon de jouir, et personne n'est assez « province » pour trimbaler comme moi une grosse souffrance besogneuse et morne qui ne débouche ni sur l'intéressant suicide ni sur une quelconque revanche. J'ennuie dans ce rôle de veuve d'un vivant. Je ne sais pas me le faire pardonner en racontant des anecdotes, en appréciant les calembours. Je ne suis vraiment pas utilisable ici. Je cherche naïvement à discuter de ces grands problèmes éternels et un peu bêtes que l'on s'en voudrait d'aborder ici par peur du ridicule. On parle des gens mais jamais des choses. Très vite, notant au passage avec une amère satisfaction que personne ne cherche à me retenir, je m'évade. Sur la bicyclette de Franca, je pars voir un peu où en est le printemps.

Mais dans cette vallée, il arrive toujours plus tard qu'ailleurs. L'hiver stagne dans les creux et le soleil ne parvient pas à le débusquer. Alors qu'à Paris déjà les bourgeons s'énervent, ici tout dort encore. Je fuis le village occupé totalement par les Parisiens. Mais la capitale s'étend peu à peu sur la campagne comme un eczéma géant. Il ne reste qu'un îlot de résistance : une ferme, vivante encore, au vaste portail, émouvante parce qu'utilitaire au milieu de ces cottages artificiels, avec sa grande cour, ses hangars, son fumier qui fume et ses fortes jeunes filles aux mains rouges qui nourrissent les poules et conduisent le tracteur. Mais le sillage de parfum des Parisiennes qui viennent chercher leurs œufs les grise déjà. Leurs pantalons moulants, leur oisiveté prétentieuse les contamineront très vite. Le fermier anachronique qui passe avec son charreton entre les DS et les Mercédès est déjà une personne déplacée. On lui regarde sa ferme sous le nez, on la déshabille, on la mutile; des yeux avertis suppriment les étables, comblent la mare, supputent le nombre de millions qu'il faudra pour en faire un moulin ou une fermette aménagée. Le Père Brûlard aurait un cancer. On en guette en vain les ravages sur sa face cuirassée. Mais un paysan, ça meurt debout. Qu'à cela ne tienne : nous avons le temps, Paris vaincra et sa banlieue ne sera plus qu'un grand reposoir.

Ce samedi, le beau Patrick de Delphine est venu déjeuner à Noailles. Franca et moi lui avons posé toutes sortes de questions amicales sur ses études, ses opinions politiques, son avenir. Mais lui ne nous a pas dit une seule fois : « Et vous? » Sans doute n'avons-nous plus d'avenir à ses yeux?

C'est cela, être vieille : que personne ne vous pose plus de questions.

Il pleuvait à torrents... un vrai temps à s'embrasser. Patrick est monté après déjeuner « écouter des disques » dans la chambre de Delphine. Franca était invitée chez des voisins et je suis restée à lire près du feu et à me rappeler combien il est doux « d'écouter des disques » quand il pleut. Qui parlait de fréquentation « homéopathique » des hommes? Je suis décidément pour la médecine classique. « Prendre un homme le soir au coucher. A renouveler chaque fois que le besoin s'en fera sentir. »

Ce soir, Delphine m'a annoncé :

— Ça y est, Patrick m'a avoué qu'il m'aimait tout à l'heure en m'embrassant.

— Et qu'est-ce que tu lui as répondu?

— Rien, j'avais la bouche pleine!

*

Jean m'a demandé de passer à la maison. Il y avait
toutes sortes de problèmes matériels à régler. On se
marie dans un jardin d'agrément et on se retrouve dix
ans après dans un potager! Il faudrait avoir périodiquement la sagesse de tout vendre et de s'en aller recommencer sa vie ailleurs. Nos propriétés nous paralysent, nous
mourons étouffés par nos résidences secondaires, nos
voitures, nos appareils ménagers, nos fournisseurs, nos
assurances et nos plomberies toujours déficientes. Ce
n'est plus la fantaisie ou le sentiment qui rapproche
Jean de moi, ce sont nos biens qu'il faut gérer : nous
sommes une communauté *réduite* aux acquêts, on nous
avait bien prévenus.

Jean avait la voix triste. Pourquoi serait-il gai?
C'est à lui qu'il manque quelque chose maintenant.
Il fait connaissance avec mon absence.

Cette entrevue arrive trop tôt. J'aurais voulu qu'il
ait le temps de m'oublier davantage. Je ne lui annoncerai
pas que je compte travailler : discuter avec lui, équi-
vaudrait à me remettre à l'aimer activement, car tout se
tient.

Jean m'attendait dans notre... dans SA chambre parmi
un fouillis innommable, près d'un lit défait. Je retrouvais l'habituel taudis de septembre et j'avais l'impression
de rentrer de vacances. Mais ce n'était pas moi qui allais
mettre de l'ordre cette fois-ci. J'ai ramassé machinalement une chaussette, les gestes vous tiennent plus encore
que les sentiments. Sur le bureau s'entassaient trois
semaines de lettres pudiquement remises dans leurs
enveloppes pour mieux ignorer leur contenu. Le fauteuil
disparaissait sous des stratifications successives de
vêtements. Pourtant Jean n'était pas émacié... il ne
semblait pas aux abois! Il continuait apparemment à
s'habiller, à sortir, à manger chaque jour. Il y avait des
sels de Hunt et des pastilles Vichy sur sa table de nuit
comme de mon temps. J'étais vaguement indignée :

les épouses se bercent volontiers de l'illusion d'être indispensables. Or, rien ne remplace mieux une femme qu'une autre femme! Seules les femmes de ménage sont parfois irremplaçables.

Pourtant Juliette ne vivait pas ici, c'était évident. Mais venait-elle parfois dormir sur mon oreiller et écouter Jean croquer ses granulés dans le noir comme un cheval? Non, cette sensitive a sûrement des scrupules à venir fouiller dans mes armoires et utiliser ma table de nuit. C'est la condition nécessaire et suffisante pour qu'elle continue à se considérer comme un être plein de délicatesse. L'absurde, c'est qu'elle l'utilisait, ma table de nuit, c'est qu'elle les fouillait, mes armoires, du temps où nous étions amies, du temps où c'est avec moi qu'elle venait coucher quand Jean partait en voyage. Par quelle curieuse arithmétique estime-t-elle qu'elle n'a plus droit aux meubles maintenant qu'elle utilise le mari?

Pourtant ma rancune est comble : je ne lui en voudrais pas plus si je trouvais ses slips dans mon tiroir. L'inexpiable, c'était de se faire enlever son slip par Jean. Maintenant, qu'elle les range où elle voudra.

Je me prends même à souhaiter qu'elle aille jusqu'au bout, pour voir; pour voir précisément jusqu'où elle peut aller avec Jean. Je méprise ces précautions une fois que les choses sont cassées, cette discrétion quand on a tout brisé déjà. Je l'imagine, Juliette, osant à peine profiter de mon départ par un scrupule qu'elle aurait dû avoir plus tôt, menant sa petite bataille bien proprement, avec les petites armes agréées par la Croix-Rouge, le petit doigt en l'air, « je ne veux pas t'influencer, mon chéri », comme si en amour tout n'était pas chantage, dictature et esclavage. Ah! Juliette, pauvre chère idiote, ne vois-tu pas que c'est maintenant ou jamais qu'il faut foncer et qu'on ne réussit pas sans écraser quelqu'un un jour ou l'autre?

Jean, n'étant plus oint à longueur de jour et de rêve par mes pensées, mes soupçons, mes désirs, m'apparaissait comme un autre homme, un étranger, le Jean de Juliette. J'étais intime avec son souvenir, sa présence me dépaysait. Ma place sur lui n'était plus chaude. Je ne retrouve jamais les gens avec un plaisir égal à la peine que j'ai eue en les quittant. Ce qu'ils ont fait, ce qu'ils sont devenus sans moi m'effraie. Je regardais Jean et je ne voyais que le fils de sa mère, le photographe de Caen, le cinéaste rencontré il y a dix ans à Saint-Marcellin, un homme qui me plaisait d'ailleurs, mais pas mon mari. L'idée de me déshabiller là, devant lui, à cette seconde, m'aurait paru incongrue. Il aurait suffi d'une seule nuit avec cet étranger-là pour que je me remette à pleurer, pour qu'il me redevienne si proche qu'il s'intercepte entre le monde et moi. Mais cette nuit, précisément, je ne la passerais pas. Et je ne resterais même pas assez longtemps pour en avoir envie.

Nous avons dépouillé ensemble du courrier, parlé du dentiste, du plombier, du tiers provisionnel. Jean était admirablement correct, distant et aseptique; lui aussi est partisan de la discrétion et des bonnes manières, qui ressemblent tellement à l'indifférence. Ne jamais forcer quelqu'un, comme si votre seule présence n'était pas déjà une atteinte à autrui!

Je m'entends lui demander :

— Et qu'est-ce que tu vas faire, à Pâques?

Il part pour Rome peut-être.

— Aah! A cette saison, cela doit être magnifique.

Rome ou le Pôle, que m'importe? Il partait plus loin quand il me quittait pour la rue Corneille. La distance que nous avons mise entre nous curieusement m'a délivrée de toute angoisse à son sujet. Je ne crains plus de le perdre maintenant que je l'ai perdu. Et en même temps, rien n'est dit. Dans une cellule obscure, mon amour pour Jean est au secret, en hibernation. Il reprend des forces ou il meurt sans phrases, qui peut le dire? On ne lui enlèvera ses bandelettes que pour constater sa mort ou sa guérison. Mais de toute façon, il ne sera plus malade.

— Et toi? Tu vas à Pendruc avec les enfants?

— Bien sûr. Je ne peux pas supporter l'idée que le printemps se passe sans moi en Bretagne!

Jean a un éclair de mélancolie dans le regard. Il regrette Pendruc et comme je suis liée à Pendruc, avec un peu de chance, peut-être pense-t-il que c'est moi qu'il regrette? Mais ce n'est qu'un éclair. Jean est l'homme des nostalgies; elles lui tiennent lieu d'actes. Il se croit quitte avec sa mère parce qu'il regrette quelques secondes par semaine, mais très sincèrement, de la laisser toujours seule. C'est un fils aimant, mais elle, est-elle une mère aimée? Il se sent quitte avec moi, puisque c'est moi qu'il considère comme sa femme. N'est-ce pas la plus belle des preuves? Et la Bretagne est le plus beau pays du monde, mais c'est toujours ailleurs qu'il a envie d'aller. Comment résister à des noms éclatants comme Rome, Vienne, Tahiti, Elseneur ou Athènes? En face d'eux, Pendruc ne pèse que le poids léger d'un regret.

La collusion Juliette-Colisée n'est pas plaisante. Je crois à la vertu des hauts lieux. On s'aime mieux à Delphes qu'à Amiens. Mais je ne demanderai pas à Jean s'il sera seul ou non. C'est précisément pour ne pas le savoir que je suis partie.

Quand j'ai quitté la rue Guénégaud, il était temps. Jean signait un chèque; il tenait son stylo de cette manière si particulière, l'index et le médius posés côte à côte sur le dessus et tout à coup, sans préavis, un grand pan de mon rideau de fer s'est abattu. Par la brèche s'est précipité l'attendrissement, prélude à la reddition. Rien que pour ce geste retrouvé, ces deux doigts un peu bombés entre les articulations et que je connais par cœur et par le cœur, avec leurs quatre poils sur la phalange, deux sur la phalangine et pas du tout sur la phalangette, j'étais sur le point de laisser dégringoler mon armure et de me rendre corps et biens. J'ai été... à deux doigts de lui dire : je t'aime et je reviens. Je restais indifférente à sa masse mais j'aurais cédé à ses mains. Sa petite signature même, sans paraphe, m'aurait tiré les larmes, ce petit dessin qui voulait dire Jean Dastier. Et puis il y avait sa nuque aussi qui me fait son numéro d'attendrissement, ces boucles de saint Jean-Baptiste qui jouaient les innocentes et qui racolaient pour le compte de leur maître,

ces deux creux faits pour la bouche et qui me disaient :
« Nous ne t'avons rien fait, nous ? »

Mais on ne vit pas avec une nuque, quelques doigts,
des cheveux astrakan. Prendre la partie pour le tout,
c'est une figure de rhétorique, pas une manière de vivre.
Il était temps de m'en aller.

Quand je suis passée devant la loge, la concierge m'a
lancé un regard soupçonneux. C'est Jean de toute évidence qui récolte son estime et sa pitié. Il a l'art, quoi
qu'il fasse, de paraître innocent.

Je suis rentrée au gynécée l'âme vague. Nous n'étions
pas entre nous : Franca y recevait un bel homme, un
industriel grisonnant qui « monte » à Paris une ou deux
fois par mois pour ses affaires et ses petits besoins et qui
faisait déjà la cour à Franca quand elle était mariée. Il a
le torse avantageux, le teint bronzé, une femme énorme
et irréprochable à Toulouse et quatre grands enfants.
Les femmes pour lui se divisent en belles bêtes sans
âme si elles savent faire l'amour, en bonnes bêtes sans
âme si elles savent faire la cuisine, en sales bêtes dans
tous les autres cas. S'autorisant de sa vieille amitié pour
le défunt mari qui camoufle honorablement son jeune
désir pour la survivante, il couvre Franca de cadeaux
coûteux, valises tout cuir de chez Innovation, bijoux de
chez Cartier, caviar Pétrossian, roses brevetées et il
semble jouir en échange d'un droit de passage sur elle.
Franca paie sans rechigner de ce corps qui précisément
ne s'use pas, dit-on, si l'on s'en sert, le plaisir de recevoir
du lilas en décembre, des pêches en février, des amé-
thystes de Rio, des peaux d'ours du Spitzberg. Elle est ce
qu'on appelle une femme adulée, ce que je ne serai jamais
par suite d'une malédiction. Je n'attribue pourtant
pas plus de prix à mon corps que Franca ; je suis même
très consciente qu'il ne vaut pas une améthyste ni une
peau d'ours. Qu'est-ce donc qui me retient d'en faire
don plus généreusement sinon une humilité minable,
la timidité la plus niaise, le manque de sens commercial,
l'incapacité de fixer le prix de mes charmes, l'absence de
désinvolture, en un mot, l'incapacité d'être femme ?

J'envie et j'admire Franca, comme un merlan bouche bée devant un poisson-volant. J'ai beau onduler du dos en la regardant comme une bonne élève, les ailes ne veulent pas pousser. Je reste rivée à une morale qui fait rigoler tout le monde et qui ne m'aura apporté qu'échec et solitude.

La preuve est faite que j'ai tort. Mais la nature se moque bien des preuves.

*

J'ai pris mon poste dans cet univers concentrationnaire qu'est la Salpêtrière. Revêtue de mes ornements sacerdotaux, j'y ai pénétré à l'heure des initiés, et j'ai vu enfin l'hôpital par le bon bout de la lorgnette. Avec son calot blanc, sa blouse à col russe, ses attributs à la main comme la foudre au poing de Zeus, Franz ressemblait à Dieu. Dans cette enceinte, il avait droit de vie et de mort sur les humains et sa toute-puissance n'avait pas de limites. Comment la créature résisterait-elle à Zeus qui peut tout ? J'étais prête à m'allonger moi aussi sur la table d'examen et à lui dire : « Allez-y, docteur ! » Mais il ne m'a pas dit à moi : « Déshabillez-vous. » Et je ne me suis jamais déshabillée sans qu'on me le dise.

J'ai toujours eu un faible pour la littérature médicale, la semaine des hôpitaux, les pathologies. Pas de policier plus passionnant que celui qui commence par : « Mme N. vint me voir en 1957 pour troubles de la déglutition... » J'allais enfin les connaître ces héroïnes, ces héros aux yeux bandés de noir dont les photographies paraissent dans les revues spécialisées et dont je scrutais passionnément les lupus ou les becs-de-lièvre, autrefois, dans les livres de médecine de ma sœur aînée.

Ils étaient là, en effet, mes pauvres héros, parqués dans les couloirs, dépouillés de la dignité qu'ils avaient encore dans la rue, encore derrière les grilles et qui était tombée d'un seul coup, avant même qu'ils ôtent leurs vêtements, à la seconde où ils avaient franchi la porte. On les sentait maintenant résignés à se mettre à quatre pattes pour montrer leurs hémorroïdes, à avouer qu'ils ne bandaient plus qu'une fois par trimestre, à raconter l'aventure sordide de leurs digestions et la couleur de leurs « garde-robes ». Tous avaient la tête basse et cet air animal que donne à l'homme l'abandon de ses dernières pudeurs. Cette humilité accentuait par contraste l'air fringant et vigoureux des jeunes externes qui survolaient le morne troupeau.

Dans les hôpitaux, ce ne sont pas des hommes qui soignent d'autres hommes : il y a deux races dont l'une règne à jamais sur l'autre.

Dans les allées de cet univers clos qui feignait de ressembler à l'autre avec ses parterres de fleurs et ses arbres taillés, des sursitaires, mélanges d'os et de chairs meurtries, stagnaient dans des fauteuils roulants sous l'exquis soleil du printemps. De pâles silhouettes dans des robes de chambres trop grandes réapprenaient la station debout. Des chariots passaient à grand fracas dans les arrière-cours, débordants de linges souillés. Seul un mur séparait ce monde-ci, qui ressemblait aux limbes, de l'autre, et pourtant pour beaucoup, la frontière était infranchissable.

Moi qui avais le privilège de franchir ces voûtes tous les jours, j'avais l'impression de renaître à chaque fois. De l'autre côté de la palissade, personne ne savait plus qu'il était mortel, ni même qu'il pouvait souffrir. Rien ne marquait au front dans cette foule ceux qui étaient destinés aux limbes. Chacun observait un pieux et prudent silence sur ce qui se passait là-bas.

Je déjeunais généralement au restaurant avec Franz. Je faisais preuve d'un appétit ignoble. Il me racontait avec ardeur ses expériences, ses recherches et je regrettais une fois de plus de n'avoir pas fait ma médecine, de ne pas nourrir une passion comme la sienne qui soit à l'abri des caprices de l'homme.

Franz me parle souvent de Jean mais je ne sais que lui en dire. Je ne veux le livrer à aucun autre jugement que le mien et je délibère encore! Mise en mots et par moi, son histoire ne peut être que laide et mon cas digne de pitié. Je ne veux pas qu'on me le dise. Mais nous parlons de moi et il me fait du bien. Il approuve ma cure d'absence : il faut dépasser un problème pour le résoudre et je ne pouvais le dépasser en vivant dedans. Je prends mes distances maintenant; je suis en train de VOIR mon passé, c'est-à-dire de le choisir; c'est-à-dire en définitive de choisir mon avenir.

Franz est persuadé que j'ai besoin d'un amant. C'est bien possible. Mais l'aspect trop classique de cette médication et l'air tout-puissant et omniscient de Franz en retardent la mise en pratique. Je ne suis pas encore sûre que ce soit la solution. Et puis Franz est un homme à femmes. J'en sors et je rechercherais plutôt maintenant un garde-chasse sauvage, très isolé et s'exprimant difficilement. Franz est trop sensible à tous les types de femmes. Ses infirmières ont les yeux qui fléchissent sous son regard, Franca lui a plu, je ne lui déplais point, Delphine lui plaît déjà. Je suis convaincue que sous d'autres cieux, en d'autres circonstances, c'est elle qu'il eût courtisée. Car pourquoi prendre une femme aujourd'hui quand une jeune fille peut vous faire le même usage?

Je désespère Franca qui ne veut que mon bien. Elle multiplie les tentations comme on fait de bons petits plats à une jeune fille chlorotique. Mais elle ne me propose que des hommes qui m'impressionnent et que j'impressionne très peu. Ce soir, elle voulait m'emmener dîner avec un petit jeune homme qui ressemble ridiculement à sa voiture : un jaguar. C'est un comédien nouvelle vague, félin et prétentieux. On ne devient visible à ses yeux que si l'on joue la comédie encore plus que lui. C'est un sport où Franca excelle et que je méprise. Mais il est bien suspect; ce mépris de ce qui dépasse mes possibilités! A quoi bon lutter sur ce terrain? J'ai laissé partir Franca et le beau jaguar métallisé.

Delphine avait invité Patrick à dîner. Ils regorgeaient de jeunesse tous les deux et je les sentais si impatients d'être seuls que je me demandais où était ma place sur la terre. J'enviais cette impatience que je lisais dans leurs yeux, l'impatience de quelque chose de très simple qu'ils allaient pouvoir se donner mutuellement dès que je ne serais plus là. Ils sont partis très vite au cinéma. Franca faisait la belle dans la jungle. Moi, j'étais assise devant la télévision et j'avais cent ans. C'était un samedi : Jean courait la province comme chaque semaine pour faire ses émissions et son métier d'amant. Franz était à la campagne chez des amis dont il courtisait sûrement la femme. J'avais un éperdu besoin qu'on m'aime tout à coup; qu'on ne me laisse pas prendre des décisions toute seule, qu'on me supplie un peu, qu'on soit malheureux parce que je tourne les talons. Mais qui, qui, qui ferait ça pour moi? Jean vous tend la main quand on a franchi le fossé, jamais avant. A qui ferais-je croire que je suis une femme qui a besoin qu'on l'aime? Je ne suis ni celle qu'on bouscule ni celle à qui l'on envoie des roses. Je suis la femme forte, celle qui n'attendrit personne, la fidèle épouse de Jean, celle qui avale les couleuvres avec le sourire. Il est trop tard pour me faire aimer comme une sirène. Ou alors par un aveugle. J'en connais un justement : Bertrand. Mais il est à Stockholm.

Le pire tour que vous joue l'amour, c'est de vous empêcher d'être heureux tout seul.

*

En fait, on n'a jamais de raisons de vivre. Mais on trouve des prétextes. Ce matin, au soleil qui inondait ma chambre, il m'en surgissait de partout. Et dans quinze jours, je pars pour Pendruc retrouver la terre et ses gros plaisirs et ne plus penser à rien. Le paradis, on l'a toujours représenté comme un jardin.

Pour ne pas rester seule à ruminer, dans le sillage de Franca et du jaguar, je hante un peu Saint-Germain-des-Prés; comme on va au bureau, parce qu'il le faut. Je ne suis pas rue Raynouard pour me cloîtrer mais pour changer de métabolisme.

Hier, grande nuit chez une des prêtresses de ce haut lieu, dans un appartement abstrait et japonisant. Des bancs d'admirables filles ondoyaient avec grâce dans une pénombre sous-marine, affichant cet air d'oisiveté suprême et nonchalante qui m'a toujours ébouriffée. Où vivent, le jour venu toutes ces créatures que l'on ne rencontre jamais dans le métro, derrière un guichet, dans un snack. La nuit, on ne voit qu'elles! Le jour, on croit avoir rêvé! Elles évoluent sans doute dans des sphères où ne m'entraînent jamais mes modestes révolutions. Une fois tous les neuf ans, nos orbites se croisent, je frôle un instant d'éblouissantes étoiles dont l'éclat ternit mes clartés et qui s'enfoncent, souveraines et indifférentes, dans la nuit à la poursuite de leurs propres soleils. Ces étoiles repèrent très vite celle dont la flamme n'éblouira personne dans leur univers, celle dont l'attraction ne contrariera pas la leur. Pour ces Cover-Girls arrivées sur le dessus de la couverture et qui s'y cramponnent avec les dents, pour ces viragos de la Mode dont le regard plus aigu que le diamant vous pèse, vous radiographie et note au passage de vos chaussures ne viennent pas de chez Jourdan, pour ces Stylistes, ces Public Relations, ces Attachées d'ici ou là, je ne suis personne. Un rapide coup d'œil et la cause est entendue. Franca me pilote, me présente, me pousse en avant, mais je n'arrive pas à renvoyer la balle.

— Je serai à New York jeudi, si vous avez une commission à faire... me propose avec une gentillesse désertique une journaliste de mode.

Une commission? A New York? Je cherche... je cherche...

— Vous avez vu les photos de Zani dans le numéro qui paraît demain?

— De qui?

On me regarde : Ah bon! Ce n'est pas l'ouïe qui cloche! Ah oui! Je suis de celles qui ne trouvent jamais de table chez Lipp, qui n'ont pas leur clef au Club, je ne vois pas les journaux avant les autres ni les films à Cannes; mes places d'avion, je les paie, mes livres, je les achète et je n'ai jamais dit à Sacha : « Dis donc, Coco, j'ai pas reçu de places pour ton dernier spectacle... »

Quand il m'arrive d'avoir quelque chose à dire, c'est au moment où quelqu'un tousse, alors que la moindre baliverne d'une de ces blondes voltige longuement parmi la bienveillance générale.

EN avoir ou pas! Tout est là. Jean EN avait. Par son truchement, j'étais admissible dans ce milieu. Mais je ratais toujours l'oral. Maintenant que je ne suis plus dans son ombre, je retombe au néant.

— Je vous présente Marianne, la femme de Jean Dastier, répète Franca.

— Enchanté de faire votre connaissance.

Ils m'ont déjà fait ce mensonge-là dix fois!

Le mépris étant la revanche des timides, j'en déguste des kilos dans mon coin sans parvenir à me remonter le moral. La soirée s'avance et s'attriste. C'est l'heure où la vie est vaine, vaine, vaine, si on ne tient pas un talisman entre ses bras. Les meilleurs sont de forme oblongue, avec deux bras, deux jambes, et une sorte de boule magique au sommet qui émet des sons. Ici tout le monde a le sien. Franca est naufragée avec son puma. Dans la chambre de Vanessa, l'hôtesse, tendue de velours rouge comme un intérieur de bouche, un couple sur le lit vagit dans l'obscurité. Dans le salon quelques femmes encore valides, allongées sur des coussins, se font désirer par des hommes qui n'ont d'yeux et de mains que pour elles. Une vaste toile d'araignée englue deux par deux les invités et encombre l'appartement. J'erre d'une pièce à l'autre, me prenant dans les fils, totalement dépossédée, les bras ballants. La mayonnaise est prise; les mauvais éléments restent seuls. Je bois pour faire quelque chose de mes mains et de ma bouche. Tout cet amour qui se déguste autour de moi me porte au cœur. Aznavour chante tout bas « donne tes seize ans ». Mais personne ne me demande mes trente-neuf ans!

D'ailleurs, presque aucun homme mûr n'est avec une femme de même métal. A quarante ans, ils se sont tous offert une fille toute neuve. Où sont les dames mûres qui leur offrirent leurs vingt ans il y a vingt ans? Sur toutes ces tempes grisonnantes s'appuient des fronts juvéniles. Où s'appuient les tempes décolorées des dames mûres, ce soir?

On sonne pendant que j'engloutis ma dixième vodka. La sonnerie s'étouffe dans l'air épaissi de baisers : moi seule semble l'avoir entendue. Je vais à la porte, j'ouvre, un homme serait le bienvenu. Je lui dirais : « On n'attendait que vous! » Miel! C'est un couple!

La femme me saisit le visage entre ses mains et m'embrasse; j'en avais bien besoin. C'est Geneviève de S., une des premières maîtresses de Jean. Rien de tel qu'une ancienne maîtresse pour fraterniser avec une épouse. Geneviève a dix ans de plus que moi. Elle est de ces femmes qui ont consommé tant d'hommes dans leur vie qu'elles en ont acquis par frottement une sorte de virilité dans le caractère. C'est un bon copain. Nous nous étions connues à Caen. Elle habitait un château des environs et nos relations étaient celles de deux nurses qui ont pouponné le même nourrisson. Geneviève était accompagnée par un avocat que j'avais déjà rencontré chez elle autrefois, séduisant, cultivé, fatigué, avec un visage à la Rhett Butler dans les dernières pages du livre. Elle a traversé les salons de son allure conquérante. Mais plus rien n'était à prendre. Sauf moi. Nous nous sommes agglutinés tous les trois. Geneviève était déjà saoule, avec grâce; j'étais en train de le devenir et Rhett, — il s'appelait Félix, hélas! — vieil habitué du salon de Geneviève et de son corps sans doute, semblait ravi de ce supplément imprévu à son menu. Dès qu'on plaît, on plaît. L'esprit me revenait, la matière aussi. Geneviève, qui dispense son corps dans la vie avec tant d'ardeur et de gentillesse me plaisait aussi ce soir. Sa fortune — elle seule ici possédait une vraie fortune en grosse terre normande qui ne dépendait pas d'un caprice de la mode —, lui épargnait d'avoir à se défendre, à se justifier. Elle seule se montrait amicale par goût. J'avais vraiment besoin qu'on me dise quelque chose d'humain. Mais Geneviève me manifestait une amitié trop démesurée pour que je ne devine pas que je servais ses projets d'avenir immédiat avec Rhett. Et pourquoi pas? Servir, c'est être utile. Je rêvais justement d'être utile et utilisée. Ah! N'importe comment, mais utilisée. En l'absence de tout sentiment, de tout risque de sentiment, je flottais délicieusement au fil du regard de Rhett, m'amusant à y chavirer un instant. Vodka, Zubrowka et Tchitchornia, j'allais peut-être enfin goûter à la vie nocturne de Paris, ne plus être une bourgeoise qui pleure quand son mari la trompe, une très vieille jeune fille qui ne sait pas s'amuser en soirée. J'oublie que Rhett s'appelle Félix, qu'il vit plus ou moins avec Geneviève. Tout le monde vit avec tout le monde. L'amour n'est qu'un delirium dont il faut guérir maintenant. J'ai quarante ans cette année et je m'accroche au cocotier et je brame toute seule à l'amour unique alors que les démentis pleuvent de toutes parts. Laisse-toi aller, petite; tombe dans le domaine public. Rhett connaît la musique; il te guidera; on en apprend tous les jours dans la vie à condition de changer d'école.

Mais Geneviève nous guette. Pourquoi y a-t-il toujours une autre femme? Je suis décidément vouée au chiffre 3; mais cette fois je change d'emploi. Rhett danse avec Geneviève pour gagner une danse avec moi. J'apprécie fort bien la nuance.

Mais Geneviève n'est pas une femme qui reste seule. Traversant les salons jonchés de corps, parlant haut, plaisantant dru, réveillant les morts, dissociant les couples, elle avait bientôt rassemblé un groupe autour de nous. Allumée par la vodka, réchauffée par l'amitié de Geneviève, rendue désirable par le désir de Rhett, je m'empanachais, moi aussi, raflant des hommages qui ne m'étaient pas destinés et dont je ne saurais que faire demain. Mais ce soir, j'empochais tout; j'avais besoin de tout. Nous sommes allés dans deux boîtes ensuite sans que j'aie très bien réalisé comment nous étions passés de la première à la deuxième. J'ai bu du champagne rosé. Il fallait pétiller, que diable! Rhett me pressait contre lui... pressons, pressons, on arrivera bien quelque part. Je suis un objet perdu : au bout d'une nuit et d'un jour, je serai à celui qui me trouvera. Cherchez... Mieux que ça... Vous brûlez... Moi, en tout cas, je brûle, ne le sentez-vous pas?

— Et si nous allions boire un verre chez moi? dit Geneviève et cette proposition me parut la locomotive de toutes les turpitudes.

A moi, les turpitudes!

La locomotive était un cabriolet à trois places. On me mit à celle du milieu, pour m'habituer.

— Vous avez de bien jolies jambes, me dit Rhett avec ses mains.

— Mais Marianne est une des femmes les mieux faites que je connaisse, renchérit Geneviève, et je n'ai jamais compris qu'elle ait choisi de le cacher à tout le monde et de vivre comme une bonne sœur!

Geneviève a des pattes de cigogne et dans le plaisir que me donne cette constatation, je me laisse remonter la robe un peu, en artiste...

Chez la comtesse, tout respire le luxe, le calme et surtout la volupté. Fourrures sur l'immense divan, meubles anglais, Mozart tout prêt sur l'électrophone. Oui, c'est vrai que j'ai vécu comme une bonne sœur. A cette heure-ci, Franca est sous son Jaguar en train de rattraper trop de nuits sans histoire; Liz se laisse adorer par Richard Burton; Jean est à Auxerre ou à Chartres en train de réveiller Juliette pour lui prouver son jeune amour et Delphine rêve que Patrick — Hugues Aufray ou Leny Escudero — l'allonge tout doucement sur une peau de bête. Et moi, sur qui personne ne veille, je suis assise sur ce coin de divan comme si je représentais l'Armée du Salut. Le salut de qui?

Geneviève s'éclipse pour aller chercher quelque chose dans le frigidaire. Rhett m'allonge expertement sur le divan. Baiser judo, perfection du style. J'entends descendre ma fermeture Éclair sans avoir senti passer la main. C'est bien, le métier. J'en oublie Geneviève qui arrive avec un plateau de sandwiches.

— Encore du champagne, Marianne?... Mais si...

Où m'emmène-t-on? La main de Rhett repère le

terrain et pousse des reconnaissances audacieuses, tournant habilement les nids de résistance. Le mamelon de la Côte Est est conquis sans coup férir. L'ennemi s'y installe. La population, avec sa lâcheté habituelle, fraternise aussitôt. Geneviève éteint une des deux lampes. Elle s'est changée : elle porte un corsage de mousseline transparente et pas de soutien-gorge : on voit ses seins comme à travers un brouillard. Qu'est-ce qu'ils viennent faire, ceux-là ? J'ai les miens ! Nous avons les deux miens, merci ! Ce spectacle m'ennuie affreusement : je n'ai pas du tout envie de me voir dans une glace.

— Marianne, vous m'intimidez avec votre œil bleu ! Laissez-vous aller, fermez les yeux. Qu'est-ce qui vous fait peur ?

— Les femmes me font peur...

— Mais on ne vous demande pas de les aimer... Moi aussi je préfère les hommes !

Et Geneviève se penche sur Rhett. Il lui picore un peu les lèvres en me regardant fixement ; mais elle veut sa pâtée maintenant et ouvre grand le bec pour qu'il la gave. Si je reste, je vais enfin réaliser un vieux rêve : savoir comment une autre femme fait l'amour. Tant qu'on n'en a pas vu au moins une, qu'est-ce qui vous prouve que vous n'êtes pas un monstre ? Je les regarde, inactive. Je sens qu'il faudrait que je participe, que je fasse quelque chose de mes mains et je ne me décide pas.

Mais pendant que Geneviève se redresse pour faire glisser sa jupe à ses pieds, Rhett qui n'a pas cessé de me faire par les yeux ce qu'il faisait à Geneviève par la bouche, veut se pencher sur la mienne. Ses lèvres sont tièdes encore du baiser de la Reine... je n'ai pas du tout envie de la salive de cette dame-là. Rhett s'est évaporé ; c'est le vieux Félix de Geneviève qui se penche sur moi, plein de relents féminins et d'aventures truquées. J'ai précisément envie d'un homme seul, tout SEUL ! Toutes ces Juliettes qui se mettent dans votre soleil, qui vivent de vos restes ou qui prennent le meilleur, comment savoir ? — je bois pour les oublier. Geneviève est ridicule avec son petit triangle noir qui attend et Félix avec son objet pour deux, tellement bien conçu pour une seule. Je n'ai pas envie de faire des gammes en attendant mon tour et moins encore que Geneviève m'encourage de la voix et du geste. Je me lève; tant pis, je ne saurai jamais comment les autres font.

— Vous me décevez, Marianne, dit Geneviève; vous êtes une petite-bourgeoise, au fond.

Qu'est-ce qui m'arrête? Ni morale ni antipathie de principe, mais un dégoût physique pour les femmes qui s'apparente au pire racisme, et qui s'appelle peut-être l'instinct sexuel, et puis un effarouchement de paysanne devant la ville.

Je rassemble mes jupons, je remets mes sabots, je serre mon fichu autour de mes épaules... Ah! retournons vite auprès de nos bêtes!

Félix court après moi et me chuchote que tout cela est idiot, qu'il aurait dû suivre son premier mouvement et m'emmener avec lui, qu'il éprouvait encore plus d'attirance pour moi maintenant, qu'il fallait nous revoir. Ici, dans l'entrée, un peu de Rhett se remet à flotter autour de lui... si nous pouvions rester dans l'entrée... mais la comtesse est à côté qui crie : « Féli-ix! » et le charme se dissipe.

— Au revoir, Féli-ix!... mais non, je trouverai facilement un taxi, merci... Mais oui, une autre fois.

Nous savons très bien que les fois ne sont jamais autres et qu'on reste les mêmes, les mêmes lamentablement.

Jamais, jamais on ne m'enverra des lilas en décembre.

*

Dans notre chambre, Delphine dormait, blottie dans son parfum, la bouche entrouverte. J'étais comme un jeune homme ému par sa fraîcheur. Quand Franca dort et que sa bouche s'entrouvre, sa mâchoire se décroche et c'est à une mentonnière que l'on pense. L'adolescence est un troisième sexe que l'on ne garde pas longtemps.

Impossible de mettre ma tête sur l'oreiller. Obligée

de rester assise dans l'obscurité en attendant que le manège s'arrête. Tu l'as retrouvée, Mère Mâchuré, ta solitude proprette et tranquille, ton troupeau de rêves qui broutent obstinément les mêmes illusions, tes consolations du pauvre, tes lectures : « intelligentes », ta loyauté indécrottable. Eh bien, bouffes-en, jusqu'à l'indigestion si possible.

*

Rude réveil. Je ne suis pas faite pour l'orgie non plus. Mais pour quoi donc, alors ? Comment font ces glorieux ivrognes pour briller toute la nuit et avoir l'air le lendemain de beaux anges fatigués ? Comment font ces filles qui s'épanouissent chaque soir à la chaleur des néons et qui passent leurs nuits au bord d'une table de bistrot dans la tiédeur fraternelle des voix ?

J'ai appelé chez Jean. Comme ça. J'avais un prétexte d'ailleurs. Mais il n'était pas « chez Nous ». Il n'y a plus de chez nous, pourquoi y serait-il ? Il fait ses tours à Juliette dans quelque province. Il visite la « vieille ville » d'une ville quelconque. Elles en ont toutes ! Et il pourra dire un soir à un dîner la chose la plus originale du monde :

— Connaissez-vous Auxerre ? Avez-vous lu Baruch ? Avez-vous jamais quitté la Nationale pour voir le vieux Provins ? Savez-vous que c'est une des plus belles villes de France !

Et il aura raison.

Tout le monde a raison. Et Geneviève a raison, si elle tient à Félix, de susciter des Juliettes. Il y a partout des Juliettes et des vieilles villes. Le tout est de savoir s'en servir. Geneviève les allonge sur son propre lit : au moins ne pose-t-elle pas de question. Elle reste liée au plaisir de Félix. Et rien de tel, j'imagine, que de forniquer à vue pour démystifier l'amour.

J'ai ce matin la tête que j'aurai dans dix ans. Autant commencer à m'habituer. Je n'ai jamais été très contente de ma tête et cela ne peut plus s'améliorer. J'ai une figure difficile, parfois belle, jamais jolie, une figure qui ne va pas avec tout, qu'il faut tout le temps rattraper parce qu'elle prend un mauvais virage. Ainsi je pars au théâtre pas mécontente, le regard brillant, le nez mat, la bouche bien dessinée, la ride discrète... Deux heures plus tard, à l'entracte, je surprends dans une glace un reflet que je ne reconnais pas tout de suite. — « Ah non ! Pas celle-là ! » « Mais si, c'est elle-même ! » — Les facteurs se sont intervertis : j'ai le regard mat, le nez brillant, les rides bien dessinées ! Il faudrait me recomposer, tout reprendre à zéro. Beauté toujours recommencée, tu ne m'amuses plus. Et ma tête en ce moment ne me revient pas. Petit... Petit... je l'appelle... mais elle ne revient pas.

Il faudrait avoir le goût de l'apprivoiser longuement devant une coiffeuse.

*

A l'hôpital, tout reprend sa vraie place. Saint-Germain-des-Prés n'est plus qu'un aquarium pour poissons rares, ici, le gros de l'humanité essaie de vivre ; ici, on souffre sans savoir pourquoi, on se demande comment l'on fera pour reprendre son travail avec des varices ulcérées, on attend un quatrième enfant dans une chambre de bonne, on se sacrifie à un fils infirme, on renonce au plaisir avant d'en avoir eu. Beaucoup de ces femmes qui étaient parties joyeuses vers leur premier garçon n'auront dansé qu'un seul été. On fait l'amour dans l'insouciance et il faut le payer très cher et très longtemps. Et elles ont beau connaître la musique, les premières notes sont si enjôleuses... elles recommencent toujours.

La vraie vie, est-ce celle-ci ?

Mars

J'ai aperçu Marianne aujourd'hui, elle courait dans la rue. Avec son vieux manteau de daim qui vire au cuir tant il est brillant, ses cheveux drus et raides, son sac avachi et ses drôles de chaussures plates prolongeant ses belles jambes : elle avait un chic à elle, comme on dit dans la couture des femmes qui se refusent à adopter le chic-maison. Si je ne la connaissais pas, je me serais retournée : « Tiens, elle est bien, cette femme! » comme je la connaissais, je me suis retournée plus encore!

Elle se dirigeait vers le métro et elle ne m'a pas vue. Ma réaction instinctive a été de courir à elle et de l'appeler : « Eh, Marianne... » je me suis retenue, je ne sais comment! J'ai éprouvé malgré moi comme une tendresse physique. Elle n'était plus l' « Autre » mais quelqu'un avec qui j'avais plaisanté, que j'avais pris dans mes bras, que j'avais beaucoup aimé, hier. Je me sentais frustrée par mon obligatoire immobilité... Je l'ai suivie des yeux longtemps, « sans mauvaise intention » : quand je pense à elle, je lève le poing parfois, mais j'ai pu constater que confrontée avec son apparence, je suis émue. Je me suis dit : « Ah! tant mieux elle a bonne mine! » Comme si cela me rendait moins coupable à ses yeux et quand je l'ai vue disparaître au tournant de l'escalier, j'étais désemparée de l'avoir perdue.

Mes sentiments sont étrangement contradictoires; c'est un fait, j'ai gardé une amitié pour la femme de mon amant, mais en même temps, je n'ai qu'une envie, c'est de gagner la bataille sur elle! Je sens que le combat sera dur! peut-être même sera-t-il sans merci? Depuis qu'elle est partie, on dirait que son absence tient de la place et nous gêne Jean et moi. Avant nous ne parlions jamais d'elle; elle était dans son coin. Quand Jean la rejoignait, j'avalais ma jalousie comme une pilule amère, mais ensemble nous avions atteint après quelques tâtonnements à un équilibre confortable dont la conjugale était éliminée. Maintenant qu'elle a quitté le domicile du même nom, cela chamboule toutes nos habitudes difficilement conquises.

Et puis, j'attends quelque chose de Jean, quelque chose qui ne vient pas. Je voudrais qu'il soit précis et c'est dans sa nature d'être vague. Je voudrais qu'il me dise : « Je crois que nous devrions vivre ensemble, veux-tu que j'emménage chez toi? »

Je l'attends depuis des semaines cette phrase-là!

Au diable Mme Tania, l'œil de la concierge et les murmures de l'opinion publique : je dirais oui. J'aurais l'impression d'avancer dans la bonne direction. Mais Jean s'accommode de notre demi-vie, il laisse gaiement un rasoir ici, un rasoir là; il existe à cloche-pied entre deux domiciles : « Tiens, où est mon costume de tweed? Ah! je l'ai laissé rue Guénégaud! »

Bref, il a aussi facilement deux pied-à-terre qu'il a deux femmes! J'ai souvent envie de lui poser des questions. Que ne suis-je quelqu'un qui sait poser des questions? La réponse me paraît chaque fois trop risquée, c'est un fait, je ne sais pas acculer, coincer, obliger. Je le déplore, mais cela ne change rien! Alors j'attends; je reste en état de perpétuelle disponibilité. Je voudrais au moins que tout dans mon comportement dise : « Si tu veux, quand tu veux, comme tu veux... »

*

Fatigue, ces jours-ci. Or ça, je ne suis pas d'âge à avoir des vaps, des torpeurs, les jambes lourdes? Pourtant j'ai tout cela! Je ne vais quand même pas me raconter que c'est le printemps qui me rend ainsi chose et qu'une petite cure d'Elixir de l'abbé Machin serait la bienvenue?

Ce soir pour la première fois depuis que Jean me connaît j'ai fait la petite femme. Nauséeuse et grise, quoique nous ayons rendez-vous pour dîner, je me suis décommandée, disant que je me sentais « un petit peu pas tout à fait bien » comme dit Mme Tania. J'ai tellement pris l'habitude de ne pas m'écouter, que quand je m'entends, j'en suis presque indignée : « Quoi, mon corps, tu fais de la résistance? allons, marche, ganache et que je ne t'y reprenne pas. » Mais, cette fois-ci, la ganache dit non et refuse comme un âne de faire un pas de plus. Alors, je n'ai plus qu'à coucher la bonne femme, avec un aspro et un œuf coque, en exigeant de la retrouver « état neuf » demain matin.

Jean non plus n'en revenait pas que je renonce à lui ce soir.

Il m'a fait répéter deux fois ma phrase et il avait l'air de me considérer soudain comme un traître qui aurait réussi jusque-là à cacher son jeu. Au fond, quand j'ai des vaps, il n'y a que Boudin qui me comprenne.

Avant sommeil, pèlerinage habituel au chevet de Mamybel. Je vais mettre ma joue contre la sienne, car nous ne nous embrassons plus.

Je fais : psouchh en l'air, avec ma bouche et je lui donne une accolade. Mamybel, elle, ne me rend rien, elle ne sait plus. Elle reste statique devant tout. Je me reproche parfois de ne plus lui donner de baisers, je me dis : « Demain, je la prends dans mes bras. » Et puis, j'arrive et je ne la prends pas dans mes bras.

Je crois que mon corps est dégoûté par elle et que ma tête n'en veut rien savoir encore.

Quand j'arrive aujourd'hui, Mamybel me demande l'heure; elle me demande l'heure à toute heure et se désintéresse de ma réponse. Mme Tania est en train de la coucher. Elle lui parle comme une grosse bonne d'enfant russe doit parler à son bébé :

— Alors on va faire bon grrros dodo, madzame Mamy?

Elle l'emmaillote pour la nuit du cheveu à l'orteil. Elle la pose sur son lit comme une momie énorme et elle repart à toutes ailes vers sa Russie. Car nous sommes Mamybel et moi le seul élément français de la vie de Mme Tania. C'est notre plus grave défaut d'ailleurs : n'être pas des barynias nées au bord de la Volga ou du Don et elle ne nous en absout pas tous les jours. Car, pas une mésalliance, Mme Tania n'a que des amis russes, des parents russes, elle ne mange que des escalopes Kiev ou des blinis Stogonof; en fait, elle a emporté sa patrie à la semelle de ses souliers et transformé son exil en occupation. La Russie, c'est maintenant le quartier Picpus-Pelleport où elle campe depuis trente ans avec ses innombrables « couzzzins », ses belles-filles à nattes et ses gendres qui étaient tous dans la garde du Tsar. C'est moi, sans famille et sans vie qui fais figure d'exilée devant elle!

Je retourne chez moi. Boudin m'attend, elle aussi a l'intention de s'offrir une grande nuit, mais parce qu'on a des usages, elle me sourit quand je m'approche d'elle. Je lui parle, elle écoute avec sa petite tête intelligente qui ferait illusion à tout le monde (car en fait La Boude est plutôt bête!), son air de résoudre un problème de physique! Campée sur son séant, les cuisses ouvertes, sa bedaine rose étalée à tous vents elle me demande pourquoi je viens interrompre sa méditation.

— Eh bien, voilà, j'aime ennuyer mon chien de temps en temps. Tu es bien mon chien, n'est-ce pas? Donc acte.

« Donne ta patte Boudin, donne ta pââââââââtte. »

Elle tend ce qui lui sert d'extrémité, avec l'air de faire un violent effort. « Mais tu vois bien que je ne peux pas faire plus, mets-toi à ma place, je n'ai que ça! »

Je tiens entre les miennes sa petite main de mandarin aux longs ongles noirs incurvés, comme pour griffer, mais La Boude ne fait que griffe de velours, sa paume rugueuse comme une pierre de lave accroche mes doigts, elle est un peu humide et aussi très froide. Les chiens ont le cœur bouillant et les mains de glace. Je serre entre deux doigts ce poignet d'aristocrate où les veines se nouent et s'entrecroisent au grand jour, et je le laisse tomber, satisfaite. J'ai ennuyé mon Boudin, je nous ai prouvé à toutes les deux ma suprématie!

Malgré une nuit longue et profonde, il n'y a pas de vent dans mes voiles, je me sens mal, d'un mal imprécis qui me donne envie de rester couchée quand je suis couchée, assise quand je suis assise, de ne pas répondre quand on me parle, et de me taire si on ne me parle pas. C'est comme si j'étais absente de moi. Jean, mon amour, je me demande si ce n'est pas une maladie de maîtresse que je couve? Tu devrais me soigner avec des promesses ou des projets.

Je dois partir deux jours avec Jean « faire la Loire » en vue d'une série d'émissions de printemps. Orléans, Beaugency, Vendôme et compagnie me voilà. Douce province un peu mélancolique, douce province couche-tôt et rêveuse, j'arrive.

Je suis toujours plus dépaysée à Romorantin qu'à New York. Il suffit que je tourne le coin de ma rue pour me croire loin, alors que d'autres fois, je bouffe du kilomètre avec un appétit de Jet et je ne sais pas que j'avance. Partir avec Jean, encourage la sensation. Tout s'appelle voyage pour certains! Il est de ceux-là!

J'aime m'en aller avec lui, mais ce que je n'aime pas, c'est ma pensée du moment : la pensée que je m'interdis d'avoir et qui pourtant me suit de près; je me sens absolument inconfortable à l'intérieur et j'ai un retard de six jours!

Il est essentiel que je ne juxtapose pas les deux choses : Allons, qu'est-ce que c'est qu'un retard de six jours? Rien, si on ne le multiplie pas par quarante-cinq, mais je me suis laissé dire qu'un retard de deux cent soixante-dix jours, c'était quelque chose!

J'ai envie de mettre ma figure dans le revers de Jean comme une légitime pourrait le faire et dire : « Chéri, j'ai la frousse! » Mais je ne dis rien, je retiens mon angoisse et, ne la partageant pas, j'ai deux fois plus la frousse!

Allons, ravale-moi tout cela, Jule. Ne pense à rien qu'à

ces deux petits jours de joie et de Loire, ne fais pas du roman-feuilleton, ne prends pas une tête de circonstance. Ce n'est pas ça, je te dis, cela ne peut pas être ça !

*

J'adore sans fausse honte le style « Relais Fleuri », les Aubergades faussement champêtres, les bassinoires de cuivre au mur, l'onctuosité de la patronne et les volants aux rideaux bonne femme. Je sais bien que cela pue le faux et que c'est le pire de moi-même qui tombe dans le panneau, cela ne fait rien, je chute avec plaisir. Jean se moquait de ce plaisir aujourd'hui quand nous déjeunions dans une guinguette pomponnée au bord de la Loire. « On dirait toujours que c'est la première fois que tu vas au restaurant ! »

C'est vrai, j'ai une façon d'écarquiller les yeux qui doit faire un peu suranné ! Mais, ce que Jean ne comprend pas, parce que je ne sais pas lui dire, c'est que lorsque nous sommes ensemble pour quelques jours, hors de notre contexte habituel, je me sens sa femme et cela me rend gaie. Face à face devant une nappe à carreaux, œil dans l'œil, main sur main, il n'y a plus que nous au monde. A Paris, les fantômes errent et les absents n'ont pas toujours tort...

Pendant que Jean posait ses jalons et travaillait avec ses techniciens, j'ai traîné dans la ville. Je jouais à me croire une étrangère, j'essayais de ne pas comprendre les lieux pour être amenée tout doucement à les découvrir. J'ai pris un accent anglais pour demander le prix de petits vases ne pouvant servir à rien, ou de buffets rustiques dont je ne voulais à aucun prix. Je me suis amusée comme une sage, ce ne sont pas les fous qui s'amusent.

Et j'étais si occupée à déambuler que j'ai fini par faire attendre Jean qui piaffait d'impatience dans la chambre triste de notre hôtel en commençant à croire que j'avais été enlevée par un Vendômois. « Tu ne t'es pas trop ennuyée, ma chérie ? » Moi ? m'ennuyer ? A d'autres. Comment pourrais-je m'ennuyer quand je sais que je vais te retrouver tout à l'heure? Quand nous vivons ensemble. Quand je m'appelle Mme Dastier pour le portier de l'hôtel et que je me sens en récréation loin du souvenir de Marianne et du foyer de mes angoisses. C'est à Paris que je m'ennuie parfois quand tu n'es pas là, c'est à Paris que m'attend, tapie dans l'ombre, ma nouvelle inquiétude.

Avril

J'ai de nouveau un homme dans ma vie : Jean-Marie est rentré de sa classe de neige, brun, fier et viril. Il a grandi sans moi et nos rapports en sont changés : nous nous respectons mutuellement un peu plus. Cela ne va pas durer.

Nous partons samedi passer les vacances de Pâques à Pendruc, Delphine, Jean-Marie et moi. Ma sœur hésite à nous accompagner : elle n'aime pas assez la Bretagne pour l'aimer l'hiver. J'attends notre maison, nos terres, comme un naufragé attend la terre après une longue traversée.

*

Rouler vers l'ouest, c'est toujours pour moi remonter aux sources. A sept heures trente du matin, nous débarquons au bout du Finistère. Sur le quai : une coxalgie congénitale, deux coiffes de Pont-Aven, trois cols marins; il bruine doucement. C'est bien la Bretagne, nous sommes arrivés.

Notre carriole nous attend dans un hangar, allée de Kergostiou; elle est traînée par 2 CV très fatigués mais courageux. Le coffre est plein de sable et sent encore le crabe. Le charme des 2 CV, c'est de finir par ressembler à des épaves. Nous la maintenons avec de l'albuplast et des bouts de ficelle. Elle veut bien se soigner chez le droguiste, mais pas au garage. Ce serait l'abattoir, elle le sait.

Allons, mes deux haridelles, venez retrouver vos pâturages de Pendruc. Vingt kilomètres encore vers l'ouest, la petite route anonyme qui part sur la droite et c'est LA MAISON. Je farfouille dans sa serrure, elle résiste; elle boude ma longue absence. Mais je les connais, ses tours : un coup de pied bien placé et LA MAISON est à moi, glacée, rébarbative, feignant d'être morte sous six mois de poussière. Elle me joue chaque fois la même comédie, furieuse de n'être plus une résidence principale. Mais à nous deux, ma vieille, ma vieille chérie, je te ferai retrouver ton sourire!

Dès la première nuit, coup de vent de suroît. Les volets claquent, le verger souffre et geint et je pense à mes arbres comme à des amis que j'aurais laissés dehors. Je ne m'assiérai pas dans une chaise longue avant d'avoir ramassé les branches cassées, ratissé mon herbe, dégagé les lupins et les pieds-d'alouette, éclairci la haie d'escalonias, taillé les hortensias, raccroché la barrière, repeint les volets du bas, passé du siccatif dans la cuisine, lavé les rideaux et volé des primevères dans les haies pour les insérer dans mon mur de pierres sèches. Oh! la bonne, la stridente, l'exigeante, la chaude besogne que voilà! En une nuit, j'ai rajeuni de cent ans. Je ne suis pas à six cents kilomètres, mais à mille lieues de Paris, des Grands Magasins, des Expositions, des Cocktails, des Hommes. Tous les hommes aujourd'hui pour un jardin breton au printemps!

J'ai ouvert mes volets (Tiens, il faudra acheter chez Jaffrézic cinq kilos de peinture à l'huile de lin) sur le verger mouillé (et puis du Limaclor chez Kerleau) qui sent la terre et la mer mêlées. « Après l'Ondée » de chez Guerlain? Quelle farce! Le numéro un, le vrai parfum, c'est celui-ci. Le vent est tombé, on n'entend plus que les vagues encore énervées par le suroît rouler là-bas sur la plage et la terre qui germine à petit bruit. Sa carapace craque de partout. Des crosses de fougères, des nez pointus de jacinthes, lisses et luisants comme s'ils sortaient d'une boîte, la déchirent avec une décision exiguë mais inébranlable. « Viens là-haut voir si j'y suis », crie le soleil et le défi est relevé partout. Une immense curiosité soulève le sous-sol, fait monter toutes les racines au-dehors. Des périscopes minuscules se pointent de tous côtés. Les orties, les liserons, les pervenches, les delphiniums, les pteris aquilina, les pissenlits, les asters, les érigérons, les fleurs les plus rares et les herbes les plus mauvaises sortent au coude à coude et fraternisent comme les voyous et les gosses de riches sur les bancs de la Maternelle. Bientôt le pissenlit étoilera vilainement la pelouse, le liseron étouffera son tuteur, l'ortie supplantera la rose, mais aujourd'hui on ne lutte pas encore pour la vie, on est tout occupé à naître, à crever la peau de la terre, à fabriquer sa chlorophylle.

Je m'affole devant ces pousses si semblables, également méritantes et désireuses de vivre, si touchantes avec leur petite force obstinée. Comment reconnaître l'affreux envahisseur de la fleur rare?

Tandis que je rampe le nez sur le sol aux prises avec mille problèmes minuscules et passionnants, Jean-Marie reconquiert le village, les chemins, les rochers. Nous sommes tous à nos joies : qu'on ne nous dérange pas!

J'ai quinze jours devant moi, quinze jours où je vais pouvoir être le cadet de mes soucis, où je ne vais plus toucher à un bigoudi, ni dessiner le pourtour de ma bouche avec le crayon X, ni me plâtrer le visage au Mat-Fluid; quinze jours où je vais m'offrir le luxe d'être moche tranquillement, s'il le faut. D'ailleurs ici, au village, c'est d'une fille forte qu'on dit qu'elle est belle. Et de toute façon entre le climat breton et les cosmétiques, la lutte est inégale. La ville et ses artifices ne résistent pas longtemps ici. Mes cheveux en douze heures se sont vengés d'Antonio, Carita et consorts : d'une éducation interminable et coûteuse, il ne leur reste rien. Redressés comme des éteules furieuses quand on a marché dessus, ils s'amassent enfin à leur guise, de préférence vers mon front, en une épaisse frange d'idiot du village. Malgré mes gants de travail de chez Vilmorin, mes ongles s'emplissent de belle terre noire; je ne rechigne pas à ramasser le crottin sur le chemin avec ma bêche, j'écrase les escargots sous ma botte mais je respecte le ver de terre, je m'attable à cinq heures dans la cuisine pour mâcher lentement du pain sec frotté d'ail, je m'assieds les pieds en dedans pour avoir plus chaud, j'écoute la radio à table, je lis *Ouest-France* après le repas, sur mon banc de granit, je gobe un œuf tiède quand l'envie m'en prend et je m'amuse à des constatations débiles : à savoir que deux œufs n'ont jamais le même goût et que le second n'est jamais le meilleur! Douces pensées qui ne font pas de mal. Je travaille dehors jusqu'à la dernière goutte de jour, ma vie n'est plus réglée par le métro ou par l'école mais par le soleil... C'est la vie, enfin!

Dedans, un feu brûle affectueusement réveillant au coin des fenêtres les vieilles mouches de l'été dernier. Nous avons retrouvé les bancs de merisier qui nous donnent l'attitude ancestrale des paysans, les coudes sur la table, la tête en avant, autour de la soupe au pain. Comme ma mère qui a passé son enfance dans cette maison, comme ma grand-mère qui y a passé sa vie, je m'assieds le soir devant la grande cheminée et je fixe les flammes en rêvant vaguement. Rien n'incline mieux aux rêveries que la neige qui tombe ou le feu qui brûle. Combien de femmes ont vécu combien de soirs devant l'âtre à tricoter d'innombrables pieds sans s'affoler du temps qui fuit, à l'heure où dans les villes se multiplient les moyens de ralentir la vie, de la sentir mieux passer par où elle passe.

J'aime la compagnie résignée de toutes ces aïeules pieusement vouées à une seule maison, à une seule tâche; à un seul homme; et s'il était mauvais, leur vie, leur unique vie était perdue; et elles n'en mouraient pas, ni ne se révoltaient. J'aime pouvoir encore, l'espace d'une soirée, me sentir la sœur de ma grand-mère et goûter, ne fût-ce qu'en un éclair, la saveur de sa vie quotidienne.

Je dors dans la chambre d'en bas, l'hiver. Du grand lit sur lequel je grimpe avec un escabeau, je vois le reflet des flammes sur le mur blanc de la cuisine. Elles y dansaient ainsi il y a trois cents ans et on se laissait bercer par elles avant de s'endormir. Mon dernier est couché avec moi sous la couette de plumes; l'homme est sur les bancs de Terre-Neuve pour des mois encore, à pêcher la morue. (Et Pan!) Mes cinq autres dorment là-haut et le grand-père ronfle à la cuisine dans son lit clos. Demain, il faudra semer les pommes de terre et puis aller au lavoir de retour avec Mariannick. Le temps avait fraîchi ce soir, le vieux dit qu'on est pour avoir de la gelée. Souventes fois la lune d'avril est mauvaise. Un coup comme ça et la récolte est foutue, gast! Il va pas fort, le vieux... savoir s'il sera encore là quand Jos reviendra au pays? Jos, tout de même, c'est drôle, je m'habitue bien sans lui. Il me met la pagaïe partout quand il est là et le travail se fait pas. J'ai plus le temps de rien. Et puis quand j'ai du goût avec lui, c'est le départ de nouveau. Tiens! La corne de brume de Merrien qu'on entend... le vent est venu à l'est... le petit respire fort... il faudra lui enlever les végétations... les végétations, quel drôle de mot... les végétations... les végét... les végé...

*

Il a plu tout l'après-midi et la terre était onctueuse comme un cataplasme de farine de lin. Quel plaisir peut-on trouver au XXe siècle, quand on possède à Paris un appartement avec moquette, un compteur Bleu, un Four à Thermostat et un Chauffage Central, à venir patauger dans des chemins moyenâgeux, à manger des pommes de terre brûlées sous la cendre, à faire chauffer de l'eau sur un réchaud, à scier du bois? J'ai peur de ressembler à Marie-Antoinette au Petit Trianon. Je comprends qu'un paysan rêve de télévision et de fauteuils-club, mais notre retour à la glèbe, notre course à la rusticité frôle le ridicule. C'est toute l'absurdité de la condition humaine, montée sur le faîte, aspirant à descendre, achetant des Robots-Marie et des tapis de Tur-

quie pour, quand ils les ont, courir ensuite vivre sur
la terre battue et cuisiner dans une marmite de fonte.

*

« Jean qui n'est plus à moi.

« Il est minuit. La lune luit derrière les charmes et
sur les miens. Je déguste du silence à pleines bolées et
je ne m'endors pas pour l'écouter. Je me suis levée à
l'aube... l'aube du riche, s'entend : huit heures. Couru
chez Barzic pour qu'il vienne remettre des ardoises au
toit, enlevées par la tempête de février; supplié Louédec
de venir réparer la gouttière car la citerne n'est qu'à
moitié pleine, réparé le pneu du vélo de Jean-Marie
(arrière, bien sûr), commandé une corde de bois chez
Tréguier, été chercher du Thermix au bourg (où qu'y
n'y en avait plus d'ailleurs) et puis commencé ma journée au jardin. Le mimosa a eu deux branches brisées,
le chaumier une seule (la jambe), le figuier est devenu
énorme, le camélia a eu des centaines de fleurs; les Amé-
ricains ont acheté l'hôtel de la Mer, on construit une
villa dans le bois de pins, un régiment de souris est passé
chez les Langlois et a tout dévasté, l'eau courante est
rendue à Trémorvezen, nous l'aurons peut-être cet été,
la mère Créac'h a perdu sa dernière dent. Voilà, tu sais
tout. C'était la gazette de Pendruc.

« Nous sommes arrivés comme de coutume dans des
conditions que tu aurais qualifiées de dantesques! Le
Gall avait déjà percé l'ouverture sur la façade ouest mais
il n'avait pas mis en place la porte. Un fort vent de
Sud-Ouest batifolait dans la cuisine. On a voulu se
faire à manger : la bouteille de Butagaz était vide. L'in-
terrupteur du lampadaire m'est resté dans la main après
m'avoir électrocutée; il avait plu sur le lit de Delphine
à cause des ardoises manquantes, impossible de mettre
la main sur la couverture chauffante et Jean-Marie
répétait sans arrêt : " Quand est-ce qu'on me sort mon
vélo? " Ces arrivées donnent régulièrement envie de se
suicider ou d'aller à l'hôtel comme ces heureux mortels

qui ne sont pas les esclaves de leurs propriétés. Bien sûr, il pleuvait, la cuisine était pleine de boue et Delphine s'était découvert un mal de gorge qui lui coupait les jambes et toute possibilité de rendre service.

« Mais aujourd'hui, j'ai cloué des planches sur l'ouverture, des souches de formes admirables brûlent dans la cheminée, ça sent la potée au lard et j'écoute la mer et le vent en pensant à mon homme, qui est au loin. Ce qui me semble tout à fait naturel, ici où toutes les femmes sont veuves ou ont leur mari au chalut.

« Et toi? Es-tu roi dans quelque île? (L'île Saint-Louis, par exemple?) Où m'as-tu délaissée pour un corps plus fertile? (en émotions). Mais un jour, les marins reviennent. Et leurs femmes en coiffes sont — ou ne sont pas — au bout de la jetée avec leur amour en conserve qui s'est — ou ne s'est pas — abîmé... on voit ça à l'usage. Il m'arrive d'être nostalgique en voyant tes cuissardes, ton chapeau ciré et ta veste de droguet qui habitent encore parmi mes affaires : les nouvelles ne vont pas vite à la campagne! Mais quand je pense à ce qu'il y aurait sous ton chapeau comme pensées interlopes si tu le coiffais, je préfère encore l'accrocher à un vieux clou dans la remise. Ça lui fera les pieds!

« Chéri, les araignées sont comme jamais! Delphine en devient hystérique! J'ai fait à midi des coquilles Saint-Jacques que tu aurais juré que c'étaient des qui venaient de chez Porcher. Quant aux pommes de terre, nous avions oublié ce que c'était!

« Je dors d'un sommeil de brute, toute pensée abolie. Quelle belle vie de ne plus rêver à toi! J'ai deux bouteilles de bière dans mon lit pour me réchauffer. Ça ne remplace pas l'homme mais c'est bien docile. Et puis l'homme, j'en ai soupé. Ah! Un sommeil bien ivre sur la grève!

« Je n'ai pas sorti de bateau : à Pâques, je suis une cul-terreux. Jean-Marie a repris son éternelle course au trésor. Il ramène des crabes secs, des squelettes d'oiseaux, des vieux os blanchis et des berniques sans le moindre intérêt qui seront baptisés trésors pendant vingt-

quatre heures et puis iront mourir parmi les toiles d'araignée derrière le buffet. Il est bien comme toi!

« Et toi ? Où pêches-tu ? A Athènes ? A Nijni-
Novgorod ? Écris-moi, chéri, un de ces petits mots dont
tu as le secret et qui ne me diront ni si tu vas bien,
ni ce que tu fais, ni ce que tu vas faire, ni si tu aimes
Juliette ni si tu m'aimes, ni ce que tu penses de la vie
et de la mort!

« L'auteur, absent de Paris, s'excuse de ne pouvoir te
serrer dans ses bras.

« Ta bernique déracinée. »

*

J'ai tué un saule qui ne m'avait rien fait. Je ne suis
pas fière. Il végétait depuis cinq ans et donnait un air
souffreteux à la terrasse. Pourtant, il avait des joies sûrement, il fêtait le printemps à sa façon : les bourgeons
oubliaient complètement de garnir les branches, mais
sortaient joyeusement le long du tronc : ce saule ne voulait
pas pleurer.

« Tu ne vas tout de même pas garder ça? » me disait
Jean chaque été comme si j'hébergeais un chien galeux.

J'ai donc pris mon scalpel et mes gants et la décision
d'opérer. Une incision, un trou, quelques coups de
pioche et j'ai saisi le frêle petit tronc entre mes mains.
Les racines claquaient les unes après les autres comme
si j'arrachais une dent. Il y tenait à la vie, mon saule!
J'ai eu envie de le scier en petits morceaux pour l'achever d'un coup : la paresse et le respect humain m'ont
retenue. Et il agonise lentement sur le tas d'ordures
derrière les bambous au fond du verger. Je ne peux
m'empêcher d'aller le voir chaque matin. Quand les
bourgeons seront-ils prévenus qu'il s'est passé quelque
chose de grave les concernant? Parmi les détritus, ils
continuent à déployer leurs petites feuilles d'un vert
émouvant qui m'est un vivant reproche.

J'ai pris la résolution de ne plus jamais tuer un arbre.

« Mon cher amant (d'une autre).

« Le miracle breton a eu lieu : le goût de vivre me revient, poussé par un vent de force dix et mon anémie cérébrale prend fin. Depuis ma découverte de la Relativité (de tes sentiments), j'avais l'impression de ne plus être tout à fait dans la vie. Tout m'était un peu égal puisqu'il fallait que ce à quoi je tenais le plus me soit égal. C'était pénible pour moi qui aime crocher dans la vie.

« Je sais parfaitement à quoi rime mon absence : avec Présence. Je sais que tu prends des habitudes nouvelles, que Juliette navigue enfin librement dans mes eaux territoriales, qu'elle peut t'appeler chez toi et emmener son derrière à la fête tous les jours. (Pardon, mais j'adore cette expression entendue hier à propos d'une putain du pays!) Je sais que tu dois commencer à considérer Mamybel comme ta belle-mère car tu aimes avoir un petit monde affectueux autour de toi. Et bien, figure-toi que par la grâce de ce printemps qui germine en se fichant du reste, je pense à toi sans frémir. J'ai fait des progrès stupéfiants. Je ne suis pas Unique parce que rien n'est unique, mon pauvre enfant, l'amour évolue et les êtres sont pleins de contradictions, etc., etc.

« Les acquisitions se font toujours aux dépens de quelque chose : cette sagesse empiète sur les sentiments que j'ai pour toi. Je me sens moins acharnée... je t'aime plus comme une mémée. Du moins, es-tu content? Mais j'ai toujours envie de t'écrire. Pas de te parler, mais de monologuer devant toi...

« J'ai retrouvé dans le panier vert tes lettres de l'an dernier. Que ça se périme vite, une lettre d'amour! C'est comme la communion : c'est exaltant sur le moment et deux heures après on s'aperçoit qu'on n'est pas plus près de Dieu qu'avant. Il faudrait un télégramme toutes les trois heures! Il se passe tellement de choses entre le moment où l'un poste et où l'autre décachète. Et avec ton principe d'insécurité permanente entre conjoints, je suis au fond bien plus tranquille maintenant. C'est arrivé. Je n'ai plus peur de grand-chose maintenant. Et comme tout se dégrade dans la vie, mon chagrin lui aussi part en lambeaux.

« Tu me manques à l'heure des feux. Toi seul mettais trop de bûches pour avoir assez de flammes. Mes flambées sont miteuses et végètent sous ma main parcimonieuse.

« Et toi, penses-tu parfois à ma solitude granitique ? Tu as dû changer de monde avec aisance, comme tu sais le faire. Tu dois connaître toutes les vendeuses de chez Roxane. Le prix du madapolam, le tour de taille des principales clientes, la couleur qui sera à la mode l'automne prochain. Tu dois hanter les bistrots que tu aimes avec une femme enfin qui les aime, souper chez Lipp en sortant du théâtre. Trompes-tu Juliette ? Tu te trouves à la tête de tant de soirées libres ! Ou bien es-tu tout au plaisir d'avoir un nouveau profil à ta droite en voiture, au cinéma, au restaurant, au lit ? J'aimerais connaître la suite de l'histoire de ta vie. Donne de tes nouvelles si ON te laisse un moment.

« Je te quitte pour rentrer mes bras sous les draps. Je pense à tes bras... où sont-ils à cette heure ? (22 h 30.)

« Marianne.
« (Tu te souviens ?) »

*

Franca est venue passer quelques jours à Pendruc avec le Jaguar et Paris a fait irruption au village. Brusquement, on a senti les coulis froids sous les portes, j'ai vu que mes assiettes étaient ébréchées, mes rideaux mal cousus, le jardin m'a paru moins fleuri et la pluie plus froide. De loin, Franca rêvait d'une « chaumière », de préférence battue par des rafales furieuses, d'immenses promenades sur « la lande », de brassées de fleurs à ramener. De près, elle s'aperçoit que les ajoncs piquent, que la lande est boueuse, que le vent l'empêche de dormir et que quand il pleut, l'herbe est mouillée ! Son trench-coat de popeline blanche à quatre cent cinquante francs ne vaut pas un ciré à quarante-cinq francs, ni ses bouillons de daim une paire de sabots. La bruine ne réussit pas à la Jag ni à son maître. Elle ne démarre pas le matin, lui ne démarre pas le soir. On lui proposait huit jours dans un « mas » près de Grasse : il ne décolère pas.

Que valent ces jeunes emmerdeurs pour le déduict? Leur pesant de plutonium si j'en juge à l'empressement de Franca et aux soins qu'elle prend de sa personne. Si Franca était seule, nous bavarderions le soir sous ma couverture chauffante. Mais l'introduction de ce mâle dans notre univers rend notre amitié caduque. Car Franca va d'abord à l'homme. Elle a ce trait, que je hais chez certaines femmes, d'être transformée par la seule présence dans les environs d'un être de sexe opposé. Tout disparaît : affection, complicité, gentillesse : la Course au Trésor commence, chacune pour soi! Le Trésor est beau, c'est certain : le poil luisant et noir, l'œil lointain et ennuyé d'une bête en cage; des fesses de toréador, un pantalon qui a l'air d'être sa peau tant il fait corps avec lui. Que je puisse préférer coltiner du fumier dans une brouette plutôt qu'aller boire un verre avec lui à Ty Crampouz lui paraît le signe d'un encroûtement qui ne mérite même pas un regard humain. Il ne m'en adresse donc aucun.

Malignement, la Bretagne qui s'entend à décourager ceux qui ne sont pas faits pour elle, ne leur offre que rideaux de pluie, rafales qui décoiffent, restaurants clos et giclées de boue qui maculent les blanches cuisses de la Jaguar. Alors ils roulent à longueur de journées, faisant de la vitesse qui n'épate que les poules des fermiers bretons, visitant des phares emmaillotés de brume, des calvaires dégoulinants de pluie et s'entêtant à réclamer des « bolées de cidre » dans des crêperies de luxe où les serveuses sont déguisées en Bretonnes.

Le soir, nous nous retrouvons au coin du feu. C'est la minute Maison et Jardin. L'immense cheminée de granit trouve grâce à leurs yeux. On boit du whisky, on parle de *L'Express*, de *Lui*... C'est l'heure qu'ils aiment parce qu'elle ressemble à celle qu'ils passeraient à Megève, à Saint-Paul-de-Vence, à L'Épi-Club. Et puis on en revient toujours au cinéma, aux rôles que Jacques, Jean-Luc ou Claude lui réservent... « Premier tour de manivelle, début juin... 25 millions de l'aide au Cinéma... On a Zaza Jacquemaire pour 5 millions et le reste en participation... un film de 300 millions... tournage en Espagne... tata millions... titi millions... tutu rôle très intéressant... millions... millions... millions. » Je n'ai qu'une envie : courir à la ferme voisine parler de centimes. C'est finalement avec des centimes que l'on se nourrit.

Franca joue les femmes de comédien : « Vous avez vu Une Telle dans *La Mégère?* » Et puis, très vite, ils s'aperçoivent qu'ils s'ennuient. Il n'y a PERSONNE ici, ils s'en avisent. Enfin... PERSONNE qui soit QUELQU'UN à leurs yeux!

— Dis donc, Franca, on s'emmerde dans ton trou!

Je ne leur suis d'aucun secours. Je voudrais leur parler de mon problème numéro un : les taupes... Mais non, cela n'intéresse personne. Veulent-ils alors m'aider à poser du jute sur cette cloison? Oh! non, pas ce soir, ils sont crevés. A dix heures, comme les paysans, j'ai envie d'aller me coucher. Moulue, je me dirige vers ma couette. J'ai à faire, moi. Le sommeil aussi est une besogne, ici! une besogne qui occupe tout l'être. Avant de m'endormir, je fais ma liste pour demain : acheter du coaltar pour la coque du bateau, une bouée de corps-mort, du Harpic; passer à la pépinière prendre deux pinus insignis (ou pinos insignes?) et des pieds d'estragon, planter ratisser, biner... chères grosses petites tâches qui valent tant, qui pèsent tant, qui donnent tant, quoiqu'en pensent les jaguars!

*

Pour la dernière journée, la Bretagne nous a offert un échantillon de ce qu'elle allait déployer pendant trois mois sans nous. Nous sommes partis dormir sur la plage.

Sur le sable mouillé, les pattes des courlis avaient laissé leurs petites étoiles à trois branches, les bécassines de mer couraient sur leurs allumettes d'oiseaux mécaniques, les mouettes ne se dérangeaient qu'au dernier moment. La plage était aux bêtes comme elle l'est à l'aube, l'été, avant l'arrivée du premier pêcheur. Le printemps était ridicule à force d'être lui-même et d'évoquer Rémi Belleau et l'alouette montait vers le soleil comme dans les dictées. Les rosiers éclataient de partout : on n'est pas de bois! Les pervenches couraient sur les murs, sur le vieux tronc mort de la glycine mille petites vies menues et vertes se frayaient un passage vers le soleil. Les primevères qui ne sont fraîches qu'au sortir du frigidaire de l'hiver s'amollissaient au soleil. La mort commençait déjà pour elles. Mais les asters, eux, prenaient leur temps pour mettre le nez à la surface. Ils ne sont que du quatrième acte de cette tragédie qui finit toujours mal, et qu'on appelle l'Été.

Et tout cela, il allait falloir le laisser vivre sans moi, l'abandonner aux limaces, aux ronces, à l'ennemi jusqu'au premier juillet et ranger mes beaux outils Wolf dans le hangar où mon bateau broyait du noir parmi les pommes de terre germées, les vieilles caisses et les bouteilles vides. Dans la poussière, les drisses, les écoutes, les haubans traînant dans la poussière n'étaient plus que de vieilles ficelles et le cockpit servait de dépotoir. Mais le bateau voulait ignorer sa déchéance, il regardait ailleurs, vers l'ouest, comme un prince engermé par mégarde parmi des clochards et qui refuse de frayer.

Le dernier tour de clef à la maison qu'on aime et qu'on va quitter pour longtemps, c'est la pelletée de terre sur le cercueil. Mme Meillan, ma rose, qui va disposer tes bras sur la façade? Tendres zinnias nouveau-nés, qui va vous empêcher d'être mangés par le loup? Je vais fermer tes paupières de bois bleu sur tes yeux, le premier coup de vent va effilocher ta glycine et tu auras l'air triste d'un enfant dont sa mère n'attache pas le tablier et ne noue pas les lacets chaque matin.

Adios. Delphine a déjà les yeux tournés vers Paris.

Le fameux romantisme de l'adolescence ne résiste jamais longtemps à la pluie et à l'inconfort. Jean-Marie ramène son vélo à Paris et où est son vélo est son bonheur.

En démarrant dans un horrible fracas la 2 CV, comme d'un coup de scie, a tranché le cordon ombilical entre ma maison et moi : je quitte mon abri côtier, ma patrie; il faut retourner à la ville.

Avril

C'est sûr, je suis cuite! Il y avait doute, mais maintenant il y a certitude. On n'a pas impunément quinze jours de retard pour voir débarquer ce que l'on attendait sans en tirer des conclusions. Je n'ai pas le courage de parler à Jean. J'ai peur de l'acculer à ce fait accompli, j'ai peur de le mettre devant un dilemme.

Je sais que j'adorerais faire un enfant à l'homme que j'aime. Ce n'est pas parce que j'ai vingt-neuf ans et demi et que si on est normalement constitué cela vous prend parfois comme une rage de dents de vouloir procréer. C'est parce que dans le cas présent, j'aime le créateur. Parce que, je le sens, la création nous lierait enfin profondément l'un à l'autre, nous sortirait des chemins battus de l'aventure.

Au fond, depuis un ou deux jours, depuis que j'ai admis l'évidence et que je sais donner un nom à mon malaise, il est devenu bien-être. J'ai envie dans mon corps de rester comme je suis. J'ai envie de fabriquer quelque chose dans l'ombre, d'avoir l'air suffisant, d'être gonflée même, de dire : « Moi, je... » avec les autres mères qui échangent leurs souvenirs de couches.

J'ai envie de savoir comment on fait quelqu'un!

Et puis depuis que nous vivons beaucoup ensemble, cela me paraît normal que nous ayons un enfant. Tu ne trouves pas Jean que cela nous irait, un enfant? Mais comment te dire cela, mon amour? Tu te débats déjà dans le pétrin du doute. Tu as l'esprit ailleurs et la femme aussi. Tu es fait pour que tout aille pour le mieux dans le plus compréhensif des mondes et tu comprends moins que tout autre, pourquoi deux femmes ne peuvent pas s'accommoder du partage d'un homme. Si on te met des problèmes devant le nez, tu dépéris comme une plante d'ombre que l'on collerait au soleil. Je ne veux pas que tu dépérisses, ma vie, je vais me taire encore un peu.

Tu viens tout à l'heure. Tu m'as téléphoné : « Sois belle et dépêche-toi, je viens te chercher et on ira dans un troquet qui te plaira beaucoup. »

Aïe, un troquet? ce n'est pas tout à fait ce qu'il me faut ce soir! J'ai la bouche amère et la tête épaisse, j'ai envie de rendre mes tripes et puis d'aller me coucher. Je vendrais mon sac Hermès pour avoir le droit de dormir une heure, rien qu'une heure, même par terre comme un Arabe, mais atteindre le fond de l'oubli et même t'oublier toi aussi mon Jean, être une bête affalée et indifférente qui se moque de l'amour et des hommes. Mais tu vas mettre la clef dans la porte, crier : « C'est moi! » du fond de l'entrée, et alors je sais que je ne me permettrai ni de t'oublier ni d'avoir l'air triste ou soucieux, je préparerai les verres à whisky et ma tête à sortie, je te sourirai en surface et je ferai contre mauvais cœur bon cœur, en me disant tout bas : « Je te défends de parler, c'est une affaire à régler entre toi et moi ».

Mais si tu devines? Ah! ne m'en demande pas trop, si tu devines je ne réponds pas de mon silence.

*

Mon pauvre Amour, tu n'as rien deviné du tout. Ce n'est pas ta faute, j'ai joué serré.

Oui, j'avais le teint gris et je crois que j'étais plutôt moche, mais enfin j'avais verni mon visage d'une pellicule de joie, alors tu m'as dit :

— Cela te va bien cette robe rose!

Ce n'est pas tout à fait agréable les choses pas vraies,

mais c'était gentil quand même, je ne pouvais pas t'en vouloir!

Je mangeais du caoutchouc mousse qui se transformait en plomb dès déglutition. Et toi tu remarquais :

— C'est bon, ci! Juste le genre de bistrot que nous aimons!

— Que nous aimons, oui, mon chéri.

Alors, j'ai dit avec vaillance :

— C'est excellent, tu as raison.

Allez donc croire que je pense : non, quand je dis : oui.

Nous parlions comme d'habitude, tout à fait comme d'habitude.

Peut-être bien qu'il me traînait au fond de l'œil un mélange d'angoisse et d'espoir, mais tu ne regardes pas que mes yeux et mon sourire était celui de tous nos jours, alors... Mon ange qui m'as peut-être fait quelqu'un! Mon ange qui ne le sais pas! Mon ange avec lequel je joue à cache-pensée! Il ne faut pas que je m'étonne que tu n'aies rien trouvé...

Tu étais particulièrement beau ce soir! C'est bien de toi d'être très beau un soir où mon âme est vague! Un peu penché vers moi avec tes larges épaules rondes, mais enfin pas trop; tes yeux qui rêvent et tes longues mains, tu remuais plein d'idées, les proposant pêle-mêle, comme on fait sortir des numéros d'un chapeau, tu jonglais avec demain.

— Il faut absolument que nous allions à Amsterdam, c'est juste le moment pour la Hollande, je veux que tu voies les Vermeer!

« Oh! tu sais je vais probablement avoir un film à faire aux Baléares, cela serait bien, Jule, quinze jours aux Baléares avec toi!

« Et pourquoi ne quitterais-tu pas Roxane pour faire de la peinture? Tu es très douée, tu sais! »

Est-ce que je pouvais répondre :

— Jean, dans mon ventre... Jean écoute... Jean je crois...?

Je me sentais comme en détresse, en perdition dans

un océan de solitude, la solitude à deux, la pire peut-être, mais enfin c'est moi qui l'avais créée, je ne pouvais pas t'en vouloir et cela m'apaisait.

Et puis, il a pris fin ce dîner. Nous sommes rentrés chez moi et nous avons fait un amour que j'ai trouvé triste! Je ne t'en avais pas voulu toute la soirée, je te plaignais presque de ne pas comprendre, mais au moment de me perdre dans ma tendresse, je me suis retrouvée. Je t'ai quand même accompagné sur le chemin, mon Jean, mais je mesurais à chaque pas la distance irrémédiable qui nous sépare malgré nous. Et sans le vouloir, je m'éloignais à contre-courant. Alors quand tu t'es relevé, comme on brûle sa dernière cartouche, je t'ai donné ta dernière chance :

— Je ne sais pas ce que j'ai, je ne me sens pas très bien ce soir.

Tu m'as serrée très fort et très gentiment et tu as répondu :

— Il vaut peut-être mieux que je rentre à Guénégaud, parce que j'ai encore du travail : je vais te déranger si tu veux dormir tout de suite.

Et tu es parti, mon tendre aveugle!

Je t'ai ouvert la porte, je l'ai refermée derrière toi, j'ai entendu tes pas décroître et puis je me suis assise dans l'entrée et j'ai crié presque fort : « Je suis enceinte, qu'est-ce que je dois faire? » Mais tu étais loin déjà, tu n'as pas entendu!

*

Les jours passent, Jean ne sait toujours rien, je n'essaie même plus de lui dire.

J'ai déjeuné au Restaurant chinois avec Lucie hier, elle, je n'ai pas eu besoin de l'aider. Elle a compris. Entre le soja et le canard laqué, elle m'a dit :

— Toi, tu as quelque chose qui ne va pas!

J'ai éludé un instant, mais elle a insisté :

— Tante Lucie sait tout. Regarde-moi, je vois ça dans les yeux, est-ce que tu ne serais pas enceinte?

Ah! quel bien-être de pouvoir parler à quelqu'un de mes petites sensations naissantes! D'avoir une épaule de remplacement où poser ma tête! Lucie a été péremptoire :

— Il ne faut pas que tu le gardes, ce que tu es amorphe! Tu dois te dépêcher, il faut faire « ça » vite. Ne te mets pas à être sentimentale ce n'est pas le moment, il n'y a rien de pire pour un homme qu'un enfant qu'il n'a pas fait exprès. Jean ne te le pardonnera pas. Cela ratera tout entre vous. Tu es idiote de rester comme ça, encore sept mois à hésiter, et tu n'as plus qu'à tricoter une layette. Enfin, tu dois avoir des adresses chez Roxane. Écoute, je vais essayer de t'en trouver. Je te téléphonerai ce soir...

Lucie la légère me téléphone ce soir, et comme prévu elle n'a rien à me dire, si ce n'est que : « Le gars qui connaissait le monsieur de sa copine ne répondait plus à l'adresse que lui avait donnée l'ami de son amie. » Bref, qu'il est plus facile de dispenser des conseils que de procurer des renseignements, mais elle est quand même impérative :

— Il faut que tu te dépêches!

Porte-moi conseil, nuit. Dis-moi ce que je pense, souffle-moi ce qu'il veut, mon amant, donne-moi des ordres à sa place.

*

Eh bien, j'ai décidé. Je vais demain à quatre heures munie d'une sacoche où je porterai toutes mes économies du trimestre, me faire agresser par la main armée d'une Mme Berthe. Jean est parti pour deux jours et son départ m'a donné des forces.

C'est Jill qui m'a dépannée, elle a déjà subi deux interventions de cet acabit et elle m'a donné son adresse. « Mais ne la donne à personne, chérie, et dis surtout que c'est Simone qui t'envoie. »

Mme Berthe (l'air d'une dame quakeresse mâtinée caissière du Grand Café) me reçoit comme à regret dans son arrière-boutique, me tâte, me palpe et me donne six énormes ampoules glauques : « Mettez-moi ça dans votre sac », et elle empoche sans broncher ma forte somme. « Si dans huit jours vous ne voyez rien, revenez! »

Je vais dire à Tania qui ne lit clairement que le serbo-croate, mais qui a fait l'infirmière pendant l'ancienne guerre de m'envoyer en pleine fesse ce jus saumâtre, que je surnommerai « Remontant ». Puis, j'attendrai...

Sœur Anne, je ne vois rien venir, sauf mon amant avec lequel j'ai déjeuné aujourd'hui.

J'étais nerveuse, j'avais l'œil qui cillait, la main qui tapotait, le pied qui dansait.

— Mais mon ange, qu'est-ce que tu as?

— Mais mon ange, je n'ai rien, rien que je puisse te dire en tout cas.

Jean repart pour deux jours à Vendôme préparer son film. Je lui ai dit que je ne pouvais pas le suivre because boulot, je ne peux pas le suivre because risques et périls de mon bas-ventre qui m'occupe le cœur et la tête.

Il est parti. Je rêve à nous, à ce qui ne sera pas!

J'erre dans mon appartement du dimanche, Boudin à mes trousses; elle est la seule à remarquer la différence. Elle ne me trouve pas la même. Je la bouscule, sans la voir, je ne lui dis pas : « Dis bouzou à ta mère! viens m'embrasser! »

Je me désintéresse d'elle comme de moi. Tout occupée à défaire ce que j'ai envie de faire. Elle met sa tête de côté et me regarde l'œil interrogatif :

— Mais qu'est-ce que tu as?

Merci, ma Boude, si seulement Jean était aussi fin que toi!

Lucie m'a appelée avec sa bonne chaleur habituelle :

— Ça va? Si tu as besoin de moi, téléphone à n'importe quelle heure.

Merci, Lucie, mais laisse-moi, je veux être seule; je veux penser toute seule à l'enfant que je n'aurai pas.

J'aurais aimé un fils! Non, une fille peut-être pour

lui passer mes recettes de confiture. La confiture d'homme par exemple :

« Prendre un fruit pas encore mûr, éplucher, épépiner, réduire, faire mariner dans l'attente... et consommer selon besoin. »

Oh! un garçon cela aurait été bien aussi! je lui aurais appris comment deviner les femmes...

Allez, arrête Jule, prends tes pilules et offre tes fesses à Tania, pauvre gourde!...

Les liquides, les solides et les passes de Mme Berthe n'ont pas agi. Il va donc falloir pousser plus avant. Allez chercher l'objet à domicile.

J'ai l'impression toute subjective que j'enfle à chaque minute, que je double de volume jour après jour, comme un nénuphar.

Imbécile de Julie, en comptant sur tes doigts, tu ne peux pas être embarquée dans cet état depuis plus de six semaines. Ce n'est pas une affaire à vous enfler! Je sais, c'est une enflure toute morale. Mais le fait est là. Je me sens gigantesque, habitée, envahie.

Il y a un squatter au fond de moi et déjà il est vainqueur, mais déjà je vais le tuer. Rendez-vous a été pris avec la grosse Berthe pour récurage des voies et assassinat des espérances.

J'ai peur et je suis triste. Je voudrais me mettre les mains sur le ventre et dire : « C'est à moi, touchez pas. » Au lieu de cela, je vais demain sept heures, écarter les jambes, adopter cette hideuse position gynécolo et laisser la dame fouailler tout son saoul dans le plus intime de moi, pendant que j'imaginerai le petit garçon de sept ans, mélange entre Jean-Marie, Jean tout court et le Petit Lord Fauntleroy que j'aurais su faire si j'avais su le garder. Puis, il faudra le ramener à la maison ce petit garçon tué et le cracher sur le tapis. Au dire de celles qui ont vécu cette aventure, cela tombe toujours au mauvais moment et au mauvais endroit, les anges dont on se défait.

— Dans deux jours, m'a dit Mme Berthe après m'avoir

vitriolé l'entre-jambe. Si vous avez de la fièvre, appelez le médecin.

Je rentre, Jean me téléphone pour me dire qu'il reste deux jours de plus à Vendôme. Il s'attend à un regret teinté de reproche, cela m'est égal, tout m'est égal.

J'aime autant qu'il ne soit pas là puisqu'il ne sait rien, l'âne à tête d'homme, le bête, l'assassin par omission. Je l'ai protégé jusqu'à maintenant, mais soudain je vois rouge, j'aimerais qu'il souffre. Je n'ai plus qu'à dire à Roxane que je suis terrassée par la grippe, puis attendre le « floc » en m'agitant un peu pour le déclencher. Que dirais-je d'un nettoyage de l'appartement? D'un lessivage à fond de ma cuisine? Ou d'un peu de gymnastique suédoise? « Un, deux, un, deux, allons, partez, paquet indésirable. »

Pour faire passer le temps qui s'arrête, j'écris à Jean, je ne sais pas si je lui donnerai la lettre, mais cela me soulage de l'écrire.

« Jean, amour de ma vie,
« Je suis en train de faire une fausse couche. Je ne te l'ai pas dit pour ne pas aggraver tes problèmes, mais j'ai été très malheureuse et très douloureuse pendant quelque temps : cela t'expliquera mes humeurs et mes gênes. Quand tu reviendras, j'espère que tout sera fini. Ne m'en parle pas, je n'ai pas le courage de regarder en arrière et suis encore tentée de regarder en avant.
« J'aurais aimé que les choses soient autrement.
« Je t'aime autant.

« JULE. »

Voilà une chose écrite qui me donne une certaine paix. Je lui ai dit de ne pas m'en parler, mais je sens que j'aimerais qu'il m'en parle... Qu'il me plaigne. J'aimerais même qu'il me dise : « Tu n'aurais pas dû! » J'aimerais qu'il regrette!

Je supporte d'avance l'horrible douleur que cette phrase peut déclencher en moi et le « Rendez-moi mes tripes » qui s'élèvera du fond de mon corps, pour avoir la joie douce-triste de savoir que nous aurions pu être deux à penser la même chose.

*

Ça y est, depuis huit jours. Je n'y ai vu que du rouge. Pour moi ce n'était plus quelqu'un. Cette triste opération n'avait qu'un lointain rapport avec mon petit Lord Fauntleroy. Celui-là est resté dans ma tête et il en faudra plus pour le déloger.

Quand cela m'est arrivé, je n'ai eu ni désespoir ni souffrance aiguë; j'avais seulement une peur animale de me vider comme un flacon.

J'ai appelé le médecin du coin : « Hum, hum, mademoiselle, vous êtes en train de faire une fausse couche. — Ah? vous m'en direz tant! je me disais bien que ce n'était pas normal. »

Pénicillinage et supernettoyage et me voilà état neuf à nouveau.

Depuis, je me sens légérissime. Ouf, je ne suis qu'un. Il n'y a que moi en moi, quel luxe!

Jean n'a été mêlé d'aucune façon à ce carnage. Avec un à-propos qui pourrait presque s'appeler du flair, il n'est rentré que la chose terminée. Alors je lui ai donné ma lettre pour qu'il saigne un peu lui aussi. Il a souffert, et je l'en remercie. J'ai vécu avec lui une scène de larmes à deux absolument niagaresque.

Il était venu me chercher le soir de son arrivée, après avoir reçu mon mot. Il avait une petite tête toute bouleversée en m'embrassant, et moi je savais que s'il prononçait une seule phrase, je croulais dans les sanglots. Il a attendu que nous soyons dans sa voiture pour dire : « Pauvre amour », et vogue la galère, c'en était déjà trop, j'ai répondu par des larmes. Je suis remontée chez moi, avec lui, toute humide et salée, et je me suis adonnée à un grand chagrin liquide, aux grandes eaux des tristesses vaines. Et plus Jean m'apaisait, plus sa tendresse suscitait de nouvelles larmes.

Tout cela est parfaitement ridicule, si on s'arrête à l'étudier.

Je me suis fait avorter en toute connaissance de cause, et maintenant, je pratique l'autodestruction en chambre. Je me charcute les remords et les regrets. C'est parfaitement con et je ne me reconnais pas dans cette imbécile mouillée qui abuse de sa sensiblerie.

Quand j'ai eu atteint le fond de la pleurnicherie, je me suis levée pour regarder dans la glace ma tête bouffie et tomateuse, et je me suis trouvée si moche que je me suis arrêtée net.

Montrer cette figure en pomme cuite à l'homme que l'on aime, non, non et non.

Je suis dolente mais guérie et voilà Mamybel qui est malade.

Le docteur (le même!) vient.

— Mademoiselle, votre grand-mère n'a rien de grave, mais elle décline.

— Merci, docteur, c'est combien?

Mme Tania n'est jamais mieux que quand il y a du drame dans l'air. Elle s'ennuie dans le tous les jours, mais donnez-lui de l'inattendu, elle se révèle.

Pointe des pieds, pas feutrés, tisanes et longues veilles, elle donne tout. Mamybel est couchée, gris perle, sur son lit, ne sachant pas vraiment qu'elle a mal, mais geignant un peu plus que d'habitude, Mamybel, quoi faire et quoi penser de toi? Je n'ai l'air de rien, je te souris, mais je pleure à l'intérieur comme une pissotière. Pars, reste, dors, guéris, je ne sais plus ce que je veux, je t'aime beaucoup et mal.

Mamybel est remontée tout doucement sur son destrier. Je crois qu'elle va pouvoir faire encore un peu de route pour peu qu'elle trotte au pas. Elle se lève à nouveau, et confondant la maladie et le chagrin, elle pleure pour dire :

— Ah! ce que j'ai été malheureuse!

Mais son corps est redevenu gai. Elle dort, elle mange.

Et moi je souffle devant ce répit : « Quelle chance! c'est tristesse remise! »

Mai

Comme chaque année, Paris est devenu vert pendant que j'avais le dos tourné. Je n'arrive jamais à surprendre la transformation.

Une nouvelle fournée de jeunes filles est montée des profondeurs de l'enfance jusqu'aux trottoirs des Champs-Élysées où elle déploie ses fastes acidulés, ses certitudes, sa mode faite pour elle. D'Agreu-Agreu à Yé-Yé, la transition est facile. On ne demande plus aux filles de seize ans de réciter alpha, bêta, gamma, mais de connaître l'abc de la beauté. Il ne s'agit plus de posséder la théorie de la machine à vapeur, mais de savoir se fabriquer en pratique une tête chercheuse. Le bachot? Ça ne mène à rien, tout le monde le répète. Un garçon, ça vous mène plus vite et plus loin. Delphine poursuit très sérieusement ses études de garçons.

Franca est affolée par cette invasion de jeunes. Elle se sent perdue dans la piétaille et son blue-jean de chez Dior ressemble comme deux gouttes d'eau aux blue-jeans de Prisunic! La mode est aux seins : elle sert les siens sur canapé; ses pantalons sont si collants qu'ils moulent son « devant » et qu'on ne peut lui dire bonjour sans penser à « ça ». Mais tout le monde a les mêmes armes aujourd'hui, putains, adolescentes ou femmes expérimentées, et tous les coups sont permis, surtout les coups bas. De toute façon, tout le monde ne pense qu'à ça! Les pères de familles bourgeoises feuillettent négligemment *Play Boy* devant leurs épouses racornies qui ont pris le parti de parler des seins des autres femmes comme de fruits exotiques dans une vitrine :

— Ceux-là sont tout de même trop gros, tu ne trouves pas, Paulo?

Les mêmes humbles épouses font la queue au cinéma sous des affiches de croupes comme elles n'en ont jamais eu pour permettre à Paulo de bander un peu dans le noir.

De toute façon, la femme vieillissante n'a droit qu'aux quolibets des voyous ou, au mieux, à l'indifférence. On l'ignore. Jamais de vieilles femmes dans les magazines : il ne faut pas démoraliser la population. Toutes sont lisses et souriantes et celle qui a des rides comme vous et moi reprend dans la photo suivante sous l'influence de Magic Secret son teint de fleur. Comment ont fait ces femmes, qu'on voit dans le métro, pour vieillir quand même? Elles sont coupables. Allez! Au ban de la société!

Mais pour cette année encore, encouragée par les magazines, le printemps breton et les forces qu'il a fait naître en moi, j'oublie que j'ai quarante ans. J'ai vingt ans, plus vingt ans d'expérience, c'est tout! Comme pour me pousser au péché qui couve en moi et que tout me suggère, Bertrand vient de téléphoner. Il est en disponibilité pour un mois. Précisément, j'y suis aussi. Pour une fois, il frappe à ma porte quand je l'attendais.

Jean est encore en voyage. Je pourrais, il est vrai, aller tricoter avec Juliette. Nous parlerions de notre prisonnier... J'en ai l'envie parfois mais pas les moyens, je viens d'en faire l'expérience en rencontrant Juliette rue Soufflot. J'attendais l'autobus quand j'ai vu le monstre abhorré. Prise de panique comme si j'étais la coupable, j'ai sauté dans le premier autobus qui passait. Plutôt débarquer Porte de Vanves qu'avoir à lui dire : « Bonjour, comment vas-tu? »

Elle était d'un blond insolent, immoral. Moi aussi, je pourrais être blonde! Elle avait les yeux cernés, l'air femme-qui-aime et toujours ses ridicules talons aiguille de huit centimètres. Mais il faut bien me rendre à l'évidence : elle est sympathique. J'aurais voulu qu'elle ait les attributs de sa fonction : une grande bouche sanglante, un derrière qui remue quand elle marche, bref la tête et le... de l'emploi! Mais c'est une petite maîtresse fidèle, sérieuse et attendrissante. On peut être « gentille » et démolir la vie de quelqu'un!

Donc, pas de tricot. Enfiler plutôt des perles. Je sors en conséquence avec Bertrand. Nous avons repris nos sentiments où nous les avions laissés : sur les banquettes du Capoulade, il y a vingt ans. Les sentiments ne s'usent que si l'on s'en sert : les nôtres nous attendaient fidèlement, et pour les vivre, il ne nous restait plus qu'à rajeunir, ce que nous avons fait sans effort. Nous allons au Louvre comme des étudiants, nous dînons dans les crêperies du quartier Latin, nous fréquentons les concerts. L'absence de Jean m'enlève tout complexe et fait naître chez Bertrand un humble mais tenace espoir que je me garde bien de tuer : je ne suis pas en état de tuer pour le moment. Je suis la vamp de quelqu'un, sa Muse, son Nec Plus Ultra... je veux goûter jusqu'à la lie ce breuvage-là. Mais Bertrand ne semble connaître que deux catégories de femmes : les honnêtes et les faciles. Il ne sait pas encore que toutes les femmes font partie d'une troisième force... Vingt ans de résistance à ses respectueuses attaques m'assurent un préjugé favorable à ses yeux, mais il continue à me presser doucement comme si nous n'avions pas la vie derrière nous! Son manque de psychologie m'attendrit. Et puis sa rousseur aussi et cette peau anglo-saxonne qui garde toujours un peu de la transparence de l'enfance. C'est par leurs contrastes que la vie ou les gens nous possèdent. Chez Bertrand, je discerne parfaitement ce qui m'attire : c'est la violence sous la timidité, c'est ce que je devine de naïf et de vulnérable derrière son allure doctorale et guindée.

J'ai toujours eu un faible pour ces hommes qui ont pâli leur vie durant sur des livres, qui ne font pas de sport et dont le corps ne sert vraiment qu'à l'amour. Bertrand semble né avec un costume sombre et une serviette de cuir. Ce sera un plaisir de l'en dépouiller, de découvrir enfin ce qu'il peut y avoir d'animalité derrière ce spiritualiste apparemment ininflammable, de faire connaissance sur le plan horizontal de cet ami intime mais toujours vertical. Basculer d'un quart de tour suffira pour qu'il change de vocabulaire, de regard et de voix. J'ai envie d'entendre sa voix de derrière les fagots, sa voix d'après la faute. Cette voix qui disserte si savamment d'Husserl ou de Platon, je voudrais l'entendre dire des bêtises et employer, comme le plus commun des mortels, le pauvre et miraculeux vocabulaire de l'amour.

Nous y venons tout doucement.

*

Nous y avons été... Non sans peine — et non sans joie — nous avons secoué des tonnes de scrupules et l'habitude de nous croire Intouchables à force de ne jamais nous toucher. Est-ce parce qu'il a mis tant d'années à se déshabiller devant moi qu'il m'a paru plus nu qu'un autre? Sa blancheur donnait une allure de péché à sa nudité : son corps n'était pas fait pour elle, il fallait vite le cacher sous mon corps plus brun.

Bertrand est de ces hommes qui n'osent s'abandonner que la lumière éteinte. Je l'aimais d'être pudibond, gauche, passionné, tout ce que Jean n'était pas. C'est à tâtons que nous avancions l'un vers l'autre et c'étaient précisément les imperfections de notre accord qui me comblaient.

Un geste manqué, une hésitation dépassent parfois en pouvoir émotionnel la parfaite maîtrise.

Étroitement serrée contre Bertrand, ne voulant sortir ni l'un ni l'autre de ce cocon de tendresse que nous venions de tisser autour de nous, je songeais à ma première nuit avec Jean, aboutissement logique d'une amitié en train de virer de bord. Déjà je me soupçonnais sérieusement de l'aimer, mais j'imaginais encore une série de rencontres avant d'en venir au corps à corps et d'inscrire ce sentiment dans les faits. Or, dans la même soirée, m'ayant embrassée pour la première fois à vingt et une heures, Jean franchissait au galop toute la Carte de Tendre, brûlant les étapes intermédiaires qui s'appellent « Désir à travers les Vêtements » et « Attaque de petits Postes avancés », et à vingt-trois heures terminait le circuit avec une autorité et une aisance qui me laissèrent pantoise. Je me comportai comme une paysanne sourde-muette qui voit entrer un hussard vainqueur dans sa ferme. Sans me dire : « Puis-je ? » à peine dans ma chambre, Jean avait commencé à se dévêtir. Bouche bée, je le regardais me dévoiler ses cuisses, son torse, puis ce qu'il y avait entre les deux. Là aussi, je me découvrais une vertu à étages! J'aurais voulu qu'il fît les choses par paliers et notamment qu'il gardât son slip encore un peu. Mais je ne voyais pas comment le lui faire savoir sans ridicule :

« Vous ne voudriez pas garder votre... heu... encore quatre à cinq minutes, s'il vous plaît ? »

Il m'aurait assez plu de pouvoir mettre sur le compte de la bestialité cette rapidité d'action. Mais de ce côté-là non plus, pas d'espoir! Jean restait homme du monde, spirituel, ironique, en possession de tous ses moyens et prêt à se rhabiller à tout moment si j'avais manifesté la moindre réticence. Et comme il n'est ni pervers, ni hypocrite, ni même ce qu'on appelle un jouisseur, il suivait la voie la plus simple et la plus naturelle qui est de déballer son matériel posément avant de se mettre à l'œuvre. Il se mettait donc en tenue de travail sans fausse honte, souriant intérieurement de la violence morale qu'il me faisait. Lui nu dans ma chambre, c'est encore moi qui avais l'air emprunté! Cela commençait.

A ma grande déception, Jean nu ressemblait comme un frère à Jean habillé. Ses vêtements n'étaient pas des cachettes ou des alibis; il n'enlevait avec eux qu'un peu de laine et de soie, mais restait vêtu de son imperturbable aisance que j'espérais tant voir tomber avec le reste. J'ai tout de même obtenu qu'on éteigne... pour la première fois. Jean s'amusait de plus en plus.

Et puis nous n'avons plus ri.

Mais il m'est resté un complexe.

Bertrand, lui, est bourrelé d'inquiétude, ce qui me libère de la mienne. Il faut toujours dans un couple que l'un des deux ait peur. De le voir dépassé, submergé, me permet de me laisser aller plus loin, sous le couvert de ses émotions à lui. ON ne me voit pas! ON est tout entier à son affaire! Je me sens libre, je n'ai jamais été si libre, et c'est moi maintenant qui ai envie d'allumer.

*

Je l'ai eu moi aussi mon week-end de fruit défendu. A Barbizon. J'aurais donné Bertrand pour voir arriver Jean et Juliette. Non pour qu'ils me voient, enfin casée... mais pour que Jean mesure où nous en étions.

— Tiens! Bonjour, mon chéri. Quoi de neuf? On pourrait faire une belote, ce soir, on est quatre!

Je ne crois pas que Jean serait heureux. S'il souhaitait que je renonce à lui, je sais qu'il me l'aurait dit. Dans le doute, je perds sur tous les tableaux : je ne parviens à être heureuse ni avec lui ni sans lui, mais j'aime mieux ce doute qu'un assassinat prématuré de mes sentiments.

Quant à Jean et Juliette, ils étaient ailleurs et j'ai pu jouer pendant deux jours à aimer Bertrand avec la complicité du printemps et de la forêt de Fontainebleau.

J'ai réussi par moments à me prendre au jeu.

Mai

Eh bien, cela ne passe pas, cet état! Quand c'est
fini N.I. ni, ça recommence comme dans la chanson de
Léo Ferré. Je n'arrive pas à oublier le personnage virtuel
que j'ai interrompu. C'est comme si j'avais un enfant
dans un autre pays. Quelqu'un qui n'aurait pas besoin
d'être achevé pour exister, qui mènerait une vie parallèle
à la mienne et que je surveillerais de temps en temps
du coin de l'œil.

Je trouve une saveur amère à mon propre chagrin.
Je me dis que je suis à plaindre, je me plains d'être à
plaindre, je me console et je remets cela à zéro.

Pendant quelques jours je me suis senti un pays libéré,
maintenant je suis comme une terre abandonnée. « Où
est-il, ce propriétaire qui s'apprêtait à faire souche en
moi? Je l'ai tué! »

Se faire avorter quand on n'a pas envie d'un enfant,
c'est supportable; mais supprimer un enfant dont on
s'est mis à rêver, c'est une catastrophe!

Jean m'a dit :
— Viens, on part pour le week-end. Laisse tous tes
emmerdements derrière sauf Boudin. Viens, on va penser
à autre chose.

Alors nous avons été pour deux jours à Ivry-la-Bataille.

Truites au bleu, écrevisses au rouge, eau vive courant
sous le moulin, bonnet blanc du chef et chambre douil-
lette! Tout était bien.

Non, pas tout : nous, nous étions mal, je trouve. J'étais agressive et toi tu étais las. Fatigué de mes mélancolies même si je les tais, tu te rétractes douloureusement dès que j'essaie d'amorcer une mise au point que tu prends pour une mise en cause.

Il ne faut pas s'étonner dans ce cas que les conversations soient parfois pavées d'écueils et barrées de sens interdits.

Tu m'en veux sans te le dire de m'avoir fait souffrir sans le savoir. Tu m'en veux plus encore, je le crains, de compliquer tes pensées. Moi qui ne devrais être là que pour t'apporter un supplément de joie, pour alléger ta vie, pour l'embellir. Voilà qu'à cause du sentiment irrépressible qui nous a envahis l'un et l'autre, nous avons mis en marche toute une réaction en chaîne de microcatastrophes.

J'ai fait une fausse couche... Marianne est chez Franca depuis quatre mois, Delphine a pris le parti de sa mère, tu vois Jean-Marie à déjeuner le jeudi entre son catéchisme et son entraînement au foot. Tu l'emmènes au restaurant : « Alors, qu'est-ce que tu commandes ? Est-ce que tu veux des frites avec ton poulet ? »

Et puis, tu ne sais plus rien dire. Le charme de la paternité est rompu. Jean-Marie doit écarquiller ses gentils yeux et se demander pourquoi papa et maman...? et toi tu dois avoir l'air faussement gaillard. Un air que tu prends très mal ! Tu te sens plus coincé dans tes devoirs de père que quand tu retrouvais tes enfants chaque soir et que tu pouvais les pousser du pied sans les voir si tu étais fatigué ou distrait.

Tes amis font des commentaires, les miens aussi. Tout cela nous grignote un peu, mon amour.

J'en ai commencé pendant ces deux jours, des phrases où j'avais l'intention de te dire que le pire de nos problèmes, c'était toi !

Pourquoi ne sais-tu pas ce que tu veux ? Laquelle tu veux ?

Puisque Marianne est partie, puisque je suis là, puisque

tu m'aimes, puisque je t'aime, pourquoi ne rentres-tu pas dans l'action?

Parfois je souffre de mon amour pour toi, je regrette l'importance que tu as prise dans ma vie, même mon travail a perdu de sa valeur depuis toi! Mon métier qui était la clef de voûte de mon équilibre, la chose sur laquelle je pouvais toujours m'appuyer en cas de désarroi, mon métier en est venu à m'ennuyer parce qu'il est un obstacle entre nous. J'ai des heures de travail bien plus régulières que les tiennes, et ainsi je perds des moments avec toi que je ne retrouve pas, car je n'ai pas en compensation la douce certitude de la tendresse quotidienne. Tu es là, mais tu n'es pas que là! Tu retournes « chez ta femme » quoiqu'elle soit partie de chez toi. Ruc Corneille reste ta deuxième adresse.

Nous voguons dans l'incertitude, nous nous aimons, mais où cela nous mène-t-il?

Voilà tout ce que je n'ai pas su te dire à Ivry, quand nous marchions au bord de l'Eure et de ne pas le dire me rendait gauche et triste.

Mais comment dire à son amant :

« J'avais espéré détruire ta femme, enfin la réduire, la pousser dehors doucement : " Allez, allez, disparaissez... " Je pensais que puisqu'elle était partie, tu oublierais. »

Mais je n'y arrive pas, elle résiste, elle n'est pas là, mais elle continue à être tout court. Elle hante nos conversations, elle traverse notre chambre au mauvais moment, elle nous suit des yeux.

C'est une ombre trouble-fête! Si tu me disais où nous allons, je saurais attendre sans penser à rien. Mais tu ne me le dis pas. En rentrant à Paris, j'ai soudain été étouffée par mon silence, il a fallu le rompre. Tu conduisais calmement, j'étais parallèle à toi, les yeux dans le vague, je me sentais comme chez le psychiatre, je pouvais te parler sans te regarder, cela m'a donné des forces.

— Jean, qu'est-ce que tu penses faire?

(Tu repousses toujours la vérité, en faisant semblant le plus longtemps possible de ne pas la voir.)

— Faire de quoi?

— De nous?

— De nous?

— Enfin, Marianne est partie depuis quatre mois, elle ne va plus revenir maintenant. Elle s'est installée dans le définitif, et toi tu restes dans le provisoire; tu ne trouves pas que c'est bancal notre façon de vivre?

— Écoute, Juliette, j'ai pris jusqu'à maintenant position d'une façon péremptoire, tu en conviendras. J'ai tout de suite annoncé à Marianne mon amour pour toi et j'ai vécu cet amour. C'est à Marianne de jouer maintenant. Je ne veux pas provoquer ses réactions. Je les attends. Je lui dois bien ça!

J'ai crié :

— Et à moi, qu'est-ce que tu me dois?

(Ah! hélas, on en arrive toujours à la scène de ménage avec l'homme qui est en ménage avec vous!)

— Juliette, je te donne tout ce que je peux. Tu savais que notre amour serait difficile, je ne t'ai pas trompée...

Je hurle malgré moi :

— Mais moi je me suis trompée en renonçant à tout pour toi. Depuis que je t'aime, je passe ma vie à t'attendre et à espérer quelque chose et à être déçue...

— Tu ne peux pas être déçue par nous, nous sommes très très heureux ensemble...

— Mais c'est justement ce qui me déçoit, que ce bonheur ne te suffise pas!

— Chérie, il me comble, mais je ne suis pas seul en cause!

— C'est vrai, il n'y a que moi qui sois seule! J'envie ta position, va, on est sûr de ne pas perdre quand on joue comme toi sur deux chevaux! Si ça ne va plus avec moi, *Adios!* tu peux toujours retourner à Marianne, qui s'arrange pour t'attendre sans en avoir l'air! Pour rester en étant partie! c'est futé comme attitude! Moi, malheureusement, je suis la pauvre gourde! pas futée pour un sou! Et j'ai bien l'air de ce que je suis! amoureuse aveugle! imbécile consentante!...

Et j'en rajoute, et j'en rajoute...

Jean se tait... Il ne répond plus, la cote d'alerte est dépassée... Il va parcourir l'autoroute sans dire un mot.

Je le regarde de biais... Il ressemble à Jean-Marie quand il boude! Je l'aime à l'en détester! Et plus j'éprouve de sentiment à son égard, plus je hurle des choses que je désavoue dès qu'elles sont parties de moi... Tout un ruban funeste d'imprécations qui échappent à mon contrôle :

— Ah! si j'avais su... Ah! quelle conne je suis... Si tu crois qu'on se remet comme ça d'une fausse couche!...

Je me sens devenir vulgaire, une Mme Tout-le-monde, une Mme la Maîtresse, une Mme la Secrétaire maîtresse, la petite femme maîtresse, la moche, la médiocre, juste celle dont je m'étais promis de ne pas endosser l'uniforme! Je suis jusqu'au cou dans mon propre opprobre, je m'enlise.

Jean avec sa figure camuse, et ses mains qui tiennent bien le volant, garde toute sa maîtrise de soi, car après tout on n'est pas encore dans le décor, et il y a une demi-heure que je gueule! mais il me juge, j'assiste à ma défaite, j'assiste à ma propre curée! Je suis tellement tendue que j'en perds la notion du temps et de l'espace. On arrive rue Corneille, et je me croyais encore vers la porte Maillot! Zut, c'est foutu! je n'ai plus le temps de rattraper la sauce.

Il met le frein sans arrêter le moteur :

— Bon, tu es chez toi, je vais rentrer... Au revoir, Jule.

Toute la mélancolie des amours mourantes passe à travers son « Jule »!

Tu n'as pas dit adieu, Jule, hein? C'est au revoir? c'est à demain?

On va renaître? On va effacer la trace de mes cris?

Parce que je ne coïncide pas toujours avec mes sentiments, que je suis d'habitude en retard sur eux, je claque la portière, sur la vitesse acquise de ma hargne qui déjà s'éteint, et je m'en vais : une vaincue qui ferait semblant d'avoir gagné! Je m'en vais, je m'en vais, chaque pas pèse une tonne, j'atteins le porche; le moteur n'a pas encore repris, j'espère? Ah! ça y est, il démarre!

Je gravis le chemin de croix-escalier, je cherche, je trouve ma clef et je vais me poser comme une morte sur mon lit.

Je n'ai même pas le courage de me faire la grande scène du deux, de retourner vers moi mes ultimes injures, je suis morne et dessoûlée.

— Va dans ton panier, Boudin, et ne me regarde pas comme si tu pouvais comprendre.

Quant à moi je m'offre en aumône un Binoctal, en espérant qu'il sera un quadri, un centi, un multi noctal et que je ne me réveillerai qu'après avoir tout oublié.

Ce matin, après avoir dormi comme si j'étais quelqu'un d'autre, sans problème et presque sans corps, j'émerge à la surface avec un sentiment genre : « Naissance de Vénus » de Botticelli. Je me sens lavée et fraîche! Neuve à nous. Au fond, moi, je ne déteste pas les gueulantes! cela me fait voir clair!

Mais lui, comme cela serait bien s'il avait parcouru le même chemin pendant la nuit! Ah! quelle crétine j'ai été de lui faire une scène! Enfin, je sais pourtant qu'il ne supporte pas les cris! Qu'est-ce qui t'a pris, imbécile? Est-ce que tu crois que c'est comme ça que tu vas gagner? Et puis, gagner, gagner, qu'est-ce que cela veut dire? Tu aurais honte quand même de devoir ta victoire à un assassinat? Tu te rappelles comme tu aimais Marianne? Parfois tu la hais, oui, mais le reste du temps ce n'est pas si facile que cela de ne plus l'aimer! Allez, suffis-toi avec ce que tu as, c'est tellement plus que tu n'avais. Elle est partie, il t'est resté. C'est bien, non? Allez, va tout de suite lui téléphoner avant qu'il parte de chez lui :

— ... Jean?...

— Alors, Furie, ça va mieux? Tu es prête? Je viens prendre le petit déjeuner avec toi.

Jule toujours prête, Jule honteuse, Jule heureuse, quelle chance, il vient. Vite un petit déjeuner idéal. Où est le thé de Chine? Ah! de la marmelade, et les petits biscuits qu'il aime! Allez, coiffe-toi, serre ta ceinture de robe de chambre, il faut que tu gagnes puisque tu as perdu. Ah! le voilà l'amour retrouvé! Bonjour, pardon, bonjour, merci!

Juin

C'est parce que Juliette existe que Bertrand m'aime.
C'est à elle qu'il devrait envoyer des fleurs au lieu de se
présenter obstinément chez moi avec d'horribles œillets
chiffonnés baignant dans l'asparagus puisqu'ils ne sont
pas fichus de fabriquer leurs propres feuilles. Franca
essaie en vain d'en faire les bouquets japonais, mais
l'œillet décourage l'artiste.

Pourtant malgré eux, malgré ses cravates qui ne
feraient pas de mal à une mouche, — ou à cause d'eux
et d'elles — Bertrand me touche profondément. Nous
nous sommes attachés l'un à l'autre avec l'ardeur de
ceux dont les jours sont comptés. Non, je ne voulais
pas l'épouser; non, je n'avais pas décidé de quitter Jean
pour toujours; c'était dur de dire NON et de faire les
gestes du OUI. Comment Jean l'avait-il supporté si
longtemps? Il m'arrivait de le haïr à cette pensée. Rien
n'est vraiment proche de l'amour. Un seul sentiment est
l'amour, le reste n'est que fausse monnaie dont tout le
monde est trop heureux de se servir.

Laquelle de nous deux Jean paie-t-il avec de la
fausse monnaie? Toutes les deux puisqu'il ne voit pas la
différence. Il ne m'aime pas assez pour accepter de
faire souffrir Juliette; il ne l'aime pas assez pour me
quitter. Il doit appeler cela : nous aimer trop toutes les
deux! Mais si Juliette n'était pas de la race des saintes,
c'est-à-dire des « vraies » femmes dont les « vrais »

hommes auront toujours la nostalgie, elle commencerait à s'apercevoir (passés les premiers mois d'extase qui brouillent tous les problèmes) que cet amour signifie pour elle un sacrifice et pour Jean un accroissement. Il faut être bien résignée à faire partie du deuxième sexe pour supporter cet état de choses toute une vie.

★

Nous préparons dans la fièvre le bachot de Delphine, Bertrand et moi. C'est passionnant, excitant, rajeunissant. J'aime les examens. Si mon affaire à moi pouvait se régler par un examen! Juliette et moi examinées par un jury comprenant Jean, sa famille, ses enfants, ses amis, et courant le cent mètres, remplissant sa déclaration d'impôts, mettant une pièce à son pantalon... et que la meilleure gagne! Je veux bien être recalée, mais qu'on me le dise. Avec le système de Jean, il faut avoir sa moyenne toute l'année et flatter le mérinos; c'est trop ingrat pour l'impétrant.

Mais pour l'heure, je fais l'école buissonnière et c'est Juliette qui déploie du zèle. J'ai mis mon Jean à l'ombre, dans mon « hommier », enfermé bien à plat entre deux buvards et hors d'état de me nuire. Pendant ce temps, je reprends des forces où je peux, où j'en trouve et je regarde en souriant mes cicatrices qui s'effacent doucement maintenant que le bât conjugal ne les irrite plus chaque jour. Et puis je me laisse aller aux joies aiguës et mélancoliques d'un trop bref amour. Bertrand attend vers le 20 juillet sa nomination à un poste qui lui fera quitter la France à nouveau, et Jean arrive le 1er août à Pendruc.

A moins qu'un grain de sable...

« Jean, Delphine est reçue sans oral. J'avais hâte que tu le saches et j'espère que cette lettre te joindra malgré l'adresse imprécise. Bertrand m'a beaucoup aidée à la faire travailler et nous avons vécu ce mois de juin dans une ambiance de bénédictins; maintenant, ce serait plutôt les moines de Saint-Bernardin !

« Delphine prend cette semaine le ferry pour l'Angleterre, et je pars le lendemain avec Jean-Marie pour Pendruc. Mais Franca, elle, a compris : elle va aux Baléares !

« C'est un plaisir de recevoir tes honorées... Elles disent l'essentiel, mais pas l'important ! Où couches-tu ? Ou plutôt sur qui ? Je n'aime pas t'écrire poste restante, même à Athènes. Cela rebute mon imagination. Et où peut-on t'appeler si l'on meurt ? J'aimerais te faire le coup ! Je serais accidentée, on n'arriverait pas à te joindre, je mourrais en prononçant ton nom, tu arriverais pour me trouver déjà froide et tu ne t'en remettrais jamais ! Tu commencerais par ne plus pouvoir supporter Juliette avec qui tu étais en train de festoyer à l'heure où je poussais mon dernier soupir. Mais n'aie pas peur : tu n'es pas doué pour les remords et moi je n'ai pas de chance ! Tu peux banqueter tranquille, une femme sur chaque genou.

« Je suis tes émissions car Franca s'est acheté un poste de télévision et quand je vois ton nom au générique, je me dis : " Tiens ! J'ai bien connu cet homme-là, autrefois ! "

« Comme on se perd vite beaucoup quand on s'est perdu un peu !

« Ma santé est bonne, merci. Pas de nouveau transport au cerveau, car je n'ai pas rencontré la Judas ces temps-ci. J'ai hâte d'être en Bretagne. Bertrand doit venir y passer une semaine vers le 14 juillet. Il fait très beau et je compte pêcher beaucoup. J'omets à dessein l'accent : ce sera un jeu d'enfant pour toi de compléter.

« Écris-moi pour me confirmer tes projets d'avenir. Car si tu changeais d'avis et ne venais pas à Pendruc, j'exige un préavis de huit jours pour avoir le temps de me retourner... vers d'autres horizons, Franz viendrait peut-être passer quelques jours en août. Peut-être viendra-t-il même si tu es là d'ailleurs. C'est te dire la pureté de ses intentions... ou son peu d'ardeur...

« Mais tu vois que je fais des progrès dans l'art de vivre. Bientôt je vais être assez calée pour m'attaquer au mari de ma meilleure amie... Et si c'était toi?

« Je ne sais où t'adresser mes baisers. Poste restante, ils risquent de moisir. Alors je te les garde jusqu'à nouvel ordre.

MARIANNE. »

Juin

Le hasard est brave! Nous allons pouvoir partir ensemble Jean et moi! Nous ébrouer de nos mélancolies, réinventer notre bien-être passé.

J'ai été élue pour représenter la maison Roxane à Athènes.

Le magazine *IF* doit faire une série de photos-couleur des modèles de quelques maisons parisiennes.

« Pas des maisons de premier plan (hum, Mme Roxane se croyait de premier plan!) mais des maisons solides qui ont un nom depuis longtemps, nous dit le représentant de *IF*. Nous emmenons un mannequin et une déléguée pour trois jours.

Il semble qu'étant donné l'âge du capitaine de notre établissement et celui de ses lieutenants, c'est le deuxième classe moi, qui sera le mieux armé pour remplir l'office. De plus, je parle l'anglais si ce n'est l'hellène et les voyages forment la jeunesse. (L'âge des autres étant inversement proportionnel au sien. Mme Roxane me trouve très jeune de peur d'avoir à se trouver très vieille.) J'ai pu arracher à ma directrice la permission de rester huit jours de plus en Grèce une fois ma mission accomplie, Jean viendra les passer avec moi. Dans ces cas-là, il fait preuve d'une extraordinaire souplesse, d'un ravissant esprit d'aventure : « Huit jours en Grèce avec toi? Quelle merveille! Je vais m'arranger, il faut que ça marche. » Mme Roxane n'était, quant à elle, pas du tout d'accord pour que je profite d'une occasion. Elle trouvait plus rationnel que je me transporte avec des œillères jusqu'à Athènes, afin de ne pas apercevoir l'Acropole que je fasse poser les mannequins à l'ombre des Olympéïons sans lever la tête et que je revienne dès la dernière entrevue avec les gens de *IF* pas plus renseignée sur l'Hellade qu'à mon départ.

J'ai pris ma tête de jeune femme en colère, la seule de mes têtes qui la déroute un peu, et j'ai dit : « Je n'y vais pas, si je n'y reste pas. » Donc j'y vais, donc j'y reste.

C'est Jill qui m'accompagne, malgré ses seins roulés, c'est quand même elle qui a le plus de zeste, de zça, de clic!

Cela me distrait de partir avec cette grande gourde. D'ailleurs, Jill n'est pas à proprement parler, une gourde. Elle a juste un mépris absolu, presque philosophique pour tout. Elle attend que « ça » se passe, la vie, en ne trouvant aucun intérêt à la promenade.

Elle bouffe un steak de temps en temps, elle dévore un homme assez souvent, mais elle ne mord pas à la vie. La seule chose qui la rattache à l'existence, c'est sa beauté, qui a d'ailleurs une qualité nébuleuse assez envoûtante. Si j'étais un homme, je serais tenté de me pencher sur son néant.

En tout cas, moi, son néant me reposera de mon trop-plein de problèmes.

Procéder une fois encore aux mêmes opérations. Confier Mamybel, Boudin, confier ma famille à Tania, secouer mes robes d'été, il doit faire chaud là-bas! Dire : « A bientôt, mon amour » à Jean, rêver un instant sur son épaule à notre lune de miel, notre lune de juin en Grèce. Fermer le gaz, mettre la clef dans la serrure, fuir! J'adore la fuite! Je me retrouve quand je pars, et cette fois-ci j'en ai particulièrement besoin!

*

Voilà, je flotte dans les nuages, les nuages toujours recommencés.

Dans l'air, entre soleil et terre, on a l'impression d'avoir un répit. Quand on regarde en dessous, cela semble si minable tout cela la vie des hommes et, si on lève la tête vers le coton, on frissonne d'inconnu. On ne peut que se réduire à cette boîte close, en suppliant qui l'on veut de vous déposer tout à l'heure sans encombre sur le sol.

En avion, j'ai une peur exaltée, une peur oxygénée, qui me donne des ailes. Je sens que je n'appartiens qu'au moment qui passe, je n'ai plus d'attaches, je prends au sens figuré aussi des distances avec les gens et les choses. Jean est loin, je l'aime, il est essentiel à ma vie, mais il est loin, je plane au-dessus!

Pour comble de dépaysement, moi qui ai toujours voyagé à mes frais donc selon mes moyens, je voyage aujourd'hui aux frais de la princesse Roxane, donc non selon mes moyens : « Ma petite, dans une maison de couture on perd tout ce qu'on veut aujourd'hui », mais selon mon standing comme je représente à ses yeux une maison de première classe, je suis en première.

Nous y voilà donc dans ce lieu saint, à l'avant du navire, là où il y a raison double de kapok mousse sur les fauteuils et où les hôtesses ont encore le plein sourire quand elles vous offrent leur bonbon de route. Bien sûr, nous sommes presque les seules femmes. La carlingue de luxe transporte sa cargaison habituelle d'homme d'affaires à serviettes, et les touristes sont pour la plupart dans la classe du même nom.

Jill et moi, on se rengorge, on se gonfle. Pour ne pas changer, ma voisine se fait une retouche avec un crayon noir « spécial », mais elle est soucieuse, il lui semble que cette mine est moins bonne que l'autre : « Qu'est-ce que tu en penses, chérie, est-ce que mon œil gauche est bien? » Elle se regarde avec un intérêt anxieux, son visage est son univers. Où qu'elle aille, Jill ne voit qu'elle!

Cependant la Mélina Mercouri de service nous dit en trois langues, toutes partiellement inintelligibles, que Milan, c'est à gauche. Toutes les têtes se déportent et croient voir ce qui est. Moi, je vois un mont Hymette de caviar dans mon assiette, la jolie Grecque m'a octroyé une louche à soupe de boules noires, je les ai prises parce que c'est cher. Malheureusement, je m'en aperçois chaque fois, je n'aime pas les choses de luxe. Mon étalon est toujours l'œuf à la coque. J'aime mieux un œuf de poule cuit à point que dix mille œufs d'esturgeons. Et puis au-dessus du niveau de la mer, le caviar ne sent plus la mer. Enfin, je me le mange : « C'est cher, c'est bon, c'est bon, c'est cher. » Une bouchée pour Roxane, une bouchée pour quand je voyagerai en seconde, une bouchée pour faire comme Jill. Maintenant on en est à la distribution des bouteilles naines. Je les enfourne dans mon sac, elles vont rejoindre le poivre, le sel, le sucre en sachet, le cure-dent dont je me suis bien gardée de me servir. Car c'est un fait, je suis collectionneuse, collectionneuse de riens, ce sont les mieux! Mon hôtesse me trouve bien ingénue. Elle a senti avec ce flair inhérent à ceux qui vous servent que je ne suis pas une première classe de profession. M'en fous. D'ailleurs, Jill est là pour remonter notre cote! Elle, elle a tout laissé dans son assiette à part le caviar et maintenant elle fume l'œil lointain. Désabusée comme un jour de collection, imperméable au monde extérieur, elle sirote son ennui en lançant parfois un regard, où l'invitation se mêle au dégoût vers le moins adipeux des messieurs qui nous accompagnent.

Les minutes s'envolent et nous nous posons! « Viens, Jill, quelle émotion! On est en Grèce! »

— Attends, chérie, j'ai perdu ma mousseline rose.

*

Trois jours exténuants, où la futilité la plus creuse s'allie au sérieux le plus exigeant. Trois jours à naviguer dans le détail :

— Enfonce un peu plus ton chapeau, lève ton col, attention, tu as une mèche...

Trois jours à ne pas regarder autour de moi! Il a fallu de l'aube au couchant avoir l'œil fixé sur Jill et les sœurs de Jill, les autres mannequins d'Europe venues elles aussi poser le bras sur des vieilles pierres, prendre un air à l'aise à l'ombre d'un cloître byzantin, avec un pied sur la pointe, l'autre en l'air, l'écharpe suspendue à un arbre par un fil de nylon et l'expression mutine ou blasée selon la robe. Trois jours en Grèce sans y être!

Ouf, puissance ouf! ces jours sont révolus. J'ai déposé le fardeau Jill à son avion; elle s'en fiche de n'avoir rien vu, elle n'a même pas tenté de soulever une fois ses faux cils : « Voyage autour de ma beauté », c'est la seule croisière qu'elle sache s'offrir.

Non, j'exagère, Jill a vu quelque chose, les hommes.

— Chérie, les hommes sont chauds ici! Tu as remarqué comme on me regardait?

Inutile de lui signaler qu'il m'arrive d'être « vue » aussi, elle s'en bat l'œil des regards qui ne lui sont pas destinés. Alors, je lui dis qu'en effet son type roux fait merveille sur le Lycabette et nous restons amies. Je tiens farouchement à mes amitiés superficielles depuis que j'ai perdu (mea maxima culpa) mon amitié profonde.

J'ai une heure de battement avant que n'arrive Jean. Je suis portée par l'impatience! Je me sens riche, je n'ai rien vu, soit, mais quand même j'ai trois jours d'avance sur lui, lui qui n'a jamais été en Grèce. Je suis fière de lui présenter un pays.

Voilà son avion! Une fourmilière humaine se déverse sur la piste. Il est un de ces petits bonshommes noirs, mais oui, c'est lui là-bas qui fait des signes de bras, il grandit à chaque pas, comme il a l'air gai! il sourit de sa bouche plate, tiens il a un costume neuf! Il y a une houle en moi, mon corps est ému! mon cœur aussi!

Je me mets contre lui, je le serre, je crois à la vie quand il est là! Tout est déjà différent, n'est-ce pas? Nous ne sommes plus les mêmes qu'à Paris. Où sont nos problèmes? Dissipés!

Viens, mon ange, tu veux, on va rentrer à l'hôtel et puis je vais t'emmener dans un restaurant où c'est très grec et très bon, nous y avons été hier avec Jill, et puis on marchera tout autour de la place Syngdagma, il y a des palmiers, on se croirait très loin! Il fait chaud, n'est-ce pas? C'est exquis d'avoir trop chaud! Je sens ton bras à travers ta veste en papier tergal. J'aime ton bras! Nous dînons, tu te distrais de tout, tu es toujours en éveil! Tu demandes trois fois au garçon de te répéter le nom du poisson : « Tsipoura? Tsipoura? » Tu ne cherches pas à manger ce qui t'aimes, tu cherches à t'amuser dans son assiette : « Oh! oui, des Yalanji Dolmas! On va voir comment c'est! »

On est bien l'un devant l'autre, n'est-ce pas? Aucune inquiétude ne rôde.

— Tu veux te coucher? Alors, moi aussi.

L'hôtel qui a un nom de mythologie nous offre une toute petite chambre biscornue. Ah! tu n'as pas la place de faire beaucoup de désordre ici! Tes pas sont comptés! Tant mieux, nous serons toujours à un geste l'un de l'autre!

Étendus sur le lit, nous laissons sans hâte nos corps se retrouver. La vie est devant nous, nous avons huit jours, mon ange!

Oui, je le sais, va, huit jours ce n'est rien, mais au fond c'est tellement court que l'on n'a même pas le temps d'être sérieux, alors n'ayons pas honte de ne pas l'être. Nous frôlons la Grèce, comme une pierre qui fait ricochet dans l'eau, nous avons par moment l'impression de pénétrer un peu plus profond, puis nous reprenons notre course, légère, effrénée. Les images se succèdent, se superposent, se mélangent. Est-ce que c'est au musée de l'Acropole que nous avons vu ce chien courant de Phaïdimos? Comment s'appelle ce restaurant où nous avons été hier? C'est par là, tu es sûr pour rentrer à l'hôtel? (Toi, parce que tu es marin tu refuses toujours de demander ton chemin, tu crois que tu as une boussole dans la tête!)

Qu'est-ce que l'on fait ce soir? Veux-tu, on va dîner dans la Plaka? Les tables de bois sont dehors, plantées de guingois sur les escaliers, les taverniers ont des grands tabliers anciennement blancs, ils s'interpellent d'un bout à l'autre de la rue, ils se disputent le touriste. On a parfois l'impression qu'on va se déchirer entre leurs mains et laisser un bras ici et une jambe là! Bien sûr, c'est un peu Saint-Germain-des-Prés mâtiné Montmartre, mais nous ne le savons pas. Pour nous, tout est exquisement exotique...

Et ce matin, qu'est-ce qu'on fait? On est sérieux ou on est léger? Allez, on est encore léger! Viens, on va s'imprégner de l'air du pays.

Nous marchons devant nous en regardant les visages, et puis quand nos pieds en ont assez, nous nous arrêtons pour boire un café turc. Cette fois, il faut que j'arrive à poser ma tasse, avant le moment crucial où de liquide il devient solide!

Allez, on va se baigner?

La mer est chaude au-dessus et encore fraîche en dessous.

Ce que tu nages bien! Ça y est, tu fais la baleine! comme à Menneval et je te cherche des yeux, inquiète juste comme à Menneval!

Tu réapparais très loin là-bas, t'ébrouant et soufflant comme un phoque et une bouffée de passé nous envahit tous les deux pendant que nous nous prenons la main pour aller sécher au soleil.

Ce soir, nous tomberons sur notre lit et, quand nous nous relèverons, il y aura quelques grains de sable au creux du matelas, comme si j'étais une nymphe qui aurait couché avec un dieu!

Oh! mieux aimé, il ne faut surtout pas oublier les souvenirs, nous nous devons de ramener de ces vilaines petites choses qui ne nous serviront à rien. Ces petites choses qui se décolorent dès qu'elles quittent le sol natal. Toi, tu choisis un collier d'ambre, tu te sens philosophe depuis qu'il est dans ta main! Il te semble que tu penses rien qu'à en remuer les grains. Moi, quelle chance, je vais pouvoir acheter une horrible petite poupée, pas pour moi tout de même, mais je vais pouvoir me repaître quelques jours de sa vilenie avant de la donner à Tania. Tu m'achètes de merveilleuses pacotilles d'inspiration illustre, je me pare de bracelets minoens, de boucles d'oreilles crétoises et toi je t'offre de drôles de petits cigares qui te font l'air marlou.

Tu sais, je suis tellement heureuse depuis que je suis ici avec toi, que, comme dans les contes de fées où la vilaine princesse est enfin délivrée de son sort, je suis redevenue bonne. J'ai soudain l'impression de comprendre mieux... Marianne, toi, nous. Il n'y a plus rien en moi de la harpie hargneuse qui te criait des choses à Paris. Et même lorsque je t'ai aidé à choisir pour Marianne ce collier de reine crétoise, l'autre jour, je n'avais rien d'amer en moi, au contraire, il me revenait des souvenirs estompés de mes rêves du début. On serait trois à s'aimer, on serait deux à t'aimer... Je fais taire ces folles idées, mais de les avoir eues est un apaisement.

C'est drôle, je ne me sens plus une salope!

Nous partons demain, nous quittons l'oasis pour retourner dans le désert. Cela n'est pas grave, je sens que j'ai vécu les très riches heures de notre amour. Je ne sais pas où nous allons, je suis sûre que ma félicité va rester de ce côté de la mer, mais enfin, quoi qu'il m'arrive, j'aurai eu ces huit jours-là!

Et si on me demande plus tard :

— Vous avez été en Grèce?

J'aurais toujours envie de répondre :

— En Grèce? oui, avec Jean Dastier!

Juillet

Pendruc.

« Mon cher Jean,

« J'ai l'honneur de t'aviser que la vague de chaleur m'a desséchée pour cinquante-neuf francs quatre-vingt-quinze de verveines multicolores, que les pois de senteur sont jaunis et les pensées épuisées; seuls les géraniums têtus continuent à rougeoyer malgré la canicule. Mais me voici, avec la Bombe Jarbel, l'arroseur arrosé, *Rustica*, l'acclimatation et les conseils de Roy Hay...

« Tu ne me manques pas aujourd'hui car de toute façon, à peine arrivé tu serais parti regarder la mer sous prétexte de " voir pour le bateau ". Et puis sans toi, on mange des nouilles et du jambon et tout le monde est ravi.

« Tu ne peux pas savoir combien j'ai rétrogradé depuis notre séparation! J'en suis à l'âge de pierre et à la vie rupestre. Et j'ai pris d'exquises habitudes de vieille fille : je rallume à quatre heures du matin pour lire. N'auras-tu pas peur d'une femme préhistorique? Toi qui est à la pointe du siècle, qui fréquentes des gens d'esprit, qui fais des calembours, qui côtoies des femmes à la mode ou de la mode comme... bon... Moi, je m'habille chez Otis-Pifre; c'est une maison qui monte... tu devrais la signaler à Mlle Iscariote!

« Tout cela ne m'empêche pas de penser à toi. Mal

et de loin, c'est peut-être un bien. Je voudrais que tu profites à fond de la situation, que tu voies Juliette tous les jours, que tu t'en mettes jusqu'ici et que tu en aies jusque-là quand tu arriveras à Pendruc.

« Ne voyant plus rien à te dire et ayant par contre beaucoup à faire, je m'vois dans la pénible obligation de t'quitter. J'vas mett' mes sabiaus pour tirer de l'iau. A propos, on en manquera cet été, lave-toi bien avant d'arriver.

« Kenavo.

LA PAIMPOLAISE. »

13 juillet.

« Le vent est doux ce soir et on entend les vagues faire pshshsh... pshshsh très régulièrement sur le sable comme la respiration d'un dormeur. J'aime m'installer pour t'écrire. J'ai une photo de toi sur ma grande table comme si tu étais mort. Mais je n'ai pas mis de buis. J'ai choisi celle où tu as l'air un peu triste; ça m'arrange de te croire mélancolique. Tu permets?

« Les touristes ne sont pas encore arrivés et je suis merveilleusement seule. Je fréquente les femmes du village. Quelle leçon de résignation! Elles demandent si peu à la vie : passer un ou deux jours sur quatorze avec leur homme, un ou deux mois par an s'il fait le thon à Dakar, leur paraît vivable. J'aurais un peu honte de leur dire que moi, qui t'avais tous les soirs, je m'estimais volée! Mais vaut-il mieux un homme parti en mer ou un homme parti en fille?

« Je me couche avec les poules (les gallinacés, pas les poules que tu fréquentes, sauf ton respect...) et je me lève avec les marins : à six heures. Je suis la seule femme-patron de pêche des environs. Quand tu seras là, tout rentrera dans l'ordre, c'est-à-dire que je serai rétrogradée d'office! Demain, j'aurai un mousse pour m'aider. Bertrand est un vieux mousse pas doué mais qui aura tout de même deux bras d'homme avec de vagues biceps, ce qui sera appréciable pour quelques gros travaux que j'ai à faire avant ton arrivée. Car s'ils ne sont pas faits avant, ils ne seront pas faits non plus sous ton règne, pas vrai?

« Chéri, ne m'appelle pas sauf nécessité. J'aime tellement mieux ton écriture que ta voix lointaine. On reste bêtement au bout de ce fil à parler d'un ton trop jovial et quand on raccroche, on se sent frustré et on ne s'est rien dit de vrai.

« Et n'oublie pas le proverbe :

> *En juillet, fais ce qui te plaît*
> *Mais en août c'est la corde au cou...*

« *Signé :* La Bourgeoise. »

« *P.-S.* — La corde étant bien sûr dans le cas qui nous occupe une écoute, une drisse, un filin, un boute, une amarre... tout, sauf la corde pour te... prendre! »

Je suis allée chercher Bertrand à la gare ce matin à six heures trente. Il faisait un temps splendide et je me sentais splendidement accordée au paysage. Quelques bouffées de brume massées dans les prés en contrebas espéraient peut-être échapper au soleil et lui, pas chien, les laissait traîner encore un peu. Ce n'était que l'aube, rien ne pressait. Je me sentais comme ce petit matin breton, débordante de vitalité et d'ardeur.

Sur le quai anonyme, Bertrand m'attendait depuis dix minutes avec une tête mal réveillée et de l'inquiétude dans le regard. Il ressemblait à un escargot qu'on a tiré de sa coquille et exposé tout cru au vent frais, à l'aube et à l'odeur iodée de la Bretagne; il clignait ses yeux de myope tout recroquevillé dans son pauvre petit costume de Parisien en chlorure de vinyl infroissable. Je l'ai vite ramené à la maison et déposé dans la plus belle chambre, celle qui donne sur l'île, pour qu'il enlève ses oripeaux et se mette en tenue de filet : nous allions relever le tramail que j'avais posé la veille dans un coin fertile en soles pour éblouir mon innocent. Mais le contenu de sa valise se révéla inutilisable. C'était la panoplie du parfait universitaire qui passe ses vacances dans les musées : des pantalons pour villes d'eaux du Centre, des gilets de laine boutonnés, d'énormes sandales à semelles crêpe et à trous-trous pour porter avec des chaussettes sans transpirer et de pauvres espadrilles dont la mer ne ferait qu'une bouchée!

Je lui ai prêté un ciré, un vieux chandail plein de sel, nous avons déclassé un de ses pantalons de curiste et nous sommes partis par une de ces matinées émouvantes qui sont une réponse — momentanée — à tout.

Je déteste mettre au courant un « nouveau ». La pêche et la navigation dans un bateau exigu réclament une technique et une économie de mouvements qui ne s'acquièrent qu'au prix de coups et blessures et de longues journées d'imprécations. Quand j'ai un débutant à bord, mon rêve, est qu'il ne tente surtout rien. Bertrand, hélas! me déclara qu'il savait ramer. Je m'assis donc à l'arrière, résolue à sourire dans l'adversité.

La dame de nage est tombée à l'eau au troisième coup d'aviron. Imaginant contre toutes les lois physiques qu'il pourrait la rattraper, il plongea son bras dans l'eau jusqu'à l'épaule, manquant de justesse de nous faire chavirer, réussissant par contre à noyer sa montre. Cependant la dame dorée descendait ironiquement dans l'eau transparente et se couchait sur le sable d'un air définitif. Je m'offris le luxe de lui demander s'il savait godiller. La mer me rend méchante et impitoyable comme elle.

Pour se rattraper, Bertrand voulut me faciliter l'abordage et ne réussit qu'à se prendre le médius entre les deux bateaux, ce qui me débarrassa de sa main gauche pour la matinée. Il n'y avait plus que la droite à redouter; les étrilles s'en sont chargées. C'était la première fois que Bertrand éprouvait dans sa chair la justesse de l'expression « un panier de crabes »! Dans le premier casier, nous n'avions trouvé qu'un gros tourteau, mais dans le deuxième grouillaient une douzaine d'étrilles virulentes, arc-boutées au fil de fer, toutes pinces dehors, leurs yeux rouges dardés sur le pauvre Parisien qui avançait vers elles ses doigts essentiellement vulnérables.

Emballé malgré tout par la mer, Bertrand a absolument tenu à embrouiller le filet en essayant de dégager une sole d'un kilo, et à se mettre le cœur au bord des lèvres en enfilant de vieilles têtes de poisson sur les crochets des casiers. Je craignais de voir reparaître les tartines et le café au lait du matin, mais un coup de vent balaya les odeurs et ramena l'euphorie. Nous mîmes les voiles.

— Passe-moi l'écoute de foc...

— Les quoi?

— La ficelle qui pend au bout de la petite voile, là...

Mais tout est urgent en mer. Le temps d'énoncer cette périphrase et l'écoute nous passait comme un lasso devant le visage et tombait à la mer. Pour baisser la dérive toujours coincée et pour hisser la grand-voile, j'étais seule, mais pour virer le bord, nous étions dix! Bertrand avait invariablement le pied pris dans le cordage dont j'avais besoin, le derrière installé sur la poulie indispensable à la manœuvre, la tête sur la voie naturelle d'invasion de la bôme. Il passait pourtant son temps à se déplacer, se cognant partout et découvrant la relativité de la mesure la plus simplette : le mètre linéaire. Car les cinq mètres cinquante que mesure mon bateau dans les dossiers de l'Inscription Maritime se réduisent sur mer en raison inverse de l'habileté du capitaine. Jean et moi avions acquis l'art d'y cohabiter à frottement doux mais il suffisait d'un coude mal placé pour gripper tout le mécanisme!

Nous avons pêché à la traîne toute la matinée. Bertrand était dans un état d'exaltation touchant. Tout l'éblouissait. Alors, c'était donc vrai! Il suffisait de tirer sur la voile pour remonter à la barbe du vent! Et les soles des restaurants, on pouvait les pêcher sans être un vrai marin! Pour ceux qui ont passé leur vie dans les livres, le Grand Livre de la Nature est un Conte de Fées. Nous sommes revenus vers midi. Mes mains sentaient le poisson frais, mes cheveux avaient pris leurs quartiers d'été sur mon front, j'étais brunie déjà comme un pirate, le pantalon roulé aux genoux, la présence calamiteuse de Bertrand me donnait l'impression grisante d'être une Louve de Mer... je me sentais toute-puissante à bord après Dieu... et je ne crois pas en Dieu!

Bertrand est rentré brisé.

Sur la table attendait une lettre de Jean. Il ne loupe jamais un coche, celui-là. Sait-il que son absence définitive ne me tuerait point aujourd'hui? Oui ces cellules le savent. Et il me confirme son arrivée.

Il va partir pour Genève mais il arrivera ici le 2 août comme prévu...

Il déteste se sentir si loin de la Bretagne...

Il pense à Pendruc, au vent qui nous réveillait ensemble la nuit et nous faisait souffrir dans nos membrures à la pensée du bateau qui tirait sur sa chaîne comme un chien, à nos départs à l'aube vers les mystères du tramail... aux repas du soir sous les pommiers à l'heure où les martinets s'amusent dans le ciel..

Il a hâte de voir la terrasse sans le saule...

Il a hâte de voir ma tête de vacances aussi...

Il en connaît des femmes qui n'ont pas de rivale, mais qui n'en sont pas moins aimées pour cela... (Celle-là, je l'ai relue dix fois pour voir ce que je pourrais en tirer.)

Il ne craint pas de le dire : il m'aime et que je le veuille ou non, c'est comme ça...

Et il met pour finir : « A toi,   Jean. »

Il aurait pu mettre « A toi seule » s'il avait voulu.

Mais que je le veuille ou non, c'est comme ça.

Et puis, même si c'était vrai, il ne le dirait pas. Par orgueil.

L'essentiel, quand on n'est plus heureux l'un par l'autre exclusivement, c'est d'être heureux l'un avec l'autre. C'est presque pareil quand on n'y regarde pas de trop près. Il faut devenir un peu presbyte du cœur pour survivre à sa jeunesse.

Il restait deux jours à Bertrand pour faire un miracle. Nous avons passé le premier dans l'île. La pureté du ciel, la blancheur du sable, la solitude abolissaient le temps.

Le soleil était étouffant comme il l'est sur les îles et nous nous sommes allongés dans une mare tiède comme de grands mammifères marins à demi échoués sur une grève, divinement conscients de flotter dans notre élément originel.

— Pourquoi ne veux-tu pas m'épouser? soufflait le cachalot à la baleine.

Et la baleine, qui se sentait d'une autre appartenance, ne savait que répondre.

Nous sommes revenus tard. Le crépuscule, presque plus beau que l'aube parce qu'il finit mal, nous embuait le cœur. Nous aussi, nous allions finir mal et nous le savions. Bertrand a loupé à deux reprises la bouée du corps mort et j'ai dû mettre en marche le moteur.

Nous devions aller dîner et coucher à Locronan pour visiter le lendemain les calvaires bretons. Mais le soir venu, Bertrand se tordait sur un bûcher ardent. La journée dans l'île avait achevé d'embraser sa peau de roux. Il est de cette race d'hommes qui ont la rougeole le jour du bachot et qui se trompent d'adresse quand ils ont gagné à un concours une nuit avec une vamp! En fait de tournée des calvaires, Bertrand à dû se contenter de son chemin de croix personnel.

La fièvre le rendait lyrique et pressant. Mais ni les suppositoires de métaspirine ni les compresses d'eau vinaigrée n'avaient sur moi le pouvoir des philtres d'amour. J'en voulais à Bertrand d'être roux et de nous frustrer ainsi de trente-six heures de vie. Nous étions à trente-six heures près.

Jean ne tombe malade que quand les choses vont mal. C'est cohérent.

L'heure du départ est arrivée bêtement J'ai accompagné Bertrand à la gare; il avait remis son costume couleur du temps passé. Le cachalot était en train de disparaître pour toujours. Il affleurait encore dans ses yeux pleins d'eau où je le voyais se débattre avec angoisse.

Et puis le train est arrivé avec son fracas imbécile et ses petits problèmes qui noient les grands.

— Dépêche-toi, ta voiture est en tête du train...

— Tu vois, y a un wagon-restaurant...

Et puis j'ai crié sottement : « Bon voyage ! », alors que Bertrand ne pouvait pas s'asseoir sans hurler. Ses fesses ne faisaient plus partie de ma vie.

A la maison, Jean-Marie dormait déjà dans mon lit. Je me suis penchée pour embrasser sa nuque. Il avait chaud, ses cheveux collaient à ses tempes et il sentait l'école maternelle. Sur mon oreiller était posée, toute petite et encore bouffie d'enfance, la main de Jean.

Juillet

Nous sommes rentrés, cela sent le voyage refroidi chez moi. Les pistaches que j'ai ramenées pour Lucie voisinent sur la cheminée avec les rahatloukoums à la rose destinés à adoucir mes retrouvailles avec Roxane. Je rêve un peu sur les emballages d'origine, je bute sur une sandale où le sel marin a dessiné une petite frange, mais à part ces derniers signes en forme de souvenir, tout est déjà rentré dans l'ordre. Tu es retourné chez toi : « Rien que pour voir si tout va bien », et moi je m'apprête à aller voir Mamybel. Comme cela se change vite en retour un départ !

Tiens, tu téléphones ! Un peu essoufflé comme quand tu es timide, un peu gauche (Je t'aime gauche c'est si rare !), tu dis :

— Euuuh, chérie, Jean-Marie part demain à Pendruc, il faut que je déjeune avec lui, mais cela tombe très mal, j'ai rendez-vous avec le gars de la Télé, à deux heures...

Comme souvent, tu poses le problème, en attendant vaguement que ton interlocuteur s'en empare. Je cherche à te deviner :

— Tu veux déjeuner ici avec lui ?

Tu fais comme si l'idée venait de moi :

— Oh ! oui, épatant... J'amènerai un gâteau... Et est-ce que tu fais quelque chose après ? Sans cela tu pourrais peut-être ?...

— Mais oui, je l'emmènerai au cinéma, il y a une éternité que je n'ai pas vu un western.

*

Jean arrive en avance, il pousse devant lui la petite copie de lui-même que je ne sais pas regarder sans attendrissement.

Je me penche, un peu anxieuse : « Bonjour, Jean-Marie! »

Je sens qu'il ne sait pas très bien ce qu'il pense de moi, mon nom a dû être prononcé deux, trois fois avec une vigueur haineuse du côté de chez Franca! Sa petite figure immobile, il se laisse embrasser, son œil serein à peine troublé par une hésitation :

— Bonzour, Zuliette.

J'agis comme une mère qui aurait mauvaise conscience, j'en ai trop, et puis je suis joviale :

— Tu as un soufflé, je me rappelle que tu aimes le soufflé, et il y a des pêches, tu aimes ça, les pêches?

Mon ton est bête, mais je n'en ai pas d'autre à ma disposition.

Jean, lui, est très à l'aise. Cet ersatz de famille, ce trio reconstitué, même avec un élément nouveau, le rassure et parvient presque à la longue à me rassurer, aussi j'en viens à imaginer que nous sommes « en vrai » tous les trois, que c'est moi qui l'ai fait Jean-Marie... Et puis soudain, après avoir posé sur les compositions des questions dont il n'attendait pas les réponses, Jean s'exclame.

— Ah! je suis bien content que tu saches nager, on pourra t'emmener en mer cette année!

On, qui ça ON? Pan, tout mon bien-être est à l'eau.

Subtil comme un enfant, Jean-Marie répond, Jean-Marie sourit.

Ni offensif ni défensif, il voit venir les phrases sans les provoquer. Et puis Jean bondit, regarde sa montre et nous embrasse à toute vitesse : « A bientôt, mon chéri! » Je ne sais à quel chéri il s'adresse...

Me voilà face à face avec ce petit animal mystérieux, je me sens un dompteur qui aurait peur, donc un dompteur en danger :

— Alors, on va au cinéma? Qu'est-ce que tu veux voir *La Révolte de Bardicali* ou *Le Désert de Mandchoukoko?*

— Comme tu veux!

— Ou est-ce que tu préfères un film drôle?

— Comme tu veux!

Aïe, je ne sais pas le manier, il reste là, droit et gentil, mais je sens qu'il ne livrera rien de lui-même. Il m'intimide! Je vais embrasser Mamybel et quand je reviens je le trouve campé devant une photo de Jean et moi prise à Menneval il y a longtemps :

— C'est papa?

— Oui, ton papa et moi nous nous connaissons depuis notre enfance.

— Je sais, maman m'a dit...

Qu'est-ce que maman t'a dit d'autre, mon petit juge? Il est si mignon dans sa dignité. Il a tellement le nez de Jean, que j'ai envie de le prendre sur mes genoux, peut-être que cela arrangerait tout entre nous, qu'il se rappellerait la Juliette d'autrefois qui était un des meubles de sa vie quotidienne. Je le regarde, je vais lui dire : « Chéri », je vais lui dire : « Viens, que je t'embrasse. » Et puis j'ai un recul. Mais c'est Marianne que j'ai maintenant devant moi! Oui, la petite nuque mince qui a un coup de gouge de chaque côté, cet air gracile, ces yeux un peu froids, c'est Marianne! Allez, vite le noir du cinéma, le silence des pensées, la paix. Nous nous engouffrons dans un taxi, je le tire jusqu'au deuxième étage rang de balcon : « Ou bien est-ce que tu aimes mieux être en bas? — Comme tu veux!» Et deux heures plus tard, j'extirpe au jour un petit garçon qui cache son enthousiasme, pour le ramener à la maison et le déployer sur les genoux de sa mère seulement.

Dans le taxi du retour, nous ne disons pas un mot, mais quand il me tend son front froid, Jean-Marie me crie en claquant la porte :

— C'était vachement bien, à bientôt, Zuliette.

Je lui réponds presque :

— Embrasse ta maman, dis-lui, dis-lui... Ah! ne lui dis rien, va...

Ne lui dis rien, va, mais moi je vais parler à Jean ce soir.

*

— Alors, merci bien, Tartine, d'avoir pris Jean-Marie, il est gentil, n'est-ce pas?

— Oui, il est adorable, j'aimerais un fils comme ça!

— Le film était bon?

— Pas mal...

— Ça ne va pas?

— Oui, ça va, mais je voudrais te poser une question qui traîne dans ma tête depuis le déjeuner. Qu'est-ce que tu fais en août, Jean?

Jean décontracté et « normal » :

— Chérie, en août, je vais à Pendruc.

(Mais naturellement, cela va de soi, il suffisait d'y penser.)

Il enchaîne :

— Mais en septembre, je dois aller aux Baléares, tu seras libre en septembre?

(Je suis libre en août aussi si l'on insiste!)

— Oui, je pourrai probablement prendre dix jours.

(J'éspère au moins qu'il va me demander si j'ai des projets en août? Ah! bon, il se décide après un soupir.)

— Et toi, ma Jule, tu travailles en août?

— Non, ta Jule est libre vers le 6 ou le 7, libre et sans projets. Lucie m'a proposé d'aller avec elle dans le Var, mais je n'en ai pas envie...

Terrain mouvant, Jean s'éloigne avant d'être enlisé :

— En tout cas, arrange-toi pour garder plein de jours libres en septembre.

Pauvre Jean, tu baisses un peu le nez, maintenant tu te sens coupable, hein? Tu me regardes par en dessous comme Boudin quand elle a fait une bêtise et tu ne dis plus rien. Rassure-toi va, je ne vais pas me plaindre.

Pourtant, Pendruc! j'ai envie moi aussi d'y aller! L'année dernière, nous y étions trois et heureux! Et nous voilà maintenant deux à deux à perpétuité, avec toujours le troisième entre nous. L'amour c'est vraiment « Qui perd, gagne »! Et mon amitié perdue, je la regrette toujours, tu sais! Allons, secoue ta mélancolie, Jule, il ne nous reste plus tellement de jours ensemble, faisons-nous sourire. Si on allait à notre restaurant au parc Montsouris?

Tu relèves la tête tout consolé : « Tu sembles penser : Tu ne m'en veux pas? Tu ne me fais pas de reproches? »

Ton regard me dit « Merci ». Non, mon Jean, je vais tâcher de ne jamais te faire de reproches, je t'aime heureux.

Tu enchaînes très vite pour exploiter le changement de climat :

— Allez, dépêche-toi, ma Jule, sans ça nous n'aurons pas la table qui nous rappelle quelque chose...

Me voilà, me voilà, je suis prête...

*

Je me saoule de travail, c'est ma façon de ne pas voir venir, je me protège de la tristesse, je passe mes pensées au crible avant de me les permettre et je ne regarde pas devant moi, me suffisant avec le quotidien. Heureusement, il est envahissant! Il y a fièvre chez Roxane, on « Montre » dans la nuit du 4 août. Précédée par son bréchet, notre directrice sillonne sans trêve son champ de bataille, et le petit José ne quitte pas l'air inspiré une minute. Il zozote deux fois plus que d'habitude, ses phrases sont une succession de Z. Se frappant le front pour en faire sortir le talent, tapant du pied comme à une corrida si on ne lui apporte pas tout de suite la pièce de velours parme ou le gros bouton noir qu'il veut mettre « là », il nous tient tous sous la coupe de son extase créatrice. A côté de lui, je me sens vraiment un honnête tâcheron, qui travaille sans génie mais sans désordre et aime jusqu'à l'absurde terminer ce qu'il a commencé. Lui José, se nourrit d'inattendu, et n'achève rien par principe, disant de chaque modèle qu'il abandonne en cours de route : « Celui-là, ce sera pour la nuit avant la collection. » Longue devra être la nuit, si sa baguette magique doit transformer avant minuit toutes ces dépouilles en œuvres d'art.

Dans un moment de pointe comme celui-ci, je réalise l'importance de mon métier pour moi. Je lui retrouve une saveur que l'amour absolu lui avait fait perdre. Et puis, je lui dois quelque chose à ce métier, j'ai envie de lui dire « Merci ». C'est lui qui maintient dans ma vie une ligne quotidienne, c'est à cause de lui que je préserve mon équilibre : les excentricités de José, la fermeté péremptoire de Roxane, le compagnonnage rigolo avec les mannequins ou les ateliers et la joie de faire surgir une robe sous mon crayon, oui c'est à tout cela que je dois parfois de survivre!

Nous ne nous voyons pas tellement ces jours-ci avec Jean. Le climat de fébrilité dans lequel je vis m'éloigne malgré moi de lui.

Dans la couture, on croit toujours que l'on a plus de talent à dix heures du soir que du matin; partant, Roxane a tendance à garder son état-major sur le pied de guerre jusqu'à la minuit!

Nous mimons Jean et moi l'histoire du veilleur de nuit et de la femme à journée, quand il se prépare à être libre, je suis sur le point de donner mon grand coup de collier.

Nous déjeunons ensemble souvent, mais à la va-vite et c'est moi qui regarde ma montre maintenant. Décidément à quelque poignet qu'elle soit, la montre est toujours une présence inexorable entre nous. Enfin, avant de nous quitter, nous sommes déjà un peu séparés.

On dirait qu'un destin compatissant nous préparerait doucement à l'au revoir! Nous parlons légèrement de Pendruc, je pose des questions amicales sur le bateau, la maison. Jean dit parfois sans gêne : « Marianne m'écrit qu'il fait très beau! » ou : « Ils ont pêché une sole d'un kilo l'autre jour! »

Je dis : « Ah! » sans animosité. Elle est revenue doucement entre nous Marianne, pas comme une ennemie, peut-être pas comme une amie non plus, mais enfin comme quelqu'un que l'on a renoncé à chasser.

Jean est très tendre en ce moment. Ce n'est plus tout à fait l'amour de mon enfance, mais il m'est plus familier et plus proche que ne m'était celui-là. Souvent nous jouons encore à rêver, mais nous savons maintenant que c'est un jeu. Jean projette devant moi l'image de nos vacances de septembre :

— Et on passera trois jours à Majorque, et on tâchera après de louer un bateau...

Je lui souris et je le crois.

*

Alors, voilà le dernier matin! Tu es parti très tôt chez toi.

— Il faut que j'aille fermer le gaz, rue Guénégaud.

Et quand tu reviens, tu sonnes :

— Tiens, tu n'as pas ta clef?!

— Non, je l'ai mise sur ton bureau.

— Oh! tu aurais pu la garder!

— Tu sais, je perds tout, je ne veux pas prendre de risques.

Oui, c'est vrai, il ne faut pas prendre de risques, tout peut arriver quand on part...

Tu es là devant la porte, ta valise à la main. On dirait quelqu'un qui viendrait s'installer! Mais tu viens t'en aller! c'est une valise de prestidigitateur, elle t'escamote!

Te voilà fouillant dans les tiroirs :

— Où est ma chemise rayée?

— Là, au-dessus de mes corsages.

— Est-ce que c'est ici ou à Guénégaud que j'ai laissé mon chandail beige?

— Je ne sais pas dans l'armoire peut-être?

(Ah! ça, ton chandail beige, trouve-le si tu peux mais

je ne t'aide pas. Si tu le laisses derrière, cela sera comme un trophée, et je pourrai toujours quand je serai triste me coucher dessus comme un chien sur le pyjama de son maître).

— Jule, mon ange, plie ma robe de chambre, veux-tu, je fais ça si mal!

Je plie, je plie, mon ange. Et j'ai un peu l'impression de participer à mon propre ensevelissement!

Frinc, frinc, dit la valise sur laquelle tu t'assieds, ça y est, tout est bouclé!

On reste debout, les bras lourds. Je souris de la bouche seulement, les yeux ne veulent rien savoir.

Tu sens qu'il ne faut pas faire une sortie trop précipitée, mais quand même, il est l'heure, tu as une longue route devant toi et tu regardes furtivement ta montre : ta terrible montre qui est la seule chose que je haïsse sur ta personne.

Tu me serres très fort, tu prends ma figure entre tes mains. Nous ne bougeons plus pour une longue minute, et puis on se donne un baiser de gare, léger et presque indifférent déjà.

— Au revoir, ma Jule, à tout de suite; à bientôt, et n'oublie pas Baléares! septembre!

— Non, mon Jean, je n'oublie rien.

Tu t'éloignes, tu décroches ton manteau dans l'entrée, tu le mets sur ton épaule, tu as l'air d'un matelot en virée! Vire, vire de bord, mon marin, mais n'oublie pas mon port d'attache!

La porte se ferme, le ciel devient gris, j'ai envie de pleurer!

La porte est fermée, toutes mes larmes sont prêtes : « On y va? on se laisse aller? »

Non, redresse-toi, Juliette, ébroue-toi.

Dans cinq minutes je te permettrai de penser, mais d'abord il faut que tu fasses quelque chose. La soupe de Boudin? Veux-tu aller embrasser Mamybel? Oh! je crois que ce qui me fera le moins de mal c'est de rester là et de commencer à ranger. Et puis, doucement, doucement, je vais tâcher de me dire que ce n'est pas triste d'être libre : « Tu es en vacances d'amour, Juliette, c'est bien tu sais de ne se sentir à personne, regarde comme il fait beau dehors ? Tu es à toi, tu peux faire ce que tu veux ! »

Mais c'est que j'aime mieux appartenir... Mais c'est que j'ai froid quand je n'aime pas... Il me manque déjà !

Ta ta ta, tu vas t'habituer et puis ce n'est pas long, un mois ! Long, un mois... dit l'écho dans mon cœur.

Écoute, tu m'agaces ; range en sifflotant et puis tu téléphoneras à Lucie, il y a longtemps que tu ne l'as pas vue. Jean ne l'aimait pas ! Range, range ! C'est vrai que ce n'est pas une petite affaire, il y a toujours un air de planète Mars dans les pièces où est passé Jean. Oh ! le pauvre, il a oublié ses cigarettes ! Ah ! comme d'habitude il n'a pas refermé un seul tiroir. En tout cas, j'ai de la place maintenant pour mes robes dans la penderie.

Et la lumière dans la salle de bains ! Vraiment, Jean est incurable. Il ne ferme jamais une porte et il laisse toujours la lumière allumée. Mais c'est comme un souvenir, cette petite lumière-là, je n'ai pas envie de l'éteindre.

Que vais-je faire maintenant que je n'ai personne à attendre ? Ma liberté est vide comme cet appartement ; pire que vide : marquée par une absence, comme un mur dont on a enlevé les tableaux et qui n'en conserve plus que les traces. Jean, lui ne sera pas seul. Il va retrouver à Pendruc son climat, son pays, sa femme, ses habitudes. Sa vie sera remplie : je ne laisserai pas de vide dans cette existence-là.

Combien de fois vais-je encore le voir partir vers son autre vie, vers celle qui le tient par mille liens alors que nous ne sommes liés que par un seul ? J'ai perdu l'espoir qu'il me dise un jour : « Je reste. » J'ai l'impression d'avoir été toute ma vie une jeune fille qui attend. Jusqu'à quel âge peut-on attendre, sans se dessécher ?

Tiens, j'aperçois le chandail de Jean sous la commode. C'est ici qu'il l'avait oublié après tout. Je me secoue, je me lève, il faut que je range cette salle de bains. Ma robe de chambre est toute seule derrière la porte. Je ne retrouverai plus mon col plissé accordéon sous le poids de celle de Jean. Ni des éclaboussures de dentifrice sur le mur. Ni le bouchon encastré dans mon savon ou embarqué dans le tuyau de descente du lavabo. Ma vie va redevenir simple, affreusement simple... Mais là, sur l'étagère, nos deux verres à dents me regardent. Ils sont marqués LUI et ELLE, c'est moi qui les ai offerts à Jean et à Jule. Vais-je les séparer et laisser ELLE toute seule devant la glace? Non, ces deux-là me rassurent. Je mets mes mains sur eux. Je les rapproche encore. Je veux bien effacer tes traces, mon Jean, réparer ton désordre, reprendre toute la place chez moi, mais ELLE et LUI, je ne veux pas les séparer. Ils resteront ensemble, l'un contre l'autre; ils nous attendront, ces deux-là.

DES MÊMES AUTEURS

COLLECTION FOLIO